TRAQUÉS

Adrian McKinty est un auteur international de premier plan qui a été traduit dans plus de quarante pays. Il a reçu de nombreux prix littéraires à travers le monde, dont le prix Theakston du meilleur roman policier de l'année, le prix Macavity, le prix Barry, le prix Ned-Kelly et le Prix du meilleur roman policier de l'année de l'Association des écrivains internationaux de polars pour *La Chaîne*. Il vit aujourd'hui à New York.

Paru au Livre de Poche :

La Chaîne

Dans la rue j'entends les sirènes

Michael Forsythe (*intégrale*)

Une terre si froide

ADRIAN McKINTY

Traqués

THRILLER TRADUIT DE L'ANGLAIS (ÉTATS-UNIS)
PAR PIERRE REIGNIER

MAZARINE

Titre original :
THE ISLAND

Publié par Mulholland Books / Little, Brown and Company,
Hachette Book Group, New York.

Les personnages de ce livre évoluent sur les terres de la tribu bunurong. L'auteur souhaite saluer les Gardiens traditionnels de ces terres et présenter ses respects à leurs Aînés passés et présents. Le peuple des Premières Nations est le premier conteur de ce territoire qui a toujours été et sera toujours celui des aborigènes.

ISBN : 978-2-253-24390-8 – 1re publication LGF

« N'aie pas peur : l'île est pleine de bruits, de sons et de doux airs qui charment sans nuire. »

William SHAKESPEARE, *La Tempête*, 1611.

« Me gorger
d'amertume et de douceur,
Avant que
cette chose,
cette chose
dehors,
Ne vienne. »

Oodgeroo NOONUCCAL, « Pas mon style »

Perché sur l'eucalyptus foudroyé, un corbeau à l'œil jaune et sceptique la regardait.

Ce corbeau, c'était la mort.

S'il croassait, elle était morte. S'il attirait l'attention de Jacko en s'envolant, elle était morte.

L'oiseau l'observait la tête légèrement penchée.

Elle rampa avec précaution à travers les herbes sèches, puis, parvenue à hauteur de l'arbre, s'arrêta pour reprendre son souffle.

Avec le bas de son tee-shirt, elle essuya la sueur qui lui dégoulinait sur le front. Elle suçota comme elle put l'humidité recueillie sur le tissu.

S'étant accordé quelques instants de répit, elle se remit à progresser à quatre pattes, au-delà de l'arbre, jusqu'au bout de la bande herbeuse. À présent il n'y avait plus que la plage entre Jacko et elle. Aucune végétation. Zéro protection. Il ne lui servait plus à grand-chose de ramper à ras du sol.

Lentement, sans mouvement brusque, elle se mit debout et fit passer la machette de sa main gauche dans sa main droite. C'était un objet ancien, assez lourd, tout rouillé. Elle serra les doigts sur sa poignée en bois craquelé en espérant que la lame ne s'en éjecterait pas lorsqu'elle la lèverait pour frapper.

Bien campée sur ses jambes, elle commença à marcher.

Tuer des êtres vivants, elle l'avait déjà fait – des saumons, des truites, des canards.

Mais ici c'était différent, n'est-ce pas ? Très différent.

Ici, il s'agissait d'un être humain.

Assis à califourchon sur le baril de pétrole, Jacko lui tournait le dos. Le fusil sanglé derrière son épaule était une antiquité, mais il paraissait bien assez redoutable.

Elle continua d'avancer avec précaution, ses pieds nus ne faisant aucun bruit sur le sable et les galets.

Dans la baie, à courte distance du rivage, une masse énorme affleura à la surface de l'eau. Ils avaient bien fait de ne pas tenter la traversée à la nage pour se mettre à l'abri. La nageoire dorsale balafrée qui pointait vers le ciel était celle d'un grand blanc. Jacko l'avait lui aussi remarquée. Tout à coup, il se leva, saisit son fusil et l'épaula pour viser le requin. Une puissante détonation ébranla la sérénité de la plage. Des hérons et des mouettes prirent leur envol de la laisse de vase.

Elle regarda derrière elle.

Le corbeau perché sur la plus haute branche de l'arbre calciné n'avait pas bronché. Il la regardait toujours la tête inclinée. Il était patient. Il avait déjà assisté à ce genre de scène. Sans doute s'attendait-il à voir débarquer bientôt des charognards.

Jacko avait raté sa cible.

« Merde ! » grogna-t-il pour lui-même tandis que le requin s'éloignait dans la baie, puis disparaissait sous l'eau.

Elle attendit qu'il remette le fusil derrière son épaule.

Mais il resta planté là, les yeux fixés sur la mer, l'arme entre les mains.

Olivia était toujours étendue devant lui – inerte.

Le talkie-walkie sifflait.

Jacko tira sur la poignée de culasse du fusil, une douille en cuivre de calibre .303 s'en éjecta et atterrit sur le sable, il poussa la culasse et une nouvelle munition entra dans la chambre.

Si elle faisait le moindre bruit et s'il se retournait, il lui tirerait sans hésiter en pleine poitrine. Elle s'y connaissait en armes – elle avait fait semblant de les aimer, autrefois, pour pouvoir passer du temps avec son père. Elle savait qu'à cette distance, la blessure de sortie d'une balle de .303 aurait la taille d'une mandarine.

Elle demeura immobile, attendant que Jacko lâche le fusil. Il continuait de regarder la mer en marmonnant dans sa barbe.

Le soleil était derrière elle, et son ombre très allongée menaçait de glisser dans le champ de vision de Jacko. Elle n'aimait pas cela du tout. Malheureusement, elle devait l'approcher de cette façon, par-derrière. Elle n'avait pas d'autre solution. Mais s'il jetait un coup d'œil sur sa gauche, il apercevrait l'extrémité de sa silhouette projetée sur le sable.

Au moins elle était sous le vent.

Le calme revenu, les mouettes reprenaient leurs explorations sur la vase. Les hérons se posaient sur l'eau.

Le soleil tapait sur sa nuque et ses bras.

Jacko remit enfin le fusil derrière son épaule pour s'asseoir. Il sortit un briquet et des cigarettes, s'en alluma une, rempocha le paquet et le briquet.

Elle risqua un pas en avant. Son ombre se déplaça aussi.

Jacko ne réagit pas. Elle se tenait maintenant à moins de cinq mètres de lui. Il pencha la tête en arrière et souffla la fumée de la cigarette vers le ciel. Elle fit deux autres pas dans sa direction sur la plage caillouteuse. Doucement. Les orteils d'abord, puis la plante, puis le talon. Poser chaque fois le pied avec la plus grande légèreté.

Orteils, plante, talon.

Encore un pas.

Recommencer, jusqu'à...

Un élancement bref, aigu, de profonde douleur.

Le bord tranchant d'un tesson de bouteille avait entamé la peau de son talon.

Elle se mordit la lèvre inférieure pour se retenir de crier. Son ombre tanguait sur le sable comme si elle essayait d'attirer l'attention de Jacko. Clignant des yeux pour refouler des larmes, elle s'assit en tailleur.

Il y avait du sang, mais le tesson n'avait pas pénétré trop profondément sa chair. Elle le saisit entre deux doigts pour l'arracher, puis se lécha le pouce et frotta la plaie. La douleur commença à refluer. Elle appliqua un galet plat sur la blessure. Le saignement sembla diminuer. Ça ferait l'affaire. Elle ne pouvait pas rester assise ici indéfiniment.

Elle se remit debout et fit trois petits pas prudents.

Maintenant son ombre traîtresse s'invitait dans le champ de vision de Jacko.

Plus près, encore un peu plus près...

Elle voyait bien l'imprimé au dos du débardeur jaune trempé de sueur de Jacko. Il y avait une étoile rouge au-dessus des mots BINTANG BEER.

Elle sentait bien son odeur, aussi. Il puait la transpiration, la cigarette et l'huile de moteur.

La plage était de nouveau paisible. Les échos du coup de fusil s'étant dissipés, elle n'entendait plus que le grondement de la mer dans le détroit.

Sur sa gauche, les derniers filets de brume matinale s'évaporaient au soleil. L'atmosphère était comme dans l'attente de la chaleur à venir. Une nouvelle journée caniculaire s'annonçait – à quarante-cinq degrés au moins.

Aujourd'hui, elle s'en souvenait, c'était le 14 février. Marrant, cette façon qu'avaient les saisons d'être inversées. Chez elle, au pays, la température ne devait pas dépasser les cinq degrés.

La Saint-Valentin.

Douze mois plus tôt exactement, Tom avait franchi

la porte de l'institut, à West Seattle, pour son premier rendez-vous de massage thérapeutique. Il neigeait ce jour-là. Tom avait encore des flocons dans les cheveux quand il s'était allongé sur la table.

Que de changements une seule année pouvait apporter...

Elle était alors sans enfants, dans une situation professionnelle précaire, et habitait un meublé humide près d'Alki Beach. Aujourd'hui, elle était mariée, responsable de deux adolescents, et elle s'apprêtait à tuer un homme qu'elle connaissait à peine sur une plage de l'autre bout du monde.

Elle fit deux pas, sans bruit, et leva la machette.

1

ALICE SPRINGS 25, TENNANT CREEK 531, DARWIN 1 517, annonçait le panneau.

Elle médita ces chiffres quelques instants.

S'ils rataient pour une raison ou une autre Alice Springs, ils devraient rouler cinq cents kilomètres de plus avant de trouver de quoi se nourrir, de l'eau, de l'essence. Elle regarda de chaque côté de la route vide par les vitres de la voiture : le désert, la nuit, rien à voir. Depuis une vingtaine de minutes, l'autoradio ne captait que des bouffées intermittentes d'un signal qui semblait peut-être un peu s'améliorer. C'était John Lennon qui chantait : « *... old flat-top... groovin' up slowly...* »

Elle était capable d'identifier à peu près n'importe quelle chanson des Beatles sur deux accords ou quelques bribes de paroles. Quand elle était gamine, ses parents vénéraient John Lennon – comme à peu près tout le monde à Goose Island –, et ni la réception de la télévision ni la connexion Internet n'étant très bonnes, la musique comptait beaucoup. La chanson se termina et un animateur reprit son baratin : « Voilà, c'était “Come Together”, le premier titre de l'album

Abbey Road. Et juste avant nous avons écouté “Hey Jude”. Quelqu’un saurait-il me dire sur quel album se trouvait ce titre, “Hey Jude” ? »

L’animateur marqua une pause pour laisser ses auditeurs cogiter.

« L’est pas sorti sur un album, murmura Heather. Uniquement en quarante-cinq tours. »

L’animateur pouffa de rire.

« Nan, pas la peine d’appeler. Rien à gagner ici, c’était une question piège. “Hey Jude” n’a jamais fait partie d’aucun des albums originaux des Beatles, uniquement de certaines compils. Bon, chers auditeurs, j’espère que vous appréciez la douceur de la soirée, puisque tout de suite, à minuit, nous venons d’atteindre la plus basse température de la journée, trente-six degrés Celsius, ce qui pour les plus chenus d’entre vous équivaut à quatre-vingt-seize virgule huit degrés Fahrenheit[1]. »

Tom grogna dans son sommeil. Elle baissa le volume de la radio. Il avait devant lui une journée chargée, et chaque seconde de sommeil dont il pouvait profiter pendant ce trajet lui serait bénéfique. Elle se tourna pour regarder les enfants. Eux aussi dormaient, même si une demi-heure plus tôt Owen était encore sur son téléphone à espérer contre toute attente capter du réseau mobile en plein milieu du désert. Olivia avait

1. Au début des années 1970, l’Australie est passée au système métrique, abandonnant les degrés Fahrenheit pour les degrés Celsius et les miles pour les kilomètres. *(Toutes les notes sont du traducteur.)*

piqué du nez bien avant. Heather s'assura que leurs ceintures de sécurité étaient toujours attachées, puis reporta son attention sur la chaussée déserte.

Elle appuya sur l'accélérateur.

Cliquetis de l'embrayage. Papillons dans les phares. Bourdonnement des roues de la Toyota sur le bitume.

Elle se fit la réflexion que les films de la série *Mad Max* avaient été adroitement travaillés pour faire oublier le côté barbant de la conduite à travers l'outback australien. Depuis Uluru, le paysage n'avait pas varié d'un iota. De quoi regretter, comparativement, l'excitation des embouteillages matinaux sur le pont de West Seattle. Ici, pas le moindre véhicule en vue – elle avait pour seule compagnie le bruit de la Toyota et la radio, de temps en temps, quand le signal revenait. Aucune présence humaine non plus, apparemment, mais, en passant une importante intersection où étaient disposés plusieurs panneaux de travaux routiers, elle aperçut de grosses machines kaki, couvertes de poussière, arrêtées sur une voie latérale comme des mastodontes endormis.

Au bout d'un moment, elle commença à s'inquiéter d'avoir pris une mauvaise direction. Aucune ville, aucun aéroport en vue, et le GPS ne disait plus grand-chose depuis des kilomètres – à l'en croire, elle était juste perdue dans un grand néant vide quelque part au milieu du Territoire du Nord.

Son malaise s'accrut quand le revêtement de la chaussée commença à se dégrader. Elle chercha des signes de vie devant elle et autour d'elle.

Rien du tout.

Zut.

Là-bas derrière, au croisement où il y avait ces travaux, elle avait sans doute manqué la…

Un gros kangourou gris apparut tout à coup dans le faisceau des phares.

« Merde ! »

Elle écrasa la pédale de frein et la Toyota encaissa une décélération brutale avant de s'arrêter dans une rude secousse. Tom et les enfants furent catapultés en avant, puis aussitôt ramenés en arrière par leurs ceintures.

Tom grogna. Olivia gémit. Owen bougonna. Mais aucun d'eux ne se réveilla.

« Waouh », fit-elle en lâchant le volant. Le kangourou restait planté là, à deux mètres du pare-chocs. Une fraction de seconde plus tard et c'était l'accident. Heather s'aperçut que ses mains tremblaient. Elle avait aussi le souffle court, un peu de peine à respirer. Il lui fallait de l'air. Elle mit le levier de vitesse sur P, coupa le moteur en laissant les phares allumés, ouvrit la portière pour descendre de la voiture. La nuit était chaude.

« Zou, ordonna-t-elle au gros kangourou. Je ne peux pas avancer si tu restes au milieu de la route. »

L'animal ne réagit pas.

« Zou ! » répéta-t-elle en tapant dans ses mains.

Il continuait de regarder fixement la voiture sans bouger. Comment pouvait-il ne pas comprendre ce message universel, *zou* ?

« Les phares l'aveuglent sans doute. Éteignez-les », dit une voix dans l'obscurité sur sa droite.

Heather sursauta et pivota pour découvrir un homme qui se tenait au milieu du désert à quelques mètres de la chaussée. Quand elle lui avait annoncé qu'elle partait en voyage en Australie, sa copine Carolyn l'avait d'abord mise en garde contre « les araignées et les serpents les plus flippants de la planète ». Puis, comme cela ne suffisait pas à l'effrayer, elle lui avait envoyé une liste de films racontant des histoires d'autostoppeurs assassinés dans le bush par des psychopathes.

« C'est tout un courant du cinéma de là-bas ! avait-elle dit. Ça doit bien être basé sur une certaine réalité. »

Heather n'en avait regardé qu'un seul, *Wolf Creek*, qui lui avait fait bien assez peur.

« Pardon, je ne voulais pas vous effrayer », dit l'homme. Le cœur de Heather avait fait un bond dans sa poitrine, mais la voix de cet inconnu était si paisible et polie – rassurante, pouvait-on même dire – qu'elle fut sur-le-champ tranquillisée.

« Hmm… Excusez-moi, que disiez-vous au sujet des phares ?

— Qu'ils doivent l'aveugler. Éteignez-les et laissez-lui une minute. »

Elle tendit le bras à l'intérieur de la Toyota pour couper les phares. L'homme observa l'animal quelques instants, puis s'avança sur la chaussée.

« Allez, mon grand ! Allez, tu t'en vas ! » dit-il en claquant des mains. Le kangourou tourna la tête pour les regarder l'un après l'autre d'un air désintéressé, puis s'éloigna dans la nuit à petits bonds tranquilles.

« Eh bien, quelle histoire. Merci ! » dit Heather. Elle s'avança vers l'homme pour lui serrer la main. Il mesurait peut-être un mètre soixante-dix, avait une soixantaine d'années et ses cheveux étaient bruns et bouclés. Il portait un sweat-shirt rouge avec un short en jean, et des tongs aux pieds. Alors qu'ils étaient en Australie depuis déjà près d'une semaine, c'était la première fois que Heather rencontrait un aborigène. Ici, au milieu de nulle part.

« Vous n'êtes pas du coin, je présume, dit-il.

— Non. Pas du tout. Je m'appelle Heather et je viens de Seattle. Heu, en Amérique.

— Je m'appelle Ray. Moi non plus je ne suis pas du coin. On est juste là pour la foire. Ma bande, je veux dire.

— Votre bande ?

— Ouais. Nous sommes ici pour la foire, dit-il en pointant un pouce derrière son dos. Nous venons chaque année. »

Les yeux de Heather s'habituant à l'obscurité, elle put constater qu'il y avait du monde derrière Ray dans le désert. Un campement entier, à vrai dire, de vingt ou trente personnes peut-être. Beaucoup de gens âgés et de jeunes enfants. La plupart dormaient, mais quelques-uns étaient assis autour des braises d'un feu.

« Où allez-vous ? À Alice ? demanda Ray.

— J'essaie de trouver l'aéroport. Si je continue sur cette route… ?

— Oh non. Ils auraient dû faire attention à la signalisation. Sur cette route, vous allez juste suivre une grande boucle à travers le bush. Retournez là où vous avez vu les travaux et prenez à droite. Vous serez à Alice dans un quart d'heure. À cette heure, il n'y a pas de circulation.

— Merci. »

Ray sourit. Ils restèrent face à face quelques instants, un peu embarrassés. Heather sentait qu'elle n'avait pas envie de mettre fin à la conversation si vite.

« Qu'est-ce que c'est cette foire dont vous parliez ? demanda-t-elle.

— La foire d'Alice Springs. Dans la région, c'est le plus gros événement de l'année. Les Blancs d'ici, bon, ils n'aiment pas trop nous voir en ville, mais ils ne peuvent pas nous empêcher de venir à la foire.

— Et cette foire, c'est… une sorte de kermesse ? »

Ray eut un petit haussement d'épaules.

« On peut dire ça, je suppose. C'est surtout une foire aux bestiaux, mais il y a de quoi manger, de la musique, des manèges pour les enfants. Vous avez des gens qui font des centaines de kilomètres pour y participer. En général, elle est organisée en juillet. Cette année, elle a été avancée. Vous avez des bandes venues de tout le territoire, et certaines même du Queensland. Avec ma bande, on a marché trois jours pour arriver jusqu'ici. »

Heather regarda avec émerveillement la « bande » de Ray. Ces gens – ces grand-mères, ces parents, ces jeunes enfants – avaient marché à travers le désert pendant trois jours ?

« Une Américaine pour de vrai, c'est quelque chose qu'aucun des gosses n'a jamais vu. Ça leur ferait une belle histoire à raconter. Vous voulez bien venir leur dire un petit bonjour ? » demanda Ray.

Elle passa quelques minutes à faire connaissance avec la famille de Ray – ses membres qui ne dormaient pas, à tout le moins. Sa petite-fille Nikko, sa femme Chloe. Comme cette dernière admirait ses boucles d'oreilles, Heather la pria de les accepter en remerciements de l'aide que Ray lui avait apportée en la remettant sur la bonne route. Le cadeau fut accepté, mais seulement lorsque Ray eut offert à Heather un petit canif de sa fabrication.

« Je vends ces couteaux à la foire, dit-il. Le manche est en bois de jarrah et la lame en fer météorique.

— En fer météorique ?

— Ouais. Celui de la météorite qui est tombée à Wilkinkarra. »

Un émeu et un kangourou étaient sculptés sur un côté du canif. Sur l'autre, Heather pensa reconnaître la Voie lactée. L'objet était magnifique. Elle voulut le rendre à Ray.

« Je ne peux pas vous prendre ça ! Il doit valoir des centaines de…

— J'aurai de la chance si j'en tire vingt dollars la pièce. Emportez-le. C'est honnête. Un don pour un don. Les boucles d'oreilles pour le couteau. Vous voyez l'anneau, ici, au bout ? On m'a dit que si vous y attachez vos clés et si vous le posez avec votre téléphone dans le petit plateau qui passe à côté du détecteur de métal, vous pouvez même le garder dans l'avion. Il passe pour un simple porte-clés. »

Il était exclu pour Ray qu'elle refuse son cadeau, et elle l'accepta de bonne grâce. Elle remonta dans la Toyota, salua la famille de la main, fit demi-tour pour regagner l'intersection en travaux et prit cette fois la bonne direction pour Alice Springs. La ville se rapprochant, la route devint de plus en plus fiable. Des maisons et des magasins se profilèrent dans l'obscurité. Heather aperçut quelques feux de camp autour desquels étaient réunis des hommes et des femmes. Des aborigènes, encore, vraisemblablement ici pour la foire.

Tout à coup, son téléphone capta du réseau et Google Maps recalcula son itinéraire. La radio avait repris vie un peu plus tôt. « À la prochaine intersection, tournez à gauche, direction aéroport d'Alice Springs », annonça l'appli avec un accent australien guilleret. Heather parvint au terme de son voyage dix minutes plus tard. Elle gagna le parking du loueur de voitures et coupa le moteur. Sur un panneau montrant le dessin d'un chien à l'air triste et d'un chat indifférent, il était ordonné à la clientèle de NE PAS NOURRIR LES DINGOS, LES CHIENS ERRANTS ET LES CHATS SAUVAGES. Elle s'assura que les portières étaient verrouillées et laissa tout le monde dormir encore un moment.

« Nous sommes arrivés », dit-elle enfin en secouant doucement Tom par le bras.

Il s'étira.

« Oh, c'est super. Merci, chérie. Mais j'aurais pu

conduire un peu ! T'aurais dû me réveiller. Tu n'as pas eu de soucis ?

— Pas vraiment. Juste un gros kangourou au milieu de la route, dit-elle en attachant le canif à son porte-clés.

— Quoi, t'as vu un kangourou et tu nous as pas prévenus ? Ça se fait trop pas, Heather ! » grommela Owen sur la banquette arrière avant qu'un bâillement ne le fasse s'étrangler.

Ils réveillèrent Olivia, rassemblèrent leurs bagages et entrèrent un peu hébétés, les yeux vitreux, dans le terminal. Ils avaient trois heures d'avance sur leur vol. Jamais, de toute sa vie, Tom n'avait été en retard à l'aéroport, et ce n'est pas aujourd'hui qu'il allait commencer. Aux contrôles de sécurité, il n'y avait à peu près personne – juste un couple de gothiques tout de noir vêtus, aux maquillages sinistres, et qui ne ressemblaient apparemment pas à leurs photographies de passeport. Lorsque vint son tour de passer le détecteur de métaux, Heather offrit un sourire à l'agente en uniforme :

« Le gothique moderne, dites donc. Pas très flamboyant. »

La femme réfléchit une seconde et poussa un petit rire. Elle fit signe à la famille de poursuivre son chemin.

Le canif ne fut pas confisqué à Heather.

2

Ils guidèrent un Owen et une Olivia somnolents jusqu'à la porte d'embarquement. À bord de l'avion qu'ils rejoignirent peu après, ils se retrouvèrent seuls dans la cabine de classe affaires ; de fait, ils étaient quasiment les seuls passagers du vol. Tom supportait mal les voyages en avion. On l'imaginait difficilement nerveux ou anxieux, vu la profession qu'il exerçait, mais cela lui arrivait. La première fois qu'il était venu à l'institut pour un massage, Heather s'était très vite rendu compte que ses problèmes de dos n'étaient pas dus à « une vieille blessure au ski », mais à de fortes tensions qu'il emmagasinait dans ses épaules et ses lombaires. Les toubibs se montraient souvent sceptiques quant aux réels bienfaits d'un massage de qualité, mais Heather n'avait eu qu'à concentrer le travail de ses mains sur ces tensions pour qu'il soit soulagé à quatre-vingts pour cent dès la fin de la première séance. S'il avait repris rendez-vous avec elle à l'institut par la suite, c'était bien davantage à cause du lien particulier qui s'était noué entre eux que pour une quelconque blessure.

L'équipage de l'appareil commença à présenter les consignes de sécurité. Heather posa une main sur la cuisse de Tom et il lui sourit.

« J'ai faim », annonça Owen.

Elle fouilla dans son sac à dos et lui tendit une barre de céréales nature. Il grogna :

« Mais non ! Oh la vache, Heather, tu sais bien que je déteste ces trucs !

— On a terminé celles à la fraise, dit-elle. C'est tout ce qui reste.

— Laisse tomber ! » Owen remit ses écouteurs dans ses oreilles et la capuche de son sweat-shirt sur sa tête, brancha son téléphone sur la prise de chargement USB et se replongea dans un jeu de courses de voitures.

Heather s'offrit quelques minutes de méditation pendant que l'avion roulait sur le tarmac en direction de la piste d'envol. *Tout est chemin*, se rappela-t-elle. Sa fatigue était un chemin, le regard réprobateur d'Owen était un chemin, le stress de Tom était un chemin, le beau visage ensommeillé d'Olivia était un chemin.

Ils décollèrent juste à l'aube. À gauche de l'appareil, le spectacle du soleil à l'horizon d'une étendue rouge apparemment infinie fut époustouflant. L'Australie était presque aussi grande que l'Amérique, mais ne comptait même pas un dixième de sa population. C'était un assemblage de déserts ocre, rouges et vermillon. De gigantesques Sahara couleur oxyde de fer parsemés d'énormes rochers de grès semblables aux pierres tombales d'une race de géants depuis longtemps éteinte. Elle pensa à Ray et à sa « bande » marchant à travers ce néant pour gagner la foire. Cela dépassait l'entendement.

Ses paupières se fermaient. *Je vais me reposer une minute*, songea-t-elle.

Ils atterrissaient à Melbourne lorsqu'elle se réveilla. Elle était en train de rêver de Seattle – d'arbres enneigés dans le parc Schmitz.

« Où… ? » bafouilla-t-elle, puis elle se souvint.

L'aéroport ressemblait à n'importe quel aéroport, et la ville aperçue de la banquette arrière d'un gros SUV ressemblait à n'importe quelle ville. Tom, à l'avant, bavardait avec Jenny, la représentante de la conférence venue les accueillir. Heather était assise à côté d'Olivia, qui avait de la peine à se réveiller, et Owen n'accordait pas un regard à son environnement extérieur : la capuche sur la tête, il était plongé dans un livre sur les serpents australiens. Dans les dîners, quand ils évoquaient les enfants, l'une des choses qui inquiétaient Tom et ses amis de la génération « X » au sujet de leurs cadets et de leurs progénitures, les milléniaux et les « Z », était qu'ils « n'étaient pas pleinement en prise avec le monde ». Peut-être, mais Heather ne pouvait guère reprocher à Owen d'avoir pour ainsi dire lâché prise. Le monde lui avait enlevé son adorable mère juste avant son douzième anniversaire. Le monde avait catapulté dans sa vie une inconnue maigrichonne censée être sa « nouvelle maman ». Quelle arnaque.

« À votre demande, je vous ai trouvé un Airbnb tout près de la plage », dit Jenny en pivotant la tête vers

Heather. C'était une jeune femme dans la vingtaine, aux cheveux roux cuivré et à la mine réjouie.

« Je n'ai pas demandé…, commença Heather.

— C'est moi, mon cœur, dit Tom. On sera tellement mieux qu'à l'hôtel de la conférence. J'ai vu la baraque sur le site. Elle est super. On y sera comme chez nous.

— Oh, d'accord. Parfait », convint Heather. Secrètement, elle avait eu hâte d'être à l'hôtel pour profiter du room service et se faire bichonner au spa pendant que Tom ferait son truc à la conférence.

Ils longeaient à présent la côte de Melbourne. Ils passèrent devant un phare et une marina. Avec les palmiers, la plage et l'océan indigo, le paysage était assez somptueux.

« Ça me rappelle un truc, dit Tom en tendant le bras derrière lui pour tapoter le genou d'Olivia. Pourquoi on ne voit jamais d'éléphants cachés dans les palmiers ?

— Pourquoi ? demanda Olivia d'une voix ensommeillée.

— Parce qu'ils se cachent super bien !

— Arrête les blagues reloues, papa ! supplia Olivia.

— Non, c'était drôle », murmura Heather.

Tom pouffa de rire, attrapa sa main et l'embrassa.

« À ta place, quand même, je n'arrêterais pas pour autant ma carrière médicale pour me lancer dans le comique, ajouta-t-elle.

— Et voilà, tu as déjà brisé mon rêve ! dit Tom en se frappant le front avec la main.

— L'Australie vous plaît, Heather ? demanda Jenny.

— C'est la première fois que je voyage en dehors

de l'Amérique. Alors oui, je dois dire, tout est très enthousiasmant.

— Le jet-lag, pas trop dur ?

— C'est à peu près passé, je crois. Nous avons été deux jours à Sydney et deux jours à Uluru. Chaque matin c'est un peu plus facile.

— Et vous, vous faites quoi dans la vie ? demanda encore Jenny.

— Je suis masseuse. Aujourd'hui je m'occupe surtout des enfants, mais j'ai encore une poignée de clients entêtés qui refusent de voir d'autres thérapeutes.

— J'ai une copine, Kath, qui est physiothérapeute, dit Jenny. Elle me fait mourir de rire. Les histoires qu'elle raconte ! Parce qu'il faut savoir qu'elle est hyper stricte, la Kath. Les petits vieux, avec elle, ils font rondement leurs exercices. Elle dit que la différence entre un physiothérapeute et un terroriste, c'est qu'avec le terroriste vous avez peut-être une chance de négocier.

— Je n'ai pas encore ma licence, en réalité, dit Heather même si elle savait que Tom détestait quand elle apportait cette précision.

— Bon, alors voilà la baie, enchaîna Jenny en désignant la mer. La maison est tout près. Il fait un temps superbe, vous pourrez profiter de la plage. Vous aimez la mer, je suppose, les enfants ? »

Ni Owen ni Olivia ne répondirent. Jenny s'engagea dans une paisible rue de banlieue, Wordsworth Street, et s'arrêta peu après devant un pavillon ultramoderne, rectangulaire, aux dimensions imposantes.

« Il y a une piscine. Les enfants et toi allez pouvoir vous la couler douce pendant que je travaillerai », dit Tom avec un grand sourire.

Heather le trouvait vraiment très beau quand il souriait. Son sourire le rajeunissait. Mais de toute façon il avait un physique incroyable pour son âge. On lui donnait entre trente-cinq et quarante ans, maximum, alors qu'il en avait presque quarante-cinq. Il n'avait presque aucun cheveu gris et son régime alimentaire lui assurait de rester mince. Ses cheveux étaient plus longs que d'habitude en ce moment, et ce matin ils faisaient sur son front une frange oblique qui ressemblait à une aile de corbeau. Dans le portrait exhaustif qu'un magazine lui avait consacré dans un dossier sur « Les meilleurs médecins de Seattle », on pouvait lire que ses yeux étaient d'un « azur sévère, et un peu distants ». Mais Heather n'était pas d'accord. Pour elle, il avait de beaux yeux bleus intelligents, malicieux et affectueux.

Jenny les aida à porter leurs bagages jusqu'au perron.

« Quelqu'un a besoin d'aller aux toilettes ? Les toilettes sont superbes. Heather ? On dirait que vous avez lâché un pet foireux, non ?

— Heu… Ça va.

— Super maison, vous allez voir, enchaîna Jenny en ouvrant la porte. Ce qui se fait de mieux, pas moins, pour notre orateur d'honneur ! Le proprio m'a fait l'effet d'un sacré connard, mais cet endroit est une merveille. »

Ils découvrirent une immense pièce à vivre meublée de canapés en cuir, de coussins et de tapis manifestement hors de prix.

« Les chambres sont à l'étage, dit Jenny. Toutes avec vue sur la mer.

— Bon, je dois aller saluer les collègues et régler quelques trucs, dit Tom à Heather. Mais je ne reviendrai pas très tard, sans doute en fin d'après-midi. Toi, tu te reposes et tu prends du bon temps. »

Heather posa un baiser sur la joue de Tom et lui souhaita bonne chance.

« Fais bien attention à toi, chéri », ajouta-t-elle en s'asseyant sur un canapé.

Jenny sourit, les mains sur les hanches.

« Je veille sur lui. C'est ma mission. Sinon, vous avez des questions ?

— Hmm… Il y a des animaux à voir, dans le coin ? demanda Heather. Pour les enfants.

— Des requins. Bienvenue en Australie, répondit Jenny en pointant un pouce vers la mer. Mais attention, même au bord de l'eau, ils peuvent vous emporter un pied et un mollet. »

Heather se redressa avec une mine interloquée.

« Je crois qu'elle plaisante, chérie, dit Tom.

— Ouais, dit Jenny en riant. Ne vous faites pas de souci. »

Et, l'instant d'après, Tom et elle quittèrent la maison.

« Purée, regarde ce que Cardi B vient de poster ! s'exclama Olivia en montrant son téléphone à Owen.

— Oh la vache ! Je sais même pas pourquoi elle se fatigue, quoi ! Comparée à Nicki, elle est nullos », commenta Owen.

Olivia gloussa.

« Et ce truc avec Drake ? Jamais Drake il travaillerait avec elle.

— C'est de Drake, heu, le rappeur, que vous parlez ? se risqua à demander Heather.

— Sérieux, Heather. Cherche pas, dit Olivia. Tu ne sais pas de quoi on parle. »

Owen ouvrait la bouche pour en rajouter une couche, lorsqu'un gros bâillement le saisit. Puis Olivia bâilla à son tour. Heather les fit monter à l'étage, leur attribua à chacun une chambre, et par bonheur ils ne se chamaillèrent pas à ce sujet.

Les fenêtres de la chambre principale, pour Tom et elle, donnaient sur la rue et sur le phare. La déco était de style plus ou moins aztèque. Il y avait une jolie salle de bains attenante. Quand Heather retourna voir si les enfants voulaient manger quelque chose, elle les trouva tous les deux vautrés sur leurs lits et endormis.

Elle retira ses chaussures à Owen et le couvrit avec la couette. Elle fit de même avec Olivia, ferma les rideaux aux fenêtres et regagna sa chambre. Les organisateurs de la conférence y avaient laissé une bouteille de vin, probablement de qualité, en cadeau de bienvenue. Elle la déboucha, se servit un verre, puis retira ses sandales, son jean et son tee-shirt, ses sous-vêtements. Après avoir enfilé un peignoir, elle allait passer à la salle de bains pour se doucher, lorsqu'elle remarqua une porte qui donnait sur un escalier menant au toit de la maison. Elle y trouva une piscine tout à fait séduisante quoique de taille modeste.

Son bikini était dans l'une des valises restées en

bas, mais le toit était bordé par un mur qui le mettait à l'abri des regards. Heather posa le verre de vin au bord de la piscine, fit glisser le peignoir à ses pieds et entra dans l'eau bleue fraîche. En expirant pour se laisser descendre jusqu'au fond de la piscine, elle sentit les heures de conduite, la poussière, ses tensions et ses douleurs commencer à s'évacuer.

Avec les enfants vingt-quatre heures sur vingt-quatre sur le dos, sans école et sans copains pour les distraire, ce voyage était tellement plus stressant qu'elle ne l'avait imaginé ! Elle ouvrit les yeux pour contempler le ciel australien indigo à travers l'eau de la piscine. Un ciel complètement semblable au ciel du Puget Sound[1] vu de Seattle, mais étrangement différent aussi.

Déjà trente secondes qu'elle retenait sa respiration.

Elle savait, avant de partir, que le voyage serait difficile, mais elle n'avait pas pensé qu'il serait *aussi* difficile. Depuis cinq jours, elle avait à peine eu une minute pour elle.

Les enfants étaient comme des filets de pêche qui vous emberlificotaient dans leurs cruautés, leurs besoins, leurs doigts gluants, leurs mélodrames et leurs déconvenues. La propagande maternelle-industrielle sur les mères vous serinait que tout ne serait que gros câlins, soirées télé sympas et joie d'assister à l'entraînement de foot minimes, mais ce n'était que des conneries.

---

1. Le bras de mer qui s'enfonce profondément, en de multiples méandres, dans la côte du Nord-Ouest Pacifique, bordé notamment par la ville de Seattle et la péninsule Olympic.

Elle émergea à la surface de l'eau à trente-cinq secondes. En reprenant son souffle, elle se rendit compte qu'elle était au bord des larmes. Elle les refoula et sortit de la piscine.

De retour dans la chambre, elle se trompa de porte en croyant ouvrir la salle de bains et découvrit un immense dressing-room complètement vide, avec des dizaines de cintres aux penderies. Un miroir couvrait le mur du fond. Il y avait des jours que Heather n'avait pas croisé de miroir, et celui-ci l'attira comme un aimant. Sa mère, l'artiste peintre, affirmait que la tristesse fuitait toujours par les yeux. Les yeux verts de Heather semblaient plus fatigués que tristes. Son visage avait bronzé et le soleil avait un peu éclairci ses cheveux. Elle avait perdu du poids, aussi, ce qui n'était pas une bonne chose, car elle n'avait pas de gras, uniquement de la masse musculaire. Depuis le début du voyage, elle n'avait fait ni gym ni yoga. Elle paraissait frêle comme ces filles qui gravitaient autour de Charles Manson – lorsque Tom expliquait à des gens qu'elle avait grandi dans une espèce de communauté, d'ailleurs, elle voyait bien à leurs têtes qu'ils se disaient « sans doute une secte sexuelle à la NXIVM[1] ou même pire ». Bien sûr, il n'avait jamais été question de cela.

Elle tira son téléphone de la poche du peignoir,

1. Se prononce « nexium ». Célèbre secte américaine (1998-2018), qui attirait des jeunes femmes pour en faire des esclaves sexuelles.

s'assit en tailleur sur le parquet et composa un numéro.

« Allô ? dit Carolyn.

— Salut ! C'est moi.

— Hé, copine ! Je me demandais si j'aurais jamais de tes nouvelles. J'étais sûre que les tueurs d'auto-stoppeurs ou les araignées t'avaient eue.

— Ben, toujours pas, tu vois. Il est quelle heure, chez nous ?

— Cinq heures et demie. De l'après-midi.

— Ici, c'est le matin. Le lendemain matin, je crois.

— Waouh, carrément space. Sérieux, quand même, tu fais attention aux araignées ? Et je t'ai parlé de ces pieuvres à anneaux bleus qui te tuent en dix secondes ?

— Oui, tu m'as déjà dit. C'est drôle, tu vois, mais il n'y avait pas beaucoup de pieuvres à anneaux bleus dans le désert.

— Ouais, eh ben, faudra pas te plaindre quand elles te choperont dans la flotte. Et comment va le mari trophée ?

— Il va bien.

— Je n'en doute pas, avec une belle pépée comme toi ! Faut reconnaître qu'il est lui-même hyper beau gosse. Et les deux monstres ? demanda encore Carolyn.

— Tu ne devrais pas parler d'eux comme ça.

— Ha ! Je savais que le syndrome de Stockholm te pendait au nez. Tu n'as qu'à tousser SOS en morse, si jamais il est dans les parages.

— Non, il n'est pas ici et tout se passe bien.

— À ton retour, dis, tu viendras me rendre visite ? Tu me montreras tes photos et tu me raconteras tout ?

— Bien sûr.

— Ça fait une éternité que je ne t'ai pas vue, tu sais.

— Y a le bateau… C'est compliqué.

— Il n'aime pas que tu reviennes chez nous, c'est ça ?

— T'es folle.

— C'est à cause de la drogue, n'est-ce pas ? Il nous prend tous pour des dégénérés. Tu n'aurais jamais dû lui parler de nos plantations de cannabis. Et pourtant, lui-même il drogue ses enfants. Enfin, médicaments sur ordonnance, qu'ils appellent ça ! Des hypocrites, tous ces médecins, si tu veux…

— Pour l'amour du ciel, Carolyn, on peut changer de disque ? l'interrompit Heather. Comment va tout le monde ? Parle-moi du Sound ! Quel temps il fait ?

— Attends, je vais à la fenêtre. On voit que dalle dehors. Y a de la brume et il pleut. Enfin, il crachine.

— J'ai rêvé qu'il neigeait. Comment va Scotty ?

— Il tient le coup. Il est passé me voir hier. Il a poussé la porte avec la patte pour entrer. Je l'ai caressé un peu et puis il s'est endormi sur le tapis.

— T'as vu mon père, sinon ?

— Ouaip. Il va bien. Il fait pas mal de kayak en ce moment.

— Et maman ?

— Les bons jours, elle te jette des gouttes de peinture quand tu passes à côté d'elle.

— Et les mauvais jours ?
— Elle insiste pour que tu entres voir ses tableaux.
— Oh purée, comme vous me manquez, vous tous ! Mais maintenant... je vois le monde et des tas de trucs, tu sais ?
— Raconte ! C'est comment l'Australie ?
— C'est beau. C'est brut, c'est rouge, c'est splendide. Et les gens sont super sympas.
— Il paraît. Ouvre l'œil, et si jamais tu croises un beau gabarit genre Chris Hemsworth, passe-lui mon numéro !
— Sans faute, promit Heather. Et toi ça va ?
— Ouais, impec.
— Tu écris des chansons ?
— Non. Toi ?
— Non. »
Un silence. Une légère tension sur la ligne entre les deux continents.
« Tu sais, ma belle, dit Carolyn, je suis hyper heureuse pour toi...
— J'entends venir un "mais".
— Mais... quand t'es partie, tu comptais devenir chanteuse ou actrice, quoi. Tu disais que tu voulais prendre ton essor...
— Et aujourd'hui, dit Heather, je ne suis qu'une sinistre mère au foyer crashée sur Terre dans un bouillon de cire et de plumes.
— Là ! Tu vois ? Ça, c'est de la vraie parole de chanson. Tu avais du talent. Qui sait où tu aurais pu aller ? New York ? Hollywood ? »

Heather bâilla.

« Je te laisse. Je dois emmener les enfants à la plage dans un petit moment.

— Mon Dieu ! T'es tout bénef, pour ce mec – non ? Nurse à plein temps à domicile, et dans son pieu, sans qu'il ait à débourser un centime.

— Non, c'est pas comme ça, dit Heather.

— Ah bon ? Parle-moi franchement, meuf. Je ne te dénoncerai pas à la Gestapo des mamans. »

Heather soupira.

« C'est juste que… la semaine a été assez difficile. Et même tous ces derniers mois, en fait. C'est…

— C'est ces mômes pourris gâtés, non ?

— Non, c'est… C'est plutôt moi, je crois. Je n'ai jamais été douée pour jouer à la tata, et tu sais que le baby-sitting n'a jamais été mon truc non plus. Personne ne nous prévient de la méchanceté dont ils sont capables. J'aime Tom et je suis super reconnaissante de tout ce qu'il fait pour moi, mais… les enfants, c'est juste épuisant, parfois.

— Bien sûr. Même avec des mômes faciles c'est épuisant.

— Ils ne sont pas affreux, et puis j'ai de la peine pour eux… Leur maman…

— Tu dois te protéger, ma belle ! Il faut penser à toi et à ta propre vie. Ne finis pas comme sa première femme, poivrote et morte au pied de l'escalier.

— Arrête, Carolyn ! C'est n'importe quoi, ça, et tu le sais. Judith souffrait de sclérose en plaques. Elle avait du mal à tenir debout…

— Je te charrie. Je veux bien qu'on échange un peu nos vies, même avec les gosses chiants, si tu penses qu'une rouquine pétulante pourrait plaire à monsieur Tom.

— Peut-être bien, convint Heather en riant.

— À propos de bibine, vous allez faire ce tour des vignobles dont tu m'as parlé ?

— Je ne sais pas. J'espère. » Heather bâilla de nouveau. « Il faut que je dorme. À plus, copine.

— Prends soin de toi, ma belle.

— Toi aussi. Caresse Scotty pour moi. »

Heather coupa la communication, retourna dans la chambre, se laissa tomber à plat ventre sur le lit et s'endormit instantanément.

Owen la réveilla une heure plus tard en lui plantant un doigt dans le cou.

« Tu devais nous emmener manger une glace, dit-il.

— Quoi ? Où... ? Ah, ouais. Mais oui ! La plage d'abord, ensuite la glace. Donne-moi cinq minutes. »

Dans la salle de bains, elle se passa de l'eau sur le visage. Pendant qu'elle s'habillait dans la chambre, elle entendit son nom par la porte entrebâillée du couloir :

« N'en parle pas à Heather, était en train de dire Olivia, mais j'ai trouvé une platine vinyle en bas. Et il y a plein de disques. Viens voir.

— N'en parle pas à papa non plus, répondit Owen dans l'escalier. Je parie qu'il doit y avoir du classique.

— Pour papa, au moins, ça va avec son âge. Les goûts de Heather, c'est tellement du n'importe nawak de milléniale hipster, railla Olivia. J'angoisse le jour où elle va nous avouer qu'elle est une Poufsouffle et nous demander dans quelle maison Harry Potter on est.

— Comment elle se tape l'affiche ! » renchérit Owen, et sa sœur et lui éclatèrent de rire.

Heather ferma la porte en s'autorisant un « Petits merdeux » à mi-voix. Ces deux mômes étaient déjà des enfants-soldats accomplis de la guerre des générations. Et sérieusement, en plus, si l'un d'eux avait pris la peine de jeter un œil sur ses playlists Spotify, il aurait trouvé bien des artistes d'aujourd'hui : Porridge Radio, Chance the Rapper, Vampire Weekend, Post Malone, Big Thief, les Shaggs… Elle soupira. Malheureusement, elle n'arriverait jamais à leur faire entendre cela.

La maison était bien dotée en crèmes solaires et en serviettes de plage. Heather fit prendre aux enfants leurs cachets – Ritaline pour Owen, Lexapro pour Olivia –, puis ils traversèrent ensemble la route du bord de mer pour rejoindre la plage St. Kilda. Owen portait toujours son sweat à capuche, qu'il quittait rarement, mais Heather supposait qu'il l'enlèverait quand il aurait trop chaud.

« Vencz, je vous emmène dans l'océan, dit-elle.

— Aucune chance », grogna Owen.

Olivia la suivit à travers la plage. L'adolescente était svelte comme son père et avait les cheveux blonds et le teint clair de sa mère. Depuis un an, elle avait beaucoup changé physiquement. Son esprit était peut-être en deuil, renfermé sur lui-même, mais son corps n'en savait rien et continuait de se développer. À quatorze ans, elle en faisait déjà plutôt seize ou même davantage. Heather et Olivia testèrent l'eau qui se révéla étonnamment froide. Owen les rejoignit, y trempa un pied et les regarda d'un air renfrogné comme si elles lui avaient joué un mauvais tour.

Au complexe St. Kilda Sea Baths, ils trouvèrent une brasserie qui vendait des fish & chips et des glaces à emporter. Heather eut la certitude de se faire gruger de près de trois dollars sur la monnaie, mais une crise de timidité l'empêcha de rouspéter. Elle se maudit en silence tandis qu'ils mangeaient au soleil en remontant la plage. À la maison, elle veilla à ce que les deux enfants prennent une douche et se sèchent correctement. Olivia, qui avait déjà terminé tous ses devoirs, proposa à Owen de l'aider pour les exercices d'astronomie qu'il devait faire pour son cours de sciences naturelles. Owen déclara qu'il n'était pas « un assisté » et une dispute éclata. Heather les installa devant un film, *Godzilla*.

Elle était claquée. Mais elle savait que c'était le prix à payer : pour être avec Tom, elle devait aussi composer avec les gamins. Et elle voulait être avec Tom. Elle aimait Tom, et elle l'aimait non pas en dépit de toutes ses petites excentricités et bizarreries, mais *pour* elles. Pour tout ce qu'il était. Pour son intelligence, son chagrin, sa méticulosité, ses blagues à papa, sa façon de la couver du regard le matin au réveil. Les efforts qu'il faisait sur lui-même pour elle, aussi. Quand elle avait un peu naïvement réagi devant Jenny au sujet des requins, il n'avait pas levé les yeux au ciel comme le Tom de trois mois plus tôt aurait pu le faire. Il n'avait pas encore tout à fait vaincu son penchant à la condescendance, mais il essayait vraiment de s'améliorer.

Elle prévint les enfants qu'elle sortait un petit moment, fit le tour du pâté de maisons et trouva un 7-Eleven. Au comptoir, l'employé l'informa qu'un paquet de Marlboro coûtait vingt dollars[1] – et elle dut bien le croire lorsque le prix s'afficha sur l'écran de la caisse. Elle fuma deux cigarettes et écouta « Bet My Brains » de Starcrawler en regagnant sans hâte la maison.

Le film captivait les enfants.

Tom lui texta plusieurs « blagues » qu'il envisageait d'inclure dans son grand discours de la conférence, pour détendre l'atmosphère, avec la question : Drôle ou pas drôle ?

Elle n'eut pas le cœur de lui répondre Pas drôle, mais elle nota dans un coin de sa tête de lui conseiller de se limiter à une seule plaisanterie – grand max.

Lorsque *Godzilla* fut terminé, elle ouvrit un placard sur la porte duquel un petit écriteau annonçait : JEUX DE SOCIÉTÉ À SATIÉTÉ. Les deux enfants ronchonnèrent, mais elle fit preuve d'autorité et ils décidèrent de jouer à Risk. Elle trouva la platine vinyle et, fermant les yeux sur les albums des Beatles, mit du Mozart.

Lorsque Tom revint, à 18 heures, Olivia avait presque conquis la totalité du monde. Bien que vanné,

1. Plus de 12 euros.

il s'assit avec bonne humeur sur le canapé pour observer ses enfants, ravi de les voir se livrer à une activité si délicieusement rétro et y prendre de toute évidence du plaisir. Heather lui apporta un verre de vin et ils s'éclipsèrent tous les deux à la cuisine tandis qu'Olivia balayait les derniers foyers de résistance de l'Asie.

« La journée a été bonne ? demanda Tom.

— Nous avons tous commencé par faire la sieste et ensuite j'ai emmené les enfants à la plage. Et toi, c'était comment ?

— Sympa. J'ai rencontré les pointures du pays en chirurgie orthopédique. On s'est raconté des histoires de genoux. Les genoux australiens sont aussi merdiques que les genoux américains. Tant mieux ! » Il se pencha pour l'embrasser.

« T'as vu ? J'ai gagné ! s'exclama Olivia, triomphale, en entrant dans la cuisine, talonnée par Owen. Oh non, pitié, pas de baisers ! »

Tom s'esclaffa.

« Bon, écoutez, on m'a conseillé quelques bonnes adresses pour le dîner. Et demain, pendant que je bosserai sur mon discours, vous aurez encore une journée peinarde. Ça marche ?

— Ah non, ça suffit ! protesta Owen. On n'a pas vu un seul animal cool depuis qu'on est arrivés ! Jake a même commenté sur mon Instagram qu'à son avis, je suis parti pas plus loin que l'Utah.

— Juste pour te taquiner, je suis sûr.

— Papa, s'il te plaît ! On ne va quand même pas rester ici demain ! insista Owen. Il faut explorer un peu avant de rentrer à la maison. Qu'on voie au moins des koalas. S'il te plaît, s'il te plaît, s'il te plaît ! »

Olivia elle-même renchérit d'un « s'il te plaît » à peine narquois.

« Je crois qu'ils n'ont pas tort, dit Heather.

— Tu ne voulais pas visiter ces vignobles dont on a parlé ? » demanda Tom.

Elle sourit.

« Faisons quelque chose pour les enfants.

— Bon, d'accord, acquiesça Tom d'un ton las. Je vais y réfléchir. »

3

Tom se réveilla juste avant l'aube. Après l'énorme boost d'adrénaline qui l'avait porté presque toute la journée – l'excitation de rencontrer ses collègues de la conférence –, il avait sombré dans un profond sommeil aussitôt couché. Heather ronflotait lorsqu'il sortit du lit en prenant garde à ne pas la déranger. Il la contempla quelques secondes le sourire aux lèvres. Elle était super. Tellement drôle. Paisible. Gentille. Les enfants ne l'avaient pas encore tout à fait adoptée, mais cela viendrait. Alors que Judith n'aurait jamais accepté de mettre les pieds en Australie, Heather prenait tout comme une aventure.

Il monta sur le toit et s'assit au bord de la piscine pour méditer une dizaine de minutes, respirant profondément et se laissant porter par l'instant présent. Ensuite, il fit cinquante pompes suivies par cinquante sit-up. Il avait adopté dès le début de ses études de médecine ce rituel matinal qui l'aidait à rester calme et concentré sur ses objectifs. Sans ces exercices, il n'aurait jamais pu encaisser l'année qui venait de passer.

Au rez-de-chaussée, Tom but de l'eau dans la

cuisine puis appela l'agence de location de voitures. Il eut alors le déplaisir de s'entendre dire que la Porsche Cayenne dernier modèle qu'il avait réservée n'était plus disponible. On lui proposait à la place soit la Cayenne E-Hybrid, soit une Cayenne Turbo ancienne.

« Je voulais le nouveau modèle. J'ai appelé hier soir, protesta-t-il en s'efforçant de ne pas s'énerver.

— Je suis désolé, monsieur, nous n'en avons plus. Le client qui vous a précédé a pris la dernière. Il ne nous reste que la Turbo ou l'E-Hybrid. Qui est, je précise, notre Porsche de location la plus appréciée de la clientèle, parce qu'elle…

— Non merci ! Je prévois de faire une longue route. Aucun risque que je fasse confiance à une hybride.

— Ou alors nous avons un SUV BMW, pour…

— Je vais prendre la Turbo. Pouvez-vous me l'amener avant 9 heures ce matin ? Je veux me mettre en route sans tarder. L'adresse, c'est Wordsworth Street, au numéro 3. À St. Kilda.

— Certainement, monsieur. »

Tom raccrocha très mécontent. Personne ne faisait jamais correctement son boulot. Personne.

Il enfila un short et un tee-shirt, chaussa ses baskets pour aller courir le long de la plage. À son retour, il remonta sur le toit pour se rafraîchir et faire quelques longueurs dans la piscine. Comme le miroir de la salle de bains était couvert de buée, après qu'il se fut douché, il se rasa au rasoir électrique en utilisant l'objectif à selfie de son téléphone. Il avait maigri, pendant ce voyage, et cela lui allait bien. Il ressemblait au poète Ted Hughes jeune.

« Tu as réussi, mec. Tu as survécu à cette année difficile. Je suis fier de toi, mon pote, dit-il au Tom-selfie sur l'écran du téléphone. Un article dans le *Journal of Orthopedic Surgery*. Plusieurs conférences internationales. Un discours à Melbourne en tant qu'invité d'honneur. Le succès à quarante-quatre ans. Qui aurait imaginé tout ça ? Si Judith pouvait te voir aujourd'hui, elle serait heureuse pour toi. »

Tom-selfie médita un instant cette dernière affirmation et secoua lentement la tête.

Il noua un drap de bain autour de sa taille et passa dans la chambre. Heather apparut à la porte d'un dressing-room qu'il n'avait pas remarqué auparavant. Elle portait un peignoir. De son téléphone, qu'elle avait à la main, s'élevait cette chanson, « 212 », qu'elle adorait et qu'il détestait.

« Tu viens d'où ? demanda-t-il.

— De Narnia », répondit-elle.

Tom ne put s'empêcher de sourire.

« T'y as fait des trucs intéressants ?

— Des trucs de reine, dit-elle. Mais tu sais… je peux me libérer rapidos de mes atours royaux.

— Les enfants ?

— Dorment à poings fermés. »

Elle laissa tomber le peignoir à ses pieds, il se débarrassa de sa serviette et ils se jetèrent ensemble sur le lit. Ils n'avaient pas fait l'amour depuis qu'ils avaient quitté les États-Unis. Le soleil matinal perçant à travers les volets baignait la chambre d'une lumière fraîche et joyeuse. Après qu'ils furent parvenus ensemble à l'orgasme, Heather resta un long moment couchée sur la poitrine de Tom.

Elle redressa la tête et l'embrassa sur le menton.

« Tu as raté un petit coin, là, en te rasant.

— J'arrangerai ça.

— J'aime bien. Ça te donne un petit côté hipster. Ou Frank Zappa.

— Ouais, mais pas possible. Les patients aiment bien que leurs chirurgiens aient l'air fades. Fades, sûrs d'eux et compétents.

— Tu es deux de ces choses », dit-elle en l'embrassant de nouveau.

Tom ferma les yeux, caressant l'épaule de Heather.

« Cette année a été difficile pour nous tous. Et j'ai fait ce que je pouvais, non ?

— Mais oui ! Nous avons tous fait de notre mieux.

— Je t'aime beaucoup, mon cœur, dit-il en l'embrassant à son tour.

— Moi aussi je t'aime… Oh, dis ! Tout va bien ? Tu as une ride de tension sur le front. »

Il poussa un petit soupir.

« Je n'ai pas eu la voiture prévue. Je voulais la nouvelle Cayenne avec le GPS amélioré, la caméra de recul et le système anticollision, mais l'agence a… »

La porte s'ouvrit tout à coup sur Olivia qui s'avança dans la chambre.

« On part quand ? demanda-t-elle tandis que Heather tirait précipitamment la couette sur Tom et elle.

— Dès qu'Owen sera levé, répondit son père. Si nous voulons faire ce voyage, tu sais, il faut que nous partions de bonne heure pour pouvoir rentrer pas trop tard. Je dois travailler mon discours. La conférence mettra ça sur YouTube, alors tu imagines. »

Olivia tourna les talons pour s'élancer dans le couloir en criant :

« Owen, réveille-toi ! Tu traînes ! »

Owen marmonna quelque chose et une dispute éclata entre le frère et la sœur. Tom se glissa hors du lit, courut jusqu'à la porte et la ferma. Aussitôt, les éclats de voix des enfants ne furent plus qu'un bruit étouffé, lointain.

« Tu ne vas pas les calmer ? demanda Heather.

— Le b.a.-ba du métier de parent, chérie : ce que tu ne vois pas et n'entends pas n'existe pas. »

Une heure plus tard, ils embarquaient tous les quatre dans une Porsche Cayenne Turbo orange vif et prenaient la direction du sud-est sur une autoroute apparemment neuve qui déroulait sans pitié ses nombreuses voies de circulation à travers les banlieues moroses de Melbourne. Le SUV était aussi confortable et puissant qu'on pouvait s'y attendre, mais il avait un look extérieur un peu bizarre, car il était équipé d'un énorme « snorkel » – un tuyau noir de prise d'air fixé sur le capot et au bord du pare-brise – adapté à la traversée des rivières en crue.

Pas de rivière en crue à l'horizon cependant. Tom se fit la réflexion qu'ils étaient à quinze mille kilomètres de l'Amérique, mais que les banlieues qu'il apercevait des deux côtés de la route, avec leurs centres commerciaux, leurs McDo et leurs Walmart, ressemblaient à toutes les banlieues qu'il connaissait. Intéressant tout de même. Ici, supposait-il, il voyait la « vraie Australie », hors des sentiers touristiques, où vivait la majorité des Australiens.

Quand ils virèrent vers le sud sur la péninsule Mornington, les constructions s'éclaircirent peu à peu pour dévoiler une campagne vallonnée. Heather montra à Tom et aux enfants des kookaburras et de grands corbeaux noirs perchés sur des fils de télégraphe affaissés. Elle prit une photo d'un loriquet arc-en-ciel qu'elle envoya à Carolyn.

Mais les oiseaux n'intéressaient pas les enfants qui commençaient à s'impatienter.

« Ils sont où les kangourous et les koalas ? grogna Owen avec exaspération. Zut, quoi ! »

Tom fronça les sourcils en le regardant dans le rétroviseur. Ce garçon ressemblait si peu à sa sœur. Si lui, Tom, avait eu droit à un voyage en Australie à l'âge d'Owen, il aurait été heureux de bout en bout. Sans doute le gamin allait-il rester boudeur jusqu'à ce qu'il soit rentré à la maison et prenne son Valium. Tom ouvrait la bouche pour le remettre à sa place, lorsque Heather posa une main sur sa cuisse en disant :

« Les enfants, en voilà une que votre père m'a racontée hier. Techniquement, les koalas ne sont pas des ours, mais est-ce que vous savez pourquoi ?

— Pitié, papa, fais-la taire ! protesta Olivia. C'est déjà assez terrible quand c'est toi !

— Parce qu'ils n'ont pas les bonnes koalifications», conclut Heather tandis que les deux enfants se facepalmaient.

En se rapprochant de la côte, la route passa à une seule voie dans chaque sens et devint plus sinueuse. Puis, tout à coup privés de réseau mobile, Siri et Google Maps cessèrent de fonctionner.

La journée était torride, une fois de plus, avec quarante degrés ou davantage de température extérieure, mais dans la voiture la climatisation leur entretenait un agréable vingt degrés. Ils avaient aussi des bouteilles d'eau du frigo de la maison pour se désaltérer.

Midi approchait, ils n'avaient pas vu grand-chose et Tom voulait rentrer à Melbourne pour travailler l'important discours sur la chirurgie de remplacement du genou qu'il devait prononcer à la conférence. Comme les enfants avaient faim, ils s'arrêtèrent à un petit stand au bord de la route. La fumée d'un barbecue luttait poussivement contre une nuée de moustiques tenaces. Un bonhomme d'une cinquantaine d'années à la mise négligée vendait de la bière, des sodas et, au prix assez raide de cinq dollars pièce, des «saucisses-grillades» qui n'étaient apparemment rien d'autre que des saucisses servies entre deux tranches de pain de mie – des sortes de hot dogs.

Heather, Olivia et Owen voulurent chacun une «saucisse-grillade», mais Tom préféra se passer de manger et demanda juste une canette de bière. Ils s'assirent à une table de pique-nique à l'ombre d'un arbre.

Privé de réseau, Tom ouvrit l'énorme volume de

nouvelles et de pièces de théâtre de Tchekhov qu'il avait apporté de Seattle. Owen sortit la feuille d'exercices d'astronomie qu'il avait glissée dans son livre sur les serpents. Il la contempla d'un air ennuyé pendant une minute ou deux.

« C'est impossible, marmonna-t-il.

— Je peux t'aider, proposa Olivia.

— J'ai pas besoin de ton aide ! » rétorqua Owen.

Un vieux camping-car Volkswagen s'arrêta à côté de la Porsche. Un homme et une femme en descendirent. Ils étaient tous deux très minces et devaient avoir autour de soixante ans. Ils achetèrent des « saucisses-grillades » ainsi que des canettes de Victoria Bitter et s'assirent à l'autre table de pique-nique à l'ombre de l'arbre. Les deux couples ne purent que se saluer.

« Je m'appelle Tom, et voici ma femme, Heather, et mes enfants Owen et Olivia.

— Hans, dit l'homme. Et voici ma femme, Petra.

— Nous sommes américains. De Seattle, précisa Tom.

— Nous sommes hollandais, dit Hans. De Leyde. Je suis ingénieur. D'une très longue lignée d'ingénieurs automobile.

— Tiens donc ?

— Mais oui. C'est mon arrière-grand-père qui a inventé le volant. »

Owen leva les yeux de sa feuille d'astronomie.

« Quoi ? Votre grand-père a, genre, inventé le volant des voitures ? Sérieux ?

— Mon arrière-grand-père.

— Et il vous a raconté ça ?

— Oui.

— Ça m'étonnerait, dit Owen d'un ton narquois.

— Et vous, Petra, que faites-vous ? demanda Heather.

— Je suis sociologue », répondit la femme.

Owen continuait de dévisager Hans avec le profond scepticisme d'un garçon de douze ans. Cela devenait un peu gênant pour tout le monde.

« Il fait vraiment très chaud ici, dit Hans. Nous allons plutôt manger dans notre véhicule. »

Les Hollandais se levèrent pour regagner le Volkswagen.

« Owen, pourquoi tu as ennuyé ce monsieur comme ça ? demanda Tom quand ils furent partis.

— Mais je l'ai pas ennuyé. Je l'ai cru grave ! Mon arrière-grand-père à moi, il a bien inventé la cuiller. Avant ça, les gens n'avaient que des fourchettes.

— Et notre arrière-arrière-arrière-grand-père a inventé le feu », continua Olivia.

Heather, Owen et Olivia éclatèrent de rire. Tom rit aussi malgré lui.

Un pick-up Toyota Hilux s'arrêta près du stand et deux hommes en descendirent. Le plus grand des deux portait une sorte de chapeau de cow-boy, un jean, une chemise à carreaux rouge et des bottes. Il avait autour de trente-cinq ans, une barbe brune taillée avec soin, des sourcils sombres et les yeux bleus. Beau gosse, supposait Tom, si l'on aimait le genre brut de décoffrage et vie au grand air. L'autre homme était un peu plus petit – peut-être un mètre quatre-vingts. Plus vieux, aussi, et il avait le front largement dégarni. Il était mince, élancé, et dégageait quelque chose d'un peu menaçant. Sa joue gauche était balafrée et il avait un vieux tatouage dans le cou, qui représentait peut-être une ancre. Il portait une salopette à bretelles, sans maillot de corps, avec des bottes en caoutchouc.

Tom regarda sa montre. Il était midi.

« Bon, dit-il. Nous autres, il est temps de rentrer.

— Mais on n'a pas vu un seul koala ! protesta Olivia.

— On n'a rien vu du tout, ouais ! grogna Owen.

— On a fait ce qu'on pouvait. Mais je dois retourner à la maison pour travailler », dit Tom.

Owen partit complètement en vrille : dans le genre père, il n'y avait pas pire que lui, ce voyage était archi-nul, pourquoi étaient-ils venus en Australie si c'était pour voir que dalle ? Olivia, de son côté, croisa les bras sur la poitrine en affichant sa moue boudeuse la plus noire.

Tom regarda Heather, mais elle était impuissante dans ce genre de situation.

« Excusez-moi, les amis », dit une voix. C'était le plus grand des deux hommes qui s'était approché. « Je n'ai pas pu m'empêcher de vous entendre. Vos enfants veulent voir un koala ?

— Oui ! dit Olivia.

— Venez avec moi », dit l'homme.

La famille le suivit jusqu'à l'arrière du pick-up. Il souleva une couverture recouvrant une cage dans laquelle se trouvait un koala endormi.

« Ooooh ! On peut le prendre dans nos bras ? demanda Olivia.

— Nan, désolé, ça, c'est pas possible. Ils sont fragiles, ils attrapent facilement nos maladies. Vous êtes américains, c'est bien ça ?

— Oui, de Seattle, dit Tom. Je m'appelle Tom et voici Heather, Olivia et Owen.

— Moi c'est Matt, dit l'homme. Et cette expérience qui a mal tourné, là, c'est mon frangin Jacko.

— Hé, 'tention, toi ! grogna le dénommé Jacko.

— D'où vient-il, ce petit monsieur ? demanda Heather en montrant le koala.

— Nous autres, on habite dans la baie, par là-bas, sur une île privée, dit Jacko. Et ces foutus koalas, ben y en a partout ! Avec des wallabies, des échidnés, des wombats, la totale. Chez nous, voyez, c'est un vrai Jurassic Park. »

Les enfants se tournèrent vers leur père.

« Faut y aller ! » déclara Olivia.

Tom se renfrogna.

« Une île privée, vous dites ?

— Ouais. Désolé, pas de visiteurs, répondit Matt.

— Papa ! » protesta Owen – et Olivia renchérit par un soupir d'incrédulité digne d'une tragédienne.

Tom regarda ses enfants. Ils avaient eu une année très difficile. Et lui, il avait été vraiment strict avec eux depuis le début de ce voyage. Peut-être un peu de vilain graissage de patte à l'américaine ferait-il l'affaire ?

« Y a-t-il un bateau pour cette île ? demanda-t-il.

Nous ne demandons pas mieux que de payer la traversée.

— Il y a bien un bac, mais ce n'est pas une question d'argent, dit Matt. La Mère, elle n'aime pas recevoir de visiteurs. Dutch Island, c'est son île, vous comprenez.

— Combien vous proposez ? » demanda Jacko.

Tom fit un rapide calcul. Il avait retiré trois cents dollars à l'aéroport d'Alice Springs, et la veille il avait touché sa première indemnité journalière de sept cents dollars de la conférence. Donc il avait près de mille dollars australiens[1] sur lui. Il tira son portefeuille de sa poche.

« Peut-être, heu, quatre… cinq cents dollars ? Juste pour jeter un œil, prendre quelques photos ? Cela ferait tellement plaisir aux enfants…

— Ah, les Yankees ! s'exclama Matt d'un air agacé. Vous ne pouvez pas tout acheter, quand même, les mecs ! »

Mais Jacko lui glissa un bras autour de la taille et l'entraîna à l'écart. Pendant une minute ou deux, les deux hommes semblèrent se disputer à mi-voix.

Les Hollandais étaient ressortis de leur camping-car pour voir ce qui se passait.

« Il a bien dit *Dutch*[2] Island ? » demanda Hans.

Jacko revint à cet instant vers le groupe.

« Si vous pouvez mettre neuf cents biffetons, dit-il, ça nous en fera trois cents chacun – pour moi, pour

---

1. Environ 620 euros.

2. Hollandais. L'île des Hollandais.

Matt et pour Ivan qui s'occupe du bac. Mais faudra pas traîner. Quelques photos en vitesse et vous décanillez.

— Neuf cents dollars ! C'est insensé », protesta Tom. Cela équivalait à… combien ? Cinq cents dollars américains, au moins.

« Papa ! gémit Owen.

— Nous ferions peut-être mieux de rentrer à Melbourne, dit Heather.

— Vous allez rater quelque chose, dit Jacko. C'est un endroit tout à fait spécial. Exceptionnel, même. Y a des animaux partout, et puis nous produisons nous-mêmes notre électricité et notre nourriture. Il n'y a aucun téléphone sur toute l'île, pas d'impôts, et pas de police non plus ! C'est quand la dernière fois qu'on a vu un flic chez nous, Matty ?

— C'était avant que j'arrive, répondit Matt. Mais ce n'est pas le…

— Des koalas, des oiseaux de toutes les couleurs, enchaîna Jacko. Vous verrez même sûrement quelques pingouins.

— Des pingouins, papa ! s'écria Olivia.

— Six cents, je n'irai pas plus loin, insista Tom.

— Si vous acceptez que nous venions aussi, intervint Hans, nous pouvons mettre les trois cents de plus. »

Matt s'était renfrogné, mais le sourire de rapace de Jacko s'élargit.

« Eh ben les amis, je crois que l'affaire est dans le sac ! »

4

Le convoi de véhicules s'arrêta près d'une jetée en bois décrépite tendue comme un bras osseux vers la baie. Le bac, comme certains ferries que l'on trouvait dans le Puget Sound, était un navire à fond plat équipé d'un moteur Diesel, d'une petite cabine sur le côté et d'une rampe mobile à chacune de ses extrémités.

Ivan, le capitaine, était grand et costaud, dans la cinquantaine. Il avait une cigarette au coin des lèvres, les cheveux longs et grisonnants et des yeux verts bouffis par l'alcool. Malgré la chaleur, il portait une salopette en jean épais. Il fut surpris de voir arriver tant de monde, mais, lorsque Jacko lui tendit trois cents dollars en lui glissant quelques mots à l'oreille, il empocha les billets avec une moue satisfaite.

Tom embarqua le premier au volant de la Porsche, suivi par les Hollandais dans leur Volkswagen et le pick-up Toyota.

Tout le monde descendit des véhicules pendant qu'Ivan détachait deux amarres. Avec une perche, il écarta le bac des vieux pneus protégeant le quai, puis il lança le moteur Diesel et la traversée commença.

« Si vous voulez voir des requins, je vous conseille de vous mettre à bâbord. Et pour vous autres marins d'eau douce, bâbord c'est le côté gauche », annonça Ivan en s'allumant une cigarette aussitôt après avoir écrasé le mégot de la précédente sous son pied. C'était Jacko qui tenait la barre.

Les voyageurs suivirent son conseil et ne tardèrent pas à apercevoir l'aileron d'un requin-tigre, ce qui valut à tout le monde d'être gratifié par Owen d'un sourire.

« Quelle taille fait cette île ? demanda Tom à Ivan.

— En longueur, dans les cinq kilomètres. Donc environ trois miles dans l'ancien système. Et trois kilomètres dans l'autre sens.

— Les koalas, nous les trouverons dans une zone particulière ? » demanda Heather.

Matt, qui était resté à l'arrière du navire depuis le départ, les rejoignit à cet instant. Il avait retiré son chapeau. Avec son abondante chevelure châtaine et son teint mat, Heather trouvait qu'il ressemblait à ces hommes vers lesquels on voyait des femmes épanouies galoper à cheval dans les publicités Tampax des années 1990.

« Pour les koalas, il faudra regarder dans les arbres, dit-il. Mais écoutez-moi bien. Ne vous éloignez pas trop de l'embarcadère. Chez nous, il n'y a pas de réseau et il est facile de se perdre. Et surtout, gardez vos distances avec la ferme qui est au milieu de l'île.

— Ah bon ? Je ne serais pas mécontent, moi, de voir une ferme australienne, dit Tom.

— Non ! répliqua Matt. Déjà, vous n'êtes même pas censés mettre le pied sur l'île. Et de toute façon il n'y a rien à voir. Aujourd'hui, c'est davantage une résidence rurale qu'une véritable ferme. Il y a quelques moutons, des chèvres, un générateur, un puits et c'est à peu près tout. Juste pour nous. Pour la famille.

— Mais vous vivez de quoi, alors ? demanda Tom.

— Dans les années 1910, le gouvernement fédéral a construit une prison, sur notre île, qui est restée ouverte jusqu'aux années 1980. Il nous payait un loyer, et aujourd'hui nous vivons des dividendes, en quelque sorte, de cette rente. Après la fermeture, l'État de Victoria a voulu transformer la prison en site touristique, mais la Mère a fait ce qu'il fallait pour empêcher ça.

— Ah ouais, carrément, dit Ivan avec un petit rire méchant.

— Là ! Encore un requin ! » dit Owen en agrippant le bras de Tom pour l'entraîner avec Olivia vers l'avant du bac. Hans les suivit, laissant Matt seul avec les deux femmes.

« Combien êtes-vous à vivre sur cette île ? demanda Petra après un moment de silence.

— En comptant les mômes, vingt-cinq ou vingt-sept, je crois.

— Vous avez une école ? demanda Heather.

— À partir d'un certain âge les enfants vont en pension. Les plus petits ont école à la maison, si vous savez ce que ça veut dire. »

Heather sourit.

« Je connais. J'avais l'école à la maison, moi aussi, quand j'étais gamine.

— À Seattle ? Je croyais que c'était une grande ville. » Matt semblait un peu se décrisper – il devenait même presque cordial.

« Il n'y a que quelques années que je suis installée à Seattle. Moi aussi, j'ai grandi sur une petite île. Goose Island, dans le Puget Sound.

— Ah oui ? Et c'était comment ? demanda Petra.

— Nous nous sommes installés là-bas quand j'étais toute petite. Après que mes parents ont quitté l'armée. Goose Island est une sorte de colonie d'artistes, expliqua Heather, pas mécontente de livrer les grandes lignes de son histoire personnelle à de parfaits inconnus. La colonie a été fondée dans les années 1970, mais depuis elle a attiré beaucoup d'ex-soldats, d'anciens combattants souffrant de stress post-traumatique, ce genre de choses. Les gens y font de l'art-thérapie. Et puis il y a la nature. C'est un lieu vraiment très tranquille. Mais, heu… pour finir l'île est devenue un peu petite pour moi, alors je suis partie pour Seattle.

— J'ai fait le chemin inverse, dit Matt. Comme vos parents. Je me suis installé ici et je me suis marié dans la famille. En fait, la Mère n'est pas ma mère. Je suis un gendre.

— Mais l'île paraît quand même un peu, hmm, isolée ? s'étonna Petra.

— C'est ce qui me convient, justement, dit Matt. J'ai grandi à Melbourne dans un tout petit appartement. Seul avec ma mère. Les trams, les voitures, les cris des gens, pff… La ville, vraiment, ça me prend la tête. Je suis venu ici quand j'ai rencontré Tara, l'avant-dernière fille de la Mère. Mais elles se disputaient comme des chiffonnières, toutes les deux, alors Tara a fini par se barrer. Moi, je suis resté. Sur cette île, j'ai appris les méthodes de survie en pleine nature, je mène une vie paisible et, le matin en me promenant, je peux voir des centaines d'oiseaux différents.

— Survivre en pleine nature ? Les oiseaux ? dit Heather. Vous vous entendriez bien avec mon père.

— Possible. Lui, ce n'est pas votre père, alors ? » demanda Matt en pointant un pouce vers l'avant du bac.

Heather rougit.

« Non ! Tom est mon mari !

— Vous paraissez bien jeune pour avoir des enfants de leur âge », observa Petra.

Heather regarda Tom, Olivia et Owen.

« Je suis sa seconde femme. Sa première, Judith, est décédée il y a un an, dit-elle calmement.

— Oh non, les pauvres petits, dit Petra. Mais je suis sûre que vous leur apportez beaucoup de réconfort. »

J'essaie, pensa Heather en baissant les yeux.

Matt cherchait à allumer une cigarette. Son briquet ne fonctionnait pas. Heather lui prêta son Zippo et, un instant plus tard, il tira avec plaisir sur sa cigarette.

« Y a-t-il des traces de l'héritage aborigène, sur l'île ? demanda Petra.

— Non, répliqua Matt. Hé, attention ! Comprenez

bien que cette île n'est *pas* une destination touristique.

— On leur a réglé leur compte ! On a fait une ligne noire sur ces enfoirés », lança Jacko qui venait vers eux. Ivan avait pris sa place à la barre.

« Une ligne noire ? répéta Heather. Qu'est-ce que c'est ?

— Vous avez entendu parler de la ligne noire de Tasmanie, tout de même ? » demanda Jacko.

Heather et Petra firent non de la tête.

« La ligne noire, c'est deux mille bonshommes, sous les ordres du commandant Sholto Douglas, qui ont avancé de front à travers la Tasmanie pour capturer tous les aborigènes qui étaient encore là-bas. Et ils les ont liquidés, précisa Jacko avec jubilation. Pas très longtemps après, il s'est passé la même chose ici, à Dutch Island.

— Et les pistes de rêve ? demanda Petra.

— Les pistes de… ? Ah ouais, on a eu un gars, y a quelques années, qui est venu nous débiter ces imbécillités. Tu te souviens, Matt ? lança Jacko.

— Je me souviens.

— Le lascar débarque chez nous, et il nous raconte que parce que nous n'avons pas d'indigènes dans le coin nous sommes une terre sans rêve. Le culot, putain. La belle arnaque ! La Mère, elle a vite vu dans son jeu. Tous ces bla-bla sur les démons et les bunyips. Alors Ivan et moi, elle nous a dit de le chasser à coups de fusil. Vous auriez dû le voir détaler ! conclut Jacko en gloussant.

— Mon Dieu », murmura Petra en regardant Heather qui écarquillait les yeux.

Le diesel poussif du bac les rapprochait inexorablement de l'île et Heather se sentait de plus en plus mal à l'aise. Pour se changer les idées, elle observa Ivan qui, tenant la barre du pied, était en train de lancer un fil de pêche dans l'eau.

« Qu'est-ce qu'il compte attraper ? s'enquit-elle.

— S'il y a des requins par ici, sans doute de gros poissons comme le saumon ou le thon, dit Petra.

— Vous pêchez ? demanda Heather.

— Beaucoup. Hans et moi, nous allons souvent en Allemagne pêcher à la mouche. Et vous ?

— Plus maintenant. Autrefois, avec mon père qui a lui-même passé son enfance à pêcher à la mouche dans le Kentucky. Mais dans ma famille, en fait, les vrais amateurs de pêche sont du côté de ma mère. Sa maman, ma grand-mère, a grandi dans la réserve du peuple makah. Et maman m'a toujours raconté que les Makahs étaient capables d'attraper tout ce qu'ils voulaient dans la mer. Même des baleines.

— Il ferait mieux de remonter sa ligne. Nous sommes bientôt arrivés, dit Matt. Dernière chance de passer aux cabinets, tout le monde ! »

Olivia tira sur la manche de Heather, qui leva la main comme une écolière.

« Les cabinets… Vous voulez dire les toilettes, c'est bien ça ? » demanda-t-elle.

Matt lui sourit.

« Ouais m'dame, et ça se trouve juste là, dans la

cabine du bateau. Allumez bien la lumière en entrant, par contre, et regardez s'il y a des araignées avant de vous asseoir sur la cuvette.»

Olivia regarda Heather avec une grimace effrayée.

«Quel genre d'araignées, au juste? demanda Heather.

— Venez. Je vais vérifier ça pour vous. Pourrait y avoir une veuve noire à dos rouge, par exemple. Des vraies méchantes, celles-là. Il arrive qu'elles se planquent sous la lunette. Elles peuvent être mortelles.» Matt tira la porte de la petite cabine et se pencha à l'intérieur. «Ça va, vous êtes tranquilles.»

Heather et Olivia s'approchèrent.

«Et c'est quoi ce truc?» demanda Olivia. Elle désignait une araignée impressionnante – une bestiole velue et marron aussi large que sa main – sur la cloison opposée à la porte.

«Oh, celles-là sont inoffensives, dit Matt. Ce sont des huntsman. Elles nous rendent même service, parce qu'elles mangent des mouches. Elles ne vous feront pas de mal.»

Une affirmation qui ne rassura absolument pas Olivia.

«Je vais me retenir, dit-elle.

— Tu es sûre, chérie? demanda Heather.

— Mais oui!» Embarrassée, Olivia croisa les bras sur la poitrine et fila retrouver Owen et son père.

«Les toilettes sont comment? demanda Petra.

— Si les araignées ne sont pas votre tasse de thé, ce n'est peut-être pas une très bonne idée», dit Heather.

Matt prit la barre pendant qu'Ivan rejoignait Jacko à l'avant. Jacko donnait la chair de poule à Heather, et elle n'avait pas pu s'empêcher de remarquer que ces deux hommes reluquaient Olivia. Elle n'en était pas sûre, au début, puis elle en avait eu la confirmation en voyant Jacko donner un coup de coude à Ivan alors que l'adolescente se penchait pour ramasser quelque chose sur le pont. Lorsque c'était elle que des regards lubriques ou des remarques déplacées visaient, Heather savait lever les yeux au ciel avec mépris ou remettre les hommes à leur place par une repartie bien sentie. Mais Olivia n'avait pas l'habitude de ce genre de choses, surtout de la part de types beaucoup plus âgés qu'elle. Yeux bleus, longues jambes, cheveux blonds, joli minois – dans deux ou trois ans, elle briserait des cœurs. Pour le moment, c'était encore une enfant. Heather hésita à intervenir, mais ils arrivaient à destination et les deux hommes se préparèrent à amarrer le bac tandis que Matt coupait le moteur et le laissait glisser en douceur vers la cale en béton de l'embarcadère.

Ivan abaissa la rampe et cria :

« Allez, vous autres, dans vos véhicules ! Et ne soyez pas partis plus d'une demi-heure, quarante-cinq minutes grand max. Je vous remmènerai aussitôt sur le continent.

— Ouais, marmonna Jacko. Prenez plein de photos de koalas, et ouste avant que la Mère vous tombe sur le paletot.

— Soyez prudents. Et sérieux, ne lambinez pas ! » ajouta Matt en regardant Heather.

Ils grimpèrent dans la Porsche pour se lancer à la découverte de l'île. Heather était soulagée de retrouver l'atmosphère climatisée de la voiture. L'Australie était sa première expérience de pays chaud, et elle savait déjà que ce n'était pas ce qui lui convenait. Peu après l'embarcadère, la route vira vers l'est pour traverser un paysage qui n'avait rien de très enthousiasmant. Il n'y avait pas le moindre koala en vue : juste une vaste lande herbeuse qui avait récemment été dévorée par un feu de brousse, et de temps en temps un eucalyptus sur lequel perchait un corbeau. Heather contemplait ce sinistre néant jaune et marron en songeant qu'ils s'étaient fait escroquer dans les grandes largeurs, lorsque Owen exprima avec dégoût leur sentiment à tous :

« C'est nul, ici !

— Peut-être en allant un peu plus vers le centre de l'île ? suggéra Tom.

— Nous sommes censés rester près de la côte, dit Heather.

— On a quand même payé pour voir quelque chose », dit Tom avec irritation en poussant sur l'accélérateur.

Ils franchirent un carrefour et parvinrent peu après à l'ancienne prison dont avait parlé Matt. Il n'en restait pas grand-chose : une maison et quelques bâtiments délabrés couverts de lichen et de mousse. Un homme assez âgé, au visage émacié et aux cheveux gris, surgit de derrière un mur et leur fit signe de s'arrêter. Tom baissa sa vitre.

« Qu'est-ce que vous faites ici ? demanda l'homme d'un air stupéfait.

— Nous, heu, nous cherchons des koalas et…

— Non ! Non, il faut partir ! C'est une île privée. Dangereuse. Vous tous, là, il faut vous en aller. Tout de suite ! »

Heather serra la cuisse de Tom.

« Cet endroit ne me plaît pas du tout. »

L'homme frappa le capot de la Porsche avec sa canne.

« Fichez le camp ! » cria-t-il.

Tom remonta la vitre et fit demi-tour. Il était aussi effrayé que Heather et les enfants.

« Par où ? demanda-t-il, déboussolé, lorsqu'ils atteignirent le carrefour.

— À gauche ! dit Owen.

— Tout droit, dit Heather.

— Il faut prendre à droite, je crois », dit Tom.

Il s'engagea sur la voie de droite, mais celle-ci perdit bientôt son revêtement goudronné pour devenir une piste de terre bordée à droite et à gauche par des herbes hautes.

« Merde, fausse route ! » grogna Tom. Il manœuvra pour repartir vers le carrefour.

« Le type du bateau nous a donné quarante-cinq minutes grand max, dit Olivia qui regardait l'heure sur son téléphone.

— Ça, ne t'inquiète pas, on y sera sans problème. » Tom écrasa l'accélérateur et la Porsche bondit en avant. La route prit une large courbe. Le soleil était presque en face d'eux, descendant vers l'horizon. Une tache de couleur bleue attira l'attention de Heather. « Attention ! » s'écria-t-elle.

Une femme en robe bleue juchée sur une bicyclette avait surgi d'un chemin transversal sans prêter la moindre attention à la Porsche qui fonçait vers elle. Quelques instants durant, Heather eut la sensation d'être en apesanteur. Non parce que la voiture aurait quitté le sol ou autre chose de ce genre – la Porsche Cayenne était totalement sûre. Cette sensation lui provenait d'une autre branche de la physique. C'était la sensation que sa vie basculait dans l'un de ces multivers dont Tom aimait tant parler. Il y avait un univers dans lequel Tom avait appelé le loueur de voitures cinq minutes plus tôt, et où ils roulaient à bord de la nouvelle Cayenne avec le radar et le système anticollision. Et puis il y avait cet autre univers, ici, où Heather hurlait « Tom ! » tandis que le capot du véhicule avalait la femme à bicyclette.

5

Les freins étaient puissants, mais la lourde Porsche roulait trop vite et avait trop d'élan.

« Oh mon Dieu ! » cria Tom tandis qu'un grincement écœurant se faisait entendre sous la caisse. La voiture dérapa sur une vingtaine de mètres avant de basculer dans l'étroit fossé qui bordait la route. Les airbags se déclenchèrent et Heather se sentit sèchement tirée en arrière par sa ceinture de sécurité. La voiture s'immobilisa, les roues côté chaussée continuant quelques instants de tourner dans le vide, et le moteur cala.

Heather ouvrit les yeux.

Le monde était penché à trente degrés. De hautes herbes blanches bordaient les deux côtés de la route. La femme et son vélo n'étaient nulle part en vue. L'airbag se dégonflait lentement devant elle.

Son cou avait subi une violente torsion et elle avait enfoncé les ongles de sa main gauche dans son poignet droit. Son père et sa mère lui avaient appris à juger son état physique dans les situations de stress. Elle passa les différentes parties de son corps en revue pour voir si elle saignait quelque part ou avait des fractures, mais elle savait déjà qu'elle était à peu près indemne. Elle détacha sa ceinture de sécurité et pivota sur le siège pour regarder les enfants.

Les airbags latéraux de la banquette arrière s'étaient gonflés et dégonflés. Olivia paraissait secouée mais entière. La ceinture de sécurité d'Owen lui avait entaillé la joue.

« Owen, ça va ? » demanda-t-elle.

Les yeux du garçon papillotèrent, puis se fixèrent sur elle. Il hocha la tête.

« Parle-moi, dit-elle. Je veux savoir comment tu te sens.

— Ça va, dit-il.

— Bien. Et toi, Olivia, comment tu es ? »

— Ça va... Je crois, dit l'adolescente. Qu'est-ce qui s'est passé ?

— On a heurté quelque chose ? » demanda Owen.

Heather regarda Tom. Son airbag le maintenait plaqué dans son siège, contre la portière. C'était le côté conducteur de la voiture qui avait basculé dans le fossé ; le corps de Tom penchait dans la direction opposée à Heather.

« Tom ? Tom ! Tu es blessé ?

— Quoi ? Non... pas... blessé, grogna-t-il. Ma tête...

— Fais voir. »

Il se redressa un petit peu. Sa tête avait violemment heurté la vitre et il avait une méchante éraflure sur le front. Il était de toute évidence sonné, peut-être même commotionné.

Ces six derniers mois, Tom avait tout fait pour elle. Il avait été galant, il l'avait invitée ici et là, il l'avait protégée, il avait épongé son découvert à la banque, il avait presque tout le temps conduit la voiture et il avait pris toutes les situations difficiles ou urgentes en charge. Tout de suite, il avait besoin de quelques minutes pour récupérer, et les enfants ne devaient pas…

Il fallait que ce soit elle qui agisse.

« Je sors de la voiture, annonça Heather. Olivia et Owen, vous restez ici pour le moment. Détachez vos ceintures si vous voulez – Olivia, aide ton frère –, mais surtout ne bougez pas. »

Elle avait mal à l'épaule gauche, là où la ceinture de sécurité l'avait comprimée. Elle écarta l'airbag dégonflé et trouva la poignée. Des picotements lui couraient dans la main et son bras lui semblait fait de caoutchouc. Elle poussa la portière, mais rien ne se passa. Elle la poussa plus fort sans plus de succès. Elle lui donna une bourrade et cette saleté céda enfin. L'inclinaison de la voiture rendait l'ouverture difficile.

Une claque de chaleur.

Elle avait oublié la chaleur. La clim devait avoir carburé.

Heather s'extirpa de la voiture et s'affala sur la route, la portière retombant derrière elle.

L'asphalte lui brûlait les mains. Elle se redressa, reprit son souffle un instant puis clopina vers l'avant du SUV. La femme ne s'y trouvait pas. Un petit frisson d'espoir la traversa. Elle scruta les herbes hautes de part et d'autre de la route. Il était tentant d'imaginer que Tom avait réussi, par miracle, à éviter la femme – mais elle savait que ce n'était pas le cas. Elle avait senti les roues et le dessous de la caisse broyer le vélo.

Elle mit un genou à terre pour regarder sous la voiture : la bicyclette était bien là, coincée et tordue au niveau de la roue arrière gauche, à moitié dans le fossé. Elle se redressa et gagna l'arrière de la Cayenne. La femme – ou plutôt son corps désarticulé – était sur la route, trois pas derrière le pare-chocs.

Heather se précipita vers elle et s'agenouilla.

« Comment vous… Oh mon Dieu. »

Les deux jambes de la femme étaient tordues dans des positions totalement anormales – impensables pour des jambes. Sa robe bleue était imbibée de sang. Heather souleva le vêtement et découvrit une énorme éraflure en travers de son abdomen, mais pas de plaie visible. Elle ne semblait plus respirer.

« Oh mon Dieu, je suis tellement désolée. Oh non ! Je suis tellement, tellement désolée. Ma pauvre… Nous ne vous avons pas vue… Mon Dieu… »

Du sang coulait du nez et de la bouche de la blessée. Elle avait besoin d'un médecin.

« Tom ! cria Heather. Viens par ici ! »

Elle posa les doigts sur le cou de la femme et compta dix secondes, mais elle ne sentait pas de pouls. Elle lui renversa doucement la tête en arrière, glissa deux doigts dans sa bouche et dégagea celle-ci de ce qui l'obstruait : du sang, des bouts de dents et un morceau de chair.

« Allez, s'il vous plaît », dit-elle avant de prendre une grande inspiration.

Elle essaya de souffler dans les poumons de la femme, mais son air revint dans sa propre bouche comme un écho malsain du principe vital qu'il était : âcre, chaud, fétide, avec un sale goût de sang. Quelque chose bloquait la trachée de la femme. Heather souleva son corps inerte en murmurant :

« Ça va aller. »

Elle lui claqua énergiquement le dos entre les omoplates et un autre bout de chair jaillit d'entre ses lèvres.

« Tom ! J'ai besoin de toi ! Viens ! »

Elle rallongea la femme sur le sol et essaya à nouveau le bouche-à-bouche. Cette fois l'air sembla atteindre ses poumons ou ce qu'il en restait.

Elle commença les compressions thoraciques.

Elle en compta vingt, puis chercha le pouls de la femme.

Toujours pas de pouls.

Du sang suintait de ses oreilles, de ses yeux, de sa bouche, de ses narines.

Des mouches commençaient à se poser sur elle.

« Merde », marmonna Heather. Ses efforts ne servaient à rien, sinon à activer la circulation sanguine d'un cadavre. Elle n'était pas capable de sauver cette femme. Il fallait une équipe de professionnels, avec des urgentistes, du matériel, une transfusion et…

Elle tira son téléphone de sa poche de jean pour appeler le 911.

Non, pas le 911. Quel était le numéro en Australie, déjà – 000 !

Elle composa le 000. Mais l'appareil ne captait pas de réseau. Elle se redressa et tendit le bras au-dessus de sa tête. Non, toujours rien.

Elle se précipita à l'avant de la voiture et grimpa sur le capot. La tôle brûlante lui grilla les mains.

Tom la regardait d'un air hagard à travers le pare-brise. Sur la banquette arrière, Olivia et Owen semblaient apathiques.

« Vois comment vont les enfants et sors de là ! » dit-elle.

Tom écarquilla les yeux, décontenancé, puis acquiesça.

Debout sur le toit du SUV, Heather examina son écran. Aucun réseau disponible, disait encore l'appareil.

La ferme dont Matt avait parlé ne pouvait pas être très loin. Avaient-ils un téléphone là-bas ? Un des hommes, sur le bac, n'avait-il pas dit qu'il n'y avait *aucun* téléphone sur toute l'île ? Elle ne savait plus.

Elle redescendit sur le capot, sauta sur la route et courut jusqu'à la femme.

Elle essaya de nouveau les compressions thoraciques.

La bouche de la femme dégorgeait à présent de pleines tasses de sang. Une grosse artère était sans doute rompue. Sa poitrine devait être remplie de liquide.

Heather ne pouvait rien faire pour elle. Personne ne pouvait plus rien faire. Elle avait été tuée sur le coup par la voiture et son cerveau n'était plus oxygéné depuis déjà plusieurs minutes.

Il n'y avait jamais eu la moindre chance de la sauver.

Elle baissa la robe bleue sur le cadavre. Quel joli, quel charmant, quel bon visage cette femme avait-elle ! Elle était la fille, la sœur, l'épouse de quelqu'un. Elle paraissait tellement jeune. Une jeune vie, anéantie – anéantie par eux.

Des larmes envahissaient les yeux de Heather.

« Je vous demande pardon, murmura-t-elle. Nous ne vous avons pas vue. Mon Dieu, je suis tellement désolée. »

Du bruit derrière elle. Des halètements. Tom qui sortait de la voiture. Il apparut bientôt dans son champ de vision – couvert de poussière et de brindilles. Il devait être passé par la vitre de sa portière et avoir crapahuté dans le fossé et les herbes.

« Oh mon Dieu ! dit-il d'une voix blanche. Qu'est-ce que j'ai fait ?!

— Ce n'est pas ta faute. Elle a surgi devant nous sans prévenir.

— J'ai klaxonné ! Non ? Mon Dieu. Elle n'a même pas tourné la tête !

— Tu ne pouvais rien faire d'autre, Tom. »

Elle se redressa et essaya de lui prendre la main, mais il la repoussa.

« Elle est morte ? bafouilla-t-il. Tu es sûre ?

— Elle est morte. Elle a été tuée sur le coup.

— Les compressions ! Je suis médecin… Laisse-moi… On peut… Merde, regarde dans quel état elle est !

— J'ai pensé la même chose. J'ai essayé. Mais il est trop tard. Écoute, tu ne pouvais rien faire de plus. Tu as freiné dès que…

— Si nous avions eu la nouvelle Cayenne, l'interrompit-il. Celle que je voulais. Le radar anticollision aurait arrêté la voiture. C'est la voiture que je voulais. Je te l'ai dit !

— Oui, je sais.

— C'est toi et les enfants. Nous n'étions pas censés venir ici ! Je voulais travailler mon discours, bordel ! »

Tom serrait les poings. Il avait les yeux écarquillés et fixes. Il paraissait à moitié fou.

Il ne se mettait pas souvent dans cet état, mais Heather l'avait déjà vu une ou deux fois péter un câble. Sa fureur l'avait prise par surprise. Elle savait qu'elle devait le ramener à la raison au plus vite.

Il la dominait de quinze centimètres. Elle se dressa sur la pointe des pieds et glissa les mains derrière sa nuque pour l'obliger à baisser la tête et la regarder.

« Hé ! cria-t-elle en faisant claquer ses doigts devant son visage.

— Je n'aurais jamais pensé que des gens pouvaient se balader à vélo par cette chaleur ! Qui fait du vélo quand il fait quarante degrés dehors ? Je cherchais des koalas dans les arbres. Ils auraient dû nous prévenir.

Tu as vu des panneaux de limitation de vitesse ? J'en ai pas vu, moi !

— Non, il n'y a aucun panneau. Et elle a déboulé sur la route, comme ça…

— Je peux la sauver ! Il reste toujours un espoir. J'ai fait des stages aux urgences pendant l'internat ! »

Tom s'agenouilla auprès de la femme.

Heather ne dit rien. Pour y croire, il devait constater par lui-même qu'elle était morte.

Elle regarda la route des deux côtés. Pas de voiture à l'horizon. Personne ne les avait vus.

Pour le moment.

Elle examina la Porsche. Les deux roues du côté conducteur étaient dans le fossé, mais celui-ci était étroit : trente centimètres de large, tout au plus, sur une cinquantaine de centimètres de profondeur. Ils réussiraient sans doute à repartir assez vite. Par contre ils seraient presque certainement obligés de pousser la voiture. Il serait donc important de l'alléger. Il faudrait qu'elle prenne le volant et que Tom pousse. Les enfants l'aideraient. Owen était déjà costaud et Olivia, avec ses longues jambes, pourrait ajouter à l'effet de levier.

Tom avait commencé la réanimation cardio-pulmonaire.

Elle le laissa s'échiner une minute.

« Ça ne donne rien, marmonna-t-il.

— Elle est morte, tu vois.

— Je roulais trop vite. Ce type, là-bas, m'a fait flipper. Et je regardais dehors par la vitre en roulant trop vite. Il faut appeler la police. Une ambulance.

— Il est déjà trop tard. Personne ne peut rien pour elle. »

Tom se redressa et tira son téléphone de sa poche pour essayer de passer un appel.

Heather ouvrit le coffre de la Porsche et sortit un grand plaid du fourre-tout dans lequel elle avait réuni leurs affaires de plage. Avant de rabattre le hayon, elle regarda les enfants : serrés entre leurs airbags à moitié dégonflés, ceintures attachées, ils paraissaient toujours aussi léthargiques. Elle retourna auprès de Tom et déplia le large plaid pour en couvrir la défunte.

Elle scruta de nouveau la route à droite et à gauche. Personne en vue.

Elle examina la situation.

Ce qu'elle envisageait de faire, c'était *mal*.

C'était la chose à ne surtout pas faire.

Légalement.

Moralement.

C'était un crime qui avait un nom : accident avec délit de fuite.

Tom avait tué cette femme. Et elle, Heather, s'apprêtait à aggraver ce drame. À le rendre encore plus horrible. C'était mal, elle le savait au plus profond d'elle-même, c'était mal et inadmissible. Mais son instinct lui criait que c'était la seule solution.

Elle essaya de deviner ce que sa mère lui conseillerait de faire.

Sa mère, décida-t-elle, lui dirait d'attendre les autorités.

Son père lui dirait de se barrer dare-dare.

Elle retourna à la Porsche, ouvrit la portière arrière et se pencha à l'intérieur pour dégrafer la ceinture d'Olivia.

« Ça va, chérie ? » demanda-t-elle.

Olivia commença à opiner, puis fit une grimace.

« J'ai mal au bras.

— Montre-moi. »

La ceinture de sécurité lui avait éraflé le bras. Mais elle n'avait rien de cassé.

« Je te mettrai un pansement tout à l'heure. Mais d'abord tu vas sortir. Emporte ta bouteille, si tu veux. »

Elle prit les mains de l'adolescente pour l'aider à descendre de la Porsche.

« Va attendre là-bas, devant le capot et même un peu plus loin, pendant que je m'occupe de ton frère.

— Qu'est-ce qui s'est passé ?

— Nous avons eu un accident. Je veux que tu ailles m'attendre devant la voiture. Je sais qu'il fait très chaud. Tu peux faire ça pour moi ?

— Oui », répondit Olivia qui semblait encore sonnée.

Avec Owen, l'opération se révéla plus complexe. Il était quasi catatonique. Heather comprit à son air absent qu'il s'était retiré derrière son « mur » – un truc qu'il faisait depuis le décès de sa mère et qu'elle n'avait jamais bien compris. Elle demanda finalement à Olivia de revenir.

« J'ai besoin de ton aide pour Owen, précisa-t-elle.

— Owen ! C'est moi ! cria Olivia. Allez, viens ! »

Il s'anima un peu. Elles réussirent ensemble à le tirer de la banquette arrière, puis Heather retourna auprès de Tom.

« Les enfants sont dehors, devant la voiture, dit-elle. Tous les trois, vous allez pousser pendant que je prendrai le volant pour sortir du fossé.

— À la ferme dont ils ont parlé, là, ils ont peut-être une radio. Nous pourrions faire venir une ambulance aérienne…

— Non, Tom. Elle a été tuée sur le coup. Et tu… nous l'avons écrasée. Ses poumons et d'autres organes sans doute sont détruits. Je sais que tu le sais. Personne ne peut plus rien pour elle. »

Tom semblait complètement désemparé, mais il ne la contredit pas.

C'était le moment.

Heather devait prendre sa décision. C'était à elle d'agir, et elle savait que Tom suivrait le mouvement.

Mais quelle était la conduite à adopter ?

Son sens moral et son instinct de survie pointaient dans des directions totalement opposées.

« Écoute, chéri… Tu as vu ces gens, dit-elle. Sur cette île, il n'y a qu'une seule famille. Elle contrôle le bac, qui est notre unique moyen de regagner le continent. Le téléphone ne capte aucun réseau. Nous ne pouvons compter sur l'aide de personne. Nous sommes complètement dépendants de ces gens.

— Et ?

— Tu as entendu ce que Jacko a dit au sujet de la police. Il m'a raconté qu'ils avaient chassé quelqu'un d'ici à coups de fusil. Ils sont chez eux, sur cette île, et ils y font la loi.

— Que... Qu'est-ce que tu proposes, au juste ? »

Heather dévisagea Tom. Il était plus âgé qu'elle, oui. Il avait beaucoup lu, oui. Mais il évoluait dans des cercles très restreints. Il venait d'une famille fortunée et son expérience de la nature humaine était étonnamment limitée. Une nuit de sommeil sur un banc de la gare routière de Tacoma lui en aurait appris davantage qu'un millier de livres.

« Nous allons cacher la femme juste là, dans les hautes herbes, avec son vélo. Et puis nous sortirons la voiture du fossé, nous retournerons au bac et nous quitterons cette île au plus vite. Quand nous serons en sécurité sur le continent, nous irons voir la police et nous expliquerons que nous pensons avoir heurté quelque chose sur la route. Un animal, peut-être, mais nous n'en sommes pas certains.

— Tu veux que nous... que je fuie la scène d'un accident ? D'un accident dont nous sommes responsables ? » dit Tom d'une voix blanche.

Heather le dévisagea. Ses pupilles étaient immenses. Ses mains tremblaient. Il était ailleurs, de nouveau.

« Que... qu'est-ce qui s'est passé ? » Dominée par sa curiosité, Olivia venait dans leur direction pour avoir des réponses. Owen la suivait trois pas derrière.

« C'est du sang, par terre ?

— Retourne devant la voiture, s'il te plaît, ordonna Heather en allant à sa rencontre. Emmène ton frère.

— Il y a quelqu'un qu'est mort ? » demanda Olivia

en portant une main devant sa bouche. Elle était pâle, tremblante, terrifiée.

« Ouais, marmonna Tom. Et comment que quelqu'un est mort. »

Heather l'ignora, prit Olivia par la main, agrippa le bras d'Owen et les escorta jusque devant la Porsche.

« Il est arrivé un accident, dit-elle calmement. Vous deux, il va falloir être courageux. D'accord ? »

Elle remarqua que le snorkel était un peu enfoncé et maculé de sang. Ils devraient nettoyer cela avant de rendre le véhicule au loueur. Le gros pare-chocs en inox était également abîmé – pas beaucoup, mais il faudrait trouver une explication.

Owen secoua le bras pour obliger Heather à le lâcher.

« Papa a tué cette femme, c'est ça ? Il l'a tuée », dit-il d'une voix étrange, lointaine, comme s'il parlait du fond d'un puits. Olivia et lui semblaient à la fois plus jeunes et plus vieux que leur âge. Owen avait douze ans, mais il faisait parfois beaucoup plus mûr ; il pouvait aussi par moments régresser et avoir des attitudes de petit garçon timoré.

Heather retourna auprès de Tom.

« Les enfants, ça va ? » lui demanda-t-il. Il contemplait le plaid étalé sur la femme.

« Ils tiennent le coup. Écoute, tu as fait de ton mieux. Tu as freiné. Tu as donné un coup de klaxon.

— Oui, hein ?! s'exclama-t-il en la regardant. Oui, c'est bien ça, j'ai klaxonné. Et ce n'était pas la voiture que je voulais. Je voulais l'autre modèle.

— Tu as fait tout ton possible. Ce n'est pas ta faute. Maintenant, je crois que nous devrions nous en aller. Il faut remonter en voiture et quitter l'île le plus vite possible. »

Tom acquiesça du menton et reporta son attention sur le cadavre.

« Nous allons la mettre dans les herbes hautes et retourner tout de suite au bac, reprit Heather.

— Mais… Nous ne devrions pas faire ça. C'est un crime.

— Je crois que nous n'avons pas le choix. Ces gens sont terrifiants. Ils ont des armes. Ils forment une seule grande famille. Penses-tu qu'on puisse leur faire confiance pour appeler la police ? »

Tom réfléchit quelques instants.

« Je vois ce que tu… Mais c'est une décision terrible », bafouilla-t-il. Il était en nage. Heather remarqua aussi que l'éraflure de son front saignait.

« Tu sais quoi ? dit-elle. C'est ma faute. Cette décision, c'est moi qui la prends. Tu as reçu un coup à la tête. Alors je m'occupe de tout, d'accord ? Pour le moment, tu ne dois pas y penser. La seule chose que je te demande, c'est de m'aider à dégager le corps de la route. Nous allons la mettre là, dans les herbes.

— Tu veux qu'on la déplace ? Ah bon ?

— Il le faut. Tu vas attraper ses chevilles et nous allons la porter. Entendu ? »

Tom s'accroupit pour remettre les jambes de la femme dans l'axe de son buste – elles firent entendre des craquements grotesques, glaçants, quand il les déplia. Il saisit ensuite ses chevilles sans dire un mot.

Heather se baissa pour glisser les mains sous ses épaules. Du sang chaud et gluant lui coula aussitôt entre les doigts. Certaines des nombreuses mouches qui tourbillonnaient déjà autour de la défunte commencèrent à s'intéresser à elle et à sonder ses avant-bras.

« Tu es sûre ? demanda Tom. Il ne faut jamais déplacer un corps. Jamais. Je me souviens quand j'ai trouvé Judith en bas des escaliers… Je ne voulais pas que les enfants pensent qu'elle l'avait fait exprès. Je voulais changer des choses. Cacher le verre et la bouteille de whiskey. Mais il fallait que je laisse tout en l'état, comme je l'avais trouvé… Nous ne devrions pas faire ça.

— C'est trop tard. Nous l'avons déjà déplacée. Soulève-la un peu et recule de quelques pas. Ce n'est pas difficile. S'il te plaît, Tom, fais ça tout de suite. Je ne peux pas la tenir longtemps ! Allez ! »

Tom commença à reculer vers la lande.

« Oui, c'est bien, dit Heather. Attention, le fossé, et on va juste un peu plus loin. »

Le passage du fossé fut délicat, mais ils réussirent bientôt à étendre la femme au milieu des hautes herbes blanches.

« Maintenant le vélo », dit Heather.

La roue avant de la bicyclette était prise sous la roue arrière de la Porsche dans le fossé. Ils réussirent sans trop de peine à la dégager, puis déposèrent l'engin à côté de la femme. Pour dissimuler leurs traces, Heather redressa quelques tiges d'herbe à kangourou courbées par leur passage.

Elle retourna rapidement sur la route et rassembla une roue, une pédale et quelques autres morceaux du vélo pour les jeter dans les herbes. Il y avait du sang et quelques petits fragments de métal et de plastique sur la chaussée, mais pour cela ils ne pouvaient rien. Heather ferma les yeux quelques secondes. Quand elle les rouvrit, elle essaya de repérer l'endroit où ils avaient caché le corps sur la lande. On ne voyait rien. Surtout pas de l'intérieur d'une voiture en mouvement.

Elle essuya du mieux qu'elle put ses mains ensanglantées sur le plaid. Elle nettoya les mains et le front de Tom. Leurs ongles étaient crasseux et sentaient mauvais. Des mouches noires, des moustiques se posaient sur eux avec impunité.

« Bon, maintenant, nous n'avons plus qu'à nous en aller, dit-elle d'un ton aussi calme que possible après avoir fourré le plaid dans le coffre de la Porsche. Les enfants, venez, j'ai besoin que vous aidiez papa à pousser la voiture pour sortir du fossé. » Elle leur montra où se placer derrière le véhicule.

« Et la dame, où elle est passée ? demanda Olivia.

— Nous l'avons mise à l'abri du soleil et nous allons appeler la police, répondit Heather.

— T'es sûre de savoir ce que tu fais ? Faudrait pas plutôt faire venir une ambulance ou quelque chose ?

— Oui, nous ferons venir une ambulance tout à l'heure, Olivia. Mais là, il faut remettre la voiture sur la route. Tom, s'il te plaît, aide les enfants. Je prends le volant.

— C'est moi qui devrais conduire.

— Non, je suis plus légère et tu es plus fort que moi. Donc tu pousses avec eux et je conduis.

— Ouais, logique », convint-il.

Heather grimpa dans le véhicule côté passager et se glissa derrière le volant. En saisissant le rétroviseur intérieur pour le régler, elle y aperçut ses yeux.

D'où venait cette Heather inconnue ? Était-elle là, prête à se manifester, depuis toujours ? Réagissait-elle comme elle le faisait uniquement parce que Tom était commotionné et qu'elle n'avait d'autre choix que de prendre les choses en main, ou bien avait-elle ce truc en elle ? L'adrénaline jouait sans doute un rôle. Quand la pression retomberait, elle serait sans doute une loque.

Elle appuya sur le bouton de démarrage et la Porsche se mit à ronronner. Elle fit basculer le levier de vitesse en mode manuel pour rester sur la première vitesse, mit le sélecteur de mode de conduite sur « tout-terrain » pour avoir quatre roues motrices, puis cria :

« Tout le monde est prêt ?!

— Oui ! dit Tom.

— Allez ! » lança-t-elle, et elle poussa sur l'accélérateur.

La voiture vibra mais ne bougea pas. Les roues patinaient dans le fossé.

« Tu es passée en tout-terrain ? cria Tom.

— Oui ! Poussez ! »

Tom et les enfants s'arc-boutèrent au dos de la

voiture, Heather accéléra en tenant fermement le volant, et la roue avant trouva bientôt un appui pour s'extraire du fossé. Tout doucement, le lourd SUV grimpa sur la chaussée.

À la fin de la manœuvre, la Porsche était presque perpendiculaire à l'axe de la route.

« Tom ! Les enfants ! Venez ! »

Tom accourut pour prendre place à côté d'elle tandis qu'Olivia et Owen grimpaient sur la banquette arrière. Elle n'avait plus qu'à…

Un mouvement dans son champ de vision.

Une voiture qui approchait. Une Toyota. Un des véhicules de la ferme, forcément. Heather n'avait pas le temps de braquer et de s'éloigner sans être vue. *Merde. Trente secondes plus tôt, on serait partis ni vu ni connu...*

Elle rangea la Porsche du côté gauche de la route et la Toyota s'arrêta à côté d'eux. Une vitre se baissa. C'était Jacko et Matt.

« Salut, dit Heather.

— Qu'est-ce qui vous arrive, vous autres ? demanda Matt.

— Rien du tout. Je faisais juste demi-tour, dit Heather.

— Vous vous êtes payé un petit crash ? demanda Jacko.

— Hein ?

— Le fossé, là. Vous vous êtes payé un plongeon, on dirait ?

— Heu… oui. Mais tout va bien !

— Vos airbags se sont déclenchés, observa Matt.

— En effet. Pff… Cette voiture est tellement sensible ! Nous n'allions même pas très vite. Enfin bon, tout est en ordre, merci de vous être arrêtés. J'y vais, maintenant, pour ne pas faire attendre Ivan au bac.

— Il est en forme, votre mari ? demanda Matt. Hé, vieux, ça va ? Vous avez mauvaise mine. Vous vous êtes cogné la tête ?

— Ça va, dit Tom.

— Et les gamins ?

— Ils vont bien. Tout le monde va bien. Allez, en route pour le bac !

— Ouais, ne tardez pas, acquiesça Matt.

— Bien sûr. Merci.

— Vous n'auriez pas vu Ellen, par hasard ? Une fille à vélo ? demanda Jacko.

— Non, répondit Tom du tac au tac.

— Nous n'avons vu personne, ajouta Heather. Bon, au revoir ! »

Elle remonta la vitre, salua les deux hommes de la main et s'élança sur la route.

Dans le rétroviseur, elle vit Jacko et Matt rester assis dans leur voiture quelques instants, puis Matt ouvrir sa portière.

Elle le vit se pencher, poser un genou à terre pour examiner la chaussée – puis il disparut à cause d'un virage.

« Merde, marmonna-t-elle, et elle écrasa l'accélérateur en criant : Vos ceintures, tout le monde ! »

Elle fit grimper la Porsche à cent kilomètres à

l'heure et, une minute plus tard, ils virent l'embarcadère devant eux.

Heureusement le bac était là.

Elle freina pour ralentir.

« Personne ne dit rien, OK ? » Elle tourna la tête vers Tom, puis vers les enfants. « Pas un mot sur ce qui vient d'arriver. On s'en occupera après la traversée. »

Elle plaqua un sourire sur ses lèvres. Ivan se tenait sur la rive, près du bateau. Elle lui fit un petit signe enjoué de la main et baissa sa vitre en s'arrêtant à sa hauteur.

« Salut ! » dit-elle.

Il s'approcha sans hâte et s'accouda à la portière. Elle remarqua qu'il avait un petit appareil noir et jaune clippé à sa salopette : un talkie-walkie.

« Alors ? Vous avez vu quelques koalas ? demanda-t-il.

— Ah oui ! » dit-elle avec enthousiasme.

Ivan se gratta le nez et poussa un petit soupir.

« C'est vous qui allez embarquer sur le bac ? Pas votre mari ?

— Il préfère que je conduise. Il est un peu fatigué.

— Savez quoi, je peux m'en charger si vous voulez ? J'ai encore jamais tenu le volant d'une Porsche. »

Heather posa les yeux sur le sang qui tachait le volant.

« Non, j'aime autant m'en charger. Vous me montrez le chemin ? » lança-t-elle en lui offrant son plus charmant sourire.

« Bien sûr que je vous montre le chemin, ma belle.

Pas de souci. Vous avez eu un petit accident, on dirait ? Je vois que vos airbags sont sortis.

— Pas vraiment un accident. Juste un écart dans le fossé. Ces airbags sont tellement sensibles ! Mais le type de la location nous avait prévenus.

— Ah, ces bagnoles modernes ! Ma vieille Holden Sandman, elle m'a tenu trente ans sans jamais le moindre pépin. Les enfants ont pu se prendre en photo avec les koalas ?

— Hmm… oui, répondit Heather en espérant qu'Ivan ne demanderait pas à voir ces images.

— Les méchants petits salopards. Ils peuvent vous griffer vilain, savez. Les koalas, je veux dire, pas vos gamins ! Bon, je vais baisser la rampe. Vous avancez doucement jusque-là, vous coupez le moteur et vous tirez le frein à main. Ou le "frein d'urgence", comme vous dites, les Ricains. C'est le levier qui se trouve à côté de votre siège. »

Ivan actionna la rampe et elle embarqua sur le bateau.

« C'était pas si difficile, hein ? lança Ivan en la rejoignant.

— Oh non, en effet. »

Elle coupa le moteur. Ivan fourra les mains dans ses poches et sortit un paquet de cigarettes. Il s'en alluma une.

Il ne semblait pas particulièrement pressé de prendre la mer.

« Heu, dites, ce serait possible de traverser maintenant ? » demanda Heather.

Ivan fit non de la tête.

« J'aime autant attendre. Vos collègues hollandais, là, ils devraient pas tarder. Ils savent qu'ils doivent pas traîner.

— Mais Matt nous a dit que vous nous emmèneriez tout de suite, se risqua à mentir Heather.

— Matt ? Oh, il a un peu la grosse tête, lui ! Et il s'appelle même pas O'Neill, l'enfoiré. Monsieur Matt Watson, c'est mon bac et c'est moi qui décide quand on part !

— Nous sommes quand même assez pressés de rentrer à Melbourne. Nous avons une réservation pour le dîner. »

Ivan tira une taffe nerveuse sur sa cigarette et grogna.

« Ça m'obligerait à faire deux voyages... »

Heather tira un billet de cinquante dollars d'une poche de son jean et l'examina pour s'assurer qu'il n'était pas taché de sang.

« Je comprends que ce n'est pas drôle pour vous. Mais peut-être y a-t-il moyen que ça en vaille la peine ? » demanda-t-elle en lui tendant le billet.

Ivan le saisit avidement.

« En route ! » dit-il avec un grand sourire.

Il alla larguer les amarres.

Heather se tourna pour voir si des voitures arrivaient sur la route.

Pour l'instant, tout allait bien.

Remonté sur le bateau, Ivan leva la rampe, mit la rambarde de sécurité, puis lança le moteur Diesel.

« On ne lui parle pas de la femme ? demanda Olivia.

— Pas un mot, personne, jusqu'à ce qu'on soit de l'autre côté ! ordonna Heather à voix basse.

— Australie continentale, nous voilà ! annonça gaiement Ivan. Vous pouvez sortir de la voiture, hein, si vous voulez !

— Ça va, nous sommes bien où nous sommes », répondit Heather.

Le bac commença à s'éloigner lentement de Dutch Island, étirant derrière lui un sillage de bouillons blancs.

Au bout d'une minute, Heather s'aperçut qu'elle retenait involontairement sa respiration.

Ivan immobilisa la barre et revint vers la voiture.

« Quelqu'un vous a dit, pour les renards ? Kate et moi, on pose des pièges pour attraper ces petits salopards. Parce que c'est une espèce invasive, voyez. L'État nous paie pour les éliminer. Kate a une jolie collection de crânes.

— Non, nous n'avons vu aucun renard, dit Heather en remettant une main sur le volant pour couvrir les taches de sang.

« Dommage, dit Ivan avec un haussement d'épaules. Bon, si je vois des requins, je vous préviens et vous pourrez faire des photos. » Il s'éloigna en direction de la barre.

« Je crois que nous… » Tom s'interrompit en voyant l'homme décrocher le talkie-walkie de sa salopette.

« Quoi ?! cria Ivan. Je t'entends pas, mec. J'entends que dalle ! »

Il ralentit l'allure du moteur, tapota le talkie-walkie sur la barre et tripota ses boutons.

« Je t'entends pas ! » répéta-t-il.

Heather crispait les doigts sur le volant. Elle sentait la sueur lui dégouliner dans le dos sous son tee-shirt. Elle savait qu'elle avait une sale tête. Une vraie tête de criminelle.

Tom la regarda :

« On devrait peut-être…

— Non, coupa-t-elle.

— Ah, je crois que ça revient ! cria Ivan. Parle plus fort, mec. »

Il partit à grands pas vers l'arrière du ferry, et dans la voiture ils n'entendirent plus ses propos.

Heather avait un mauvais pressentiment. Sur son téléphone, elle tapa précipitamment Au secours à Carolyn – la dernière personne à qui elle avait envoyé un texto.

Impossible d'envoyer le message. Pas de réseau mobile, afficha l'écran.

Ivan retourna vers la barre en reclippant le talkie-walkie à sa salopette.

Il se baissa au-dessus d'un sac de sport dont il ouvrit la fermeture éclair pour en sortir un objet.

Heather se pencha au-dessus du volant pour voir ce que c'était.

« Il fait quoi ? demanda Olivia.

— Je ne sais pas. »

Ivan revint calmement vers la Porsche. Arrivé près de la portière, il leva un antique revolver vers la tête de Heather.

« Donnez-moi tous vos téléphones, dit-il. Et puis vous sortirez de la voiture bien gentiment, sans précipitation. Si vous jouez aux cons, je bute un des marmots. On se comprend ? »

6

Le Toyota Hilux les attendait à l'embarcadère de Dutch Island. Ils durent monter tous les quatre à l'arrière, sur le plateau, sous la surveillance d'une femme blonde à l'air féroce armée d'un fusil à pompe.

Elle s'appelait Kate, apprirent-ils, et c'était la petite dernière de la Mère.

« Vous fermez vos gueules », ordonna-t-elle.

La route était bordée par une lande morose et déserte ; ils aperçurent juste çà et là une poignée de véhicules abandonnés à la rouille. La ferme était un assemblage disparate de granges, de cabanes et de maisonnettes en bois qui semblaient frêles comme celles d'un film de Buster Keaton. Il y avait aussi deux petites maisons en dur et une autre, beaucoup plus importante, bordant une vaste cour. Tous les toits étaient en tôle ondulée mal en point. Une poignée d'enfants vêtus de salopettes sales et aux cheveux hirsutes observèrent leur arrivée en silence.

Ils descendirent du pick-up. Kate leur indiqua du canon de son fusil la porte de la grande maison.

Heather remarqua qu'Olivia et Owen s'étiolaient

sous la chaleur. Olivia portait un jean et un tee-shirt à l'effigie de la chanteuse Grimes. Owen portait un épais short cargo vert, son habituel sweat à capuche rouge et des baskets Adidas. De son côté, elle portait un jean DL 1961 et un tee-shirt noir tandis que Tom avait un chino et une chemise en oxford blanche à manches longues. Des tenues parfaites pour la chaleur estivale de l'État de Washington, mais pas pour la canicule australienne.

« Par ici ! » cria Kate. Elle leur signifia de s'asseoir en rang d'oignons sur un canapé.

La pièce se remplit ensuite en quelques minutes.

Matt, Ivan, Jacko et un autre frère, Brian, se serrèrent sur un canapé en face du leur. Matt avait retiré son chapeau de cow-boy. Lui, Jacko et Brian étaient armés de carabines. Kate s'était postée près d'une fenêtre avec son fusil. Personne ne disait rien. La pièce était vaste, mais encombrée de meubles et de babioles accumulés sur des générations. Un feu brûlait dans l'âtre d'une cheminée – par cette chaleur. Sur le manteau s'alignaient de nombreuses photos de famille encadrées. Il y en avait aussi aux murs, sur un vieux papier peint jaune qui pelait dans les angles, avec des photos de la ferme en des jours meilleurs. Des photos de l'Irlande, aussi. Et des cartes postales de Sydney et de Londres. Des décennies d'étés torrides avaient craquelé les lattes du plancher et rempli leurs interstices de saletés et d'insectes morts. Les canapés, en cuir, étaient retapés au ruban adhésif et couverts de plaids. Le clan O'Neill tout entier, apparemment, se réunissait dans la pièce. Des hommes et des femmes, la plupart armés, qui les dévisageaient avec des mines agressives. Des enfants qui gloussaient entre eux quelques minutes auparavant, mais qui à présent se taisaient. Un vieux chien assis entre les jambes de Matt jetait des regards anxieux vers l'escalier.

Une horloge ancienne à balancier égrenait un tic-tac d'une lenteur insoutenable.

Personne ne semblait savoir ce qui allait se passer.

La chaleur était insupportable.

Heather serrait la main de Tom sur sa droite et celle d'Olivia sur sa gauche. D'ordinaire, Olivia ne lui permettait pas de la toucher. Tom paraissait aller un peu mieux. C'était déjà cela. Il n'avait plus le visage livide et son regard n'était plus éteint comme auparavant.

« À quelle heure rentre Danny ? demanda Jacko à Matt à mi-voix.

— S'ra pas là avant 6 heures et quelques, répondit Matt entre ses dents.

— Ah ouais… »

Un craquement au-dessus de leurs têtes.

Un autre.

Tous les regards se tournèrent vers l'escalier.

Heather vit deux pieds sur le palier du premier étage. Ces pieds descendirent une marche et devinrent des chevilles. Puis des tibias. Une femme volumineuse, puissante, vêtue de chaussons roses et d'une robe rose, descendait l'escalier appuyée d'une main sur la rampe, de l'autre sur l'épaule d'une fillette qui portait sa canne. Elle avait au moins soixante-dix ans, le teint pâle et un bandeau sur l'œil gauche. Une perruque rousse, d'un roux cuivré et lumineux, encadrait son visage.

Elle descendait lentement.

Très lentement.

Elle dégageait quelque chose de terrifiant qui n'avait rien à voir avec son physique. Heather avait déjà massé des tas de gens âgés, certains très corpulents. Là, c'était autre chose. Cette femme altérait le puits gravitationnel de la maison. L'électrisait. Heather sentait que tous les membres du clan, sans exception, la craignaient, et cela lui faisait encore plus peur.

Deux gamins déguerpirent d'un rocking-chair près de la cheminée. Matt se leva pour tourner le siège vers le centre de la pièce. Parvenue au pied de l'escalier, la femme prit un instant pour souffler profondément – elle avait la respiration sifflante –, puis s'appuya sur sa canne et traversa la pièce comme un pape de jadis arrivant à un procès de l'Inquisition.

Matt l'aida à prendre place dans le rocking-chair. Lorsqu'il se rassit sur le canapé, le chien se planqua sous ses jambes.

Un grondement de moteur de tondeuse défectueux jaillit de la gorge de la femme. Un enfant lui tendit un verre rempli d'un liquide transparent qu'elle avala d'un trait avant d'exhaler avec satisfaction.

Cette femme, de toute évidence, était celle que Matt et les autres appelaient « la Mère ».

« C'est eux, alors, les Américains ? demanda-t-elle d'une voix d'outre-tombe.

— Ouais. Ils sont américains, répondit Matt.

— Des Yankees, j'en ai connu quelques-uns. Terry disait qu'ils étaient corrects au Vietnam. Ceux que j'ai rencontrés étaient pas mal. Qu'est-ce qu'il fait dans la vie, lui ?

— Il est toubib. Docteur Thomas Baxter. Il retape des genoux. C'est confirmé par ses papiers d'identité, dit Matt.

— Y a combien dans son portefeuille ?

— Quatre cents dollars. »

La Mère toisa Matt, Ivan et Jacko.

« Et combien vous avez déjà palpé, mes salopards ?

— Neuf cents, répondit Matt d'un air penaud.

— C'est pas beaucoup. Pas beaucoup pour une vie. Et elle, elle fait quoi ?

— Masseuse, qu'elle dit, marmonna Jacko.

— Mon Dieu, fit la Mère. À peine un cran au-dessus de la pute, ça. Danny, on l'attend à quelle heure ?

— Pas avant 6 heures et quelques. Peut-être 7, dit Matt.

— Et qui d'autre vous avez laissé venir sur mon île, bande de petits cons ? demanda la Mère en posant un regard noir sur Ivan.

— Hé, c'est pas ma faute, la Mère, protesta celui-ci. Jacko et Matt…

— Suffit ! Tu me surprends, Matthew. Tu me déçois.

— Je te demande pardon, la Mère.

— Vous nous avez ramené un autre véhicule, non ?

— Ouais, répondit Ivan. Un couple de Boches.

— Eh ben remuez-vous ! Que quelqu'un les trouve et les amène ici ! »

Jacko fit un signe de tête à un gamin qui sortit en courant.

« Écoutez, je suis absolument désolé pour ce qui est arrivé, dit Tom. La femme a surgi du chemin… très subitement. J'ai klaxonné, mais elle ne m'a pas entendu…

— Elle est sourde ! s'exclama l'un des enfants.

— Sourde ? répéta Tom.

— Ouais. Ellen était sourde, dit la Mère.

— Ah ? Heu… Enfin je n'ai rien pu faire. J'ai… Ma voiture a foncé droit sur sa roue arrière. Ç'a été tellement rapide. Mais, enfin… Bien sûr, nous voulons pleinement coopérer avec les autorités.

— En faisant quoi au juste, *docteur Baxter* ? demanda Jacko d'un ton sarcastique.

— Appelez-moi donc, hmm, Tom ? Eh bien… je reconnaîtrai mon entière responsabilité dans cet accident. Et… je suis sûr que ma compagnie d'assurances paiera ce qu'il faut.

— Sauf que les assurances ne paient pas toujours, dit la Mère. Hein ?

— La mienne paiera. Je reconnais ma responsabilité.

— Et où c'est que vous pensez faire ça ? Reconnaître votre responsabilité ?

— Ici, d'abord, et bien sûr dès que je serai rentré à Melbourne. Je ne manquerai pas de coopérer totalement avec la police et je retarderai même notre vol pour Seattle si nécessaire.

— Nan, fit la Mère. Melbourne, pas question. Le retour à Seattle, pas question. »

Quelques murmures parcoururent l'assistance, puis un silence pesant tomba sur la pièce.

Le tic-tac mélancolique de l'horloge. Les craquements du feu dans la cheminée. Les vrombissements des moustiques. Les gémissements discrets du chien. Heather reconnut près de la porte l'homme qui leur avait vendu les « saucisses-grillades ». Lorsque les Hollandais au camping-car Volkswagen arriveraient, toutes les personnes informées de leur venue sur l'île seraient dans cette maison. À la merci de la Mère.

« Vous avez essayé de cacher le corps, dit cette dernière. Vous avez pris la fuite après l'accident. C'est un crime. C'est un crime à Dutch Island comme dans l'État de Victoria et en Amérique.

— Pour ça, heu… c'est ma faute, dit Heather. Tom avait reçu un mauvais coup à la tête. C'est moi qui ai eu cette idée. Je ne sais pas ce qui m'a pris. J'étais bouleversée, j'avais peur. J'ai voulu commencer par retourner sur le continent avant d'appeler la police.

— Elle avait peur. Tiens donc, dit la Mère d'un ton lugubre. Nous, pourtant, on veut faire peur à personne. » Elle ferma les yeux. Parut réfléchir. Dans l'âtre, une bûche se fendit avec un craquement sonore.

Matt prit la parole :

« Dis, la Mère. Hmm… peut-être qu'Ivan et moi, on pourrait prendre le bac pour aller à Stamford Bridge et appeler les flics. Qu'ils s'occupent de tout ça. T'en penses quoi ? »

Heather le regarda pour articuler silencieusement *Merci*.

Ivan et Jacko secouèrent la tête.

« Les flics, on a déjà eu trop d'histoires avec eux, marmonna Jacko. Tu sais bien ce qui va se passer. C'est sur un de nous que ça va retomber, ils vont aussi faire chier pour d'autres trucs, du genre nous reprocher de distiller notre propre gnôle, et au bout du compte cet enfoiré s'en ira les mains dans les poches ! »

Un murmure d'acquiescement parcourut la plupart des adultes du clan.

« Nan ! Les flics, pas question, assena la Mère. Terry, il a jamais eu besoin des flics. »

Un long silence s'ensuivit, entrecoupé de quelques chuchotements du côté des enfants. La sueur dégoulinait dans le dos de Heather. Il devait faire plus de quarante degrés. Même les grosses mouches noires paraissaient léthargiques.

« Peut-être pourrais-je convenir avec vous d'une sorte d'acompte, proposa Tom. Dès maintenant. Comme, heu... comme preuve de ma sincérité et de ma culpabilité. »

Heather lui étreignit la main. C'était peut-être dans cette direction qu'il fallait aller.

La Mère toussa et quelqu'un lui apporta à boire.

Tom se mit debout :

« Écoutez, je suis vraiment désolé, je comprends votre...

— Qui a dit qu'il pouvait se lever ? Fais-le asseoir, Ivan ! »

Ivan se redressa pour frapper Tom en plein ventre avec la crosse de sa carabine.

« Attends, mec, pas comme ça ! » protesta Matt.

Trop tard. Tom s'effondra et se recroquevilla sur le plancher.

Sans réfléchir, Heather bondit du canapé pour se jeter sur Ivan. Mais il la vit venir et lui balança une gifle phénoménale. Jamais elle n'avait été frappée si violemment de toute sa vie. Elle fit presque un tour complet sur elle-même, puis s'écroula à son tour.

Olivia et Owen se mirent à crier. Le chien aboya.

« Nom de Dieu, avec tout ce raffut, je ne peux pas me concentrer, grogna la Mère. Pourquoi tu les as amenés ici, Matt ? Fiche-les dehors le temps que je décide ce qu'on va faire ! »

Prise de panique, Heather se mit à haleter.

Personne ne savait qu'ils étaient sur cette île. Ils n'avaient plus leurs téléphones. Les organisateurs de la conférence ne commenceraient pas à s'inquiéter du sort de Tom avant lundi soir ou même seulement mardi matin, au moment où il était prévu qu'il prononce son discours. Et il serait alors trop tard.

7

La Mère pointa sa canne vers Jacko et Matt.

« Autrefois, c'était pas l'habitude que je doive dire les choses deux fois. Fichez-les-moi dehors ! Sortez-les d'ici, fouillez-les comme il faut et mettez-les dans l'ancienne grange à tonte en attendant le retour de Danny. »

Heather était étalée sur le plancher, le bras gauche replié sous le ventre. Elle glissa les doigts dans sa poche, en tira le canif miniature d'Alice Springs et le fourra sous la ceinture de son jean. Juste à temps. Jacko lui agrippa douloureusement les cheveux pour l'obliger à se lever. Puis son frère Ivan la poussa vers la porte de la maison, où Kate l'empoigna par la nuque et lui donna une bourrade dans le dos. Elle trébucha sur les marches du perron. Un réflexe lui fit tendre les bras pour protéger son visage alors qu'elle s'effondrait de nouveau, cette fois dans la poussière de la cour.

C'était maintenant le crépuscule. Le disque orangé du soleil avait plongé sur le continent, laissant dans son sillage de grandes ondulations palpitantes de chaleur qui brouillaient l'horizon. Olivia pleurait. Heather se redressa et essaya de la prendre par la main, mais Jacko s'interposa pour les séparer.

Ils furent menés au pas de charge jusqu'à l'ancienne grange à tonte, une structure en bois d'une dizaine de mètres de long par trois de large. La porte avait un cadenas que Kate se chargea d'ouvrir. Jacko les poussa l'un après l'autre à l'intérieur. Il y avait de la paille sur le sol. Une odeur infecte d'excréments leur assaillit les narines. De toute évidence, personne ne tondait plus d'animaux ici depuis longtemps.

« Assieds-toi ! » ordonna Jacko à Heather.

Elle obtempéra.

« On devrait les attacher, par sécurité, dit Jacko.

— Ouais, dit Kate.

— La Mère n'a pas parlé de ça, dit Matt.

— Sers-toi de ta cervelle, vieux, dit Ivan. Ouais, tranquille, on va leur attacher les mains.

— Mais non ! grommela Kate. Vous avez rien dans le crâne, vous autres. Juste les mains, ils pourront se libérer. Il faut les attacher à quelque chose. Ivan, dis à Freddie de nous apporter de la corde de trois et je m'en occuperai. En attendant, faisons ce qu'a dit la Mère. Faut fouiller correctement ces enfoirés.

— Ça, c'est ma spécialité, dit Jacko avec un petit sourire. Ces connards de flics m'ont palpé tellement de fois, je connais tous leurs trucs. On a leurs téléphones ?

— Ouais, fit Ivan. De toute façon y a pas de réseau.

— Amène-moi le petit gars, tu veux ? »

Heather les vit agripper Owen et le pousser contre

les planches d'un mur de la grange. Jacko lui fit les poches puis palpa ses jambes de haut en bas et de bas en haut. Pour Owen, le butin fut un peu d'argent et le dé à vingt faces qu'il gardait toujours sur lui. Pour Tom, qui passa ensuite, ils avaient déjà son portefeuille et son téléphone. Ils ne trouvèrent en le fouillant que ses clés et un stylo.

« C'est ton tour, mademoiselle, dit Jacko à Olivia.

— Pourriez-vous s'il vous plaît vous en charger ? demanda Heather à Kate en se remettant debout. Vous êtes une femme. Vous voyez bien qu'elle est terrifiée. C'est une petite fille. »

Jacko s'approcha d'elle, serra le poing et le lui enfonça dans la joue.

« Tu me tapes sur les nerfs, toi. Tu ferais mieux de la fermer si tu veux pas que je te pète la mâchoire.

— Vous n'avez pas intérêt ! dit Tom.

— Sinon quoi ? répliqua Jacko en pivotant vers lui, le poing tendu.

— Je m'excuse, bafouilla Heather, je…

— Je t'ai pas dit de la fermer ?! » hurla Jacko.

Elle baissa les yeux. Elle tremblait comme une feuille.

« Calmos avec la nana, vieux, dit Matt.

— Je sais ce que je fais », grogna Jacko. Il fouilla Olivia puis revint vers Heather. « Y a plus que toi, princesse.

— C'est une récalcitrante, celle-là, marmonna quelqu'un du côté de la porte.

— Ouais, je sais », dit Jacko en tournant Heather

vers le mur de la grange. Elle sentit ses mains calleuses monter et descendre le long de ses jambes. Il glissa les doigts dans les poches de devant de son jean, trouva son argent et le paquet de cigarettes qu'elle avait acheté la veille, sonda ses poches de derrière en lui claquant les fesses, puis palpa son dos et ses aisselles avant de dire : « Juste un peu de fric et des Marlboro.

— Des cigarettes ?! » s'exclama Tom avec surprise. Comme si cette passion secrète de Heather dans leur monde perdu avait encore la moindre importance.

« C'est bon, avec elle ? demanda Ivan.

— C'est réglé, dit Jacko. Et pour les attacher, alors ?

— Ouais, j'ai cogité, dit Kate. À votre avis, les garçons ? Moi, je crois qu'on leur attache d'abord les mains, on les met bien à l'écart les uns des autres, et puis… Voyez ces crochets à bestiaux espacés sur la poutre, là-haut ? »

Tout le monde leva les yeux.

« Ouais ? fit Jacko.

— On leur met une corde autour du cou, à chacun d'eux, et on l'attache à un crochet là-haut. Sans laisser de mou, comme ça, ils ne pourront pas se balader pour se rejoindre et se détacher les uns les autres. Qu'est-ce vous en pensez ?

— Qui savait ça, nom de Dieu ? Notre petite Kate, c'est un génie ! » s'exclama Jacko. Tous les hommes rirent.

« Mais c'est de la folie ! protesta Heather. Je vous en supplie, vous ne pouvez pas infliger un traitement pareil à des enfants ! »

Jacko s'approcha de Tom.

« C'est vraiment une récalcitrante, ta nana. À cause d'elle, tes mômes et toi allez gravement morfler, mec, si elle ne la ferme pas. »

Heather regarda Tom d'un air effaré.

« Je crois que ma femme craint qu'il n'arrive quelque chose d'affreux, objecta-t-il. Vous ne pouvez quand même pas envisager de passer des nœuds coulants autour du cou de jeunes enfants.

— Œil pour œil, tu vois, dit Ivan avec un petit rire sinistre.

— Passez-leur la corde autour de la taille et attachez-les au mur de la cabane, suggéra Tom. Niveau sécurité, je crois que ce sera aussi bien pour tout le monde.

— Où ça, au mur de la cabane ? répliqua Kate. À ces planches ? Nan, mec. Les crochets, c'est la seule solution. T'as qu'à dire à tes moutards de pas gigoter et ils ne s'étoufferont pas, voilà.

— Une seconde ! Et s'ils se mettent debout ? dit Matt. Ton plan c'est n'importe quoi. »

Kate lui décocha un regard noir.

« D'accord. Une corde pour les mains, une corde autour du cou qui monte jusqu'au crochet, et une troisième autour du cou aussi et attachée à une latte du mur dans leur dos. Ça te convient ?

— Ils ne pourront plus bouger une oreille, ces cons, dit Jacko en s'esclaffant.

— Tout juste, frérot », dit Kate, et elle rit à son tour.

Impuissante, Heather vit Jacko et Ivan asseoir les enfants, leur ligoter les mains, passer autour de leur cou deux nœuds coulants, un dont la corde montait jusqu'à l'anneau au-dessus de leur tête, l'autre attachée aux planches disjointes du mur de la grange. Tom fut le suivant à subir ce traitement. Elle passa en dernier. Jacko lui mit une main sur l'épaule pour la forcer à s'asseoir, puis s'accroupit pour la ligoter.

« Avec elle, fais gaffe à bien serrer », dit Ivan.

Ils tendirent presque à fond les cordes des nœuds coulants, au point qu'elle pouvait à peine bouger un muscle sans s'étrangler.

« Il aurait peut-être mieux valu leur attacher les mains derrière le dos ? demanda Jacko.

— Oh la vache, c'est pas déjà assez compliqué ? Arrête ton charre ! dit Ivan.

— OK, pas de souci. Tout le monde est bien confortable ? Bon, bougez pas de là, on attend Danny », dit Jacko.

Il sortit le dernier et plongea la grange dans l'obscurité en fermant la porte sur lui.

8

Matt prit Kate par le bras pour l'entraîner à l'écart des autres.

« Qu'est-ce tu veux ? demanda-t-elle.

— On ne peut pas faire ça, dit-il. On ne peut pas retenir ces gens prisonniers. Il faut que l'un de nous aille chercher les flics sur le continent. »

Kate recula d'un pas en le dévisageant.

« T'es malade ? Tu veux que je répète à Jacko ce que tu viens de dire ? Ou à Ivan ? Ou à la Mère ?

— Il faut penser à l'avenir, Kate. Tu sais aussi bien que moi que le fonds est presque à sec. Combien de temps on peut encore tenir de cette façon ? Deux ans ? Peut-être trois ?

— Et alors ? Tu penses à quoi ?

— L'idée de l'écolodge de Terry. C'était une excellente idée. On aurait des touristes qui viendraient sur l'île à la réglo. Qui passeraient la nuit ici. Qui dépenseraient leur argent. Nous tous, on y gagnerait. Mais si on fait ce truc, là, c'est terminé. On peut oublier.

— Terry est mort.

— Ouais, mais pas son projet. Tu étais d'accord.

Toi, moi, Janey, et peut-être d'autres. Il faut parler à la Mère avant qu'Ivan, Jacko et compagnie l'échauffent de trop. »

Kate cligna des yeux, étonnée.

« T'es le chouchou de la Mère, Matt. Elle a confiance en toi.

— Justement, je pense à elle ! Je pense à ce qui vaut le mieux pour nous tous. Tu veux que Jacko mène cette barque ? Avec la moitié d'une carafe de gnôle dans le pif ? Jacko le dingo ?

— Ils sont venus ici. Ils ont tué Ellen. Ils auront ce qu'ils méritent !

— Ça va se terminer par d'autres morts. Ivan m'a raconté ce qui est arrivé à cette fille que Jacko avait embarquée au début des années 2000. Nom de Dieu ! On n'est pas obligés de faire comme ça. On peut parler à la Mère, toi et moi ! C'est notre avenir qui est en jeu. Pose-toi la question. Quand le fonds sera épuisé, qu'il n'y aura plus un rond, on aura quoi pour se retourner ? Rien. Par contre, l'écolodge, le tourisme – un truc comme ça pourrait nous sauver.

— Je n'aime pas ce genre de messes basses, Matt. On est une famille. On est tous unis.

— Bien sûr. Mais il faut faire ce qui vaut le micux pour la famille sur le long terme. Pas seulement penser à ce soir. »

Kate réfléchit quelques secondes, puis soupira et leva lentement le canon de son fusil vers la poitrine de Matt.

« Faut que tu prennes une décision, Matty. T'es de

là-bas ou t'es d'ici ? T'es avec eux ou t'es avec nous ? Réponds !

— Tu ferais pas ça », dit Matt, les yeux rivés sur le double canon luisant du fusil. Une arme qui avait tué des centaines de lapins, de chats, de renards et Dieu savait quoi d'autre.

« Eux ou nous, Matthew ? »

Il retira son chapeau et l'examina. La sueur de son crâne avait traversé le feutre et mouillé le ruban. Il s'essuya le front, puis hocha la tête.

« La Mère m'a pris sous son aile. Elle me traite comme un fils. La famille passera toujours d'abord. »

Kate baissa son arme.

« C'est ce qu'il fallait que j'entende. Jacko et Ivan n'ont pas besoin de savoir qu'on a eu cette conversation. Mais je te tiens à l'œil. N'oublie pas où doit aller ta loyauté. »

9

Les enfants pleuraient. Heather semblait avoir de la peine à respirer. Une dizaine de mouches tournoyaient lentement autour de Tom. Sa tête l'élançait. Il avait commis une grave erreur. S'il n'avait pas cherché à s'enfuir, les O'Neill n'auraient peut-être pas réagi avec autant d'hostilité. Dès après l'accident, il avait compris qu'il devait tout avouer. En faisant en sorte d'impliquer la police. Pourquoi avait-il écouté Heather ? Elle était trop jeune. Sa génération, les milléniaux – ils ne connaissaient vraiment rien à rien.

Il soupira.

Pour les regrets, il était trop tard.

Son erreur ne devait pas forcément leur être fatale. Cet endroit n'était pas un trou perdu de péquenauds comme il y en avait en Amérique. Ce n'était pas le tiers-monde. Ils étaient en *Australie*, bon sang, un des pays les plus civilisés de la planète. Les O'Neill cherchaient à leur faire peur, ils avaient envie de les malmener un peu, mais au bout du compte ils accepteraient forcément un accord. Thomas Edison, le grand inventeur, avait connu exactement la même situation en Allemagne. Après avoir écrasé une paysanne au volant de sa voiture, il avait juste sorti son portefeuille et arrosé toute la…

Olivia interrompit ses réflexions :

« Qu'est-ce qui va nous arriver ? demanda-t-elle d'une petite voix effrayée.

— Rien de grave, mon cœur, répondit-il. Ils veulent juste nous intimider. C'est la façon de faire des brutes.

— Tu as tué la femme à vélo, dit Owen.

— C'était un accident. Je ne l'ai pas tuée. Elle a déboulé devant la voiture, comme ça, sans prévenir. C'est un terrible accident, voilà. Une tragédie comme il en arrive régulièrement.

— Tu mens. Vous êtes tous les deux des menteurs. Ce n'est pas ce qui s'est passé ! » protesta Owen avec colère en se penchant en avant – mais il dut s'immobiliser aussitôt, car les cordes l'étranglaient.

Tom tourna la tête vers Heather pour avoir son soutien, mais elle regardait son ventre et gigotait par terre, les doigts fourrés dans son jean, pour se mettre à l'aise ou faire Dieu savait quoi.

« C'est ta faute, Heather, tout ça ! s'écria Olivia. Il fallait appeler la police. Quand on a un accident, on ne prend pas la fuite ! On ne t'a même pas appris ça, là d'où tu viens ?

— Il n'y avait pas de réseau pour téléphoner, dit Heather.

— Maintenant ils vont se venger sur nous !

— Non, dit Tom. Les choses ne se passent pas

comme ça. Pas en Australie. Nulle part. Ils sont en colère, tout de suite, mais ils vont vite revenir à la raison. C'est la police qui doit régler cette affaire. Tôt ou tard ils vont prévenir les flics.

— Ils ont dit qu'il n'y a pas le téléphone sur leur île, fit remarquer Owen.

— Ils iront sur le continent avec le bac et ils téléphoneront là-bas, objecta Tom qui regardait encore Heather se tortiller dans la poussière. Mais tu fais quoi, là ? »

Heather était en nage. Elle tourna la tête vers lui pour répondre à mi-voix :

« J'ai glissé mon porte-clés dans mon jean. Il est descendu trop bas pour que je le tire, mais je crois que je peux le faire descendre le long de ma jambe.

— Et ça te servira à quoi ?

— Dessus, j'ai un canif, murmura-t-elle. Qu'on m'a offert à Alice Springs. Je me suis doutée qu'ils allaient nous retourner les poches, alors je l'ai planqué.

— Oh, dis donc ! Tu es géniale !

— À condition que je le récupère », dit-elle en se remettant à manipuler l'objet à travers son jean.

Cette nouvelle aiguisait les sens de Tom. Avec ce canif, ils avaient peut-être un plan B. Il plissa les yeux pour regarder par les fentes entre les planches des murs de la grange. La nuit était tombée. Sans doute les O'Neill allaient-ils réfléchir ce soir, et au matin ils seraient vraisemblablement plus raisonnables et mieux disposés à leur égard. Mais pourquoi prendre ce risque ? S'ils réussissaient à couper leurs liens avec le canif de Heather, ils n'auraient pas beaucoup de mal à creuser la terre au fond de la grange pour s'échapper. Ensuite il y avait… quoi, trois kilomètres à travers la lande jusqu'à l'embarcadère ? S'ils réussissaient à démarrer le moteur du bac, ils traverseraient le petit détroit en un quart d'heure. L'île se trouvait dans une vaste baie presque fermée, où les courants devaient certainement pousser vers le continent. S'ils ne parvenaient pas à lancer le moteur, ils pourraient peut-être quand même larguer les amarres et se laisser emporter par la marée.

Malgré ses mains ligotées, Heather finit par réussir à faire descendre le porte-clés le long de sa jambe. Elle l'attrapa sous l'ourlet du jean et ouvrit le canif. C'était une toute petite chose.

« La lame est tranchante ? demanda Tom à voix basse.

— Oui, très, dit-elle en l'effleurant avec le pouce. J'essaie de te le lancer ?

— Non ! Surtout pas. S'il atterrit quelque part entre nous deux, on sera coincés. Coupe d'abord tes cordes, et viens ensuite jusqu'ici. »

Heather commença à scier la corde nouée autour de ses poignets.

« Ça marche ? demanda Tom.

— Je ne sais pas. Enfin… si, on dirait.

— Papa, j'ai du mal à respirer, se plaignit Olivia.

— Je suis désolé, mon cœur. Essaie de passer un doigt sous les cordes, devant ta gorge.

— D'accord, répondit calmement Olivia comme si sa remarque et la réponse de son père tenaient de la conversation ordinaire.

— Qu'est-ce qu'on fera si elle arrive à couper sa corde ? demanda Owen.

— On se libérera tous les quatre, on creusera sous les planches du mur au fond de la grange et on filera à travers les broussailles. L'embarcadère n'est qu'à trois kilomètres d'ici. Ce ne sera pas difficile.

— Et après ?

— Nous prendrons le bac pour traverser.

— Et si le bac est sur le continent ? » dit Owen.

Tom fit la grimace. Il n'avait pas envisagé cette possibilité.

« Nous nous cacherons quelque part.

— Ils nous trouveront, dit Olivia avec dépit.

— Non ! objecta Tom. Non, ils ne nous trouveront pas. »

Il observa un moment Heather. Elle travaillait en tenant le canif de façon précaire, entre le pouce et l'index de sa main droite, et semblait avoir beaucoup de mal à entamer le chanvre épais de la corde.

« Ça marche vraiment ? demanda-t-il.

— Je crois, dit-elle.

— Tant mieux. Continue. »

Heather tourna un instant les yeux vers lui :

« Tu pourras réellement faire ça, Tom ? Nous cacher pour que ces gens ne nous trouvent pas ?

— Mais oui, affirma-t-il.

— On pourrait attraper des lapins ! dit Owen que la

perspective de prendre la fuite dans la nuit semblait tout à coup exciter. On fabriquera des lances pour chasser.

— Arrête, t'es débile, grogna Olivia.

— As-tu prévenu quelqu'un que nous venions ici ? demanda Heather.

— Non. Mais le GPS de nos téléphones a fonctionné presque jusqu'au bout de la péninsule, donc la police peut suivre nos déplacements.

— Elle ne sait pas que nous sommes venus sur cette île, par contre. Pas de réseau, pas de GPS, rien ne lui permettra de deviner que nous avons pris le bac. »

Tom n'avait pas besoin de ce négativisme, tout de suite, et Heather avait vraiment ce défaut exaspérant des jeunes gens de dire tout ce qui leur passait par la tête.

« Mais si, chérie, objecta-t-il avec une pointe de reproche dans la voix. La police est bien capable d'additionner deux et deux, tu le sais ! »

Heather capta le sous-entendu. « Ah oui ! Mais oui, bien sûr, tu as raison. Elle doit même déjà nous chercher. Demain au plus tard, elle sera ici. »

Tom sourit à Olivia qui le dévisageait. S'ils gardaient leur calme, observaient bien ce qui se passait autour d'eux et s'efforçaient de rester dans le présent, ils s'en sortiraient.

« C'est ça, dit-il. Faites-moi confiance, tous les trois… »

Des voix dehors. Des gens approchaient.

« Merde, ils reviennent, dit Tom. Cache le couteau ! »

Heather fourra tant bien que mal le canif dans la terre à côté d'elle. Elle le recouvrait de paille lorsque la porte de la grange s'ouvrit.

« Faut qu'on reprenne la conversation, dit Matt. Avec vous deux.

— Nous avons besoin d'eau pour les enfants, dit Tom.

— Je vais vous en donner. Nous avons décidé qu'il valait mieux parler de tout ça avant le retour de Danny. »

Tom connut quelques secondes d'angoisse quand Matt se pencha au-dessus de Heather pour la libérer des cordes passées autour de son cou, mais par chance il ne vit pas le canif.

Matt s'occupa ensuite de détacher Tom, puis leur fit signe à tous les deux de se mettre debout.

« Tout ça, c'est inadmissible, dit Heather. Vous devriez avoir honte. Vous n'avez pas le droit de nous retenir prisonniers de cette façon. Regardez-les ! Des enfants ! Qu'est-ce que vous avez dans la tête, dans cette famille ? »

Même avec le peu de lumière du dehors qui filtrait dans la grange, Tom vit à l'expression de Matt qu'il était gêné.

« Écoutez, ouais, je suis désolé pour tout ça. Mais nom de Dieu, je vous avais prévenus de ne pas venir ici !

— Si vous tenez tant que ça à nous garder, Tom et moi, jusqu'à ce que nous ayons trouvé une solution pour vous dédommager, très bien. Mais les enfants, vous devez les conduire au bac et les emmener sur le continent ! »

Tom la regarda avec insistance. *Laisse-moi gérer ça*, voulait-il lui faire comprendre. Elle s'emballait et revendiquait alors qu'il essayait au contraire de calmer tout le monde. Et puis elle n'était pas réaliste. Jamais la Mère n'accepterait de libérer les enfants.

« Non, dit-il. Les enfants peuvent rester avec nous. Mais il faut qu'ils boivent, c'est sûr.

— Je leur apporterai de l'eau. Venez, dit Matt. Danny est sur le bac. Il sera bientôt là.

— Je ne laisse pas ces enfants tout seuls ici, dit Heather.

— Je vous donne ma parole qu'ils ne risquent rien. Faites-moi confiance ! »

Matt paraissait si sincère que Tom le crut, et Heather ne put insister davantage.

« Allons-y, dit Tom à Heather. Gardons la tête froide et tout va s'arranger. »

Kate attendait devant la grange, le fusil entre les mains. « La Mère est dans la cour, dit-elle à Matt. On a sorti son fauteuil. »

Ils marchèrent en file indienne entre les bâtiments de la ferme et des bouts de machines qui ressemblaient à d'inquiétantes installations d'art contemporain.

Lorsqu'ils parvinrent à la cour, où la Porsche était toujours garée, Tom remarqua que le camping-car des Hollandais s'y trouvait aussi. Quelle place ces gens avaient-ils dans leur histoire ?

Les dernières lueurs du jour éclaircissaient le ciel. La Mère était assise dans son rocking-chair, entourée de quinze ou vingt personnes. Le coucher du soleil n'avait pas incité les mouches à se disperser et le vent apportait de la mer une odeur de varech en décomposition. Tom remarqua que la plupart des adultes étaient armés. Heather n'avait pas intérêt à tenter un truc insensé.

« Danny va arriver, dit la Mère. Il vaut mieux régler cette affaire tout de suite. Vous deux, approchez et tenez-vous là, devant moi. On va arranger ça comme des adultes. À la loyale et tope là. D'accord ? »

Tom et Heather se placèrent en face de la Mère.

« Bien sûr, dit Tom. Une fois encore, je voudrais vous redire à quel point je suis désolé pour Ellen. Je me confonds en excuses en mon propre nom et au nom de ma famille.

— C'est bien, dit la Mère. Il faudra aussi présenter vos excuses à Danny. Et dans les grandes largeurs, nom de Dieu. Il adorait cette fille !

— Sans faute. Oui. Et… Si vous voulez, avant que Danny n'arrive, peut-être pourrions-nous trouver un arrangement à lui présenter comme un fait accompli. Cela veut dire que…

— Hé, j'ai compris ! grogna la Mère. J'ai fait toute ma scolarité chez les sœurs, quand même. Au lycée Mount Lourdes. Bon, voyons en effet si nous pouvons trouver un arrangement. »

Tom commença à se rassurer. Cette femme était terrifiante, il fallait le reconnaître, mais elle se montrait disposée à négocier. C'était bon signe qu'elle ait repris le mot *arrangement*. En outre, il percevait dans sa voix une forte pointe d'accent irlandais. Cette femme n'était pas australienne de naissance. Elle était sans doute arrivée ici dans l'enfance ou à l'adolescence. La matriarche de Dutch Island n'était pas l'héritière d'une secte d'adorateurs consanguins, coupés du monde, de quelque idole païenne. Elle n'était qu'une immigrante, comme tant d'autres, qui s'était battue pour se faire sa petite place au soleil.

Il adressa un sourire rassurant à Heather, puis se rapprocha de la Mère en baissant la tête, les mains croisées sur le ventre comme un adversaire vaincu.

« Il est indiscutable que ce qui s'est passé aujourd'hui est une épouvantable tragédie. J'en suis responsable, et je suis désolé, et toute ma sympathie va à la famille d'Ellen et à Danny.

— Danny, ça va le foutre par terre ! » lança un homme du groupe. Un grognement d'assentiment parcourut l'assistance.

Tom se mordit la lèvre. Une seule grande famille occupait cette île, mais c'était la Mère qui faisait la loi. Sa décision serait la décision de tous. C'était elle qu'il devait convaincre.

« Je suis affreusement désolé pour cet accident, mais il n'y avait aucune intention malveillante derrière, dit-il. En réalité, personne n'a été fautif. C'est juste que… ces choses peuvent arriver, hélas.

— Non, vous rouliez trop vite », objecta Kate – et de nouveau plusieurs personnes acquiescèrent.

Tom savait qu'un débat sur cette question risquait d'échauffer les esprits et d'être fatal pour sa cause. Il devait plutôt abonder dans leur sens, en manifestant de la contrition.

« Vous avez peut-être raison. Nous roulions sans doute trop vite. J'ai vraiment essayé de la sauver. De toutes les façons possibles. Je suis médecin et j'ai fait de mon mieux. Ensuite, quand nous avons vu que cela ne donnait rien, nous avons tout simplement paniqué. Nous avons fait exactement ce qu'il ne fallait pas. Mais maintenant, si vous voulez bien… Nous ne pouvons pas vous rendre Ellen, mais nous pouvons proposer de vous, heu, de vous dédommager.

— Avec de l'argent, vous voulez dire ? demanda Jacko.

— Oui.

— Vous êtes toubib, dit la Mère. Ça gagne, un toubib ? Ma nièce Maya est infirmière et elle touche un salaire de misère.

— Je m'en sors très bien. Cette année, je suis entré au classement des meilleurs médecins de Seattle, et puis… Enfin, pour être honnête, ma première épouse était assez fortunée.

— Fortunée ? Genre ? relança Kate.

— Ma femme, Judith, qui est décédée, appartenait à une riche famille de Seattle. Connaissez-vous Microsoft ? »

Matt, Kate et Ivan se regardèrent en fronçant les sourcils.

« Un peu, dit Matt avec ironie.

— Le père de Judith a investi très tôt dans cette compagnie. Nous avons des actions et…

— Des actions ! Combien vous avez en liquide ? demanda sèchement la Mère. Ici en Australie ?

— En Australie, pas plus de quelques centaines de dollars, admit Tom.

— Mais nous pouvons en faire venir demain d'Amérique, ajouta Heather. Par virement bancaire.

— J'y arrivais, enchaîna Tom. Il est très facile de transférer de l'argent ici depuis l'Amérique. Même une grosse somme.

— Combien ? » demanda la Mère.

Tom se campa sur ses talons. Tout le monde le regardait. Des papillons voletaient autour des halogènes éclairant la cour. Dans le ciel, les premières étoiles apparaissaient. La température commençait à baisser et l'atmosphère devenait moins étouffante, au sens propre comme au figuré. Il avait réussi à les amener où il voulait en faisant preuve de bon sens et en gardant son calme. La chose qu'on n'apprenait pas en fac de médecine, savoir parler aux malades, était décidément l'une des aptitudes les plus importantes à maîtriser.

Il tenait le bon bout.

La clé de tout ça, c'était l'argent. La Mère et son clan ne voulaient plus se venger, mais voir la couleur de son argent. Tom savait qu'il devait proposer le juste prix. Un montant pas trop élevé, qui paraîtrait grotesque, mais pas trop bas non plus.

« Cinq cent mille dollars. Américains », dit-il.

Quelques « Oh ! » de surprise parcoururent le groupe.

« Un demi-million de dollars américains ? répéta Kate d'un ton sceptique.

— J'ai la somme sur mon compte, affirma Tom.

— Et le transfert, comment ça se passerait ? » demanda une femme dans la soixantaine vêtue d'un jean crasseux et d'un débardeur déchiré. Elle avait aussi une carabine, sans doute aussi âgée qu'elle, sur laquelle elle s'appuyait comme sur une canne.

« Ouais, comment… Ça va marcher comment, votre truc ? grogna Ivan.

— L'argent est sur un compte de dépôt en Amérique, dit Tom. J'en ai aussi sur un compte d'épargne, mais je peux tout transférer du compte de dépôt sans que la banque proteste.

— Il nous raconte des conneries, dit Kate.

— Pourquoi il raconterait des conneries ? demanda Matt.

— Si on les laisse retourner à Melbourne chercher ce fric, on n'entendra plus jamais parler d'eux. »

Nouveaux murmures d'assentiment à travers la cour.

« On garde les mômes ici, dit Matt. Le toubib va là-bas, il récupère le demi-million en liquide, il le rapporte et on échange le blé contre les enfants. Ensuite, cent mille à Danny pour le dédommager de sa perte, et le reste, on le partage entre nous. » Matt regarda la Mère pour avoir son approbation.

« Cent mille dollars pour sa femme morte ?! grogna Kate d'un air dégoûté.

— Ben quoi ? dit Matt. C'est comme moi. Elle n'était pas de sang O'Neill. »

Des rires s'élevèrent du groupe. Tom sentait que l'ambiance changeait. Ses interlocuteurs devenaient plus raisonnables.

« Je pense que c'est une bonne solution, dit-il.

— Possible, concéda la Mère. C'est vrai qu'il n'y a pas plus d'un an qu'Ellen vivait ici avec nous.

— Mais non ! protesta soudain Heather. Il est exclu que les enfants restent ici comme otages. Ils seront terrorisés. Tom doit les emmener avec lui, et c'est moi qui resterai ici pendant…

— Heather, pour l'amour du ciel ! Laisse-moi faire, *chérie*. Ça va très bien se passer. Cela dit, peut-être pourrais-je emmener Olivia avec moi, en effet, pour qu'elle m'aide à tout régler. Toi, pendant ce temps, tu protégeras Owen. J'irai chercher l'argent à la banque. Demain à cette heure-ci, je serai de retour, et puis nous pourrons rentrer tous les quatre à la maison. Tout ira bien. Nous y arriverons. »

Heather fronçait les sourcils.

« OK », dit-elle.

La Mère opinait du menton, les yeux fixés sur lui.

Il se détendit un peu. *Ça va peut-être marcher*, pensa-t-il avec espoir.

« Comment on peut être sûrs qu'il a ce pognon ? demanda Kate. Un demi-million, c'est beaucoup d'argent.

— Les Américains sont riches ! dit quelqu'un.

— Regarde sa bagnole, andouille. C'est pas une Porsche ? dit quelqu'un d'autre.

— J'ai ce qu'il faut », affirma calmement Tom.

Mais peu l'entendirent, car un brouhaha de voix s'élevait à présent dans la cour.

La Mère donna un coup de coude à Ivan qui se tenait à côté d'elle. Il leva son pistolet et tira en l'air.

Tout le monde se tut. Dans le silence soudain, Tom entendit Heather gémir.

« Maintenant que j'ai votre attention à tous, reprenons ! dit la Mère. *Primo*, docteur Thomas Baxter, si vous revenez avec les flics, vous ne reverrez jamais votre femme ou votre petit garçon. Vous comprenez ?

— Bien entendu.

— Nous les aurons emmenés quelque part.

— Je comprends bien.

— *Secundo*, si vous revenez avec ne serait-ce qu'un dollar de moins que les cinq cent mille promis, notre accord ne tient plus.

— Je ne ferai pas cela. J'apporterai exactement le montant convenu.

— *Tertio*, si les flics débarquent ici pour poser des questions après que vous serez tous repartis en Amérique… vous aurez intérêt à surveiller vos arrières, mon garçon. Rapport que nous, nous raconterons aux autorités ce que vous avez fait. Et ça, ce ne sera qu'un début. Nous sommes une grande famille. L'un de nous ira en Amérique et vous retrouvera.

— Je ne trahirai pas notre accord. Ce que nous sommes en train de décider, c'est ce que je voulais faire dès le début. Je sais que j'ai commis un acte très grave. Et irréparable. Mais j'aurais proposé de vous dédommager même si ma femme et mon fils ne devaient pas rester ici… comme… » Tom s'interrompit. Il préférait ne pas prononcer le mot *otages*. La situation était délicate et il ne voulait pas irriter les O'Neill avec des propos incendiaires. « Comme invités », conclut-il.

À côté de lui, Heather paraissait bizarrement agitée. D'ordinaire elle gardait toujours la tête froide. C'était pour cette qualité, en partie, qu'il avait été attiré par elle. De bien des façons, elle était tout le contraire de Judith. Depuis un an qu'il la connaissait, il ne l'avait pas souvent vue s'énerver. Les circonstances actuelles étaient certes extraordinaires, mais il ne fallait pas que son attitude fiche tout en l'air.

« Ça va aller, dit-il doucement. Regarde-moi, chérie. Regarde-moi. Fais-moi confiance. Tout ira bien. Respire un grand coup. Allez ! »

Elle inspira profondément.

« Tu reviendras avec l'argent ?

— Bien sûr.

— Et tu vas leur dire de nous donner à boire et à manger ?

— Oui.

— D'accord. »

Le bruit d'une moto roulant au loin parvint dans la cour.

« C'est Danny qui arrive, dit Matt. L'affaire est entendue, alors ?

— Elle l'est de mon côté, dit Tom.

— Du nôtre aussi, dit la Mère. Nous sommes des gens raisonnables, docteur Baxter. Nous vivons ici entre nous. Nous ne faisons de mal à personne. Nous n'invitons personne sur notre île, et si des gens viennent, même des représentants des pouvoirs publics, nous exigeons qu'ils se montrent respectueux.

— Bien entendu. C'est nous qui avons fait une erreur et j'en suis tout à fait désolé.

— Nous n'avons pas cherché à vous…

— Je m'excuse, la Mère, l'interrompit Jacko, mais on a un autre souci à régler.

— Quoi donc ?

— Les Boches. On les a trouvés, comme tu disais, et on les a mis dans la maison. Mais ils veulent s'en aller.

— Dis-leur que le bac est en panne. Il va falloir un moment pour réparer et ils doivent attendre.

— Ça marche, dit Jacko.

— D'autres problèmes dont je doive encore m'occuper ? demanda la Mère avant de tirer une longue bouffée de sa cigarette.

— Il est impossible que les enfants passent la nuit dans cette grange insalubre, dit Heather. Vous devez les installer ailleurs. »

Oh merde. On a réussi. Ne les provoque pas, lui hurla Tom par télépathie.

Miraculeusement, elle sembla capter le message et se reprit :

« Enfin… Nous avons besoin au minimum de matériel de couchage et de nourriture. Et vous devrez nous laisser aller aux toilettes, sinon cet endroit va devenir vraiment infect. »

La moto était maintenant très proche. Les conversations se turent. Il n'y avait plus qu'à attendre.

Une procession de nuages.

Les étoiles muettes.

Le croissant jaune et paisible de la lune.

« Danny va péter un câble, marmonna Jacko.

— Nous avons parlementé et conclu un accord, dit Matt. Danny devra s'y tenir, que ça lui plaise ou non.

— Ouaip, acquiesça Ivan. Comme a dit Matt, Ellen était pas de sang O'Neill. »

La moto s'arrêta à côté de la grande maison. Son moteur fut coupé. Le silence sinistre devint plus profond encore.

Les mouches.

Les papillons de nuit.

Et rien.

Une sorte de vide.

Tout le monde dans l'attente.

Un hurlement sonore dans la maison.

« Ça y est, quelqu'un lui a dit, commenta Kate.

— T'as peut-être pas tort », dit Jacko avec un petit rire.

Ils entendirent quelques bruits de bagarre, puis des pas précipités à travers la maison. Puis un gémissement atroce, déchirant, comme celui d'un chien souffrant le martyre.

Des éclats de voix – une dispute.

Le silence.

Quelques instants après, la porte de la maison s'ouvrit sur un cône de lumière argentée.

Une silhouette apparut dans l'embrasure.

Danny, qui portait le cadavre d'Ellen dans ses bras.

« Oh merde, murmura Matt. Jacko, tiens-toi prêt à ce qu'il fasse une connerie. »

Danny s'avança dans la cour. Comme tous les O'Neill, il était grand et maigre. Ses cheveux roux étaient clairsemés.

Ses yeux sombres se fixèrent sur Tom.

« C'est lui ? demanda-t-il d'une voix vibrante de haine.

— T'emballe pas, frérot, dit Jacko. On a réglé l'affaire.

— Ouais, il paraît, grogna Danny. Et vous croyez que je vais prendre cette saleté de fric ? Vous croyez que je vais accepter un centime ? Pour elle ? »

Il posa doucement Ellen sur la terre battue : une poupée disloquée, cassée en dix endroits différents. Il lui caressa le visage. Ses mains tremblaient.

« Elle était tout pour moi. Elle valait mieux que vous tous mis ensemble, bande de tarés, et vous le savez !

— Je suis affreusement désolé, dit Tom. Vraiment. »

Il était sincère. Cette pauvre femme. C'était affreux. Mais… Mais ce n'était plus le sujet. Il voulait avancer, maintenant, comme convenu avec la Mère.

Danny se redressa, les yeux rouges et hagards. Il pointa un doigt accusateur sur Tom.

« C'est toi qui l'as tuée ! »

Tom ne put qu'acquiescer.

« C'est un accident. Je le regrette de tout cœur. Mais je… j'en accepte la responsabilité.

— Ça suffit pas ! cria Danny.

— Tranquille, mec. On a trouvé un arrangement, dit Matt. T'as manqué la discussion. On a conclu un marché et la Mère a décidé.

— T'as décidé, la Mère, ah ouais ? Sans moi ? » demanda Danny d'une voix sourde. Il regardait toujours Tom.

« Oui, répondit-elle. J'ai pris ma décision. C'est pour le mieux. »

Danny s'approcha de Tom et lui planta un doigt sur la poitrine.

« Je suis tout à fait désolé, dit doucement Tom.

— Désolé, ah tiens ? Il est désolé ! » La fureur et le chagrin tordaient les traits de Danny. Ses yeux étaient deux fentes noires. De la bave lui coulait sur le menton. Il tapota la poitrine de Tom avec l'index. « Et vous tous, alors, vous avez décidé ? Cet enfoiré de gros richard écrase mon Ellen, une innocente qui n'aurait jamais fait de mal à une mouche, tout ce que j'ai au monde, et vous avez décidé de rien faire du tout ?

— Je suis bouleversé, dit Tom. Elle a surgi sur la route, je ne l'ai pas vue… »

Danny l'interrompit en lui donnant une brusque bourrade à deux mains. Il trébucha et tomba sur les fesses.

Danny essaya de lui donner un coup de pied, mais, à ce moment-là, Matt l'enveloppa de ses bras immenses et le tira en arrière.

« La Mère a tranché, mec ! » dit-il.

Tom se releva avec hésitation.

« Pouvez pas décider sans moi ! hurla Danny en se débattant contre Matt qui le tenait fermement. Regardez-la ! Regardez ce qu'il lui a fait ! Elle était belle. Elle était tout pour moi. Qu'est-ce que je vais devenir ?

— Hé, calme-toi ! dit Matt. Ça va aller.

— Comment ? Comment ça pourrait aller ? Et sa femme, à lui ? Et si moi, à mon tour, je m'occupais d'elle ?

— Non, dit Tom. Ma femme n'y est pour rien. Ma famille n'y est pour rien. Je conduisais. Je suis le seul responsable.

— T'es le seul responsable ? Toi ?

— Voilà.

— Ah d'accord. OK ! dit Danny d'un ton plus posé. Je comprends. Lâche-moi, vieux. Ça va, tu peux me lâcher. »

Matt écarta lentement les bras, puis tapota l'épaule de Danny.

« Rien ne pourra faire revenir Ellen. Rien du tout, dit-il. Mais ce qui est convenu, c'est pour le mieux.

— Ouais, bien sûr, grogna Danny. Moi, je me suis bougé le cul. J'ai pris un boulot et je me suis trouvé une femme pendant que vous autres, vous restez ici à rien foutre à part fumer, râler et siffler de la gnôle. Et c'est vous, bande d'enfoirés, qui décidez à ma place ?! »

Il retourna auprès du cadavre d'Ellen, la prit dans ses bras et l'embrassa tendrement. Puis il la lâcha et se redressa en tirant quelque chose de sa poche. Un crucifix, pensa d'abord Tom en voyant l'objet luire au clair de lune.

Non. Ce n'était pas un crucifix, mais un…

« Attention ! » s'exclama Heather alors que Danny se jetait sur Tom. Il lui planta son couteau dans l'abdomen avec tant de force qu'il le souleva presque de terre.

« Ooh », fit Tom tandis que la lame pénétrait profondément dans son flanc droit.

Il entendit Heather se mettre à hurler.

Matt cria :

« Qu'est-ce tu fous, bordel ?!

— Il a juste ce qu'il méritait », répliqua Danny avec hargne. Il tira sèchement sur le couteau avec l'intention de poignarder Tom une seconde fois, mais Heather se jeta à cet instant derrière lui, les bras levés pour passer ses mains ligotées autour de sa tête et tenter de l'étrangler.

Elle est combative, cette fille, pensa Tom tandis que ses jambes cédaient sous lui. Il eut l'impression de s'écrouler comme une marionnette privée de fils.

Le sol était chaud. Réconfortant.

Ici, le paysage se composait de pieds, de jambes et de bâtiments de ferme renversés.

Heather était petite et menue, Danny costaud en comparaison, le combat n'était pas équitable. Et Ivan et Matt intervenaient déjà.

« Espèce de connard ! » cria Ivan.

Danny hurla encore quelque chose que Tom ne saisit pas.

Les voix s'estompaient. Tout s'estompait.

La lande.

Les étoiles filantes.

Le croissant de lune comme vaporisé dans le ciel.

Ses paupières étaient de plus en plus lourdes.

Quatre mots traversèrent sa conscience défaillante. Quatre pensées en quatre mots :

Judith. Heather. Olivia. Owen.

Il essaya de se laisser porter par l'instant présent, mais c'était trop difficile – comme si l'instant présent lui glissait irrésistiblement entre les doigts.

Il éprouva un spasme d'inquiétude, d'angoisse, de peur.

Ses regrets.

Ses erreurs.

L'atmosphère fraîchissait, semblait-il.

La terre était chaude encore.

Quand il ferma les yeux, le monde disparut pour de bon.

Il ne sentait plus ses doigts.

Il ne sentait plus ses jambes.

Et puis il n'y eut plus de « il » pour ressentir quoi que ce soit.

10

Heather avait réussi à faire passer ses poignets attachés autour du cou de Danny. Elle se cambra et tira en arrière jusqu'à ce qu'il tombe à genoux et lâche le couteau.

« Ivan, arrête ça ! » ordonna la Mère.

Ivan agrippa Heather par les cheveux, l'obligea à lâcher Danny et la projeta au sol comme si elle n'était rien.

« Je vais me la faire, grogna Danny, vautré par terre, en s'efforçant de reprendre son souffle.

— T'as déjà fait assez de dégâts ce soir, frérot », dit Jacko. Il appuya de sa botte droite sur le dos de Danny pour l'obliger à rester par terre.

Matt saisit la carabine qu'il portait à l'épaule et la pointa sur Danny en criant :

« Faut te calmer, mec !

— Oh, fit Danny, et il poussa un petit rire amer. On en est là ? Mais t'es qui, toi ? Ici, tu donnes des ordres à personne ! Surtout pas à moi.

— Je fais autant partie de la famille O'Neill que n'importe qui. Et je te laisserai pas dire autre chose », rétorqua Matt.

Cette dispute n'intéressait pas Heather. Dès qu'elle eut repris ses esprits, elle rampa jusqu'à Tom.

Il était couché sur le côté dans une mare de sang.

« Il faut appeler une ambulance ! cria-t-elle d'une voix suppliante.

— On n'a pas le téléphone, dit Kate.

— Vous devez faire quelque chose ! Il perd son sang !

— Ça suffit, dit la Mère.

— Non ! Nous pouvons encore le sauver, se récria Heather. Je vous en prie ! Il faut le sauver ! »

Heather attrapa le couteau de Danny tombé près de Tom et se redressa péniblement en prenant appui sur ses mains ligotées. Une demi-douzaine d'armes pointèrent aussitôt dans sa direction.

« Vous devez l'aider, supplia-t-elle en brandissant le couteau.

— Tu ferais mieux de lâcher ça, ma grande », dit Kate.

Ivan fit un pas vers Heather, lui donna une violente claque sur la tempe et lui arracha le couteau tandis qu'elle s'effondrait.

Kate tira alors un coup de fusil en l'air et tout le monde se tut.

« Merci, ma chérie, dit la Mère. On a un sacré foutoir, là, nom de Dieu ! Et comme d'habitude, c'est à moi de tout régler, c'est ça ? Jamais une minute de tranquillité. Bon, d'abord le plus important. Débarrassez-moi la cour de ces corps. Allez les mettre dans l'ancien cellier à viande.

— Les Boches, dans la maison, on en fait quoi ? demanda Ivan.

— Oh Seigneur ! Faites gaffe qu'ils ne voient rien. Et ne les laissez pas partir. On les garde ici jusqu'à ce qu'on ait décidé ce qu'on va faire.

— On sait bien ce qu'on va faire, dit Jacko. Pas question que les flics touchent à Danny. »

La Mère se leva péniblement du rocking-chair.

« Y a encore quelqu'un qui m'écoute, ici, ou quoi ?!

— Bien sûr, la Mère, dirent en chœur une demi-douzaine d'hommes.

— Embarquez ces corps au cellier à viande ! »

Deux hommes prirent Tom par les chevilles et par les épaules pour l'emporter. Vautrée dans la poussière, Heather sanglotait. Tom était mort. Tom, si calme et si équilibré. Tom qui avait réponse à tout. Elle était perdue. Que devait-elle faire, maintenant ?

Deux autres hommes se chargèrent du cadavre d'Ellen. Tueur et victime réunis dans le « cellier à viande ». De quoi leurs fantômes allaient-ils se parler ?

Tom, oh mon Dieu, Tom…

Heather ferma les yeux.

Essaya d'effacer les dernières heures de son existence.

Ce visage sans vie. Cette frange en aile de corbeau sans vie.

Ce n'est par la réalité.

Je suis à Melbourne. Tom va bientôt me réveiller et nous allons prendre la route pour voir des pingouins et des koalas quelque part.

Elle essaya d'ouvrir les yeux, s'aperçut que du sang coulait sur ses paupières et l'essuya.

Les moustiques.

La lune à l'envers, là-haut dans le ciel.

Des tas de gens armés.

Du sang noir, dans la poussière de Tom mort, sous les étoiles de Tom mort.

Un bambin la tenait en joue avec un pistolet en bois.

De vrais hommes avec de vrais fusils l'encerclaient.

Elle prit appui sur ses bras pour se redresser et s'asseoir.

Le calme était revenu. Quelques personnes se parlaient à voix basse.

Elle savait qu'elle n'aurait pas beaucoup d'autres occasions de leur faire entendre raison.

« Vous devez nous laisser partir, dit-elle. Là, ça va trop loin.

— Matthew ! dit la Mère. Cette connasse doit fermer sa gueule. Si elle parle une fois de plus sans ma permission, défonce-lui la mâchoire.

— C'est compris ? » demanda Matt à Heather.

Terrorisée, elle hocha la tête.

« Bon alors, on va faire quoi ? demanda Ivan.

— On se débarrasse d'eux ! Vite fait ! lança quelqu'un.

— Une seconde, dit Danny qui époussetait ses vêtements. C'est à moi qu'il faut demander ce qu'on va faire. Ils sont à moi. Tous.

— Pauvre con, répliqua Kate. Tu nous as coûté cinq cent mille dollars. Américains. T'as toujours été qu'un abruti. Con comme une merde, que t'es, voilà. Con comme une merde !

— Lâche-le, Katie, dit Matt. Ellen est morte.

— Elle est morte, répéta Danny. Et elle était tout pour moi. Vous le savez bien. Y a aucune somme d'argent qui peut… » Sa voix se brisa.

De nombreux membres du clan s'approchèrent pour lui taper affectueusement sur l'épaule ou l'étreindre. Certains en profitèrent pour frapper Heather, la pincer ou lui cracher dessus.

Elle avait l'impression de couler. Dieu qu'elle avait soif. Son corps tout entier lui faisait mal. Assise en tailleur, elle fixa son regard sur un filet de sang qui glissait dans sa direction sur la poussière. Elle essaya de respirer profondément. Respirer lui faisait mal. Sa cage thoracique avait pris un mauvais coup. L'air lui semblait épais. Sa grand-mère disait que les morts étaient capables de voir les vivants à travers les miroirs. Peut-être Tom la voyait-il, d'une façon ou d'une autre. Quel conseil avait-il envie de lui donner ?

« S'il faut que je sois dehors, quelqu'un veut-il bien faire quelque chose contre ces saletés de moustiques ? » demanda la Mère.

Un feu fut allumé dans un brasero. Des canettes de bière commencèrent à circuler.

« On n'a pas encore réglé notre problème, dit Matt. Qu'est-ce qu'on fait d'elle et des mômes ?

— On les bute. Pas le choix, dit Jacko.

— Non, dit Matt. Ça ferait trop de remous.

— À qui ils vont manquer ? objecta Ivan. Aucun d'eux n'est australien.

— Voyons à qui ils pourraient manquer, ouais, dit la Mère. Kate ! »

Kate attrapa Heather par les cheveux pour la forcer à se redresser.

« D'où tu viens ?

— Quoi ? »

Kate lui donna une gifle

« D'où tu viens, connasse ?

— De… de Seattle, dans le Washington.

— Et vous êtes venus faire quoi, chez nous, au juste ?

— Tom devait participer à une conférence. Les enfants et moi, nous l'avons accompagné pour… pour voyager. Nous sommes allés à Sydney, à Uluru et à Melbourne. Et puis les enfants ont voulu voir des koalas dans la nature… »

Kate la lâcha et elle retomba dans la poussière.

« Des touristes yankees, dit Kate. Rien de plus.

— Des touristes, répéta la Mère, pensive. Alors, qui va s'inquiéter pour eux, à votre avis ?

— Pas mal de gens, forcément, dit Matt.

— Mais oui ! dit Heather. Tom est l'invité d'honneur de la conférence. C'est une, heu… une conférence internationale de chirurgie orthopédique. Vous ne pouvez pas nous faire disparaître comme ça. Il y a aussi le loueur de voitures qui va vite se poser des questions. Nous lui avons donné nos coordonnées.

La meilleure chose à faire, c'est de nous laisser partir et…

— Assez ! dit la Mère.

— Non, attendez, écoutez-moi ! protesta Heather. Ce n'est pas la peine de… » Kate l'interrompit en tendant une énorme paluche pour l'attraper par la mâchoire. Ses doigts puissants lui écrasèrent les joues.

« Les seuls témoins, c'est les Boches, ou je me trompe ? demanda la Mère.

— C'est notre Ned qui tenait le stand au bord de la route, dit Jacko. Personne ne les as vus nous suivre jusqu'au bac à part les Boches, ouais. »

La Mère alluma une cigarette et agita la main pour avoir de la place autour d'elle. Toutes les conversations cessèrent. Heather s'aperçut qu'elle n'avait plus d'élancements dans le crâne. Elle entendit des oiseaux piailler dans les eucalyptus aux alentours de la ferme. Un avion traversait le ciel, au loin, les sillages de ses réacteurs bien visibles au clair de lune. Le monde allait vers l'avenir. Elle aussi. Tom, pauvre Tom, resterait mort à jamais. À présent elle devait penser aux enfants et à elle-même.

« S'il vous plaît, dit-elle d'une voix implorante. Je sais à quoi vous pensez. Ça ne marchera pas.

— C'est vous qui nous obligez. Vous avez tué Ellen et vous avez essayé de cacher ça. C'est votre faute, dit la Mère.

— N'aggravez pas les choses. Vous…

— Matt ! Je t'ai demandé de faire taire cette salope »,

dit la Mère d'un ton glaçant. Elle fixa Heather pour ajouter : « C'est ton dernier avertissement, ma fille. Si tu parles encore une fois sans ma permission, je dis à Lenny, notre forgeron, de te couper la langue avec ses ciseaux à cuir. Fais oui de la tête si t'as pigé. Je ne veux plus entendre un seul mot sortir de ta bouche, nom de Dieu. C'est compris ? »

Heather hocha la tête.

« Juste les Boches, alors ? reprit la Mère. Matt, et si on se débarrassait de la voiture quelque part sur le continent ?

— Hmm… Bonne idée. Le GPS de la voiture aura cessé de fonctionner bien avant Stamford Bridge, dit Matt.

— Jamie, tu saurais nous déglinguer cette voiture ?

— Ouais, facile, répondit un homme que Heather ne voyait pas. Sur Red Hill Road, par exemple, y a de jolis ravins. Certains avec une chute de trente mètres. La voiture plonge, je tripote un peu l'alimentation en essence, et boum.

— Qu'est-ce que t'en penses, Ivan ? » demanda la Mère.

Ivan réfléchit un moment avant de se racler la gorge pour répondre :

« Ça me plaît bien. En trouvant la voiture dans quelques jours, les flics diront : "Ah, dommage, encore des cons d'Amerloques qui ont oublié de quel côté de la route il faut conduire en Australie."

— Les flics de Melbourne ne sont pas débiles, n'empêche, dit Kate. Et s'ils viennent fouiner par ici ?

— On ne sait rien du tout, dit Ivan. Ces Américains, on les a jamais vus. Nous autres, on reste entre nous.

— Yo, attendez un peu, dit Danny. C'est quand même moi qui dois décider, non ? Pas vous. Faut faire selon l'ancienne loi. C'est à moi qu'ils ont causé du tort, pas à vous.

— Tu nous as coûté un demi-million de dollars, bordel ! dit Ivan. Tu fermes ta gueule.

— Qu'est-ce que tu veux, toi, Daniel ? » demanda la Mère.

Danny s'avança au centre du cercle formé par le clan O'Neill. Quelqu'un lui avait tendu une carafe en terre cuite. Il s'enfila une longue gorgée d'un alcool tellement fort que Heather le sentit jusqu'à l'endroit où elle était assise.

« Ce que je veux ? demanda-t-il en s'essuyant la bouche.

— Maintenant ils ne peuvent plus rien te donner, mec, dit Matt.

— Ouais, non, une seconde… J'ai perdu une femme. Il paraît qu'il y a une fille avec eux. Je veux la voir ! »

La Mère regarda Ivan.

« Tu vas la chercher ?

— C'est peut-être pas une bonne idée. Si on fait comme on a dit, il ne peut pas y avoir de survivants.

— Je veux ce qui m'est dû, insista Danny.

— T'as perdu une femme, pas une gamine, dit Matt.

— Je peux pas prendre cette salope ! dit Danny en désignant Heather. Elle est violente. Elle est tarée. Impossible de la mater. »

Kate rit.

« T'as pas tort. Celle-là, elle nous égorgerait tous un jour ou l'autre.

— J'ai bien droit, nan ? dit Danny.

— Ivan, que penseraient les flics s'il n'y avait que trois cadavres ? demanda la Mère.

— Eh ben… J'imagine que la fille pourrait avoir survécu à l'accident dans le ravin. Ensuite, elle serait partie chercher de l'aide, elle se serait paumée et… son corps ne serait jamais retrouvé. Pas compliqué.

— Ouais, en fait ça pourrait même nous aider, dit Jacko. Les flics feront une fixette sur la môme disparue quelque part sur le continent. Nous, on restera d'autant en dehors du coup.

— Vaut mieux tous les buter ! » cria quelqu'un, et quelques voix acquiescèrent.

La Mère leva les mains pour avoir le silence.

« Je vous ai entendus. La nuit porte conseil. Nous n'avons pas besoin de faire quoi que ce soit dès ce soir, hein, Matt ?

— Absolument pas. Et de toute façon il vaut mieux ne pas faire traverser le bac de nuit. Ce serait inhabituel, dit Matt.

— Demain, si je prends la décision dont on vient de parler, la voiture partira sur le continent et Jamie se chargera de la bazarder sur Red Hill Road, dit la Mère. Il est bientôt temps d'aller au lit. Mes jambes me font mal. Et puis j'ai oublié mes bonnes clopes. On s'en occupe ?!

— Et moi, alors ? protesta Danny.

— Va te faire mettre, toi ! » grogna Jacko.

La Mère soupira.

« D'accord. On va quand même lui montrer la fille. Allez la chercher, quelqu'un !

— L'idée, du coup, ce serait de buter cette conne et le garçon, et de garder la gamine pour Danny ? » demanda Kate.

Heather n'en croyait pas ses oreilles. Cette conversation était surréaliste. Ils ne pouvaient pas être sérieux. Tout ça, c'était une erreur, un cauchemar…

« Peut-être, répondit la Mère. Et mes clopes, alors ?! »

Une petite fille accourut et lui tendit un paquet de cigarettes. La Mère s'en alluma une et fit signe à quelqu'un de proposer le paquet à la ronde.

« Où sont les Boches, tout de suite ? demanda-t-elle.

— Toujours dans la maison. Derrière, précisa Jacko. Je leur ai expliqué que le bac était en panne et ils ont gobé, mais ensuite le lascar a dit un truc vraiment con.

— Quoi encore ? marmonna Matt.

— Il a remarqué que le snorkel de la Porsche était cabossé. Il m'a demandé si quelqu'un avait eu un accident.

— Ah nom de Dieu ! dit la Mère. Daniel, tu nous as vraiment bien mis dans la merde !

— Ellen est morte. Je veux ce à quoi j'ai droit.

— Tu vas l'avoir, frérot, dit Kate. Mais à cause de toi on va devoir tuer deux personnes en plus pour être tranquilles. »

Heather se mit debout en s'écriant :

« Vous n'êtes quand même pas sérieux ! Vous avez tous perdu la tête ou quoi ?

— Je t'ai prévenue, nom de Dieu ! Je l'ai pas prévenue ? Lenny, coupe-lui la langue ! » ordonna la Mère.

Un homme très grand et très mince, chauve, à la peau cuivrée, s'avança vers le centre de la cour. Il portait un tablier en cuir par-dessus un maillot de corps noir de crasse. Ses yeux étaient sombres et son expression maussade. Il puait le sang séché et les abats. Il saisit violemment Heather par les cheveux et lui glissa un bras autour du cou pour l'immobiliser.

Elle frappa et griffa son bras autant qu'elle put tandis qu'il fourrait deux énormes doigts entre ses lèvres, l'obligeant à ouvrir la bouche. Elle essaya de le mordre, mais eut l'impression de planter les dents dans du bois.

« Ouais, dit-il, c'est faisable. Jodie, va donc chercher ma trousse à outils. Je vais m'occuper d'elle. »

Heather voulut crier, mais elle ne put émettre le moindre son. Elle arrivait à peine à respirer.

11

Olivia entendait des gens crier. Elle avait très peur. Elle ne savait pas ce qui se passait là-bas. Elle se demandait ce qu'elle devait faire. On lui avait pris son téléphone, mais ça, tant pis, car cet appareil n'était pas pour elle une ressource essentielle. La plupart des jeunes de son âge interrogeaient Google ou Siri ou Alexa quand ils voulaient une réponse à propos d'un truc. Elle, elle se tournait vers son père comme elle l'avait toujours fait. Son père savait tout. Son père savait tout sur le monde en général, et sa mère avait eu toutes les réponses à tous les problèmes qu'Olivia avait jamais pu rencontrer, soit à l'école avec ses camarades ou ses professeurs, soit en rapport avec l'image qu'elle avait d'elle-même. Sa mère était aussi calée que son père, mais elle n'aimait pas autant étaler son savoir. Avant, en tout cas, Olivia avait toujours eu un de ses parents pour lui expliquer ce qui se passait et comment faire face.

Mais sa mère était morte. Et maintenant ils avaient emmené son père.

Sans son père, sans son coussin préféré à la maison

et sans son Lexapro, elle se sentait privée de tous ses repères. Perdue.

Et Owen ne risquait pas de l'aider.

Owen était caché sous la capuche de son sweat et ne disait rien. Il ne reniflait même pas. Ce matin, comme ils avaient été pressés de partir, Heather avait oublié de leur donner leurs médicaments. Elle faisait tout le temps ce genre de trucs. Elle était trop jeune pour être maman. Une vraie maman dressait des listes, cochait des cases et n'oubliait pas ceci ou cela. Une vraie maman veillait pour de vrai sur ses enfants. Owen avait un TDAH et, sans ses cachets, Owen en mode angoisse et trouble obsessionnel compulsif pouvait être délicat à gérer. Olivia était capable de tenir le choc, de son côté, mais Owen n'avait pris aucun de ses médocs depuis un jour et demi. Il serait bientôt dans un sale état. Il valait sans doute mieux le laisser tranquille.

Il faisait tellement chaud.

Olivia avait mal à la gorge. Elle avait horriblement soif.

Elle laissait les mouches se poser sur elle. Elle était trop épuisée pour les repousser. Elle les regardait se balader sur son bras.

Papa avait tué cette femme.

Mais c'était à cause de Heather.

Il conduisait vite pour l'impressionner.

Heather était du genre impressionnable. Ça se voyait. Elle n'était pas très futée. Elle n'était même pas allée au bout du lycée. La mère d'Olivia, sa vraie maman, avait un doctorat. Elle était biologiste.

Olivia glissa deux doigts sous les cordes au niveau de sa trachée. Cela lui permettait de respirer un peu mieux.

Ils avaient passé ces nœuds coulants autour de son cou comme pour la pendre. Ils prévoyaient probablement de la pendre. De les tuer tous les quatre. Œil pour œil et tous ces trucs qu'elle entendait raconter au catéchisme.

Les cordes la grattaient et lui coupaient la respiration dès qu'elle bougeait. Les cordes d'Owen étaient passées autour de sa capuche. Il avait bien fait de la garder sur la tête. Elles ne lui égratignaient pas le cou. Il était assis là, totalement immobile, comme s'il était mort. Il ne pleurait même pas. Elle, par contre, elle ne pouvait pas s'empêcher de sangloter. Et personne n'était là pour la réconforter. Personne ne viendrait plus l'aider. Maman était morte, papa…

« Salut », dit une voix.

Olivia sursauta. Quelqu'un se trouvait tout près d'elle.

Elle pivota pour regarder derrière son dos. Par une fente entre deux planches du mur de la grange, elle distingua le visage d'une enfant qui l'observait – une petite fille de sept ou huit ans, semblait-il, aux cheveux blonds et aux grands yeux marron.

« Salut, répondit Olivia. Comment tu t'appelles ?

— Neeve, dit la fillette. Et toi ?

— Olivia.

— C'est ton frère, lui ?

— Oui. Il s'appelle Owen.

— Salut, Owen », dit la petite fille.

Owen ne répondit pas.

« Il n'est pas très bavard, expliqua Olivia.

— Vous devriez pas habiter dans cette grange, dit Neeve. Ici, c'est pour les moutons. Et des fois, les moutons, ils s'en servent comme cabinets. C'est pas un bon endroit pour les gens.

— Les cabinets c'est les toilettes, c'est ça ?

— Les cabinets c'est les cabinets ! s'exclama Neeve, stupéfaite d'entendre une telle question. Vous êtes d'où, vous ?

— Nous venons des États-Unis, dit Olivia.

— Je connais les États-Unis. C'est quelque part près de Sydney, je crois. Mon papa, il est allé à Sydney. Est-ce que t'es triste ?

— Triste ? Oui, je crois. Je veux rentrer chez moi.

— Est-ce que t'es triste pour ton papa ?

— Pourquoi tu dis ça ?

— Parce qu'il est mort. T'es triste, alors ?

— Mais il n'est pas mort, dit Olivia, saisie par un frisson de terreur.

— Si, il est mort. À ton avis, il arrive quoi quand on meurt ? La maîtresse dit qu'on va au paradis et qu'on devient un ange, mais mon papa il dit que ça existe pas comme endroit. Mon papa, il dit que quand on meurt on ne fait plus rien du tout. »

Olivia déglutit pour demander :

« Pourquoi tu dis que mon père est mort ?

— Parce que Danny l'a planté avec son couteau. Il l'a planté vraiment fort. Tout le sang et les tripes sont sortis, et puis il est tombé et il est resté par terre sans bouger.

— C'est pas vrai !

— Ben si. Et ils ont fait des trucs à ta maman, aussi.

— Heather n'est pas ma maman.

— Lenny doit lui couper la langue. Il va lui mettre ses gros ciseaux dans la bouche et couper sa langue pour qu'elle arrête de répondre à la Mère. Parce que la Mère, elle était pas contente.

— Mais non ! s'écria Olivia. Il n'est rien arrivé de tout ça.

— Si, c'est vrai. La Mère, elle a donné l'ordre d'emporter ton papa et Ellen dans l'ancien cellier à viande. Maintenant les deux cadavres sont ensemble sur la grande table. On peut les voir par la fenêtre. Viens avec moi, je te montrerai.

— Tu… Tu peux me faire sortir d'ici ? demanda Olivia.

— Quoi ?

— Tu peux ouvrir la porte, pour m'aider à sortir ? »

La fillette fit le tour de la grange, puis revint quelques instants après.

« Ils ont mis un truc sur la porte. Comment on appelle ces machins en métal ?

— Un cadenas ?

— Ouais.

— Est-ce qu'il y a un autre moyen de sortir d'ici ?

— Je sais pas trop. Il y avait un grand trou dans le toit, avant, on pouvait voir le ciel, mais ils l'ont réparé.

— Le toit est trop haut de toute façon.

— Ah si ! dit Neeve avec enthousiasme. Une des brebis s'est échappée l'hiver dernier. En donnant des coups de patte dans le mur.

— Où ça ?

— Tu vois, là, la planche du mur qui n'est pas de la même couleur que les autres ?

— Non, il fait trop sombre.

— Juste là, à côté de l'endroit où je suis, précisa Neeve. C'est Jacko qui a réparé le trou, mais il a pris du bois flotté. Je crois que c'est pas très solide. Et il a pas mis de peinture ou de vernis. Tout le monde dit qu'Ivan travaille beaucoup mieux… Oh, quelqu'un arrive ! » chuchota soudain Neeve, et elle s'éclipsa dans l'obscurité.

Olivia entendit le cadenas cliqueter. La porte s'ouvrit. Owen redressa la tête.

« Bon, toi, tu viens avec moi », dit un homme à Olivia. Il était immense, il avait une moustache et les cheveux très noirs, il puait la sueur et l'alcool. Il se pencha pour la libérer de la corde qui montait de son cou à un crochet au-dessus de sa tête, puis de celle qui la retenait au mur. Il l'agrippa ensuite par le tee-shirt pour l'obliger à se lever.

« Où c'est que vous l'emmenez ? demanda Owen.

— Tu la fermes, mon grand, si t'as un peu de jugeote », dit l'homme.

Il poussa Olivia dehors et remit le cadenas à la porte.

« Qu'est-ce qui se passe ? demanda-t-elle.

— Tu le sauras bien assez vite. Avance ! »

L'homme la guida jusqu'à la cour de la ferme. De

nombreuses personnes se trouvaient là. Un feu était allumé. Elle entendit de la musique.

« Arrête-toi une seconde », dit l'homme. Il détacha un objet fixé à sa ceinture – une sorte de gourde en terre cuite. Il en retira le bouchon et la tendit à Olivia. Elle la saisit tant bien que mal entre ses mains attachées et porta le goulot à ses narines. L'odeur était écœurante.

« C'est quoi ? demanda-t-elle.

— De la gnôle. Tu vas en avoir besoin.

— Je… j'en veux pas.

— Attends, je vais t'aider. » L'homme lui passa une main sous la mâchoire pour la forcer à ouvrir la bouche, puis fourra le goulot de la gourde entre ses lèvres. Elle n'eut d'autre choix que d'avaler le liquide infect qui en jaillit. Un feu s'alluma dans sa trachée et des larmes envahirent ses yeux.

Quand l'homme la lâcha, elle tituba et faillit s'effondrer. Il la souleva par la taille et la traîna jusqu'au milieu du cercle formé par les gens dans la cour. Un autre homme se trouvait là, qui tenait Heather par la nuque et tentait de lui enfoncer une grosse pince dans la bouche.

Olivia poussa un cri, se débattit pour s'écarter du type qui la tenait et courut vers Heather. Elle donna un coup de pied, de toutes ses forces, à l'homme à la pince. Il fut tellement surpris qu'il lâcha Heather.

« Ils ont tué papa ? demanda Olivia en se mettant à sangloter. C'est vrai qu'ils l'ont tué ?

— Je suis désolée. Tellement désolée, ma petite

chérie. » Heather passa les bras autour d'Olivia pour l'enlacer.

Olivia se blottit contre elle, le visage enfoui dans son cou. Elle n'avait jamais serré Heather dans ses bras – sauf une fois, au mariage, avant Noël, et juste par politesse.

Heather la berça doucement et se mit à pleurer à son tour.

« Je fais quoi, maintenant ? demanda le forgeron.

— Laisse-les, dit Matt.

— Il est vraiment mort ? murmura Olivia.

— Je suis désolée, ma chérie, murmura Heather. Tellement, tellement désolée…

— Alors la voilà, la fille ! dit Danny. Je veux la voir mieux que ça.

— Montre-lui la petite nana », dit Jacko.

Olivia sentit un bras l'envelopper et l'arracher à Heather. Celle-ci essaya de la retenir, mais l'homme au tablier de cuir l'en empêcha.

« T'en penses quoi, Danny ? » demanda Jacko.

Olivia était terrifiée. L'homme qui s'appelait Danny la reluquait bizarrement. Il était maigrichon, il avait le visage tout rouge, il était repoussant. Sa langue sortait de sa bouche et de la bave coulait sur son menton. Il avait l'air saoul. Il leva le bras pour lui toucher les cheveux. Olivia eut un mouvement de recul dégoûté.

Quelques hommes éclatèrent de rire et l'un d'eux cria :

« Vas-y, Danny, vas-y !

— T'as quel âge ? » demanda Danny. Son haleine

avait la sale odeur de l'alcool que l'autre homme l'avait forcée à boire.

« Quatorze ans », dit-elle.

La vieille femme à la canne, celle qu'ils appelaient la Mère, venait dans sa direction. Tremblante, Olivia se laissa agripper par le menton et renverser la tête en arrière pour être dévisagée. Les doigts de la vieille étaient froids et moites.

« Alors, Danny ? demanda-t-elle.

— Personne ne remplacera jamais Ellen, mais c'est mieux que rien.

— Dans la vie, tout est question d'équilibre, dit la Mère. Aujourd'hui la nature t'a bien mal traité. Avec cette fille, l'équilibre est rétabli. Tu peux la prendre. »

Quelques rires fusèrent autour d'eux.

Olivia remarqua que Heather s'était relevée alors que l'homme au tablier se tenait devant elle d'un air menaçant. Elle le contourna subitement pour s'avancer vers la Mère en disant :

« Vous n'avez rien fait de mal pour le moment. »

Matt leva un bras pour lui faire signe de ne pas approcher davantage.

« Qu'est-ce que tu veux dire, au juste ? demanda-t-il.

— Vous n'avez rien fait de mal. Absolument rien. Tout ce qui a pu arriver de tragique a été soit la faute de Tom, soit sa faute à lui, dit Heather en montrant Danny. Si vous nous ramenez sur le continent…

— T'iras à la police, dit la Mère avec colère. Évidemment !

— Oui, nous irons voir la police. Mais rien de ce

qui s'est passé ne vous concerne, les uns et les autres – sauf lui. Vous n'avez rien fait de mal.

— Nous vous avons kidnappés, dit Matt. Nous vous avons retenus contre votre volonté.

— Non. Vous nous avez hébergés et porté assistance le temps de prendre contact avec la police sur le continent. » Heather regardait Matt et la Mère tour à tour. « Si vous le laissez prendre Olivia, c'est la fin, insista-t-elle. Vous devrez tous nous tuer. Les Hollandais aussi. Êtes-vous sûrs de sortir de ça indemnes ? C'est un gros risque que…

— J'ai pris ma décision, assena la Mère.

— Vous avez dit que la nuit portait conseil. Nous sommes coincés ici. Enfermés dans cette grange. Vous pouvez prendre votre décision finale demain matin. »

Matt se tourna vers la Mère.

« C'est pas faux. »

La Mère soupira profondément, appuyée des deux mains sur sa canne.

« Ça n'a donc jamais de fin ? La parole de Terry avait force de loi. En son temps, quand il disait quelque chose, l'affaire était réglée et on ne discutait plus.

— Pardonnez-moi, mais vous ne revenez pas sur votre parole, dit Heather. Vous allez juste réfléchir jusqu'à demain. Ça change quoi, pour vous ? Nous ne bougeons pas d'ici.

— Et pour toi, ça change quoi ? » lui demanda Matt.

Heather regarda Danny un instant, avant de répondre calmement :

« J'ai le devoir de protéger ces enfants.

— Et les deux autres, alors ? grogna la Mère. Je suppose qu'il va falloir les garder aussi. Qu'est-ce qu'on fait d'eux, Matt ?

— On pourra voir ça demain matin aussi », répondit-il.

La Mère tira un mouchoir d'une poche de sa jupe. Elle se vida le nez, examina sa production, puis rempocha le bout de tissu en tirant une dernière bouffée de sa cigarette.

« C'est vrai que j'ai dit que la nuit portait conseil, n'est-ce pas ?

— C'est une bonne idée, je crois, approuva Matt.

— Non ! protesta Danny d'un ton plaintif. T'as dit que je pouvais avoir la fille !

— Et peut-être que je le dirai encore demain. Mais pour le moment, Daniel, tu la fermes.

— J'y ai droit et je la veux, c'est tout !

— Et tu l'auras. Mais tu devras attendre. Allez, Jacko. Embarque-les et enferme-les dans la grange. Mets-y aussi les Boches, tiens. On réglera cette histoire demain matin. Et si Danny te casse les pieds, fais-le balancer dans le puits par quelqu'un. »

12

Heather avait remporté cette bataille. Il y en aurait sans doute beaucoup d'autres. Dans l'immédiat, elle avait au moins réussi à gagner un peu de temps.

Danny continua de brailler et de protester dans la cour tandis que Jacko les remmenait à leur prison. Heather essaya, avec ses mains ligotées, de prendre le bras d'Olivia pour la réconforter, mais l'adolescente la repoussa. Elle n'insista pas. Elle se doutait que la gamine devait être en état de choc.

Il faudrait que Tom lui explique…

Une seconde. Qu'était-elle en train de se raconter ?

Tom. Tom n'était plus là.

Un frisson glacial la parcourut.

Tom, oh non. Oh Seigneur. Comment est-ce possible ?

Entre eux, cela n'avait pas été tout à fait le coup de foudre, mais pas loin. Il était tellement drôle. Et charmant. Et intelligent. Tous ces livres qu'il avait lus. Toutes ces choses qu'il connaissait. Et sa galanterie un peu rétro, son côté Monsieur Courtois de la Nouvelle-Angleterre. Elle avait plongé. En plus, cela ne gâchait rien, bien sûr, qu'il soit si plaisant à regarder. Si beau garçon, style acteur des années 1950. Si pondéré, aussi, comme l'étaient les hommes à cette époque, et avec du plomb dans le crâne. Il ne savait pas réparer un embrayage comme les hommes de Goose Island, mais il était capable de vous préparer une tasse de chocolat chaud et de vous lire de la poésie les après-midi de pluie. Ou de coucher les enfants de bonne heure, le samedi soir, et de verrouiller la porte de la chambre pour vous faire grimper aux rideaux.

Et maintenant, il était mort. Et elle vivait un cauchemar. Coupée du monde, cernée par des dingues.

Elle avait tellement, tellement soif. La tête lui tournait.

Comme il aurait été facile de tomber, de se laisser absorber par cette terre rouge…

Heather enfonça les ongles de sa main droite dans sa paume gauche. Elle délirait un peu, là. Mais elle ne devait pas. Elle ne pouvait pas. Il fallait qu'elle garde la tête sur les épaules – pour elle-même, mais aussi pour Owen et Olivia.

Ils parvinrent à la grange à tonte. Jacko ouvrit le cadenas, puis les poussa toutes les deux à l'intérieur.

« Nous n'avons rien mangé ni bu depuis des heures », dit Heather.

Jacko approcha son visage du sien.

« Je pensais que t'avais retenu la leçon, salope. Maintenant tu fermes ta grande gueule ou c'est moi qui te la ferme.

— Nous avons besoin d'eau », dit Heather.

Jacko la prit brutalement par le bras pour la faire asseoir. Il passa autour de son cou le nœud coulant de la corde attachée au crochet de la poutre, puis celui de la seconde corde, fixée à une planche du mur derrière son dos. Il les tendit l'une et l'autre pour que Heather ne puisse presque plus bouger. Ensuite il s'occupa d'Olivia.

« Pas trop serré, dit Heather. Matt était d'accord.

— Matt est un tendre », dit Jacko. Il regarda Heather avec un sourire mauvais et tira sur les nœuds coulants presque au point d'étrangler Olivia. Celle-ci essaya de glisser un doigt devant sa gorge, mais il était déjà trop tard.

« S'il vous plaît ! supplia Heather. Ne faites pas ça !

— La Mère a dit de faire en sorte que vous vous teniez tranquilles.

— Elle n'a pas dit de nous tuer !

— Mais elle est pas morte, regarde. Elle est toute peinarde, la petite renarde. Hein, ma mignonne ?

— J'ai mal », gémit Olivia. Elle avait manifestement de la peine à respirer.

« S'il vous plaît, dit Heather.

— J'aime bien quand tu dis *s'il vous plaît* comme ça. Redis-le encore.

— S'il vous plaît ! C'est une enfant. »

Jacko pouffa de rire.

« Ah ça, je crois pas. C'est une femme. Enfin c'en sera une pour sûr quand Danny se sera occupé d'elle, dit-il, et il relâcha les cordes sur le cou d'Olivia qui inspira aussitôt de grandes goulées d'air

— *Moi*, je suis une femme, dit Heather. S'il vous plaît, laissez-la tranquille.

— Mais ouais, c'est vrai. T'es même bonasse, toi. » Pendant une minute, Jacko marcha de long en large à travers la grange en caressant les dernières mèches de cheveux qu'il avait sur le crâne et en regardant Heather avec un sourire de chacal. Puis il s'accroupit devant elle. « T'es pas bien vieille, en plus. Quel âge t'as ? T'es carrément plus jeune que ton bonhomme, j'ai l'impression.

— J'ai vingt-quatre ans, dit Heather.

— Vingt-quatre, ah ouais ? Eh ben, madame vingt-quatre ans, c'est soit toi, soit elle qui y passe. Tu choisis.

— Ce ne sont pas les ordres qui vous ont été donnés, objecta désespérément Heather.

— Les *ordres* ? Jacko s'esclaffa. Mais j'en prends de personne, des ordres ! Hé, ma belle, vous êtes déjà morts. Tous autant que vous êtes. T'as les oreilles bouchées, ou quoi ?

— Je m'excuse, je ne voulais pas dire *ordres*. La Mère vous a demandé de nous enfermer ici, voilà tout. Vous l'avez entendue. La nuit porte conseil, elle va dormir et elle décidera demain ce qu'il faut faire de nous.

— Elle peut dormir jusqu'à la fin des temps, je m'en tape. Bon, chérie, la conversation est sympa mais ton boulot tout de suite c'est de faire un choix. Qui ça va être ? Toi ou la blondinette ? »

Heather se força à déglutir. Sa gorge était râpeuse comme du papier de verre. La tête lui tournait.

« Je vous en prie, vous n'avez pas besoin de faire ça…

— Oh, ça me plaît bien quand tu dis *je vous en prie* comme une gentille petite Ricaine. Mais je t'ai dit que la parlote, c'est terminé. Toi ou elle ? Dix secondes.

— Matt a dit…

— Dix, neuf, huit, sept, six, cinq, quatre, trois…

— Moi.

— C'est bien ce que je pensais. » Jacko se planta devant Heather le bassin projeté en avant. « Maintenant, tu me la sors bien gentiment. »

Owen la regardait avec des yeux ronds. Les deux enfants semblaient horrifiés. Owen ne savait même pas encore ce qui était arrivé à son père.

« Owen, Olivia, dit-elle, je veux que vous fermiez les yeux. Enfonce la tête dans ta capuche, aussi, Owen. Fermez bien fort les yeux, tous les deux. »

Owen tira la capuche du sweat sur son front. Olivia baissa la tête. Heather espérait qu'ils ne comprenaient ni l'un ni l'autre ce qui allait vraiment se passer. Le jean de Jacko, bleu à l'origine, était tellement encroûté de crasse qu'il avait viré au noir rougeâtre. Elle leva le visage vers lui. Il avait mis son fusil en bandoulière derrière son dos. Il souriait, très content de lui.

Il sembla lire dans ses pensées.

« Attention, Heather, dit-il. Ne fais pas de bêtise. Tu sais ce que ça donnerait pour toi, et ensuite pour la môme. »

Elle songeait à le frapper dans les parties, de toutes

ses forces, avec ses poings ligotés. Elle réussirait sans doute à lui faire bien mal – mais après ? Il la démolirait, puis il violerait Olivia.

Elle leva les bras vers sa braguette et essaya de tirer sur la fermeture éclair, mais celle-ci était tellement sale et rouillée qu'elle refusa de descendre.

« Je crois qu'elle est cassée, dit-elle.

— J'espère pour toi que t'essaies pas de jouer à la plus fine, petite fille », dit Jacko. Il recula d'un pas, défit la boucle de son ceinturon, ouvrit sa braguette et baissa le jean sur ses jambes.

À cet instant, la porte de la grange s'ouvrit sur Matt et les Hollandais.

« C'est quoi ce bordel ? s'écria Matt.

— Rien qui te concerne, mec, répliqua Jacko. Reviens dans dix minutes !

— Dans tes rêves. Sors d'ici !

— Ah ouais ? »

Matt saisit la carabine qu'il portait sur l'épaule et la pointa sur Jacko.

« Bouge, connard.

— Tu fais ça et tu te retrouveras ici avec eux, dit Jacko.

— Peut-être, mais toi t'auras la cervelle en bouillie. »

Les deux hommes se dévisagèrent.

L'atmosphère devint électrique.

Heather retint son souffle.

Jacko grogna et remonta son jean. Il toisa Heather d'un air mauvais, puis cracha par terre.

« Salope coincée, de toute façon, c'est clair », dit-il, et il sortit en trombe de la grange en donnant un coup de coude hargneux à Matt au passage.

Heather laissa échapper un profond soupir de soulagement.

« Bon, vous deux, asseyez-vous par terre, ordonna Matt aux Hollandais. Je ne peux pas vous laisser vous balader à travers la grange, donc je vais vous attacher comme les trois que vous voyez là.

— Vous êtes fou ! s'insurgea Hans. Mais vous ne pouvez pas faire ça !

— Regardez les deux mômes. Si je l'ai fait pour eux, je peux le faire pour vous, répliqua Matt. Maintenant, assis, nom de Dieu ! »

Les Hollandais obtempérèrent. Leurs mains étaient déjà ligotées et ils avaient été fouillés et délestés de leurs affaires. Heather vit à leurs mines que Hans n'arrivait pas à assimiler ce qui lui arrivait, mais que Petra, elle, avait déjà très bien compris. Elle se mit à pleurer lorsque Matt passa une première corde autour de son cou.

« C'est tout à fait absurde ! » se récria Hans pour qui cela ne rentrait manifestement toujours pas. Il observait Matt avec un mélange de stupeur et d'indignation. Dans un coin de sa tête, il rédigeait déjà une sévère lettre de réclamation à l'office du tourisme australien.

Après s'être occupé des Hollandais, Matt vérifia rapidement les liens des enfants et de Heather. Les uns et les autres pourraient essayer tout ce qu'ils voudraient pour se libérer, ils n'avaient aucune chance d'y parvenir.

Heather soutint son regard pendant qu'il se trouvait devant elle. Elle murmura d'un ton pressant :

« Pour survivre jusqu'à demain matin, nous avons besoin d'eau. De quoi manger aussi. Mais surtout d'eau. Vous n'aurez plus aucune décision à prendre en ce qui nous concerne si nous ne buvons rien.

— Je sais, dit Matt. Une minute. »

Il sortit et s'éloigna après avoir remis le cadenas à la porte.

« Mais qu'est-ce qui se passe ? s'exclama Hans. C'est invraisemblable !

— *Ze houden ons gevangen. Ze gaan ons morgenochtend vermoorden* », dit froidement Petra.

Le seul mot que Heather pensa comprendre fut *vermoorden.*

Oui, ils vont nous tuer. Ce sont des meurtriers.

Cliquetis du cadenas, puis la porte s'ouvrit. Matt reparut avec une bouteille d'un litre d'eau.

« Je ne peux pas faire mieux, dit-il en la posant devant Heather.

— Merci, dit-elle. Mais comment on va faire pour se la passer ?

— Hmm…

— Tu… Tu veux bien faire boire les enfants ? demanda-t-elle. S'il te plaît.

— Quoi ? fit Matt, visiblement mal à l'aise.

— Moi, je ne peux pas. Tu veux bien t'en charger, s'il te plaît ? Tiens-leur juste la bouteille pendant qu'ils boivent. »

Pour attacher un adulte à un enfant, l'idéal est de lui faire nourrir cet enfant. Cela active quelque chose de primitif, avait-elle appris dans un des livres sur la parentalité que Tom lui avait fait lire.

Matt soupira.

« Bon, d'accord.

— Les enfants, je veux que vous buviez tous les deux un grand coup », dit Heather.

Ils étaient tellement assoiffés qu'ils tétèrent avec avidité au goulot de la bouteille.

« Et nous ? demanda Petra.

— Vous partagez avec elle, dit Matt en posant sèchement la bouteille devant Heather.

— Et pour les toilettes, comment sommes-nous censés faire ? demanda Hans.

— Pour ça, vous vous démerdez.

— Où est mon père ? » demanda Owen.

Matt hésita, regarda Heather.

« Je laisse ta maman t'expliquer ça.

— Elle, c'est pas ma mère, marmonna Owen.

— Eh ben, c'est quand même à elle qu'il faut t'adresser. Moi j'y vais. Mais nous vous tenons à l'œil, donc pas de micmac. Si vous restez tranquilles, les cordes ne vous étrangleront pas. Si vous déconnez, je ne suis pas responsable de ce qui arrivera. Et soyez futés, ne faites pas de bruit. La Mère n'aime pas être dérangée dans son sommeil. Bonne nuit.

— Tu vas vraiment nous laisser comme ça ? Dans cet état ? demanda Heather.

— Qu'est-ce que je peux faire d'autre ? » dit Matt avec un haussement d'épaules. Il sortit et remit le cadenas à la porte.

Quand il se fut éloigné, Hans se tourna vers Heather pour demander :

« Où est-il, alors, votre mari ? »

Heather savait qu'elle ne pouvait pas mentir. Mais il aurait fallu que quelqu'un serre fort ce petit garçon dans ses bras pendant qu'elle répondait. *Pauvre Owen. Pauvre Olivia. Oh mon Dieu, les pauvres petits*...

Elle saisit la bouteille et but une grande gorgée d'eau.

« Parle, Heather », dit Owen.

Ce garçon était trop intelligent pour qu'elle édulcore la vérité ou fasse mine de ne pas savoir...

« Owen, je veux que tu me regardes, dit-elle. Tourne la tête. S'il te plaît.

— Ils l'ont tué, c'est ça ? dit-il du fond de sa capuche.

— Owen, je...

— Ils l'ont tué parce qu'il a tué cette femme, ajouta-t-il d'une voix monocorde.

— Oh non ! dit Hans. Ils l'ont tué ?

— Je suis vraiment désolée, Owen, dit Heather. J'ai essayé de les empêcher. Nous avions trouvé une solution avec la famille, et puis le mari de la femme au vélo est arrivé et tout est allé de travers. Je suis tellement, tellement désolée, mon chéri. Je voudrais tant pouvoir m'approcher de toi, tout de suite, et te serrer dans mes bras. »

Hans et Petra se lancèrent dans une conversation très animée en néerlandais.

« Il est mort, alors ? Pour de vrai ? demanda calmement Owen.

— Je suis désolée », dit Heather.

Owen remonta la capuche du sweat sur son front pour lui décocher un regard furieux, puis baissa la tête. Tout son corps se mit à trembler.

« J'ai tellement de peine pour toi et Olivia…

— Tais-toi, Heather ! cria-t-il. Ferme-la, tu veux ? Tais-toi, espèce de conne ! »

Heather ne répondit pas. C'était bien qu'il laisse exploser cette colère. Olivia aussi. Ces enfants mettraient des années, peut-être toute leur vie, à surmonter cette horreur. *À condition bien sûr que nous ne soyons pas tous assassinés au lever du jour*. Un frisson d'angoisse la saisit. Pour l'amour du ciel, où était passé le canif ? L'avait-elle perdu ? Comment était-ce possible ? Elle l'avait enfoui là, quelque part, tout à l'heure, avant de sortir. Elle devait absolument le retrouver…

Était-il par ici, du côté d'Olivia… ?

Ou plutôt sur sa…

Là. Elle le sentait sous ses doigts. *Merci, Seigneur*.

Elle déplia la lame et commença aussitôt à scier la corde épaisse enserrant ses poignets. Elle avait beaucoup de mal à tenir le canif, mais une fois qu'elle eut trouvé un angle d'attaque correct elle se rendit compte que la lame hyper tranchante mordait bel et bien dans le chanvre.

Olivia avait cessé de pleurer et l'observait avec attention. Owen poussait de petits gémissements sous sa capuche. Les Hollandais poursuivaient leur discussion.

Heather s'appliqua à la tâche. Elle sentait bien la friction du canif sur la corde. Cela lui donnait du courage pour continuer. Elle ne fit plus attention aux mouches, aux moustiques, à la chaleur épouvantable. Elle se força à oublier que Tom, son roc, son sauveur, était mort.

Au bout d'un moment, elle marqua une pause pour jeter un coup d'œil entre les planches des murs de la grange. Le calme retombait sur la ferme. Les membres du clan réunis tout à l'heure dans la cour se dispersaient, semblait-il, pour regagner les diverses habitations du complexe.

Elle se remit à scier avec vigueur. La sueur ruisselait sur son front. Les va-et-vient qu'elle imprimait au canif lui faisaient mal aux doigts, mais cela en valait la peine. De temps en temps, des filaments de fumée s'élevaient des fibres de la corde – elle progressait. Elle fit une nouvelle pause, posa le canif et déboucha la bouteille – pas facile, ça non plus, avec les mains attachées. L'eau était tiède mais bonne. La bouteille était déjà à moitié vide. Il faudrait faire durer ce qui restait.

Elle regarda à l'extérieur. Deux ou trois voix encore, du côté de la cour, mais aucun mouvement qu'elle pût discerner. La lumière brillait toujours dans la grande maison. Lorsque toute la famille dormirait, ils pourraient filer en douce et personne ne les poursuivrait. Ou bien valait-il mieux qu'ils fuient le plus tôt possible, avant que quelqu'un n'ait l'idée de les séparer ou de faire surveiller la grange – ou au cas où Jacko ou Danny reviendraient pour Olivia… ?

Chaque chose en son temps.

Elle ramassa le canif, le saisit entre le pouce et l'index et se remit à scier, à suer, et à scier encore.

Tout à coup une grosse fibre céda sous la lame.

Elle scia de plus belle, aussi fort qu'elle put, et une autre fibre se rompit – il lui sembla presque l'entendre claquer.

Elle trancha une ultime fibre et la corde se détendit d'elle-même autour de ses poignets. Elle avait réussi !

Sans attendre, elle desserra les nœuds coulants autour de son cou, puis, consciente qu'elle risquait d'être vue de l'extérieur de la grange si elle se mettait debout, elle avança à quatre pattes jusqu'à Olivia et la libéra de ses nœuds coulants.

Quand elle s'approcha d'Owen pour le détacher, il dit d'une voix monocorde :

« Papa ne voulait pas venir ici. C'est à cause de nous. C'est notre faute !

— Non, Owen. C'est la faute de ces gens. Ce sont eux qui l'ont tué. »

Elle voulut le prendre dans ses bras, mais il la repoussa en gémissant :

« Beuh ! Me touche pas, Heather ! »

Elle se déporta vers Hans pour le libérer de ses cordes.

« Non, ne faites pas ça ! dit-il. Nous ne voulons pas avoir d'ennuis.

— Nous avons déjà tous de gros ennuis, vous ne croyez pas ?

— *Vous*, vous avez des ennuis. Si nous donnons l'impression d'être de votre côté, là nous serons menacés. »

Heather regarda Petra.

« Vous pensez la même chose ?

— Je... Je ne sais pas.

— Laissez-moi au moins desserrer les cordes autour de votre cou. Je vois qu'elles vous étranglent. »

Petra regarda Hans qui dit quelque chose, très vite, en néerlandais.

« Il vaut mieux que vous ne nous aidiez pas, dit-elle à Heather.

— Comme vous voulez. »

Heather récupéra la bouteille et la déboucha en se rapprochant d'Owen.

« Tu vas boire encore un peu d'eau, OK ? Je veux absolument que tu boives. »

Owen ne réagit pas. Il regardait fixement le sol.

« D'accord ? insista Heather.

— Il est derrière son mur, dit Olivia.

— Son quoi ? Ah oui... ce truc.

— T'as vraiment aucune idée de ce que c'est, son mur, hein ? dit Olivia d'un ton accusateur. En fait, tu ne nous connais pas du tout. Owen ! Owen ! C'est moi. Reviens ici et bois de l'eau. »

Owen redressa lentement la tête et prit la bouteille. Il but une petite gorgée d'eau, puis une autre, plus longue.

« Bien joué », dit Heather en se tournant vers Olivia.

La voyant rouvrir le canif, l'adolescente demanda :

« Qu'est-ce que tu fais ?

— Je te libère. Je vais scier la corde à tes poignets. Il faut partir d'ici.

— Non. Je… je crois pas. Tu vas juste nous attirer encore plus d'ennuis. »

Owen renifla avec dédain.

« Elle n'a aucune idée de ce qu'il faut faire. Papa saurait peut-être, mais pas elle.

— Arrêtez un peu, vous deux ! protesta Heather.

— Non ! Tu ne me touches pas ! » s'écria Olivia.

Elle semblait prise de panique. Elle commençait à haleter.

Heather ferma les yeux. Owen et Olivia la considéraient comme ils le faisaient bien souvent : avec mépris. Cette fois, bien sûr, à travers un brouillard de chagrin, de terreur et de larmes.

Elle n'avait jamais eu envie de ce rôle de belle-mère. Ce qu'elle voulait, c'était avoir un toit sur la tête, vivre dans un certain confort, au milieu de jolies choses, et peut-être découvrir un peu le vaste monde. Ce qu'elle voulait, surtout, c'était Tom. Elle était beaucoup trop jeune pour être mère. Elle n'y avait même littéralement *jamais* songé. Et elle avait pile le mauvais âge pour jouer à la maman avec Olivia et Owen. Quand elle essayait de prendre du bon temps avec eux, elle n'était pas de ces mères super cool qui savent déconner et mettre tout le monde à l'aise. Non, elle ressemblait plutôt à ces gamins plus vieux que les autres, dans la cour de récréation, qui ont toujours été trop coincés, trop nuls, pour se faire des amis parmi les gens de leur âge, et qui restent sur la touche.

Mais on ne pouvait pas dire qu'elle n'avait pas fait d'efforts.

Elle en avait fait plein, des efforts.

Et tout de suite encore.

Mais si les enfants préféraient rester ici, eh bien… elle pouvait aussi s'échapper toute seule.

Facile.

Oh oui.

Heather ouvrit les yeux et reporta son attention sur Olivia qui continuait à paniquer.

« Essaie de respirer bien profondément, chérie, dit-elle d'une voix calme. Allez… Oui, comme ça… Tu inspires par le nez, jusqu'au bout, et puis tu expires par la bouche. Voilà… C'est bien… Tu te sens mieux ? »

Olivia fit oui de la tête.

« Maintenant, écoute-moi, dit Heather en articulant bien chaque mot. Si nous restons ici, ils vont nous tuer. »

L'adolescente réfléchit quelques secondes. Un petit sanglot lui échappa comme un hoquet. Enfin, elle hocha la tête et leva ses mains ligotées. Heather scia énergiquement la corde jusqu'à ce qu'elle cède.

« J'ai mal aux poignets, se plaignit alors Olivia.

— Frotte-les et remue bien les doigts pour faire repartir la circulation. Ça ira mieux dans une minute. »

Heather regarda de nouveau entre les planches. La cour et les bâtiments qu'elle apercevait semblaient plongés dans les ténèbres. La seule lumière extérieure encore allumée dans toute la ferme, apparemment, était l'halogène qui se trouvait au-dessus de la porte de la grange – un point à leur désavantage.

Elle plaqua une expression déterminée sur son visage, s'approcha d'Owen et commença à scier ses liens.

« Comment on va faire pour s'échapper ? demanda-t-il.

— Je… je ne sais pas encore. Mais on trouvera une solution.

— À quoi pensez-vous ? demanda Petra.

— À quitter cette grange, d'abord, et puis à prendre la fuite, répondit Heather sans cesser de travailler sur les poignets d'Owen.

— Pour sortir d'ici, il y a un moyen, je crois, dit tranquillement Olivia.

— Quoi ?

— Tout à l'heure, j'ai eu la visite d'une petite fille. Elle m'a raconté qu'il y a une planche qui tient mal de ce côté de la grange. Je vais regarder.

— Mais que ferez-vous ensuite ? demanda Petra. Une fois sortis de cette grange, que ferez-vous ?

— Comme il n'y a pas de téléphone par ici, nous devrons quitter l'île pour appeler la police.

— Vous prévoyez de regagner le continent à la nage ? demanda Hans d'un ton railleur.

— Non. Pas à la nage. Nous trouverons une solution.

— Vous faites une montagne d'un simple malentendu, je crois », dit Hans, puis il s'adressa en néerlandais à Petra.

Heather haussa les épaules et acheva de trancher la corde de chanvre autour des poignets d'Owen.

« Fais circuler le sang comme ta sœur », dit-elle.

Prenant garde à rester accroupie, elle rejoignit Olivia qui était en train d'examiner une portion d'un mur de la grange.

« Regarde, ici, dit l'adolescente en touchant une planche, juste au-dessus du sol, qui couvrait un trou dans le mur. La petite fille avait raison, ce n'est pas le même bois et ça n'a pas l'air solide. Je sens qu'elle ne tient pas très bien.

— Oui, d'autant qu'elle a été fixée avec des clous assez petits, dit Heather. À nous deux, ce sera facile. »

Elles tirèrent sèchement sur la planche, et celle-ci s'arracha du mur avec un craquement sonore.

Heather et Olivia se figèrent, craignant que le bruit n'ait attiré l'attention de quelqu'un quelque part.

Un chien aboya au loin, mais personne ne vint.

« On a réussi ! » murmura Olivia.

Heather s'aplatit sur le sol pour regarder par l'ouverture. À une quinzaine de mètres de la grange, elle apercevait la lande obscure.

« C'est bien », dit-elle à Olivia. Le trou était juste assez grand pour le passage d'un enfant, mais si elles creusaient la terre en dessous du mur, un adulte serait sans doute en mesure de s'y glisser.

« Êtes-vous tout à fait certaine que votre mari a été tué ? demanda Hans. Peut-être y a-t-il eu une altercation, mais vous n'avez pas réellement vu ce qui lui est arrivé ? Peut-être l'ont-ils emmené à l'hôpital ? »

Heather rampa jusqu'à Owen.

« Action, mon grand, murmura-t-elle. Nous partons.

— C'est vrai, Olivia, on part ? demanda-t-il à sa sœur.

— Oui.

— Nous emportons la bouteille, si cela ne vous gêne pas, dit Heather à Petra. Nous en aurons plus besoin que vous.

— Ce n'est pas votre eau, protesta Hans. Elle est pour nous tous !

— Ils en auront plus besoin que nous », dit Petra.

À quatre pattes, Heather retourna vers l'ouverture et commença à creuser le sol. Elle l'attaqua d'abord avec le canif, puis avec ses mains. La terre cuite et recuite par le soleil d'innombrables étés était plus compacte qu'elle n'en avait l'air et ne cédait pas facilement. En s'appliquant, cependant, Heather réussit à ouvrir une petite tranchée sous le mur.

« À ton avis ? demanda-t-elle.

— Moi, je peux passer, dit Olivia.

— Je pense aussi.

— Tu veux que j'y aille ?

— Non, pas tout de suite. Creusons encore, que ce soit assez large pour nous tous.

— Tu dis ça parce que je suis gros ? » demanda Owen qui les avait rejointes.

Heather ne sut dire s'il s'agissait d'une de ces plaisanteries mordantes dont son esprit grognon était parfois capable.

« Le problème c'est moi. Pas toi, dit-elle. C'est

dommage que nous n'ayons pas d'outil pour creuser la terre.

— Et les crochets au plafond ? suggéra Owen. Il y en a qui ont l'air prêts à tomber.

— Bonne idée ! Continue avec le canif, toi, pendant que je regarde si je peux en attraper un. Ne te blesse pas.

— Je sais me servir d'un canif ! » protesta Owen.

Heather se mit debout après avoir scruté les alentours de la grange, puis se hissa sur la pointe des pieds, le bras tendu, pour toucher un des crochets. Jadis, cet endroit avait dû servir à suspendre du gibier ou d'autres bestiaux. Les crochets étaient rouillés mais solidement fixés aux poutres. Le premier qu'elle effleura tenait bien en place. Le second aussi. Le troisième, par contre, se mit à branler quand elle le tapota. Mais elle n'arrivait pas à le saisir.

Hans était immense. Il l'aurait attrapé sans difficulté. Elle le regarda.

« Non, dit-il.

— Pourquoi ?

— Nous refusons d'être mêlés à la dispute que vous avez avec ces gens, expliqua Hans.

— Je vois, dit-elle. Vous préférez attendre ici toute la nuit, attachés par le cou, qu'ils vous assassinent demain matin comme il est presque certain qu'ils vont le faire.

— Pourquoi nous assassineraient-ils ? répliqua Hans.

— Parce qu'ils vont inventer des bobards au sujet de

ce qui nous sera arrivé, à moi, à Tom et aux enfants, et parce que vous risqueriez de contredire leur histoire. Donc la meilleure, pardon, la *seule* chose à faire, c'est de vous éliminer aussi.

— Nous sommes en Australie, pas en Amérique », dit Hans.

Heather força un sourire. Bon, elle aurait tout de même essayé.

« Ces gens ne sont pas des démons, ajouta Hans.

— C'est peut-être pire que ça, dit Petra. Ils ont besoin de tromper leur ennui. »

Hans répliqua en néerlandais sur un ton dédaigneux.

Tant pis pour les crochets du plafond. Elle se contenterait de travailler avec le canif et à mains nues. Elle s'agenouilla de nouveau à côté d'Owen et l'aida à creuser une tranchée assez profonde pour elle et pour lui sous le mur de la grange. Elle gratta sans épargner ses doigts et ses ongles. Elle y serait allée avec les dents s'il l'avait fallu.

« Bon, dit-elle enfin. Nous sommes prêts ? »

Olivia haussa les épaules. Owen acquiesça d'un grognement.

« J'y vais en premier », dit Olivia. Elle se mit à plat ventre et commença à se tortiller dans la tranchée. Son buste était déjà de l'autre côté du mur lorsqu'un claquement de porte se fit entendre du côté de la maison principale.

« Hé ! cria un homme. Ils foutent quoi, ces enfoirés de Ricains ? Allez me couper cette putain de lampe ! »

Dans la grange, tout le monde se figea.

« Allez m'éteindre ça ! répéta l'homme. La lumière donne pile sur ma fenêtre, bordel ! »

Heather tira sur la jambe d'Olivia.

« Reviens vite ! murmura-t-elle. Il parle de la lampe qui est ici, à la porte ! »

Olivia recula.

« Reprenez vos places et enroulez les cordes autour de vos poignets », dit Heather en reposant la planche arrachée en travers de l'ouverture.

Les enfants se dépêchèrent de se réinstaller et elle les aida à repasser les nœuds coulants autour de leur cou.

Ils entendirent de nouveau une porte claquer, puis des pas sur la galerie de la grande maison.

Heather se précipita pour se rasseoir et remettre ses propres cordes autour de son cou. Quelqu'un approchait. Elle tentait de se ligoter les poignets de façon convaincante lorsque la personne qui arrivait saisit le cadenas et y glissa une clé.

La porte s'ouvrit. C'était Matt. Il avait une carabine à la main.

« Tout va bien, là-dedans ? demanda-t-il.

— Oui, dit-elle, le souffle court.

— Je dois éteindre la lampe qui est là. La lumière dérange dans la maison.

— Pas de problème. Nous allons peut-être pouvoir dormir un peu.

— Chez nous, tout le monde se réveille tôt. Avec le soleil, précisa Matt. Je m'organiserai pour qu'on vous apporte à manger.

— Merci beaucoup.

— De rien.

— Tu es quelqu'un de bien, Matt. » Heather essayait de faire en sorte qu'il continue de la regarder et ne s'intéresse ni aux enfants, qui avaient tout juste réussi à enrouler les cordes autour de leurs poignets, ni à la planche posée de travers, au bas du mur, derrière Olivia.

« Mouais, peut-être, dit-il d'un ton dubitatif. Tout ça… C'est comme veut la Mère, tu sais… Enfin bon. Je dois éteindre, donc, mais comme tu disais… peut-être que vous allez pouvoir pioncer, tu vois ?

— À quelle heure il se lève, le soleil ?

— En ce moment, vers 5 heures.

— Merci. Nous allons essayer de dormir jusque-là.

— Avant que vous ne partiez, je voudrais dire quelque chose, intervint Hans.

— Quoi donc ? » fit Matt.

Le ventre noué, Heather regarda Petra, mais celle-ci ne semblait avoir aucune idée de ce que Hans avait en tête.

« Je voudrais parler du mari de cette dame. Elle semble penser qu'il lui est arrivé un malheur. Est-il, heu… est-il mort ?

— Ouais. Danny l'a tué. Je n'ai pas pu l'en empêcher. Je n'avais pas vu qu'il avait un couteau. Et il est rapide, le salopard.

— Vous vous rendez compte, j'espère, que cette histoire n'a aucun rapport avec ma femme et moi-même ? »

Matt recula en tirant la porte sur lui.

« J'en prends bien note. Essayez de dormir. »

Une fois le cadenas refermé et la lampe éteinte, Heather fit signe à Olivia et à Owen de patienter. Quand elle fut certaine que Matt avait regagné la maison et ne revenait pas, elle se débarrassa de ses cordes, puis aida les enfants à se libérer.

« Olivia, tu passes la première », dit-elle.

Hans toussota.

« Je crois que… peut-être… Nous devrions peut-être venir avec vous.

— Vous voulez partir ? Tous les deux ? » demanda Heather.

Petra et lui eurent un bref échange en néerlandais.

« Oui, dit Petra.

— Très bien, dit Heather. Mais vous suivez mes instructions et les enfants sont prioritaires. D'accord ?

— Oui. »

Heather tira le canif de sa poche et commença par libérer Hans pour qu'il puisse s'occuper de Petra.

« Olivia, dit-elle ensuite. Owen et toi, vous sortez les premiers. Dehors, restez accroupis et allez nous attendre dans les hautes herbes qui sont là-bas, en bordure de la ferme.

— Et si quelqu'un nous voit ? demanda Owen.

— Dans ce cas, ne nous attendez pas. Partez en courant, le plus vite possible, aussi loin que vous pourrez. Et puis essayez de rester cachés jusqu'à ce que vous voyiez une voiture de police.

— OK », fit Owen.

Olivia se glissa sous le mur et disparut dans l'obscurité.

« C'est comment, dehors ? demanda Owen à voix basse en s'allongeant sur le sol.

— Tout va bien. Viens ! » murmura Olivia.

Owen s'engagea dans l'ouverture. Plus volumineux que sa sœur, il eut quelques difficultés à passer, mais il finit par y arriver. Heather se tourna vers Petra et Hans.

« Il faut que vous veniez tout de suite.

— Nous sortirons juste après vous », répondit Petra.

Heather s'allongea par terre et poussa la bouteille d'eau devant elle. Elle rampa, se tortilla, et se retrouva bientôt à l'extérieur. Des nuages masquaient la plupart des étoiles et il n'y avait pas un souffle d'air. Elle entendit de la musique dans un bâtiment éloigné de la ferme.

Elle s'accroupit et regarda autour d'elle.

« Par ici ! » chuchota Owen. Il se tenait derrière un antique rouleau compresseur à quelques mètres de la grange. Elle se précipita vers lui.

« Je vous ai dit d'aller dans la lande !

— C'est trop loin, tu vois bien, objecta Olivia. On se serait perdus de vue et il aurait fallu crier pour se retrouver. »

Heather regarda les hautes herbes et se rendit compte qu'Olivia avait raison. La tête de Petra apparut sous le mur et sa longue silhouette mince franchit sans difficulté l'ouverture. Hans la suivit aussitôt après.

« Par ici ! » dit Heather.

Les Hollandais les rejoignirent et s'accroupirent avec eux derrière le rouleau compresseur.

« Et maintenant ? demanda Hans.

— Maintenant, on court sans se retourner », dit Heather.

13

Matt se réveilla en sursaut. Quelque chose ne tournait pas rond. Il avait un mauvais pressentiment. Quelque chose ne tournait pas rond, au-delà du problème du méchant sort qu'ils réservaient à la famille Baxter.

Blue était assis près de la fenêtre. La truffe contre la moustiquaire, il regardait dehors.

Matt ouvrit les rideaux. Le soleil pointait tout juste à l'horizon. Sa montre disait 4 h 50, et il n'était pas surpris. Seigneur. Owen, Heather et les Boches – enfin les Bataves, plus exactement – seraient tous morts à 9 heures.

Tuer ce petit garçon… Celle-là, elle serait raide, nom de Dieu. Mais avait-il le choix ? La Mère ne laisserait jamais les flics emmener Danny. Le cadet de ses garçons, qu'elle adorait – et cette femme ne connaissait que l'amour ou la haine. Contrairement à la plupart des membres de la famille, Daniel ne passait pas tous ses après-midi à glander et à picoler. Il s'était retroussé les manches, il était parti sur le continent et il s'était trouvé un emploi et une femme. Pauvre gars. Nan, sûr que la Mère ne laisserait jamais personne prendre Danny. Les flics seraient obligés de faire le siège de la ferme et de liquider tout le monde avant qu'elle n'accepte ça.

Il n'y avait pas d'autre voie possible – juste la mort pour eux tous. Ce serait horrible.

Blue grognait pour une raison ou une autre. Matt releva la moustiquaire, le battant de la fenêtre, et aida le chien à sortir. Sa chambre était au rez-de-chaussée et la fenêtre pas bien haute, mais Blue se vautra quand même sur la galerie avec un bruit sourd. Il redressa son petit corps boudiné sur ses pattes pleines d'arthrose et s'éloigna en trottinant. Matt le vit traverser la cour en ligne droite et filer vers l'ancien rouleau compresseur abandonné en bordure de la ferme – il en apercevait un bout depuis sa fenêtre. Ce matin, apparemment, cet engin avait un truc qui ne plaisait pas à Blue. C'était ça qui l'avait réveillé. C'était là que ça ne tournait pas rond.

Matt siffla son chien et attendit qu'il revienne.

« Yo, Blue ! lança Matt. Qu'est-ce qui se passe ? »

Le chien tourna la tête vers le rouleau compresseur et aboya.

« C'est un renard ? » demanda Matt.

Mais il savait que ce n'était pas un renard. Il se doutait de ce qui se passait.

« Merde ! »

Il enfila en vitesse pantalon et tee-shirt, attrapa son arme et sortit par la fenêtre.

Le rouleau compresseur ne l'intéressait pas. Il courut droit sur la vieille grange.

« Comment ça va, là-dedans ? » demanda-t-il en arrivant à la porte.

Silence.

Ouais, bien sûr.

Il retira le cadenas et donna un coup de pied dans la porte. Personne, comme il s'y attendait. À l'arrière du bâtiment, un faisceau de lumière grise s'engouffrait par un trou dans le mur.

Comment avaient-ils fait ? Il traversa la grange pour examiner l'ouverture.

Ils avaient réussi à arracher une planche, puis ils avaient creusé une espèce de tunnel sous le mur. Matt scruta le sol. La terre et la paille étaient beaucoup remuées autour de l'endroit où Heather avait été assise. Elle avait fait des allers-retours entre sa place, celles des enfants et cette ouverture. Les traces des Hollandais étaient plus légères. C'était Heather qui avait dirigé les opérations. Hans et Petra n'avaient pas voulu venir, puis ils avaient changé d'avis au dernier moment. Ils n'avaient pas vu Tom se faire tuer, mais Heather les avait convaincus qu'ils y passeraient aussi s'ils restaient. Bref, elle était futée et savait se montrer persuasive.

Matt soupira. Ouais, Danny avait raison, elle en avait davantage dans la caboche qu'elle n'en avait l'air.

Mais au bout du compte cela ne changerait rien. Elle était obligée de rester avec les enfants. Les Hollandais ne risquaient pas non plus de se séparer, et il était probable qu'ils collaient maintenant aux basques des

Américains. Une personne seule pouvait peut-être se débrouiller pour ne pas se faire capturer pendant un jour ou deux – mais un groupe de cinq ? Dont deux enfants ? En plus, le Batave, qui avait la cinquantaine bien tassée, sinon déjà plus de soixante ans, mesurait près de deux mètres : il serait visible de loin. Et le gros garçon américain aurait sans doute bien du mal à marcher deux bornes sans tomber dans les pommes.

Ils ne seraient pas très difficiles à attraper.

Matt sortit de la grange et en fit le tour. Il caressa Blue qui l'attendait près du rouleau compresseur.

« T'es un bon toutou. Si tu avais encore tes pattes de chiot, je suis sûr que tu les aurais déjà coursés », dit-il – et l'animal en convint en frétillant de la queue. Matt se baissa pour examiner les traces des fuyards.

Heather avait d'abord fait sortir les enfants, qui avaient attendu ici. Puis elle les avait rejoints, suivie par les Hollandais. Dans quelle direction étaient-ils alors partis ? Leurs traces menaient vers les hautes herbes du bord de la lande. Il les suivit, Blue clopinant à côté de lui. Ces traces étaient fraîches. Elles n'avaient pas plus de trois ou quatre heures. Heather et les autres devaient déjà être en train de couper leurs liens quand il leur avait apporté de l'eau. Ce détail-là, il éviterait de le livrer à la Mère.

Ils avaient filé droit vers l'ancienne plantation de gommiers des neiges qui se trouvait à cinq cents mètres de la ferme. Ils visaient sans doute, pour se planquer, le gros bosquet qui se trouvait sur le flanc est de l'île – l'un des rares endroits de Dutch Island où l'on trouvait autre chose que de la lande. Ce n'était pas un mauvais plan, sauf que…

Matt se pencha pour examiner le sol.

Sauf que non. Ce n'était pas ça du tout.

« Viens, Blue », dit-il. Il suivit les traces sur environ trois cents mètres, à travers la bruyère et les hautes herbes, puis remarqua qu'elles semblaient partir dans plusieurs directions et… Oui…

Matt s'immobilisa.

« C'est ce qu'elle essaie de nous faire croire. Elle veut donner l'impression qu'ils prévoient de se cacher dans la forêt. Mais ce n'est pas ça, hein ? »

Blue acquiesça par un petit aboiement résolu.

« En fait, ils sont partis vers le sud, tu crois pas ? Vers l'embarcadère. Sauf qu'ils ne savent pas que j'ai dit hier soir à Brian d'aller amarrer le bac sur le continent. Brian a rouspété, il n'était pas content du tout de devoir pioncer là-bas, mais j'ai eu le nez creux. Hein, mon chien ? »

Blue frétilla de la queue.

Il avait eu le nez creux et pris une sacrée bonne décision, parce que sinon elle aurait pu trouver une solution pour se débiner avec le bac. Cette fille malingre et fragile comme une brindille n'avait l'air de rien, mais elle était astucieuse.

Matt tapota la tête de son chien. Il regrettait de ne pas avoir posé davantage de questions à Heather sur son passé. Masseuse, qu'elle avait dit pour son métier. Et elle vivait maintenant en ville. Mais certains indices auraient dû le faire tiquer. De quoi avaient-ils parlé, déjà ? *Une espèce de communauté à Goose Island... L'école à la maison... Les méthodes de survie en pleine nature.* Elle avait aussi précisé que ses parents avaient été militaires. Donc ils pouvaient lui avoir appris certaines techniques de survie. Et puis il y avait d'autres détails. Elle avait essayé d'endosser la responsabilité de leur fuite après l'accident. Elle n'avait pas hésité à se jeter sur Danny. Ouais, tout ça pris ensemble faisait un méchant petit cocktail.

Avec le recul, il comprenait qu'il aurait dû charger un garçon de la maisonnée de surveiller la grange pendant la nuit.

Mais à quoi bon songer à fermer la cage après que l'oiseau s'était envolé ?

« Avec tout le respect que je te dois, mon vieux, dit-il à Blue, il va peut-être falloir faire venir des chiens du continent pour nous donner un coup de main. »

Il retourna vers la ferme. Kate se tenait sur la galerie de la grande maison, très tranquille, un mug de café à la main. Personne ne savait encore rien.

« Donne l'alerte ! cria-t-il. Nos invités se sont tirés !

— Quoi ?

— Les Ricains et les Boches se sont échappés de la grange ! Réveille la Mère ! Nan, laisse, je m'en occupe. » Il leva sa carabine vers le ciel et fit feu trois fois de suite.

Le temps qu'il arrive à la maison, tout le monde était debout.

14

Branches mortes enchevêtrées, herbes sèches, racines protubérantes. Sillons, ravines, couloirs. Végétation : paillote, grande brize, buissons d'acacias, spinifex en mottes. Terre rouge, dure, antédiluvienne.

Des bestioles en vol au-dessus de leurs têtes dans le ciel tout juste éclairci à l'est. Chouettes ? Chauves-souris ?

Un air chaud, âcre, métallique.

Le relief était plus accidenté qu'il n'y paraissait de derrière la vitre d'une voiture. La plaisante campagne de prairies jaunes et blanches qu'ils avaient admirée se révélait coriace à pied. Les petites collines, couvertes de mottes herbeuses, étaient entrecoupées de vallées en cuvettes toujours inattendues, et cet effet ondulatoire du paysage rendait leur randonnée épuisante. Au milieu des herbes se dressaient des chardons aux épines pointues comme des aiguilles. Ils étaient tous les cinq bien conscients de la nécessité de faire le moins de bruit possible, mais régulièrement Heather entendait un petit cri ou un halètement de douleur lorsque quelqu'un se frottait à l'un de ces chardons.

Olivia, Petra et elle portaient des jeans qui les protégeaient dans une certaine mesure, mais Owen et Hans étaient en short.

Les ondulations de la lande et les chardons les ayant empêchés de courir jusqu'à l'embarcadère comme Heather l'avait envisagé, le soleil se levait déjà lorsqu'ils parvinrent enfin à l'extrémité de l'île.

Peu avant d'atteindre leur destination, elle décida de marquer une pause. Elle fit circuler la bouteille d'eau en veillant à ce qu'Olivia et Owen boivent les premiers.

Après s'être désaltéré, Owen s'allongea par terre en haletant. Olivia se laissa tomber à genoux.

L'embarcadère se trouvait à moins de cinq cents mètres à vol d'oiseau, à l'ouest, juste derrière un petit alignement de collines basses.

« Je grimpe là-haut en reconnaissance. Restez ici, dit Heather.

— Non, dit Hans d'un ton catégorique. Je viens avec vous. »

Une déception les attendait au sommet de la colline : le bac n'était nulle part en vue. Heather scruta la côte en vain. Le bateau devait se trouver sur le continent.

« Que va-t-on faire maintenant ? Le bac a disparu, dit Hans.

— Il n'a pas disparu. Il doit être là-bas, de l'autre côté du détroit.

— Mais nous n'y avons pas accès », assena Hans.

Heather descendit jusqu'à l'embarcadère en surveillant la route qui y menait par le pourtour d'une colline voisine. Les O'Neill n'étaient pas encore là, mais ils ne tarderaient pas.

Au bord de l'eau, il n'y avait aucun moyen de faire venir le bac. Ni téléphone ni talkie-walkie qu'elle pût voir, pas même une cloche. Et, de toute façon, quel bien leur ferait de réussir à communiquer avec lui ? Si quelqu'un dormait sur cette embarcation là-bas, de l'autre côté, c'était forcément un membre du clan O'Neill.

Le continent paraissait tellement proche. Le détroit ne faisait même pas deux kilomètres et demi. Heather apercevait les phares de voitures sur une route. Les lumières de maisons un peu plus loin sur la côte.

« Ne restons pas ici », dit-elle à Hans. Ils remontèrent la pente sans un mot pour rejoindre Petra et les enfants sur le plateau.

« Le bac n'est pas là, annonça Hans.

— Que fait-on, alors ? demanda Petra.

— Je ne sais pas », dit Heather en s'asseyant dans l'herbe. Elle regarda les enfants. Olivia semblait tenir le coup, mais bon elle était devenue assez douée pour dissimuler ce qu'elle ressentait.

Owen était en piteux état. Manifestement déshydraté, pour commencer, or ils n'avaient plus d'eau. Et à la base il n'avait pas une bonne condition physique. Depuis la mort de sa mère, qui l'avait très durement ébranlé, il avait trouvé refuge dans les jeux vidéo, la nourriture et la solitude de sa chambre. Son école l'avait dispensé de sport et il avait peu à peu cessé de faire du vélo et du skateboard avec ses copains. Il ne portait qu'un sweat-shirt informe et un short, et il était clair que la marche forcée à travers les collines l'avait poussé aux limites de ses capacités physiques. Par-dessus le marché, depuis quarante-huit heures il n'avait pris ni ses médicaments contre le TDAH ni ses anxiolytiques – et, d'après Tom, il les lui fallait sans faute tous les jours.

Elle se leva pour s'approcher de lui.

« Hé, Owen…

— Ne me touche pas, Heather ! s'écria-t-il en lui tournant le dos.

— D'accord », dit-elle. Elle le laissa tranquille.

« Et maintenant, alors, que faisons-nous ? » relança Hans.

Heather pivota pour le regarder. Les Hollandais ne semblaient pas avoir souffert de leurs pérégrinations. Ils avaient sans doute autour de soixante ans, l'un et l'autre, mais comme plein d'Européens ils étaient minces, en forme et endurants.

« Que proposez-vous ? insista Hans.

— Je ne sais pas. Mais nous devrions partir d'ici. Nous sommes à découvert. Quand ils vont s'apercevoir que nous nous sommes échappés, ils vont d'abord nous chercher dans ce coin. À l'embarcadère.

— Mais vous avez laissé des traces pour les conduire vers la forêt, dit Hans.

— Des traces qui ne les tromperont pas très longtemps. Ils savent que notre meilleur, sinon notre seul espoir de quitter l'île, c'est le bac. Donc ils vont vite se pointer par ici. »

Petra leva un index en l'air.

« Écoutez », dit-elle.

Heather tendit l'oreille. Par-dessus le bruit de la mer et le chœur des oiseaux matinaux, ils entendaient deux véhicules venir dans leur direction.

« Ils savent déjà, dit Hans.

— Ils ont l'air pressés, dit Olivia.

— Il faut se cacher ! dit Heather, et elle désigna le sommet de la colline. Là-bas, dans les hautes herbes. Allez ! »

Elle saisit Owen par le bras et ils grimpèrent la pente au pas de charge. Le Toyota Hilux et un Land Rover apparurent sur une colline voisine, à cinq cents mètres de distance.

« Tout le monde à plat ventre ! Ne bougez plus ! » dit Heather.

Les deux véhicules descendirent vers l'embarcadère à fond de train. Arrivés au bord de l'eau, ils pilèrent en dérapant dans de grands nuages de poussière.

Quatre hommes et Kate en descendirent. Ils avaient tous des fusils à la main. Il y avait Jacko, Matt, Danny et Ivan. Matt se pencha pour examiner le sol.

« Ils sont venus ici, dit-il, sa voix portant clairement dans l'air matinal. Ils sont passés il y a moins d'une heure, mais ils sont partis.

— Partis à la nage, tu crois ? demanda Kate.

— Je ne sais pas.

— Les requins les auront chopés », dit Jacko.

Matt se dirigea vers la petite plage voisine de l'embarcadère.

« Nan, personne n'a mis le pied sur cette plage aujourd'hui », dit-il.

Hans et Petra se rapprochèrent en rampant de Heather qui avait la meilleure vue sur les O'Neill.

« Que font-ils ? demanda Hans à voix basse.

— C'est Matt et plusieurs autres. Ils se demandent où nous sommes », chuchota Heather.

Hans redressa la tête au-dessus de l'herbe.

« Ils sont cinq. Et tous armés.

— Ouais. Il faut que nous nous cachions quelque part. Nous sommes exposés, sur cette colline, et d'ici une heure ou deux il fera très chaud.

— Vous voulez marcher encore ? demanda Hans avec étonnement.

— Il faut bien, non ?

— Votre plan, c'était de réquisitionner le bac ! Mais ils contrôlent le bac. Nous n'avons pas d'autre moyen de quitter l'île.

— On pourrait peut-être fabriquer un radeau, ou prendre de grosses branches et essayer de nager avec, suggéra Olivia.

— Tu n'as pas vu les requins-tigres dans l'eau ? dit Hans.

— Si, admit Olivia.

— Nous trouverons une autre solution », dit Heather. Aucun des deux enfants n'était très bon nageur, de toute façon, et le courant avait l'air puissant dans le détroit. « Mais nous devons partir d'ici.

— Non ! objecta Hans. Nous ne sommes pas dans un jeu américain à la *Rambo*. C'est insensé, tout ça.

— Que proposez-vous alors ? demanda Heather.

— Nous devrions descendre vers eux en nous annonçant de façon claire et précise, les mains en l'air, et exiger d'être ramenés sur le continent par le bac. »

Heather écarquilla les yeux.

« Vous êtes dingue ou quoi ? Vous savez très bien ce qui arrivera si vous allez là-bas.

— Quoi ?

— Ils vous tueront.

— Mais non ! Ils n'ont rien à me reprocher.

— Cela n'a pas d'importance.

— Nous n'avons pas d'eau. Rien à manger. Avec cette chaleur, nous serons morts avant la tombée de la nuit, dit Hans.

— De l'eau, nous allons en trouver.

— Par ici il n'y a pas d'eau douce. La seule source est à la ferme, dans leur aquifère. Comment tiendrons-nous une seule journée sans eau par de telles températures ? »

Heather n'avait pas de réponse à cette question.

Les enfants écoutaient la conversation avec attention et paraissaient terrorisés.

« Ils font quoi maintenant, là-bas ? » chuchota Olivia.

Heather reporta son attention sur le groupe de l'embarcadère.

« Matt inspecte encore la plage, j'ai l'impression, pour voir si nous avons essayé de partir à la nage ou pas.

— J'ai écouté déjà trop longtemps vos absurdités », dit-il en se mettant debout.

Il s'avança sur le sommet de la colline et agita les bras pour attirer l'attention des O'Neill.

« Par ici ! » cria-t-il.

Heather ramassa le canif, prit Olivia et Owen par la main pour qu'ils se lèvent et, sans avoir la moindre idée d'où ils allaient, ils se mirent à courir.

15

Grande brize. Paillote. Herbe à kangourou. Spinifex.

Chardons, mottes, terre battue.

Un faucon.

Le soleil.

La chaleur.

Un coup de fusil.

Owen : « J'en peux… »

Olivia : « Mais si tu peux. »

Regarder devant soi. Le monde réduit à cela. Les cent mètres devant soi. Ne pas se retourner.

Une descente au flanc d'une petite vallée. Puis grimper encore une colline.

Un cri de souffrance derrière eux. Des hurlements. Un autre coup de fusil.

Courir en dépit des difficultés.

Courir en dépit de l'essoufflement.

En dépit de la peur.

Les chardons qui leur griffaient les jambes. Les mottes herbeuses sur la terre rouge qui les faisaient trébucher.

Au-dessus de leurs têtes, un ciel indigo traversé de

nuages en filaments. Des corbeaux qui les observaient en glissant paresseusement sur l'air épais.

Quelqu'un derrière eux. Une respiration puissante. De plus en plus près. Toute proche. Ce quelqu'un les rattrapait.

Ne regarde pas derrière.

Ne regarde pas derrière.

Ne regarde...

Heather regarda.

Petra, haletante, le visage rougi par l'effort.

Personne d'autre sur la colline pour le moment.

« Hans ? souffla Heather.

— Il est descendu les rejoindre.

— Mais pas vous ?

— Ils vont nous tuer. » Petra inspira profondément. « J'ai essayé de lui faire comprendre...

— Il leur a dit où nous sommes ?

— Je ne sais pas. Où va-t-on ?

— Je ne sais pas. »

Encore un coup de fusil. Puis le rugissement d'un moteur. Heather essaya de se concentrer sur ce bruit tout en courant. À Goose Island, elle avait grandi avec d'anciens militaires et leurs voitures. Les hommes ne parlaient pas de la guerre, de leurs souffrances, des proches qu'ils avaient perdus, mais ils parlaient beaucoup de voitures. Elle savait conduire avec une boîte manuelle. Elle s'y connaissait en mécanique. En embrayages. Ce gémissement qu'elle entendait là, c'était le Toyota Hilux V6 3.0L qui s'emballait pour monter une pente raide en première.

Hans avait dit aux O'Neill qu'ils étaient quelque part dans le coin. Les O'Neill s'étaient lancés à leur poursuite.

Elle scruta la lande devant et autour d'elle à la recherche d'une cachette.

Elle n'en vit aucune.

À l'ouest, à près d'un kilomètre selon son estimation, il y avait la côte et ce qui semblait être une mangrove au bord de l'eau. Au nord, à une distance plus grande encore, elle distinguait un bosquet d'eucalyptus. Mais plus près, tout autour d'eux, la lande monotone ne leur offrait aucun refuge.

Merde.

Au bruit du moteur, cette pente était un vrai défi pour le pick-up. Peut-être n'arriverait-il pas en haut… Heather l'écouta encore avec attention. Non, il continuait de grimper. S'ils ne trouvaient pas…

Owen trébucha et s'étala de tout son long sur la terre rouge. Il entraîna Olivia dans sa chute, et Heather qui était juste derrière eux bascula à son tour.

« Aïe ! » cria Owen.

Heather se redressa en un clin d'œil et s'approcha de lui, tendant la main pour examiner son visage.

« Ça va ?

— Me touche pas ! grogna-t-il en la repoussant.

— Cool ! dit Olivia. Elle te demande juste si ça va.

— Zut, quoi ! grogna Owen, pantelant. Mais oui, ça va ! Je suis juste tombé ! »

Petra s'accroupit à côté d'eux.

« Tu n'as rien », dit-elle calmement au garçon.

Le rugissement du moteur était de plus en plus net. Jetant un coup d'œil par-dessus les hautes herbes, Heather vit le gros snorkel noir du Toyota se hisser au sommet de la colline.

Elle se baissa aussitôt.

« Zut !

— Quoi ? demanda Petra.

— Ne vous levez pas ! On reste à terre. Ils ont réussi à monter jusqu'ici avec le pick-up. Maintenant ils doivent chercher de quel côté nous sommes partis. »

Le silence revint tout à coup. Elle risqua de nouveau un coup d'œil vers le Toyota. Il était arrêté. Les O'Neill en étaient descendus et se rassemblaient devant le pare-buffle.

« Ils sont peut-être en panne ? dit-elle avec espoir.

— On va continuer à courir ? demanda Olivia.

— On ne peut pas. Ce serait bien d'aller vers ces arbres qui sont là-bas, je crois, mais si nous courons, ils nous verront forcément.

— Il y a une sorte de… le lit d'un ancien cours d'eau ou quelque chose de ce genre, là-bas, dit Olivia. On pourrait peut-être s'y cacher à plat ventre ?

— Où ça ?

— Juste là, dit Olivia en pointant un doigt. Vous voyez ? »

Heather et Petra tournèrent la tête. À huit ou neuf mètres, en effet, il y avait une sorte de coulée étroite dans le sol, presque une fissure, qui était peut-être le lit d'un ruisseau à sec.

« S'ils ont des chiens, notre odeur va les attirer. Et là-dedans nous serons piégés, dit Petra.

— S'ils ont des chiens, nous sommes fichus de toute façon. Olivia, toi et Owen, vous rampez jusque là-bas et vous vous couchez dans ce goulet. Je dis bien *ramper*. Ne vous redressez même pas à quatre pattes. Petra et moi, nous restons ici encore un petit peu pour voir ce qu'ils font. Owen, tu m'as entendue ?

— J'ai compris.

— Allez-y. Ensemble. »

Les deux enfants s'éloignèrent en se tortillant à plat ventre. Heather pivota et se redressa légèrement. Les O'Neill étaient toujours réunis devant le capot du Toyota.

« Que font-ils ? demanda Petra en regardant à son tour par-dessus les hautes herbes.

— Aucune idée. Est-ce qu'ils auraient fait péter un vilebrequin en grimpant la colline ? »

Leurs poursuivants poussèrent soudain des cris de joie et tirèrent plusieurs coups de fusil en l'air. Puis ils remontèrent dans l'habitacle, les portières claquèrent et le Toyota se mit à rouler dans leur direction. Heather comprit alors ce qu'ils venaient de faire : ils avaient ligoté Hans à l'horizontale sur le pare-buffle. Et maintenant, ils s'élançaient à toute berzingue à travers la lande – avec Hans en figure de proue.

Le véhicule filait à soixante kilomètres à l'heure, facile, brinquebalant sur les mottes et les irrégularités du terrain, et décollant carrément du sol quand il passait sur un monticule plus important.

Hans était encore en vie, mais à ce régime il ne durerait pas longtemps.

« Non ! se mit-il soudain à hurler. Non ! Non ! »

Petra se redressa. Heather la retint en lui couvrant la bouche pour l'empêcher de crier.

« Vous ne pouvez rien pour lui, dit-elle.

— Mais il a coopéré ! Il voulait les aider. Matt doit s'en être rendu compte.

— Ce n'est plus Matt qui décide. C'est Jacko et Kate. »

Dans les yeux de Jacko, Heather avait vu la détermination sinistre d'un homme qui menait une vie morne et ennuyeuse, depuis des années et des années sans doute, et qui ne voulait pas rater une occasion de s'amuser un bon coup.

S'ils faisaient subir un tel traitement à Hans qui avait essayé de se rendre paisiblement, Dieu seul savait de quoi ils seraient capables avec eux quatre.

« Je dois l'aider ! » dit Petra en se débattant pour se mettre debout.

16

Alors que Petra essayait de s'éloigner, Heather la saisit à bras-le-corps pour la retenir au sol, la retourna et s'assit sur elle à califourchon.

« Écoutez-moi ! Nous devons nous cacher, ou bien ils nous tueront. Ils vous violeront, et moi aussi, et Olivia, et ils nous assassineront tous les quatre. C'est clair ?

— Non, non… Je dois…

— Ils veulent nous tuer ! Essayez de comprendre ! »

Petra se mit à sangloter.

« Nous ne pouvons pas nous rendre, dit Heather. C'est impossible. Je suis sûre que vous vous en rendez compte. »

Petra renifla et acquiesça du menton.

« Si je vous lâche, vous resterez ici ? Sans vous montrer ? demanda Heather.

— Oui », murmura Petra.

Heather s'écarta d'elle en soutenant son regard, puis se redressa légèrement pour voir où en était le Toyota.

À cet instant, le pick-up s'éloignait de leur position. Les hommes ne les avaient pas encore vues. Deux d'entre eux étaient penchés aux portières, braillant et poussant des cris de joie. Le conducteur ne semblait pas mener une recherche rigoureuse. Il roulait dans une direction sur quelques dizaines de mètres, puis virait subitement à droite ou à gauche, sans cesser de pousser le véhicule à vive allure sur le terrain cahoteux.

Tout à coup, il ralentit, tourna lentement sur cent quatre-vingts degrés et accéléra de nouveau pour venir droit sur elles.

Heather s'aplatit dans les herbes.

À l'avant du pick-up, elles l'entendaient de nouveau, Hans poussait des hurlements horribles dont Heather savait déjà qu'elle s'en souviendrait toute sa vie – si longue ou si courte celle-ci dût être. La voix de Hans dominait les cris des hommes et le rugissement du moteur. Il souffrait le martyre. Pour Petra, c'était insupportable. Les larmes ruisselaient sur ses joues et elle respirait en hoquetant. Ne sachant quoi faire d'autre, Heather lui frotta affectueusement le dos.

« Venez, allons dans le goulet », dit-elle.

Elles rampèrent à travers les herbes mordantes, sur la terre rouge granuleuse, pour atteindre bientôt l'étroit lit de ruisseau asséché où les enfants étaient déjà réfugiés.

« Qu'est-ce qui se passe ? demanda Owen.

— Ils nous cherchent, répondit Heather. Il vaut mieux rester cachés ici. »

Les deux femmes et les enfants patientèrent un moment à plat ventre tandis que le Toyota continuait de foncer de-ci, de-là à travers la lande. Dans le goulet, les sons leur parvenaient moins bien, mais de temps en temps Heather entendait un joyeux cri de guerre, un coup de fusil ou les hurlements de Hans.

Elle garda la tête baissée, une main sur la nuque d'Olivia.

Les mouches.

La chaleur.

Des nuages paresseux, tubulaires, se déplaçant à travers le ciel saphir comme de méchants vaisseaux spatiaux extraterrestres.

« Ils se rapprochent », dit tout à coup Owen.

Heather redressa la tête. En effet, la voiture venait droit sur eux. Les hommes les avaient-ils vus ? Bien sûr, c'était possible.

« Personne ne bouge », dit-elle.

Le moteur rugissait. Le véhicule cahotait sur la lande.

Il arrivait.

Il était maintenant tout près.

Il bondit par-dessus le ruisseau à sec une vingtaine de mètres au-dessus d'eux, vira en suivant une large courbe et s'éloigna de nouveau.

Heather remarqua qu'Olivia, à côté d'elle, avait fermé les yeux et remuait les lèvres. Elle priait. Elle-même n'avait jamais appris à faire cela correctement. Tom emmenait les enfants à l'église presque tous les dimanches. Elle les avait accompagnés, une fois, puis elle avait dit à Tom qu'elle préférait ne pas y retourner – et il ne s'était pas offusqué. Dans le genre église, celle-là lui avait paru assez inoffensive : des rangées de bancs très simples et un gentil vieil homme, au pupitre, qui recommandait aux gens de faire le bien. Rien à voir avec l'affreux système hypocrite que son père détestait. Mais elle supposait que tout devait dépendre, justement, de l'église dont on parlait. Elle observa Olivia avec une certaine fascination – l'adolescente semblait en communication directe avec son Dieu –, puis elle s'aperçut qu'elle retenait elle-même sa respiration, dans l'attente d'une réponse divine peut-être, un éclair dans le ciel, alors que seules les exclamations joyeuses venant du Toyota troublaient le silence.

Et se rapprochaient.

Les hommes s'amusaient :

« Où qu'ils sont, Hans ? Raconte !

— Plus vite, connaud !

— Il va voir ce qu'il va voir, le Boche !

— Allez, Kate, appuie sur le champignon !

— Ya-hou ! C'est comme au ciné, hein ?

— Carrément, mec !

— Hans ! Dis-nous où ils sont partis !

— Montrez-vous ! Où c'est-y que vous êtes ?

— Où vous espérez vous planquer, les mômes ?

— Ils se cachent dans l'herbe, mais nous, les grands méchants loups, on va souffler sur la maison et se les faire ! »

Olivia tremblait comme une feuille. Heather lui caressa la tête en murmurant :

« Ça va aller, chérie. »

Petra lui tapota l'épaule.

« Nous ne pouvons pas rester ici indéfiniment. Ils

vont faire venir d'autres voitures. D'autres personnes. Ils savent que nous sommes dans ce secteur.

— Nous ne bougeons pas pour le moment ! dit Heather. Nous n'avons pas le choix. »

Le Toyota revenait vers eux, suivant les parallèles et les méridiens d'une trajectoire destinée à croiser la leur. Olivia plaqua les mains sur ses oreilles tandis que le moteur rugissait comme un monstre et que le pick-up enjambait le goulet cinq mètres derrière eux.

Cette fois, ils avaient été forcément vus, non ? Heather s'attendit à entendre les freins crisser, ou un coup de fusil.

Mais le véhicule continua sur sa lancée.

S'éloigna à travers la lande…

Soudain il y eut un gros fracas – puis le silence.

Des hommes se mirent à crier. Apparemment, le pick-up était immobilisé. Ses roues tournaient dans le vide.

« Attendez ici, les enfants. Je vais jeter un coup d'œil.

— Je vous accompagne », dit Petra.

Elles sortirent du lit du ruisseau à sec et rampèrent prudemment entre les herbes hautes. Le Toyota était dans une petite ravine trois cents mètres au sud de leur position. Kate – c'était elle qui conduisait – avait essayé de sauter au-dessus du vide, mais le lourd pick-up avait manqué d'élan. Il était retombé contre le flanc de la ravine, l'essieu et les roues avant en l'air, et il était bloqué.

Les O'Neill n'auraient pas beaucoup de mal à le

tirer de là. Un véhicule pourrait le tracter – celui que Heather avait vu à l'embarcadère ou un autre de la ferme. Mais Kate et les hommes n'avaient pas encore correctement évalué la situation : ils essayaient de pousser le Toyota, pour l'extraire de la ravine, sans se rendre compte que leur seule force physique n'y suffirait jamais.

Matt se rendit à l'avant et commença à détacher Hans. Si celui-ci était encore en vie, ils allaient l'obliger à leur donner un coup de main.

Heather était déçue par Matt. Elle avait cru qu'il serait la voix de la raison et les aiderait dans la mesure du possible, mais il avait manifestement fait un autre choix.

« Profitons-en pour ficher le camp, murmura-t-elle à Petra. Ils vont être occupés un moment. Pour sortir de là, ils auront besoin d'un treuil. Allons-y.

— Mais où va-t-on ?

— Il va bientôt faire très chaud. Je crois que nous devrions nous diriger vers la mangrove que nous avons aperçue par là-bas. Je pense que le rivage est à moins d'un kilomètre.

— Et ensuite ?

— Nous nous soucierons du "ensuite" le moment venu.

— Je ne devrais pas abandonner Hans, je... »

Un sanglot étrangla la voix de Petra.

« Je suis vraiment désolée », dit Heather.

Petra frissonna, puis murmura :

« D'accord. »

Elles rejoignirent les enfants.

« Nous visons les arbres au bord de la mer, par là-bas », dit Heather.

Le lit du ruisseau à sec allait dans la direction qu'ils voulaient suivre. Ils y rampèrent pendant une centaine de mètres, puis il devint trop étroit et ils remontèrent discrètement sur la lande. Ils entendaient à présent les hommes jurer copieusement et donner des coups de pied dans la voiture.

« Par ici, dit Heather. Attention, restez bien baissés. »

Les herbes hautes dissimulaient à peu près les enfants, mais Heather et Petra furent obligées de trottiner à la Groucho Marx, à moitié accroupies sur leurs jambes.

Il leur fallut une demi-heure pour atteindre la mangrove, qui bordait une étroite plage sur plusieurs centaines de mètres.

Dès qu'ils furent à l'ombre, les deux enfants voulurent se reposer. Owen avait retiré son sweat à capuche et l'avait noué autour de sa taille. Son tee-shirt était trempé de sueur. Il s'effondra sur le sable et Olivia se laissa tomber à côté de lui.

Heather s'assit sur un rocher et essaya de rassembler ses esprits.

La chaleur était déjà intolérable. Ils n'avaient pas d'eau. Taons et moustiques se posaient sur eux pour leur sucer sang et sueur en toute impunité.

« On peut boire de cette eau, Heather ? demanda Olivia en pointant un doigt vers la mer.

— Ah non, surtout pas. Il ne faut pas boire l'eau de mer. Sauf s'il y avait un fleuve qui se jetait pile où nous sommes. » Elle ôta ses chaussures, remonta les bas de son jean, s'avança dans la mer et joignit les mains en coupe pour porter un peu d'eau à ses lèvres. Elle la recracha aussitôt.

« Elle est vraiment imbuvable, dit-elle. Par contre, les enfants, vous allez vous baigner un petit moment juste ici, là où l'eau n'est pas profonde, pour vous rafraîchir. Je vous surveille pendant ce temps », dit-elle en revenant vers la plage. Requins-tigres, requins-bouledogues, grands blancs – ces eaux grouillaient de prédateurs. Elle devait monter la garde.

Il n'était même pas midi et la température dépassait sans doute déjà les trente-cinq degrés. Néanmoins, grâce à un semblant de brise qui soufflait sur le détroit entre l'île et le continent, ils respiraient quand même un petit peu mieux sur cette plage que sur la lande.

« Nous pourrions peut-être fabriquer un radeau, comme disait Olivia ? suggéra Petra.

— C'est une possibilité », convint Heather. Les enfants haletaient, la bouche ouverte et l'air hagard. « Hé, vous deux, vous m'avez entendue ? Je veux que vous vous rafraîchissiez dans l'eau. Mais n'allez pas plus profond que les chevilles. »

Olivia et Owen se baignèrent quelques minutes, puis, pendant qu'ils se séchaient, Heather et Petra arpentèrent la plage à la recherche de branches de palétuvier ou de bois flotté pour leur hypothétique embarcation. Mais les arbres de cette mangrove étaient petits et chétifs – ils méritaient plutôt le nom d'arbustes –, et leurs branches trop minces et sinueuses pour servir. Heather et Petra jetèrent à la mer une longue branche relativement épaisse et à peu près droite : elle s'enfonça à moitié dans l'eau.

« Je ne sais pas pourquoi elle fait ça, dit Heather. Le bois flotte mieux, d'habitude.

— Je ne sais pas non plus, dit Petra. Il faudrait des centaines de branches comme celle-là pour fabriquer de quoi soutenir ne serait-ce que le poids d'Olivia. Et puis comment on les attacherait ensemble ?

— On pourrait découper nos vêtements en bandelettes, peut-être », dit Heather. Mais elle était sceptique – ce travail demanderait des jours, ou même une semaine entière. Ils étaient déjà tous les quatre épuisés par leurs cavalcades de la matinée, et ils n'avaient pas bu une goutte d'eau depuis l'aube.

Heather s'aperçut qu'Owen était en train de creuser un trou dans le sable et semblait subitement tout excité.

« Qu'est-ce que tu fais ? demanda-t-elle.

— Vous avez déjà regardé Bear Grylls ? dit-il en levant les yeux vers Heather et Petra. Je parle de la série *Seul face à la nature*, hein, pas ses nouvelles émissions qui sont merdiques ! »

Les deux femmes répondirent par la négative.

« J'ai trouvé deux bouteilles en plastique, dit Owen en finissant de creuser son trou.

— Ah bon ? Avec de l'eau ? demanda Heather d'un ton plein d'espoir.

— Non, elles sont vides. Mais attendez… » Owen se redressa et prit une des bouteilles qu'il avait posées à côté de lui. Heather ne l'avait pas vu aussi énergique depuis très longtemps.

« Je crois qu'on peut faire une espèce de… ouais, une seconde. »

Il alla au bord de l'eau pour remplir à moitié la bouteille, puis revint et attrapa la seconde bouteille.

« C'est quoi l'idée ? demanda Heather.

— On fait un alambic, dit Owen en plaçant l'un contre l'autre les goulots des bouteilles. L'eau de la bouteille pleine s'évapore et passe dans la vide en laissant le sel derrière.

— Et dans l'autre bouteille elle est clean, alors ? demanda Olivia.

— Grave, acquiesça Owen.

— Mais nous n'avons pas vraiment le temps pour ce genre d'expérience », dit Heather.

Ignorant sa remarque, Owen posa la bouteille remplie d'eau de mer sur le sable, au soleil, puis enfouit la bouteille vide dans le trou qu'il avait creusé, légèrement à l'oblique. Il abouta avec précaution les deux goulots.

« Ce qui doit se passer, c'est que le soleil va faire s'évaporer l'eau de la bouteille chaude, et cette eau se condensera dans la bouteille qui est au frais dans le sable, expliqua-t-il.

— Waouh. Ça a l'air de fonctionner… », commença Olivia, mais Heather leva à cet instant une main pour avoir le silence.

Elle avait entendu quelque chose. Étaient-ce des aboiements, au loin… ?

« Ne bougez pas », dit-elle.

Elle crapahuta à travers les arbustes de la mangrove et grimpa sur un petit monticule pour regarder au loin sur la lande.

Le spectacle qu'elle découvrit lui glaça les sangs.

Une vingtaine de membres du clan O'Neill marchaient de front au bord de la plaine. Ils se tenaient à une quinzaine de mètres les uns des autres, de sorte qu'ils couvraient au moins trois cents mètres de largeur de terrain. Il y avait une majorité d'hommes, mais aussi des femmes et quelques enfants. Et presque tout le monde était armé. À l'extrémité de la rangée proche de la mer, quelqu'un conduisait une moto, et il y avait un quad de l'autre côté. Matt était là lui aussi, dans sa chemise à carreaux, la carabine à la main. Elle l'entendit crier « Blue ! » et son vieux chien éclopé le rejoignit pour se mettre à boitiller gaiement à côté de lui.

Ils étaient à deux cents mètres de distance, peut-être un peu plus, et venaient lentement et méthodiquement dans leur direction. Elle vit un adolescent armé d'un fusil obliquer tout à coup vers la mangrove, sans doute pour gagner la plage et marcher le long du rivage.

Ils rejouaient cette sorte de battue épouvantable dont Jacko avait parlé sur le bateau – cet événement qu'il avait appelé la « ligne noire ». Ils avaient décidé de les traquer tous les quatre comme leurs ancêtres avaient pourchassé et décimé les aborigènes de Dutch Island et de Tasmanie.

Heather rejoignit en hâte Petra et les enfants.

« Ils arrivent ! Il faut partir !

— Ils sont à quelle distance, vous pensez ? demanda Petra.

— Déjà trop près ! Owen, lève-toi !

— L'alambic fonctionne, dit-il.

— Je regrette. Il faut y aller.

— Mais on meurt de soif ! »

Heather le tira par le bras tandis que Petra aidait Olivia à se mettre debout, et ils se mirent tous les quatre à courir sur la plage pour tenter de distancer les O'Neill.

17

Le thème musical enjoué de *Star Trek: Voyager* accompagnait le générique de fin comme un commentaire ironique sur les quarante-deux minutes qui venaient de passer. Carolyn avait raté cet épisode, elle ne savait pas trop comment, la première fois qu'elle avait regardé *Voyager*, et elle venait seulement de le découvrir en se bingeant toute la saison cinq sur Netflix. Elle avait les larmes aux yeux, car elle était paisiblement bouleversée. La seule qui pouvait la comprendre sur ce truc, bien sûr, c'était Heather. Dehors le ciel était noir. La nuit était tombée depuis un moment. En Australie, c'était demain. Heather était peut-être réveillée ?

Carolyn saisit son téléphone. Il était à plat. Sérieux, il fallait vraiment qu'elle en change ; depuis quelques mois, il se déchargeait à toute vitesse. Elle le brancha et… Cool, elle avait justement un message de Heather. Une photo montrant un oiseau. Un perroquet. Heather aimait les oiseaux, ça, Carolyn pouvait en témoigner. Elle avait juste envoyé cette image, sans texte. Seraitelle partante pour partager quelques élucubrations nocturnes sur *Star Trek* ?

Carolyn se faisait du souci pour sa copine. Elle qui n'avait jamais eu de passeport de sa vie, voilà qu'elle était partie à l'autre bout du monde. Et puis ces derniers mois, surtout, elle était devenue trop maigre. Sans doute parce qu'elle ne mangeait pas bien. Mais bon, en même temps Heather était une grande fille. Une grande fille *mariée*, maintenant, avec Monsieur Docteur Friqué Archidoué.

Carolyn attrapa sa guitare électrique par terre et improvisa une petite mélodie. Depuis un an ou deux déjà, elle n'avait rien écrit. Quand elles étaient ados, Heather et elle avaient composé des dizaines de chansons. La musique et les différentes séries *Star Trek* avaient longtemps été leurs deux grandes passions.

Elle reposa la guitare.

Sur son téléphone, elle tapa T'as vu l'épisode de Voyager « Destination néant » ? et appuya sur Envoyer.

Heather répondrait à n'en pas douter dès qu'elle se réveillerait – ou aurait dessaoulé après sa visite des vignobles australiens.

18

Heather comprenait maintenant son erreur. Tous les quelques mètres, ils devaient contourner, ou se baisser sous, ou grimper par-dessus, ou crapahuter à travers les petits arbustes broussailleux de la mangrove. Fuir sur cette plage n'était pas facile du tout. Ils avançaient à une lenteur cauchemardesque.

Pour passer autour des bouquets de mangrove, ils entraient dans l'eau jusqu'aux genoux. Et la marée montait. Sur sa droite, Heather voyait la ligne de marée haute – des traces d'algues et d'écume – aux deux tiers environ de la façade du talus.

Nous allons être obligés de nous éloigner du rivage, pensa-t-elle. *De retourner sur la lande*. Problème : avec cette option, ils seraient vite repérés. Midi était passé. Le soleil, énorme, jaune-orange, était suspendu très haut dans la moitié nord du ciel. Il finirait bien par disparaître vers le continent sur leur gauche, mais pas avant plusieurs heures. Sept ou huit, peut-être.

Sur le plateau, derrière eux, elle entendait leurs poursuivants s'interpeller, crier, pousser des exclamations. Ils se rapprochaient inexorablement. Au rythme où Petra, les enfants et elle avançaient, il leur restait peut-être dix minutes avant d'être rattrapés.

« Allez ! On continue ! » dit-elle tandis qu'ils traversaient un large bouquet de mangrove. L'écorce et les feuilles de ces arbres n'étaient pas particulièrement agressives, mais griffaient quand même leurs peaux irritées par les coups de soleil et les chardons.

Leur progression était beaucoup trop lente.

D'une lenteur stupide.

Heather se retourna une fois encore. La marée montante était à la fois leur ennemie et leur alliée. Elle les menaçait tout en les aidant. Elle dissimulait les traces de leurs pas, mais dans une heure cette plage serait submergée : ils devraient alors soit remonter sur la lande, soit nager.

Owen périclitait à vue d'œil. Les quelques gouttes d'eau recueillies au fond de la bouteille qu'il avait enfouie dans le sable auraient pu l'aider. Devait-elle faire demi-tour et courir jusque là-bas pour la récupérer ?

Non. Elle se ferait attraper, et ensuite tout le monde se ferait attraper.

Elle saisit un bras du garçon pour le soutenir et l'aider à marcher.

« Quelqu'un a une idée ? demanda-t-elle.

— On pourrait juste s'arrêter, dit Owen.

— Nous ne pouvons pas nous rendre. Plus maintenant », dit Petra.

Heather avait la gorge en feu. La tête qui tournait. Le soleil lui donnait l'impression d'être suspendu juste au-dessus d'eux. C'était un soleil vigilant, fier et cruel. Qui savourait leur malheur. Qui dardait ses rayons comme les aliens de *La Guerre des mondes*.

Jamais elle n'avait connu chaleur aussi épouvantable. La température lui rappelait ce que son père racontait parfois au sujet de Falloujah.

Ici, tout de suite, son père aurait su quoi faire.

Tom aurait su quoi faire.

Elle, elle était complètement paumée.

Elle regarda l'océan, mais l'océan n'avait aucune réponse à lui apporter.

Elle chassa les mouches qui s'en prenaient à Owen.

Sur la lande, le chien de Matt aboyait. Les O'Neill s'interpellaient à grands cris enjoués comme s'ils participaient à une chasse au trésor ou à un pique-nique.

Lorsque Jacko avait évoqué la ligne noire de Tasmanie, Heather n'y avait pas pensé plus que cela. Elle n'y avait vu qu'une curiosité historique. Mais maintenant elle comprenait. Cette histoire racontait en fait un massacre, des meurtres, un génocide.

C'était ainsi, dans la violence, que la plupart des créatures de la nature vivaient, avaient toujours vécu sur Terre. Les posters bucoliques qui ornaient les salles d'attente des médecins et des dentistes n'étaient que mensonges. Dans la brousse, les histoires heureuses s'écrivaient à l'encre blanche sur une page blanche.

Owen trébucha et s'écroula sur le sable. Heather essaya de le redresser, mais il ne tenait plus sur ses jambes. Elle s'accroupit près de lui. La déshydratation ou l'insolation lui avait fait perdre connaissance.

Petra et Olivia, qui marchaient devant, se retournèrent.

« Continuez ! dit Heather.

— On ne peut pas vous laisser, objecta Olivia.

— Allez-y ! Fuyez ! Je m'occupe de lui.

— Non, dit Petra. Je vais vous aider. Une de chaque côté, nous arriverons à le porter.

— Merci, dit Heather. Olivia, pars devant. Vite !

— Je vous attends.

— Tu dois y aller, insista Heather. File !

— Non. »

Heather releva Owen par le bras gauche tandis que Petra le soutenait sur sa droite. Il n'était pas vraiment évanoui, plutôt sonné et désorienté. Il poussait de petits râles. Heather se demanda s'il allait mourir. L'insolation pouvait tuer. Pour sauver une personne souffrant d'insolation, il fallait des soins médicaux, du repos, de la fraîcheur.

« Vous le tenez ? demanda Petra.

— Oui.

— Allons-y. »

Owen était un poids mort et la marée montante recouvrait de plus en plus la plage. Les deux femmes avaient du mal à le traîner sur le sable mouillé ; elles avançaient à une vitesse d'escargot.

L'adolescent au fusil que Heather avait vu descendre vers l'océan serait sans doute bientôt en mesure de les apercevoir. Si le rivage avait suivi la courbe ininterrompue d'une grande baie, il les aurait déjà repérés. Heureusement, le découpage irrégulier de la côte, succession de petites anses aux largeurs et aux profondeurs variées, jouait en leur faveur.

Pour le moment.

Mais cet adolescent se rapprochait forcément.

Elles firent passer Owen par-dessus une série de branches basses. Ses pieds se coincèrent et elles durent les dégager et les soulever l'un après l'autre, branche après branche.

Cela prit une éternité.

Heather jeta un coup d'œil par-dessus son épaule. Aucun signe du garçon sur la plage, mais il était clair que le clan O'Neill, sur la lande, n'était plus bien loin.

« Que va-t-on faire ? » demanda Petra.

Heather savait qu'elle n'avait aucune chance de raisonner avec ces gens. Pas après ce qu'ils avaient fait à Hans. Ils étaient capables de tout. Ils agissaient comme bon leur semblait sur leur île. Quand la disparition de la famille Baxter serait établie, cependant, la police finirait bien par se lancer à leur recherche à tous les quatre. Elle devait fonder ses espoirs là-dessus.

« Nous allons nous cacher et rester en vie le plus longtemps possible », dit-elle.

Quand ils émergèrent du bosquet, Heather vit qu'Olivia les attendait, les mains sur les hanches et l'air buté.

« Je t'ai dit de continuer, non ?

— Je ne veux pas y aller toute seule !

— Cours ! Ne discute pas !

— Et j'abandonne mon frère ? Non, je ne peux pas.

— Ils vont sans doute nous rattraper, insista Heather. Mais toi, tu peux partir devant. Tu as une chance de t'en sortir.

— Je ne…

— Vas-y, bon sang !

— T'as pas le droit de me donner des ordres ! T'es pas ma mère !

— Ça, Olivia, c'est la phrase d'Owen. Invente donc ton propre répertoire, tu veux ? Et en attendant, sois gentille et fiche le camp d'ici !

— Et après, je fais quoi ?

— Ne t'arrête pas. Marche jusqu'au coucher du soleil. À ce moment-là, ils retourneront à la ferme. Surtout s'ils nous ont attrapés.

— Et puis quoi ? Même si je réussis à m'en sortir aujourd'hui, je suis censée faire quoi, toute seule ? » demanda Olivia, désemparée et désespérée comme l'adolescente de quatorze ans qu'elle était.

Heather s'efforça de faire fonctionner son cerveau. Elle avait l'impression d'avoir un bloc de ciment entre les oreilles. Qu'était censée faire Olivia à la nuit tombée ? Que pourrait-elle bien devenir toute seule ?

Petra et elle firent franchir une dernière branche basse à Owen. Derrière, toujours aucun signe du gamin armé.

« Cache-toi quelque part jusqu'à ce que tu voies la police, dit-elle à Olivia.

— Et pour boire, comment je suis censée faire ?

— Utilise l'astuce d'Owen avec les bouteilles. Je

t'en prie, chérie, va-t'en ! Ils arrivent. Sauve-toi ! » Heather la regarda d'un air implorant. *Tu as encore une chance. S'il te plaît.*

« Si c'est ce que tu veux ! » s'écria Olivia – et elle partit en courant.

Les deux femmes portèrent Owen pendant encore quelques minutes, puis Petra dit :

« J'ai besoin de souffler un peu.

— Nous n'avons pas le temps.

— Je n'en peux plus. Désolée. » Elle lâcha le bras d'Owen et se laissa tomber sur le sable entre deux arbustes.

Heather ne pouvait pas continuer sans Petra. Elle allongea Owen, puis s'assit et le tira en travers de ses jambes, hors de portée des vaguelettes du bord de l'eau. Le front du garçon était brûlant, et ses lèvres gercées. Il avait sans doute de la fièvre et souffrait à coup sûr de déshydratation. Il était au bout de ses forces. Il mourrait bientôt.

« Je suis désolée, Owen », dit-elle en se mettant à pleurer.

L'étroit ruban de plage ne faisait plus que quelques mètres de large, à présent, et l'eau remontait jusqu'à leurs jambes. Heather sortit le canif de sa poche et en ouvrit la lame.

Petra hocha la tête et trouva une pierre tranchante sur la plage.

Avec de telles armes, elles n'auraient aucune chance contre des fusils, mais au moins elles ne se rendraient pas sans résister.

19

DUTCH ISLAND, AUSTRALIE

Olivia savait que tout était sa faute.

C'était elle qui avait mis cette idée dans la tête de la famille.

Elle et personne d'autre.

ALKI BEACH, SEATTLE

Papa, on a tous besoin de vacances. On a besoin de changer d'air. De partir d'ici. D'oublier un peu cet escalier. Cette maison. On a besoin de changer d'air.

Non, je ne crois pas.

En échange, je te propose… Je me remettrai au softball dès ce printemps.

Tu devrais t'y remettre de toute façon. Tu es une lanceuse douée.

Papa ! Allez, quoi, on en a besoin. Pour faire du bien à Owen. Et à moi aussi.

Owen ? Parce que tu penses qu'un voyage en Australie va arranger les choses ?

On a besoin de se changer les idées. J'ai réfléchi. Ta conférence en Australie. On peut t'accompagner, dis ? Moi et Owen, et Heather aussi si elle veut. J'ai toujours eu envie de voir l'outback. Un kangourou. Un koala. Papa. Papa ?

DUTCH ISLAND

Les vaguelettes au bord de la plage. Les mouettes. La chaleur. Le soleil qui lui grillait le cerveau.

Papa – plus de papa. Le monsieur hollandais – plus de monsieur hollandais. Heather et Owen et la dame hollandaise, terminé aussi. Il ne restait plus qu'elle. Et elle s'enfuyait en courant.

Elle ne voulait pas se retrouver comme ça.

Sous le soleil.

Seule.

Mais avait-elle le choix ?

ALKI BEACH

C'est bon d'avoir l'océan derrière soi.

Pourquoi c'est bon, papa ?

Cela te porte, chérie. Cela donne de l'équilibre à l'esprit ballotté par le changement et harassé par l'irrépressible nouveauté.

Quoi ?

Peu importe. Écoute. Écoute-moi bien, maintenant. Ta mère. Ne laisse personne raconter des sornettes sur ta mère. Elle vous aimait, Owen et toi, plus que tout. Jamais elle n'aurait fait une chose pareille. C'est un accident qui est arrivé.

Elle était saoule ?

Mais non ! Aucun rapport. C'est un accident, je te dis. Un accident. Ma pauvre Judith. Voilà…

Papa ? Papa, ça va ?

Pardon. Bien sûr. Ta mère. Pensons à ta mère.

DUTCH ISLAND

La chaleur – il n'y avait plus que cela. Cette chaleur était incroyable. Elle la tuait à petit feu, cellule après cellule, elle la détruisait comme elle détruisait Owen, et Heather, et la dame hollandaise.

Tout ça, c'était sa faute.

Papa n'était pas emballé. S'il te plaît, avait-elle dit. Tout ce qui nous est arrivé. Maman. Ça a été tellement dur. Un voyage fera du bien à Owen. Tu sais qu'il adore les animaux. S'il te plaît. Laisse-nous t'accompagner, pour une fois, à un de ces trucs. L'Australie, trop bien ! Comme Disney World mais en mieux. Tout le pays est magique, il paraît. Les animaux. Les gens. Les paysages. Les saisons à l'envers. Ça nous changera tellement les idées.

Olivia avait obtenu ce qu'elle voulait. Ensuite, il avait juste fallu convaincre Heather. Elle non plus, au début, n'était pas trop partante. Elle s'inquiétait pour les feux de brousse. Elle n'aimait pas les serpents. Elle n'avait pas de passeport. Mais papa ne risquait pas de partir tout seul en Australie avec Owen et elle – il fallait que Heather vienne.

Heather avait accepté, papa avait accepté.

Et puis le voyage avait été génial.

Le désert immense.

Uluru.

Tout le monde vraiment tellement sympa.

Pendant plusieurs jours, ça avait été top.

Cette île – c'était encore elle qui avait voulu venir. Et Owen, aussi. Papa aurait préféré rentrer à Melbourne.

Mais papa avait dit d'accord, à cause des koalas, pour Owen *et pour elle*. Voilà : elle était responsable.

ALKI BEACH

Un bateau qu'on appelait un Zodiac.

Zodiac comme le *zodiaque* dans les étoiles, le zodiaque parcouru par la lune.

Le mot *lune* venait du mot *luna*, qui exprime l'idée de lumière. Mme Taggart avait expliqué que, dans certaines langues, la lune était ainsi associée à la lumière, tandis que d'autres langues utilisaient un mot, pour nommer la lune, dont la racine était la même que celle du mot *mère*.

Zodiac, lune, lumière, mère.

DUTCH ISLAND

L'océan dans son dos, le soleil au-dessus, le bruit de ces gens là-bas dans le « spinifex », comme disait Heather.

Elle n'était pas idiote.

Elle avait quatorze ans.

Quand son père avait quatorze ans, quatorze ans c'était quatorze ans. Quand sa mère avait quatorze ans, quatorze ans c'était quatorze ans. Mais ça, c'était autrefois. Aujourd'hui quand on avait quatorze ans on était plus âgé. Il y avait des tas de choses que les jeunes pouvaient voir n'importe quand, n'importe où, sur leur téléphone. Et, certaines de ces choses, il était impossible de les oublier.

Elle connaissait le mot *viol*. Dans la grange, quand ils étaient attachés, elle avait très bien compris.

Elle n'était pas stupide. Non. Elle savait ce qui risquait de se passer.

Le soleil, la chaleur, le sable, la mer.

Elle jeta un coup d'œil par-dessus son épaule. Maintenant, elle avançait plus vite. Le garçon au fusil rattraperait bientôt Heather, Owen et Petra. Heather avait son petit canif. Elle essaierait peut-être de s'en servir contre le garçon. Ça ne marcherait pas, évidemment. Heather était nulle. Elle ne connaissait rien à rien. Sa mère valait tellement mieux que cette nana ! Pour qui elle se prenait, elle ? D'après Owen, elle n'avait même pas terminé le lycée. Finalement, c'était aussi bien de l'avoir laissée là-bas. Le problème, c'était qu'elle avait aussi abandonné son petit frère. Elle n'aurait pas dû faire ça.

ALKI BEACH

Le froid dehors.

Les flocons de neige.

Le petit Zodiac ballotté par les vagues.

Je ne veux pas y aller.

Olivia.

Je ne veux pas. Ce n'est pas bien pour l'océan.

Monte dans le bateau.

Owen non plus, il ne veut pas.

Vous êtes ridicules, tous les deux ! Arrêtez de discuter et montez à bord !

Comme tu veux, papa.

DUTCH ISLAND

Nous allons tous nous faire attraper.

Et je vais mourir de soif.

À la maison, papa remplit le frigo de bouteilles d'Évian.

À la maison.

Personne ne rentrera à la maison.

Personne.

ALKI BEACH

Owen les bras croisés.

Papa qui l'engueule. Papa qui pète un plomb comme il faisait – comme avant.

Papa qui attrape Owen par les épaules et approche son visage tout près du sien pour crier : C'est la dernière volonté de ta mère. Tu ne veux pas faire honneur à ta maman, petit morveux ?

Owen qui pleure.

Owen dans le bateau, finalement.

Papa tire le câble de démarrage du moteur hors-bord.

Le Zodiac s'éloigne de la jetée.

Papa silencieux.

Owen toujours en larmes.

Papa vide l'urne.

Maman silencieuse.

Maman qui se fragmente en un million de poussières dans l'eau noire du Puget Sound.

Une mouette solitaire.

Owen sanglote.

Papa ne pleure pas.

Papa est en colère, carrément furax.

DUTCH ISLAND

De l'eau jusqu'aux genoux, maintenant.

Olivia n'en pouvait plus. Elle avait envie de se reposer. Comme les oiseaux, là, perchés sur ces rochers à moitié immergés.

Enfin plus pour longtemps. Dans une heure, peut-être, la marée submergerait les rochers et tous ces oiseaux bizarres devraient…

Olivia s'immobilisa. Elle cligna des yeux et observa la rangée de rochers déchiquetés dépassant de l'eau à douze ou quinze mètres du rivage. Leur crête était assez drôle – avec un peu d'imagination, on pouvait se dire qu'elle ressemblait au dos d'un dinosaure.

Un stégosaure.

Elle les observa, songeuse, et tout à coup elle sut exactement ce qu'elle devait faire.

Elle tourna les talons pour remonter la plage en courant le plus vite possible.

20

Avancer à travers la mangrove. De l'eau jusqu'aux genoux. La respiration difficile. Les pensées incohérentes.

« Regardez derrière nous », murmura Petra.

Heather se retourna.

À moins de cent mètres d'elles, un homme et un adolescent venaient de passer la pointe de l'anse. Tous deux étaient armés. Ils étaient suivis par une petite fille qui sautillait sur le sable comme s'ils se rendaient tous ensemble à un anniversaire. La végétation protégeait Petra, Owen et elle, pour le moment, mais ce trio ne tarderait pas à les rattraper.

Heather avait concocté un petit plan de la dernière chance en trois points. Un, se planquer dans les arbustes. Deux, attendre. Trois, bondir sur l'adolescent quand il passerait devant eux. Avec le canif, elle n'aurait qu'une seule chance de l'avoir, mais une seule chance c'était déjà mieux que rien.

Par contre, elle n'avait aucun espoir face aux deux types armés. L'adulte ressemblait à Ivan, la grande brute du bac.

Merde.

Elle, seule, contre deux adversaires ?

Nom de Dieu.

C'était ici et maintenant, alors ?

L'endroit et le moment où elle renonçait une fois pour toutes ?

Cette question la taraudait depuis toujours.

Pas à la fin d'une journée de vingt heures au restaurant où elle avait été serveuse. Ni le jour où ce camion avait embouti par l'arrière – et ravagé – sa Honda. Ni la fois où elle avait eu l'appendicite, quand elle avait dû conduire cinq heures jusqu'à l'hôpital des vétérans de Tacoma parce qu'elle savait qu'elle n'avait pas de quoi payer la clinique Bellevue.

Ici, sur une petite plage d'une île paumée à quelques encablures du continent australien.

Ça voulait dire quoi, bon sang ?

Heather vit tout à coup Olivia accourir de derrière une grappe de rochers, à l'autre bout de la plage, comme si elle était poursuivie par quelqu'un. *Oh, non, pas ça.*

Ils étaient donc pris en sandwich entre… ?

Mais l'adolescente avait l'air contente. Et résolue.

Il y avait quelque chose…

Olivia s'arrêta, le souffle court, devant eux.

« Quoi ? fit Heather.

— Juste derrière la pointe, là-bas, dit Olivia en pointant un doigt. Il y a une rangée de rochers dans la mer, une quinzaine de mètres à l'écart du rivage. On peut y aller en pataugeant dans l'eau, ou en nageant s'il le faut, et se cacher derrière en attendant qu'ils soient passés ! »

Heather esquissa un sourire. Elle avait la bouche presque trop sèche pour parler.

Petra hocha la tête et commença à redresser Owen. Elles devaient se dépêcher. Ivan, l'adolescent et la petite fille étaient tout près.

Heather se força à dire :

« Owen, mon grand. Ça va aller. Il faut juste aller un petit peu plus loin. »

Dans un sursaut de vigueur, Petra et Heather portèrent le garçon jusqu'au bout de l'anse. Quand elles en passèrent la pointe, elles virent les rochers promis par Olivia.

« Comment fait-on ? » demanda Petra.

Heather essaya de répondre, mais ne parvint pas à articuler le moindre mot. Ici, sans les arbres de la mangrove pour leur apporter un peu d'ombre, il faisait au moins quarante degrés. Là-bas, sur ces rochers, le soleil leur cognerait dessus sans merci – mais avaient-ils le choix ?

Elle déglutit plusieurs fois pour faire venir de la salive dans sa bouche.

« Allez-y avec Olivia. Je vais nager en portant Owen. Aidez-moi juste à le tirer dans l'eau jusqu'à la taille. »

Petra s'exécuta, puis s'éloigna avec Olivia en direction des rochers.

« Laisse-toi aller, chéri, dit doucement Heather à Owen en le tournant sur le dos. Tout va bien se passer. » Elle enroula un bras autour du torse du garçon et commença à nager vers le large en veillant à lui maintenir la tête hors de l'eau.

L'eau était froide, mais tracter Owen se révéla plus facile qu'elle ne s'y était attendue. Elle nageait sur le côté, le garçon serré contre son buste, en battant des deux jambes et en pagayant avec le bras droit. En une douzaine de brasses vigoureuses, elle atteignit les gros rochers noirs déchiquetés.

Quand elle passa derrière, Olivia annonça :

« Il y a une espèce de rebord, là, sur ce rocher. On peut peut-être y mettre Owen ? »

Le rebord en question n'était guère plus large qu'une étagère de bibliothèque, et incliné à trente degrés, mais l'érosion avait bien lissé sa surface : à elles trois, elles réussirent à hisser Owen dessus et à l'allonger. Il était dans un triste état. Ses paupières étaient secouées de spasmes et il avait d'inquiétantes taches blanches sur les lèvres. Là où il n'était pas brûlé par le soleil, sa peau était livide et froide.

Insolation, épuisement, déshydratation…

Il avait besoin de boire, de manger, de se reposer à l'ombre – et très bientôt, sinon il mourrait. Elles connaîtraient toutes les trois le même sort peu de temps après.

Heather saisit le poignet d'Owen. Son pouls lui parut très faible.

« Les voilà », chuchota Petra qui surveillait le rivage.

Ivan, l'adolescent et la petite fille venaient d'apparaître à la pointe. Ils poursuivirent leur chemin le long de la plage, leurs voix portant jusqu'aux rochers.

« Nan, mon gars, disait Ivan. St. Kilda n'a aucune chance, c'est une équipe sans épaisseur. Par contre, regarde les Bulldogs. Ça, c'est une équipe qui va quelque part. Qu'est capable d'encaisser les hauts et les bas de la saison d'un bout à l'autre. Tu vas voir !

— De quoi ils parlent ? murmura Olivia.

— Je ne sais pas. L'essentiel est qu'ils ne parlent pas de nous. Ils ont la tête ailleurs, et tant mieux », murmura Heather.

Quelque chose effleura sa jambe.

Elle scruta l'eau autour d'elle mais ne vit rien.

Un dauphin ?

Non, il n'y avait pas de dauphins par ici. De cela, elle était certaine.

Lorsqu'une orque pénétrait dans les eaux de Goose Island, on percevait sur l'île une vibration particulière. On sentait le danger à travers sa peau.

Heather se suspendit des deux mains aux rochers et immobilisa ses jambes.

Elle réessaya de percer la mer du regard, mais l'eau était profonde et opaque.

Trois mètres sur sa droite, une nageoire dorsale émergea à la surface, quelques instants, puis disparut. Assurément pas celle d'un dauphin. L'animal qu'elle venait d'apercevoir était un jeune requin bleu. Il ne faisait qu'un peu plus d'un mètre de long, sans doute, et les requins bleus se nourrissaient essentiellement de calmars – mais à n'importe quel âge ils étaient capables de vous infliger de méchantes morsures. Celui-ci tournait en rond sur la droite de Heather.

Elle n'était pas certaine qu'il avait détecté leur présence. Pour se faire remarquer par un requin, la meilleure solution était de paniquer et de gesticuler.

Elle regarda le rivage. Ivan et les enfants étaient presque à leur hauteur.

« J'ai pas envie d'aller au lycée, disait à cet instant le garçon.

— C'est à toi de voir, mon gars, répondit Ivan. La Mère ne peut pas te forcer. En tout cas, je ne crois pas. Mais c'est le lycée, attention, pas la prison. J'y suis bien allé, moi, et j'en suis pas mort. Là-bas c'est plein de tapettes, mais je pense que tu pourras tenir le coup. Et Geelong n'est pas à dix millions de kilomètres, quand même.

— T'es allé à la même école que mon papa, toi, tonton Ivan ? demanda la petite fille.

— Mais oui, Neeve. À la célèbre et très snob Geelong Grammar ! Pendant trois ans. Comme je dis toujours, c'est qu'un gros ramassis de connards, mais on s'y fait.

— Quand tonton Matty va prendre le drone, je pourrai le piloter ? demanda l'adolescent.

— Ça, c'est pas joué. Matt a sorti cet engin de sa boîte, quoi, deux fois à tout casser depuis qu'il l'a acheté ! »

Olivia haletait. Owen semblait à peine respirer. Petra retenait son souffle.

Le requin bleu tournoyait toujours à droite de Heather.

Il fit tout à coup demi-tour pour nager paresseusement dans sa direction.

Merde.

Ils étaient tous les quatre couverts d'égratignures ensanglantées. Voilà ce qui avait fini par attirer son attention.

La nageoire plongea en obliquant vers Olivia.

Heather ne pouvait même pas la prévenir.

Elle se pencha vers la gauche en repliant la jambe. Si son timing était bon…

Elle fixa son regard sur l'œil droit de l'animal et lui balança son pied dans les ouïes à l'instant où il ouvrait la gueule pour une morsure exploratoire.

Olivia le remarqua, lâcha un halètement d'effroi et plaqua une main sur sa bouche.

Agacé, le jeune requin vira à cent quatre-vingts degrés et s'éloigna.

La fillette, Neeve, tourna la tête pour regarder droit vers les rochers. Mais elle ne vit rien. Ou fit peut-être semblant de ne rien voir.

Poursuivant leur conversation, l'adolescent, Ivan et Neeve atteignirent bientôt un épais bouquet de mangrove marquant la fin de la petite anse qui faisait face aux rochers.

Ils s'engouffrèrent dans la végétation et disparurent.

« Retournons sur le rivage, dit Heather.

— Il ne vaudrait pas mieux attendre encore un peu ? dit Petra.

— Il y a un requin bleu qui s'intéresse à nous. Retournons au sec. Venez ! »

Heather se chargea de nouveau d'Owen. Quand

elle arriva sur la plage, Petra l'aida à l'allonger à l'ombre d'un arbre.

« Pensez-vous qu'ils feront demi-tour, quand ils verront qu'ils ne nous trouvent pas ? » demanda Petra.

Heather haussa les épaules.

« Je ne sais pas. J'espère qu'ils continueront sur leur lancée jusqu'à la tombée de la nuit. Mais peu importe. Il est clair que nous ne pouvons plus trimballer Owen comme nous l'avons fait jusqu'à maintenant. »

21

Heather et Petra déplacèrent Owen pour l'installer un peu plus haut sur la plage, bien au sec et sous la protection d'un arbre volumineux, puis le laissèrent se reposer. Le bain de mer l'avait rafraîchi, mais son problème majeur n'était plus l'insolation. C'était la déshydratation. Heather l'éventa avec des feuilles de palétuvier pour qu'il souffre moins de la chaleur.

Une heure passa.

Puis une autre.

Une troisième.

Les O'Neill ne revinrent pas.

Avec des cailloux et des algues, Olivia traça un grand *SOS* sur la plage, mais bien sûr aucun avion ou hélicoptère ne passa dans le ciel pour le voir. Puis la marée montante finit par le recouvrir.

Le soleil descendit dans le ciel et commença à se coucher.

Chose remarquable, Owen vivait encore.

De l'eau. Heather savait que si elle ne trouvait pas d'eau ce soir il était condamné.

Petra le savait aussi. Tout comme Olivia.

Heather monta sur le plateau, au-dessus de la plage, et grimpa dans un jeune eucalyptus.

La lande était déserte. La nuit approchait. Dans le ciel, les oiseaux regagnaient leurs nids. À deux ou trois kilomètres, elle apercevait des lumières. La ferme.

« Alors ? lança Petra de la plage.

— Je crois qu'ils sont rentrés. »

Comme elle redescendait de l'arbre, son pied dérapa sur une branche. Elle essaya de se rattraper en se déportant vers une branche voisine, mais celle-ci était trop frêle et céda sous son poids. Elle bascula en arrière et tomba de plus de deux mètres de hauteur sur la terre dure au pied de l'arbre. Son dos encaissa presque tout le choc.

Petra accourut.

« Ça va ?

— Heu… je crois. »

Heather resta une minute sans bouger pour reprendre ses esprits. Elle avait un pied coincé sous une branche basse. Petra l'aida à se dégager. Elle s'assit en soupirant.

« Je ne me suis pas mariée pour ça. Vraiment pas.

— Vous vous êtes mariée pour une raison particulière ?

— Non. Je ne sais pas. Enfin, je ne veux pas seulement dire *ça, ici*. Je veux dire les enfants, la totale. »

Petra sourit tristement.

« Nous n'avons pas d'enfants. Hans n'en voulait pas, et j'avoue que je n'ai pas beaucoup protesté. Mais comment… Pourquoi avez-vous épousé cet homme ? Il était plus âgé que vous, je crois ?

— Ouais, des copines m'ont dit que j'étais dingue de me mettre avec un homme de plus de quarante ans. Mais j'étais pauvre. Très seule. Tom est… était tellement drôle ! Entre nous, ça a tout de suite collé. Et puis il y avait aussi ce côté famille instantanée, avec pavillon et jardin compris, qui était assez séduisant. Mettez au micro-ondes une minute et voilà, c'est prêt.

— Au début, Hans et moi, nous n'avions presque rien en commun, dit Petra. Il détestait la musique que j'aimais. Ça paraît incroyable, mais à l'époque j'étais punk.

— Je vous crois. J'ai toujours été un peu en décalage avec les gens de mon époque. Je ne m'en suis rendu compte qu'après avoir quitté Goose Island pour m'installer à Seattle. »

Elles restèrent assises un moment en silence, regardant le soleil disparaître derrière l'horizon tandis que le spectaculaire embrasement du ciel s'assombrissait peu à peu.

Enfin, Heather se leva en disant :

« Je vais chercher de l'eau. Si je ne suis pas revenue demain matin, je suppose que… que ça signifiera qu'ils m'auront eue.

— Je comprends », dit Petra.

Heather hésita.

« Vous vous occuperez des enfants autant que possible ?

— Bien sûr. »

Les deux femmes s'étreignirent.

« Bonne chance », dit Petra.

Heather la salua de la main et partit vers l'est.

Vers l'est sous la lune renversée.

Sous un ciel rempli d'étoiles australes.

Sous la Croix du Sud et la Voie lactée.

Elle marcha droit à travers le spinifex et les chardons et la grande brize. Le ciel de l'hémisphère nord n'avait guère de secrets pour elle. Goose Island se trouvant très à l'ouest du Sound, loin de Seattle et des centres urbains alentour, aucune pollution lumineuse n'y troublait la Grande Ourse, Orion, Sirius et toutes les autres constellations. Gamine, quand elle pêchait de nuit avec son père, elle pouvait admirer toute la voûte étoilée du ciel pivotant autour de l'étoile Polaire. Ce souvenir la fit sourire. Manque de pot, ses connaissances ne pouvaient guère l'aider dans l'hémisphère sud, où même la lune était dans le mauvais sens.

Elle avait mal à la tête. Elle ne savait pas grand-chose sur la biologie du cerveau, mais elle supposait que la déshydratation devait affecter les neurones comme n'importe quelle autre cellule du corps. Tous ses muscles étaient douloureux et elle avait des crampes – sans doute un effet de la déshydratation là aussi.

Elle n'y pouvait pas grand-chose.

Une chauve-souris passa devant la lune.

Elle entendit des engoulevents.

Quelqu'un conduisait un quad, quelque part au sud, à un ou deux kilomètres de distance.

L'île avait à peu près la forme d'un rectangle de

cinq kilomètres sur trois et la ferme se trouvait en son centre. Heather approcha le complexe par le nord, où le spinifex et les herbes hautes de la plaine lui offraient une bonne protection, mais elle ne tarda pas à se rendre compte qu'elle faisait erreur en essayant de venir ici. Les O'Neill avaient allumé des projecteurs tout autour de la propriété. Sur le toit d'une grange, elle aperçut la silhouette d'un homme armé d'un fusil.

Elle s'accroupit dans l'herbe pour réfléchir.

Matt était un garçon intelligent, mais pas aussi futé qu'il le croyait. À sa place, elle aurait joué son coup différemment. Elle n'aurait pas allumé ces projecteurs ; elle aurait laissé croire que personne n'était particulièrement sur ses gardes ce soir à la ferme. Et elle aurait planqué quelques gars dans les environs, prêts à lui tomber sur le paletot lorsqu'elle aurait tenté de prendre de l'eau au puits.

L'homme posté sur le toit de la grange n'avait pas l'air de surveiller la lande avec beaucoup de vigilance. Il savait qu'il était à peu près impossible de survive sur cette île toute une journée, par quarante degrés de température, sans une goutte d'eau.

Heather recula et contourna la ferme à bonne distance, hors de portée des faisceaux des projecteurs. À moins de n'avoir absolument pas le choix, elle éviterait désormais de revenir ici.

C'était beaucoup trop dangereux.

Mais elle avait un plan B.

Elle vira vers le sud et marcha sans s'arrêter jusqu'à ce qu'elle croise la route. Là, elle marqua une pause, tendant l'oreille pour voir si le quad était dans les parages.

Pas un bruit.

Elle s'engagea sur la chaussée en direction de l'est.

Sa bouche était tellement desséchée que sa langue lui donnait l'impression d'être en papier de verre.

Son cerveau fonctionnait au ralenti.

Marcher, et marcher encore.

À travers cette terre stérile.

À travers ce néant.

Sur cette terre sans pistes de rêve.

La route était chaude.

La nuit était chaude – la brise marine avait décidé de ne pas se lever.

De petits animaux circulaient au milieu des broussailles. Elle fantasma sur l'idée d'en attraper un, de lui ouvrir le ventre d'un coup de canif et d'en boire le sang.

Que n'aurait-elle donné pour un verre d'eau ! Pas forcément de l'eau fraîche. N'importe quelle eau. L'eau boueuse et tiède d'un fossé aurait fait l'affaire. Elle regarda le ciel. Pouvait-on espérer une averse ?

Non. Elle voyait dans toutes les directions jusqu'au fond de l'espace. Il n'y avait rien entre elle et le grand vide intersidéral.

Marcher, marcher encore.

Et encore.

Elle devenait tellement légère qu'elle sentait à présent les étoiles l'aspirer. Les autres mondes. Les autres civilisations.

Comme il était facile de monter là-haut !

Il suffisait de lâcher prise.

Allez.

Un courant ascendant l'emporta et elle monta, monta, monta jusqu'à voir au-dessous d'elle la totalité de l'île. La totalité de la baie. Et tout l'État de Victoria. Un vaste pan du continent endormi.

Elle alla toujours plus haut. Plus loin dans l'espace.

À présent, elle voyait toute l'Australie et la Nouvelle-Zélande.

Cette masse imposante, au sud, c'était l'Antarctique. Toute cette eau congelée presque à portée de main.

Encore plus haut. C'était désormais la Terre entière, tournant sur son axe dans le ciel noir, qu'elle contemplait. Goose Island possédait son lot de mabouls. Elle connaissait au moins deux personnes qui défendaient le mythe de la Terre plate. Si elle réussissait à s'en sortir, elle irait leur dire qu'ils se gouraient. Qu'elle avait vu de ses propres yeux la boule ronde de la Terre.

Si elle réussissait à s'en sortir.

Quelle solitude, par ici !

Des lumières venaient dans sa direction.

La station spatiale ?

Un ovni ?

Non. Merde. Une voiture.

Retour sur Terre à la vitesse d'un V2. Elle se jeta sur le bas-côté et s'aplatit au milieu de la végétation.

Un Land Rover arrivait à toute berzingue. De la

musique jaillissait des vitres ouvertes et rebondissait sur ses tympans avec l'effet Doppler des objets en mouvement.

All we are sayiiiiing...
Is give peace a chance !
All we are sayiiiiing...
Is give peace a chance !

Heather enfouit le visage dans l'herbe et les phares de la voiture balayèrent la lande.

Elle redressa la tête pour voir ses feux arrière s'éloigner sur la route.

Le Land Rover filait vers la ferme, mais Heather s'en fichait. Où il allait, pourquoi il venait de passer ici, cela lui était égal.

Il avait disparu.

Il avait sombré dans le passé – avec la journée écoulée et Tom, avec George Washington et Jésus, avec les peintres de Lascaux et les dinosaures, avec les étoiles mortes qui avaient produit le fer et le nickel au centre de la Terre.

Tout cela avait disparu.

Elle se mit debout et poursuivit son chemin.

Un quart d'heure plus tard, l'ancienne prison émergea des ténèbres. Heather ralentit le pas et pénétra avec précaution, à demi accroupie, dans le complexe abandonné. Elle estimait néanmoins qu'elle n'avait pas grand-chose à craindre.

Ici, tout était mort.

Devant les bâtiments rectangulaires obscurs, çà et là, des carcasses de machines agricoles. Elle consacra quelques minutes à examiner ce matériel, mais sans rien y trouver qui aurait pu lui servir d'arme.

La prison avait été démolie, pour l'essentiel, mais un bloc entier de cellules était encore à peu près intact. C'était une longue construction de béton et de barreaux d'acier exposée aux éléments. Quant à la petite maison qu'elle voyait un peu plus loin, sur une éminence, il devait s'agir de l'ancien logement des gardiens ou du directeur.

Nulle part elle ne voyait la moindre lumière allumée. Elle s'avança dans la cour entre la maison et les bâtiments de la prison, et tendit l'oreille.

Pas un bruit autour d'elle. Quelque part au loin, les vagues se brisaient sur le rivage.

La maison possédait deux niveaux. À l'étage, il y avait un balcon qui en faisait tout le tour. Heather s'approcha de la façade. La porte d'entrée était en bois, assez massive – et verrouillée. Elle actionna la poignée et essaya de donner un coup d'épaule contre le battant : il ne céderait pas.

Heather recula de quelques pas et examina l'édifice d'un œil plus méthodique.

Deux niveaux. Murs en brique. Toit en tôle ondulée. De grandes fenêtres au rez-de-chaussée, mais toutes équipées de barreaux. Elle en fit un tour complet en y cherchant une ouverture quelconque – sans résultat.

Elle tira sur les barreaux d'acier d'une fenêtre. Ils étaient rouillés et manifestement très vieux, mais tenaient bien en place. Elle testa chaque barreau de chaque fenêtre du rez-de-chaussée, puis tenta de nouveau d'ouvrir la porte d'un coup d'épaule.

La maison paraissait imprenable. Que faire maintenant ?

Heather poussa un profond soupir. De toute façon, rien ne lui disait qu'elle trouverait de l'eau ici. Peut-être s'échinait-elle en pure perte.

Elle retourna à l'ancien bloc de cellules. Des toiles d'araignées barraient toutes les embrasures de porte et le bâtiment puait la pisse. Guettant la présence éventuelle d'araignées venimeuses, elle inspecta les cellules l'une après l'autre à la recherche de n'importe quel objet susceptible de lui être utile.

Il y avait beaucoup de détritus sur le sol, mais les déchets papier étaient moisis et inutilisables. Quelques canettes de bière écrasées contenaient un peu de liquide. Elle avait tellement soif qu'elle fut tentée de les boire. Elle décida que si elle ne trouvait pas d'eau au bout de sa visite elle prendrait le risque de s'empoisonner pour s'hydrater un minimum pour le trajet de retour jusqu'à la plage.

Rien d'intéressant, sinon, dans les cellules.

Retour dans la cour.

Un nuage qui masquait depuis un moment le croissant de la lune s'éloigna dans le ciel, et Heather vit tout à coup beaucoup mieux l'ancienne maison des gardiens. Les fenêtres de l'étage ne possédaient pas de barreaux. Si elle trouvait le moyen de grimper là-haut…

Elle se demandait quelle heure il était. Depuis combien de temps était-elle partie ? Une heure ? Deux ?

Sur la façade de la maison, il y avait une étroite galerie où se trouvaient un rocking-chair et un fauteuil en osier. Rien à tirer du rocking-chair, mais peut-être pouvait-elle grimper sur le fauteuil, en l'appuyant sur une colonne à l'angle de la galerie, pour se hisser sur le balcon de l'étage ? Là-haut, elle n'aurait sans doute pas beaucoup de mal à casser une vitre pour entrer dans la maison.

Elle souleva le fauteuil en osier. Il était plus lourd qu'elle ne s'y attendait, et elle eut un peu de mal à le déplacer pour le descendre de la galerie. Elle le posa à l'oblique, le dossier contre la colonne, enfonçant les pieds dans le sol sableux.

Heather estimait à un mètre quatre-vingts la distance séparant le haut du dossier du bas de la rambarde en acier du balcon. La colonne était ronde, lisse et ne présentait aucune prise, donc elle ne pourrait pas l'utiliser pour grimper. Mais si elle tendait les bras au maximum, ne tombait pas du fauteuil, sautait assez haut et attrapait la rambarde, elle parviendrait peut-être à se hisser jusqu'au balcon.

Elle monta debout sur le fauteuil, posa délicatement un pied sur un premier accoudoir, puis répéta l'opération de l'autre pied. Quand elle fut certaine que le fauteuil ne glissait pas contre la colonne, elle leva une jambe pour grimper sur l'accoudoir et… Le fauteuil dérapa. Elle perdit l'équilibre, bascula en arrière et s'étala sur le sable qui laissa entendre un discret *splaf*. « Aïe ! » cria-t-elle – et elle plaqua aussitôt une main sur sa bouche.

Heather resta allongée là, sur l'herbe et la terre sableuse, et contempla le ciel nocturne. Elle fixa son attention sur la portion d'espace sombre, privée d'étoiles, qui portait le nom de Sac de Charbon. Dans l'hémisphère nord il n'était pas visible. À Uluru, leur guide avait expliqué qu'il s'agissait d'une nébuleuse, un nuage de poussières de bien des années-lumière. Pour les peuples aborigènes, il ressemblait à la tête d'un émeu. Elle ferma les yeux. Elle était seule, ici, dans le néant, mais ce n'était pas grave. La solitude était une vieille amie et lui faisait bon accueil après tous ces mois consacrés aux enfants, à leurs copains et à leurs mamans. Il aurait été tellement facile de garder les yeux fermés. De rester ici, sur le sable, sous la voûte de la nuit. À force de déshydratation, tous ses systèmes internes commenceraient bientôt à défaillir. Ses reins cesseraient de fonctionner, son cœur ralentirait – si elle avait de la chance, peut-être s'arrêterait-il complètement.

Elle n'était pas responsable de tout ça.

Elle n'était encore elle-même qu'une enfant.

Elle avait vingt-quatre ans, mais en fait elle était plus jeune encore. Elle n'avait quitté le foyer familial que depuis quelques petites années. Elle n'avait pas eu réellement envie de venir sur cette île. Les mômes voulaient voir des koalas, et elle avait essayé, une fois de plus, de se les mettre dans la poche.

Ces mômes n'étaient pas ses mômes.

Ils ne l'aimaient pas beaucoup. À vrai dire, ils la toléraient tout juste. Elle n'avait pas à se préoccuper de leur sort.

Quelle différence de toute façon entre mourir ici, maintenant, et mourir dans un mobile-home au fond des bois dans quelques décennies ? C'était la même trajectoire, au fond. L'univers ne cillerait même pas.

Rester allongée ici.

Se laisser porter.

Rêver.

Disparaître au fil du courant.

Elle pensa à Seattle. Elle pensa à Goose Island et au Sound. À son père quand ils contemplaient ensemble l'horizon dans la lumière jaune de 19 heures. Elle pensa à « Into Dust », cette chanson de Mazzy Star que sa mère aimait bien.

Les secondes passaient lentement.

Garder les yeux fermés, tellement facile…

Trop facile.

Ton corps est un arc taillé dans du bois d'hickory, disait son père.

Ton corps est une lame aiguisée par des larmes, disait sa mère.

Heather s'assit par terre.

Se leva et épousseta le sable sur son jean.

Elle redressa le fauteuil, le remit contre la colonne et grimpa dessus. Après s'être assurée qu'il tenait bien en place, elle leva son pied gauche pour le poser sur l'accoudoir. Jusque-là, tout allait bien. Elle leva le pied droit vers le dossier et le fauteuil commença à gîter : elle s'élança et sauta de toutes ses forces et réussit à attraper la barre inférieure de la rambarde du balcon de l'étage. Le fauteuil se renversa. Elle essaya de se hisser en haut de la rambarde. Ses bras étaient trop faibles. Cela ne marcherait pas. Elle imprima un mouvement de balancier à son buste. Un, deux, trois… Sur une ultime traction à gauche, elle réussit à lever la jambe et à faire atterrir le bout de son pied sur le rebord du balcon. Elle resta suspendue là, en équilibre précaire, une seconde ou deux.

« Allez ! » grogna-t-elle en poussant sur son pied. Elle monta presque à la verticale, comme le vampire dans *Nosferatu*, se retrouva elle ne sut trop comment debout au coin du balcon, enjamba la rambarde – et voilà, elle était au premier étage. Comme ça.

« Mon Dieu », dit-elle en reprenant son souffle.

Une porte partiellement vitrée donnait sur le balcon. Elle s'en approcha et actionna sa poignée. Elle était verrouillée. Et les fenêtres alentour étaient fermées.

Heather n'avait aucun moyen de savoir si quelqu'un vivait ici. La maison était assez vaste pour posséder deux ou trois chambres à l'étage, mais rien n'indiquait, de l'extérieur, qu'elle était occupée. Bourdonnement de climatiseur, craquements du plancher ou ronflements – elle n'entendait pas le moindre bruit.

Elle resta plantée là quelques secondes, hésitante, puis donna subitement un coup de coude dans le carreau de la porte au-dessus de la poignée. Le verre se cassa en deux gros morceaux qui se pulvérisèrent sur le sol.

Heather battit en retraite vers la rambarde, prête à sauter et à prendre la fuite.

Elle attendit une minute.

Puis une autre.

Aucun être humain, aucun animal ne se manifestait.

Elle glissa avec précaution la main par le carreau cassé. Il y avait une clé dans la serrure. Elle la tourna.

La porte donnait sur une chambre. Dans l'obscurité, elle aperçut un lit, une armoire et une commode. Les meubles et le plancher étaient couverts de poussière.

Elle regarda le lit avec envie et se demanda si elle ne pouvait pas s'allonger juste un petit moment.

Elle n'était pas ici pour cela.

S'il y avait cette chambre, il y avait sans doute aussi… ?

Elle sortit dans le couloir et – oui ! Au bout du palier, une porte ouverte sur une salle de bains. Elle courut jusqu'au lavabo et ouvrit le robinet. Aussitôt, sans la moindre hésitation, un puissant jet d'eau en jaillit. Elle le regarda avec émerveillement.

Toute cette eau qui s'écoulait au fond du lavabo.

Elle la toucha du bout des doigts, puis mit ses mains en coupe et but enfin. Elle eut l'impression de s'abreuver à la fontaine du paradis. Elle recommença l'opération. Plusieurs fois. Très vite. Plus elle buvait, plus elle avait soif.

Elle se baissa, ouvrit la bouche en grand, directement sous le robinet, et laissa l'eau inonder sa gorge un moment.

« Oh mon Dieu, dit-elle avec bonheur. Oh Seigneur. »

Elle s'aspergea le visage, les cheveux, la nuque, et se redressa en laissant l'eau ruisseler dans son cou.

Elle mit la bonde et attendit que le lavabo se remplisse. Elle plongea la tête sous l'eau fraîche, ouvrit et ferma les yeux à plusieurs reprises pour les rincer, frotta la poussière et les saletés incrustées sur son visage. Au bout de trente secondes, elle sortit la tête de l'eau et s'assit sur la cuvette de toilettes.

Elle retira la bonde et regarda le lavabo se vider, fascinée par ce spectacle, comme si l'eau était quelque substance fabuleuse qu'elle découvrait pour la première fois.

Son envie de boire n'était pas assouvie. Elle rouvrit le robinet et mit de nouveau la bouche sous le jet.

Son cerveau commençait à reprendre vie, cependant, et de quelque recoin de ses neurones lui remonta le souvenir que boire trop d'eau, trop vite, pouvait être dangereux. À contrecœur, elle avala deux ultimes gorgées du divin liquide et ferma le robinet.

Oh mon Dieu, comme ça fait du bien.

Sur le palier, en sortant de la salle de bains, elle trouva un escalier aux marches grinçantes qui la mena à une sorte de petit salon au rez-de-chaussée. Dans l'obscurité, elle distingua une table, un canapé, une vieille télévision, un manteau de cheminée couvert de cadres photo. Elle en saisit un et découvrit le portrait d'un homme en uniforme de policier – ou plus probablement, vu l'endroit où elle se trouvait, de gardien de prison.

Elle reposa la photo et franchit une porte donnant sur un hall qui avait dû faire office de réception, car il s'y trouvait un comptoir d'accueil et de vente de tickets. Une épaisse couche de poussière recouvrait toutes les surfaces. À côté d'une vieille caisse enregistreuse, il y avait une pile de brochures d'information sur l'ancienne prison. Heather en fourra deux ou trois dans une poche de son jean – elles pourraient peut-être servir à allumer un feu. En tirant la porte d'un réfrigérateur qui n'était pas branché, elle découvrit une douzaine de petites bouteilles d'eau.

Oh la vache !

Elle trouva un sac de courses en toile et le remplit avec les bouteilles. Elle les prit toutes. Cette eau les aiderait beaucoup. Elle les aiderait *énormément*. Elle les sauverait ! Et, quand ils auraient bu tout leur saoul, ils reviendraient ici et les rempliraient au lavabo de la salle de bains. Peut-être pourraient-ils même se cacher dans cette maison jusqu'à ce que la police arrive ?

Peut-être.

Matt et les autres remarqueraient-ils le carreau brisé, là-haut, derrière la rambarde ?

Une inquiétude pour plus tard.

Heather se demandait maintenant s'il y avait quelque chose à manger quelque part…

Un écriteau, sur le comptoir, disait : THÉ / CAFÉ 2 DOLLARS. Il fallait sans doute en déduire que la maison possédait une cuisine, et en ce cas peut-être aussi des vivres dans un placard. Heather repassa dans le salon et chercha des yeux, dans l'obscurité, une porte donnant sur une salle à manger ou la cuisine.

Un mauvais pressentiment l'envahit tout à coup.

Était-elle passée à côté de quelque chose ?

Peut-être y avait-il de la nourriture dans le hall, dans un tiroir ou un meuble…

Non, ce n'était pas ça.

Le plancher.

Un changement de pression sur les lattes.

Elle retint son souffle.

Le bruit d'une respiration.

Quelqu'un se trouvait dans la maison.

Comment était-ce possible ? Cet endroit était désert. Il y avait de la poussière partout.

Son imagination lui jouait des tours.

Un opossum curieux, peut-être.

Les poils de sa nuque se hérissaient. Son corps savait malgré elle. Des signaux d'alerte anciens retentissaient dans son système limbique.

Puis la lumière s'alluma.

22

Heather se figea.

« Lâchez ce sac et les mains en l'air, nom de Dieu, ou je vous explose la tête », dit un homme.

Elle laissa tomber les bouteilles d'eau à ses pieds et leva les mains.

« Maintenant asseyez-vous sur le canapé, là, derrière vous. Tout doux. Pas de geste brusque. »

Les yeux de Heather s'habituaient à la lumière. L'homme était maigre, longiligne, de taille moyenne, et il devait avoir autour de soixante-cinq ans. Elle le reconnaissait. C'était le type qui les avait mis en garde – qui leur avait fait peur –, la veille au matin, et les avait exhortés à s'en aller au plus vite. Il portait un short et une chemise hawaïenne avec des tongs. La chemise était couverte de taches et n'avait manifestement pas été lavée depuis longtemps. Il avait une longue barbe poivre et sel, broussailleuse, qui descendait jusqu'à sa poitrine. Le fusil qu'il tenait à deux mains était un vieux modèle à double canon. Impossible de savoir s'il était chargé ou pas, mais lorsque l'on était menacé par une arme il valait mieux partir du principe que celle-ci était prête à l'emploi.

Heather n'était pas certaine de pouvoir se souvenir de toutes les personnes qu'elle avait vues à la ferme la veille, mais elle ne pensait pas qu'elle aurait oublié cette barbe. Était-il possible que ce type ne soit pas au courant de ce qui était arrivé ?

« Je vous demande pardon, dit-elle. Je ne savais pas que cette maison était occupée. Je cherchais de l'eau.

— Ça, je m'en doute ! Sur cette île sèche comme un os, faut pas trop compter trouver de la flotte.

— Oui, voilà. Vous vous demandez peut-être pourquoi je suis ici. Nous sommes tombés en panne et…

— Vous fatiguez pas. Je sais qui vous êtes. Et moi ? Savez qui je suis ?

— Heu… non, répondit Heather dans un soupir de découragement.

— Je suis la Peur avec un grand P. Je suis la Mort avec un grand M. Si vous m'enquiquinez, je n'hésiterai pas à tirer. Vous me suivez ?

— Oui.

— Bon, restez où vous êtes et ne bougez pas pendant que j'appelle Matt sur le talkie-walkie. »

Heather s'interdit de paniquer.

Depuis qu'elle s'était réhydratée, elle avait de nouveau les idées claires.

L'homme avait déjà suffisamment parlé pour qu'elle se rende compte qu'il n'avait pas l'accent australien. Pas complètement, en tout cas. Il était originaire de Grande-Bretagne ou d'Irlande. Difficile de savoir ce qu'il faisait ici, mais l'essentiel c'était qu'il vivait à l'écart des gens de la ferme, avec lesquels il n'avait sans doute pas de liens du sang. Il n'était pas de la famille.

« Asseyez-vous, j'ai dit ! »

Le canapé s'affaissait, et Heather se sentit comme aspirée, prise au piège, lorsqu'elle y posa les fesses. Le moment venu, il lui faudrait au moins deux ou trois secondes pour s'extraire de ce vieux machin – bien assez longtemps pour que l'homme lui fasse exploser la cervelle.

« Je m'appelle Heather, dit-elle.

— Je sais qui vous êtes. Restez à votre place et fermez-la. »

L'homme se pencha vers le meuble de la télévision, ouvrit son tiroir et farfouilla d'une main à l'intérieur. Comme il ne trouvait pas ce qu'il cherchait, il alluma une deuxième lampe.

La moustiquaire de la fenêtre était trouée. Des papillons de nuit et d'autres insectes s'invitaient dans la pièce et commençaient à virevolter autour des ampoules.

L'homme trouva le talkie-walkie, un petit appareil noir et jaune, et s'assit dans un fauteuil à trois bons mètres de Heather.

« Bon, vous savez probablement que nous n'avons pas le téléphone sur l'île. Plus depuis la fermeture de la prison, en tout cas. Mais on garde le contact, entre nous, avec ces joujoux ! dit-il en agitant le talkie-walkie vers Heather comme pour la narguer. Ça se trouve au supermarché. Dix dollars. Ils font le job. Chacun de nous en a un. La portée est tout à fait correcte, aussi, sauf si vous êtes derrière une colline ou un truc comme ça. Aucun souci pour appeler Matt d'ici en tout cas. Les garçons vont arriver en un rien de temps.

— S'il vous plaît, ne faites pas ça, dit-elle. Je veille sur deux enfants. Je suis juste venue chercher de l'eau.

— La voler, plutôt. Vous avez demandé la permission à personne, me semble-t-il ? Vous êtes entrée par effraction et vous vous êtes servie, non ? Je vous ai dit, à vous autres, de ficher le camp. Vous n'auriez jamais dû venir sur cette île. »

Sans quitter Heather des yeux, l'homme poussa le bouton de mise en marche du talkie-walkie.

« Je vous en prie, n'appelez pas Matt. Laissez-moi juste partir. Je vous en prie. Manifestement vous ne faites pas partie de cette famille…

— Ah ? Qu'est-ce qui vous fait dire ça ?

— Vous n'avez pas le même accent qu'eux, pour commencer. »

L'homme tourna la molette du volume sur l'appareil et un grésillement sinistre s'éleva du haut-parleur. S'il contactait Matt, elle était morte et les enfants aussi.

« Vous êtes irlandais, non ? demanda-t-elle.

— Ouais, je suis irlandais. Et alors ?

— De quel coin d'Irlande vous venez ? Du même endroit que la Mère ?

— La Mère ? Mais non. La Mère, c'est ce qu'on appelle une dix-livres. Vous ne savez sans doute pas ce que ça veut dire.

— Non.

— Elle est venue ici par le bateau, après la guerre, dans le cadre d'un programme australien d'immigration. Le billet au départ de Liverpool coûtait dix livres sterling. Nan, on n'est pas du même coin. Mais c'est vrai que je suis irlandais comme elle. C'est pour ça que j'ai été autorisé à rester. Sur cette île, je suis la seule pièce rapportée qui n'a épousé personne dans la famille. Vous avez entendu parler d'un endroit qui s'appelle Ballymena ? »

Heather fit non de la tête.

« C'est la ville d'où je viens. En Irlande du Nord.

— Comment vous vous êtes retrouvé ici ?

— Je suis venu pour travailler à la prison. Pour aider à la fermer, à la vérité. Et après, eh ben... je ne suis pas reparti.

— J'ai vu votre photographie sur la cheminée. En Irlande, vous étiez gardien de prison...

— Non, non ! J'étais policier. »

Heather écarquilla les yeux.

« Policier ?

— Ouais. Dans la Police royale de l'Ulster. Connaissez ?

— Pas vraiment. Heu... Comment vous appelez-vous ?

— Rory.

— Enchantée, Rory », dit-elle.

Il marmonna quelque chose et baissa les yeux sur le talkie-walkie.

Elle avança les fesses au bord du canapé et se pencha en avant.

« Je veille sur deux enfants. Owen a douze ans. Olivia quatorze. Owen est gravement déshydraté. Il va mourir ce soir si je ne lui apporte pas d'eau. Et nous tous… Vous savez ce qu'ils vont faire de nous, n'est-ce pas ? Ils vont nous tuer. Ils vont me violer, violer Olivia, et puis nous tuer.

— Vos histoires me concernent pas.

— Chez vous, à Ballymena, elles vous auraient concerné ?

— Possible. » Rory sourit. « Vous vous croyez maligne, hein ?

— Ah, pas du tout. J'ai complètement foiré mon coup.

— Matt m'a parlé de vous. Il m'a dit que vous étiez plus finaude que vous n'en aviez l'air. Que je devais me méfier.

— Ce que vous devez faire, c'est nous aider ! Contre Matt et les autres.

— Ah, parce que vous croyez que je peux me permettre ça ? S'ils découvrent que je vous ai aidée, c'est à moi qu'ils s'en prendront, non ?

— Tom… Mon… Les enfants ont besoin d'eau !

— Ce n'est pas mon problème, ma jolie. Je ne vous ai pas demandé de venir ici, que je sache ! C'est vous qui avez voulu ça. Je n'ai rien à voir avec tout ce qui se passe. Vous avez fauché Ellen avec votre voiture.

Ne cherchez pas à me mêler à cette histoire. Elle ne me concerne pas. Rien que cette conversation que nous avons là, nom de Dieu, s'ils me voyaient, je le paierais très cher.

— Vous ne pouvez pas juste nous laisser prendre un peu d'eau ?

— Et après, qu'est-ce qu'il se passera ?

— Si nous pouvions trouver un bateau…

— Il n'y a pas de bateau. Le seul bateau de l'île, c'est le bac des O'Neill. Nous sommes sur cette île avec eux. Elle leur appartient. Ils vivent ici depuis une éternité. Le vieux Terry aimait raconter que Dutch Island n'avait jamais été légalement intégrée à l'État de Victoria. La famille considère l'Australie comme un pays étranger. Sur cette île, la loi, c'est eux ! Et ils la connaissent par cœur. Dans ses moindres recoins. Ils savent tout ce qui se passe.

— Alors, comment se fait-il qu'ils ne nous aient pas encore attrapés, les enfants et moi ?

— Sacré miracle, hein ?! Vous êtes juste en sursis. Ils vous trouveront. Comprenez que vous êtes dans leur jardin. Ils jouent avec vous, c'est tout.

— Non, objecta Heather. Maintenant ils ont peur. Je…

— Vous rigolez ou quoi ? Vous êtes complètement à côté de la plaque. Sérieux, vous vous imaginez plus fine qu'eux ? Mais si vous êtes encore en vie, c'est parce qu'ils l'ont bien voulu ! Ils s'amusent un peu, voilà. Ils ne me racontent pas tout, mais ils m'ont dit d'ouvrir l'œil, au cas où je vous verrais, et je sais que demain ils feront venir des chiens du continent. Des limiers. Si je vous laisse partir, les bêtes pourraient vous flairer jusqu'ici. Ils me poseront des questions ennuyeuses, et s'ils remarquent cette fenêtre cassée il faudra que j'invente un bobard. Vous m'avez déjà mis dans la merde, voyez ?! Maintenant, vous ne bougez pas pendant que j'appelle Matt. Si vous remuez le petit doigt, je vous jure que je vous explose la tête !

— Je ne crois pas que vous me tirerez dessus. Vous êtes un policier. Vous savez ce qui est juste.

— Comme vous dites. Vous avez tué Ellen et vous allez payer pour ça.

— Nous avons déjà payé. Ils ont tué mon mari, Tom. Ils l'ont tué sous mes yeux. Et désormais il n'y a plus que moi pour veiller sur ces deux enfants ! »

Rory soupira.

« Ouais. J'ai appris ce que Danny avait fait. »

Heather soutint son regard. Essaya d'y trouver des réponses. Elle devait prendre le risque. Les O'Neill terrifiaient Rory. Mais il avait été policier.

Très lentement, elle glissa du canapé pour se mettre à genoux sur le plancher. Puis elle joignit les mains devant la poitrine et le supplia :

« S'il vous plaît, pour les enfants.

— Vous devez être sourde, ma petite dame. Sourde comme cette pauvre Ellen. Je ne peux rien pour vous.

— Vous allez vraiment les laisser m'assassiner ? Et assassiner un petit garçon et une petite fille ?

— Qu'est-ce que je peux faire ? Moi tout seul, et eux qui sont vingt-cinq ? »

Heather changea de tactique.

« Mon père est un ancien militaire. Il, heu… Il m'a raconté que les soldats pouvaient parfois perdre leur sens moral.

— Et c'est mon cas ?

— Oui. Et je crois que vous le savez. »

Rory haussa les épaules.

« Tout arrive pour une raison. Ma venue ici il y a trente ans. Votre venue ici hier. Notre conversation ici tout de suite.

— Et la raison de cette conversation, c'est peut-être que vous êtes censé me laisser partir. Ils ne sauront jamais que nous nous sommes parlé. Ils ne sauront jamais que vous m'aurez aidée.

— Mais si, ils sauront. Ils comprendront tout. Ils en savent beaucoup plus sur votre compte et ils voient beaucoup plus de choses que vous ne croyez. Pour eux, c'est un jeu. Ils vous laissent courir un peu dans leur jardin. Moi, j'ai de la chance. Ils m'acceptent. Je m'en sors pas mal, avec eux. Je ne les ennuie pas et ils ne m'ennuient pas. Ils me donnent de l'eau pompée dans leur aquifère. Ils me laissent vivre ma vie.

— Je vous en prie.

— Arrêtez ça ! Vous n'auriez pas dû essayer de vous échapper. Ivan et Jacko sont furax. Vous savez… Je ne suis pas entièrement dans la confidence, mais Jacko m'a raconté ce qu'ils prévoient de faire subir à ce Boche, là, s'il refuse de coopérer. Je ne veux pas qu'il m'arrive la même chose. »

Heather avala sa salive pour demander :

« Que vont-ils faire à Hans ?

— D'après Jacko, il ne leur a pas encore avoué où vous vous cachez.

— Il n'en sait rien ! Mais que vont-ils lui faire ?

— Au bout de la ferme, pas loin de la grange à tonte, il y a une grosse colonie de fourmis de feu. Vous avez peut-être vu le tumulus, quand ils vous ont emmenée là-bas ?

— Non.

— Ça grouille de millions et de millions de ces petites bestioles. C'est le vieux Terry qui avait appris ce truc au Vietnam », conclut Rory d'un air effrayé.

Un frisson glacé parcourut Heather.

« Ils sont fous ! Vous devez bien vous en rendre compte, dit-elle en joignant de nouveau les mains et en se penchant en avant pour le supplier.

— Attention, ma jolie. Un centimètre de plus vers moi et je tire. » Rory posa le talkie-walkie et saisit le fusil à deux mains.

« Non, vous ne ferez pas ça. Ce n'est pas votre genre. Je ne vous menace pas, je ne cherche pas à vous faire de mal. J'ai compris. Maintenant, je vais récupérer cette eau et m'en aller. »

Il avait levé le fusil contre son épaule et la fixait par le viseur du canon. Son index était replié sur la détente. Heather était certaine que l'arme était chargée. Elle voyait les mains de Rory trembler légèrement, de la transpiration au-dessus de sa lèvre supérieure, et même sous la lumière jaune des lampes il était clair que ses pupilles étaient dilatées. Il ne bluffait pas.

Une seule contraction de son index et le fusil la pulvériserait.

Olivia… Owen…

Elle déglutit péniblement et cligna des yeux pour refouler les larmes qu'elle sentait venir.

Elle éprouvait une telle tension dans les épaules qu'elle avait l'impression d'être prête à se casser en deux.

Elle savait que s'il tirait elle ne sentirait rien. Elle n'entendrait rien. Sa vie basculerait instantanément dans le néant. Un néant qui durerait jusqu'à la fin de l'univers, où tout ne serait que néant.

Elle se força à parler :

« Je vais me déporter vers la gauche, Rory. Très lentement. Je vais tendre la main gauche vers le sac. Je vais le saisir et le soulever doucement jusqu'à mon épaule. Et puis je vais sortir de la maison et vous ne me reverrez jamais. À la ferme, personne ne saura que je suis passée par ici. Nous en sortirons tous les deux vivants.

— Si vous touchez ce sac, bordel, je vous dégomme la tête. Vous entendez ?!

— Je vous entends. Mais vous n'allez pas tirer, Rory.

— Croyez-moi, je n'hésiterai pas. »

Heather inspira profondément. Elle devait lui faire comprendre qu'en la laissant partir, il choisirait la solution gagnant-gagnant.

« À un moment ou un autre la police va débarquer sur l'île, dit-elle. Et elle posera beaucoup de questions.

Mon mari était un homme connu. Vous aurez des agents partout, qui chercheront des explications sur ce qui nous sera arrivé. Vous serez emmené et interrogé.

— La police, j'en fais mon affaire. »

Elle soutint son regard.

« Pourquoi vivez-vous ici ? Qu'y a-t-il pour vous sur cette île, Rory ?

— La paix, le calme, les oiseaux. Des quantités d'oiseaux.

— Mon père aussi aime les oiseaux.

— Mes préférés sont les puffins. Ils nichent dans les dunes au sud de l'île. C'est dur à croire, mais ils viennent de l'Alaska. »

Elle sourit.

« Vous n'êtes pas un meurtrier, Rory. Vous n'êtes pas comme eux. Vous n'avez pas encore mis le pied là-dedans. Vous n'avez rien fait de mal. Vous êtes toujours policier.

— Vous avez peut-être raison sur toute la ligne, dit-il après quelques instants de silence. Je n'ai peut-être pas envie de vous tuer. Mais je ne suis pas obligé d'en arriver là. Je peux viser vos jambes. Vous changerez de chansonnette quand je vous aurai explosé les genoux. C'est ça que vous voulez ? Je le ferai, croyez-moi ! Maintenant rasseyez-vous sur le canapé. »

Heather vit le canon du fusil descendre sur ses membres inférieurs.

Merde, il était vraiment capable de tirer.

Bluff contre bluff, c'est lui qui avait gagné.

Elle n'était pas douée pour ce genre de choses.

« Je me rassois », dit-elle.

Rory posa le fusil sur ses genoux, saisit le talkie-walkie et tourna un bouton pour trouver le bon canal. « Yo, Matt ! dit-il. T'es là ? »

Grésillements dans l'appareil.

« Matt ? répéta-t-il.

— Ouais, quoi ? Qui est là ?

— Rory. Tu ne croiras jamais qui vient de se pointer chez moi.

— Qui donc ?

— L'Américaine.

— Tu déconnes ! Elle est avec les mômes ?

— Toute seule.

— Tu te fous de moi, là, Rory ? demanda Matt.

— Nan ! Elle est ici, devant moi. »

Matt poussa un sifflement admirateur.

« Bien joué, mec ! Tiens-la à l'œil. J'arrive tout de suite avec Kate. Terminé ! »

Rory posa le talkie-walkie, reprit le fusil en main et sourit à Heather.

« Maintenant ça ne me regarde plus, ma jolie. Ça ne me regarde plus. Et je n'ai pas envie de poursuivre la conversation. Si vous ouvrez la bouche, je vous en donne des deux canons. Alors on reste ici bien tranquillement, vous et moi, en attendant les autres. »

23

De la sueur dans son dos, jusque sous ses fesses. Le fusil braqué sur ses genoux. Les deux lampes qui diffusaient une lumière jaune de beurre rance. Beaucoup de poussière. Trois papillons de nuit. Quatre mouches. Les lèvres gercées et le petit sourire sinistre de Rory.

Les secondes s'égrenaient.

Cinq minutes de trajet, en voiture, de la ferme à la prison.

Trois cents secondes.

Aussitôt Matt et Kate arrivés ici, la fin des temps.

Owen mourrait au petit matin.

Olivia et Petra ne vivraient pas beaucoup plus longtemps.

Tic-tac.

Tic-tac.

Fusil à canon double.

Viseur acier.

Trois papillons.

Quatre mouches.

Dos en sueur.

Jette-toi sur lui. Vas-y. Bondis !
Non. Il tirera.
Il ne fera pas ça. C'est un ancien flic.
Jadis. Dans une autre vie.
Lumière jaune.
Papillons et mouches.
Sueur sur la lèvre supérieure de Rory.
Tic-tac.
Tic-tac.
Un bruit de moteur, au loin ?
Oui. Un véhicule.
Merde.
Elle était morte. Les enfants étaient morts. *Allez, Heather. En route. Maintenant !*

« Je vais me lever, s'entendit-elle articuler. Je vais prendre ce sac de bouteilles d'eau et sortir par la porte et m'en aller, OK ?

— Ne bougez pas, bordel ! »

Les mains bien en vue, à hauteur des épaules, elle se mit lentement debout.

Vacilla quelques instants sur ses jambes. Léger vertige.

« Ne faites pas ça ! » cria Rory.

Elle se baissa vers le sac pour le ramasser, marcha jusqu'à la porte de la maison et tourna la clé dans la serrure.

« Stop ! Je vais tirer. »

Elle ouvrit la porte et poussa la moustiquaire.

« Revenez ici ! »

Elle avait la chair de poule.

Les jambes en coton.

La moustiquaire s'écarta devant elle.

« Dernier avertissement ! » cria Rory.

Elle traversa la galerie. S'avança dans la nuit.

Encore quelques mètres dans la cour et…

Une détonation et un éclair derrière elle.

Quelque chose frappa son bras et son épaule.

L'impression d'une flamme brûlante au contact de sa chair. Une douleur vive.

Elle s'effondra sur le sol en lâchant le sac, se releva aussitôt et se mit à courir de toutes ses forces en direction de la lande.

Un nouveau coup de fusil déchira la nuit – mais cette fois aucun projectile ne l'atteignit. Elle continua de courir à fond de train sur la terre rouge.

Au bout de cinq cents mètres, elle s'immobilisa et se baissa au milieu des herbes hautes pour regarder derrière elle.

Une jeep arrivait à la prison. Elle pila près de la maison. Matt, Kate, Ivan et Jacko en descendirent.

Devant la porte, Rory finissait de recharger le fusil. Il l'épaula en le pointant vers la lande.

Dans la mauvaise direction.

Heather sourit. Il avait tiré, mais en faisant exprès de la rater.

Le groupe se réunit sur la galerie, entama une conversation animée, puis Heather vit Jacko s'avancer dans la cour pour hurler :

« Cours et tire-toi, misérable salope ! Voyons jusqu'où t'iras ! J'adore ! »

Kate leva son fusil et en vida les deux canons sur la lande.

Heather baissa la tête tandis que les grains de chevrotine chauffés à blanc filaient à travers la nuit.

« Quand je t'attrape, je te dépiaute vivante comme un renard ! » brailla Kate.

Heather recommença à ramper dans les hautes herbes en essayant d'ignorer la douleur cuisante qui lui mordait l'épaule et le haut du bras – elle avait l'impression qu'on venait de la marquer au fer rouge. Les O'Neill et Rory continuaient de discuter. Elle voulait se rapprocher un peu pour les entendre.

« Ah ouais, mec, elle est maligne, y a pas de doute ! disait Rory, sa voix portant haut et clair dans l'air nocturne. Une vraie petite sournoise, la nana. Et rapide ! Elle a filé d'ici comme une furie. J'ai tiré deux fois.

— Tu l'as touchée ? demanda Matt.

— Pas sûr. »

Matt descendit de la galerie et fit quelques pas dans la cour en examinant le sol. Il se baissa pour toucher la terre du bout des doigts, puis approcha ceux-ci de son visage. Il se redressa et scruta quelques instants la lande enténébrée en se frottant le menton.

« Je crois que tu l'as touchée, vieux, dit-il enfin. Elle a dû se prendre au moins deux ou trois plombs.

— Fortiche ! s'exclama Jacko en tapant l'épaule de Rory.

— Ouais, fit ce dernier, elle est rapide comme Shergar. Heu… le pur-sang de course. Mais elle a pris ce qu'elle méritait.

— Demain elle y passera, dit Jacko. C'est sûr.

— Avec les chiens ? demanda Rory.

— Ouais. Des clebs que va nous prêter Davey Schooner. Des croisements de kelpie et de basset hound. Il les entraîne pour les flics. Tu vas voir, ils trouveront cette connasse et les autres en deux heures. Les Ricains et les Boches ont des odeurs comme aucune autre sur cette île.

— La salope, grogna Kate. Je savais qu'on aurait des soucis avec elle.

— Nan, t'inquiète, dit Ivan. C'est marrant, ça nous fait un peu de distraction. Et au bout du compte on va se la faire.

— Bon, retournons à la maison, dit Matt. Ferme bien à clé, Rory. Et mets une planche à la fenêtre là-haut. Ça m'étonnerait qu'elle revienne, mais on ne sait jamais. Je dirai à la Mère que t'as bien réagi, mec. Elle sera fière de toi.

— Merci, Matt.

— Tu vois quoi que ce soit, même une ombre, tire d'abord et pose des questions après, dit Kate.

— Carrément ! Elle me fera pas le coup deux fois. »

Kate, Ivan, Matt et Jacko remontèrent dans la jeep.

Rory regarda le véhicule s'éloigner en agitant la main, puis alla s'asseoir dans le rocking-chair de la galerie, le fusil sur les genoux.

Il resta là, à se balancer doucement, jusqu'à ce que les feux arrière de la jeep aient disparu sur la route.

Quand le silence fut revenu, il se mit debout et s'avança dans la cour.

« Je sais que vous êtes là ! » lança-t-il.

Heather s'aplatit sur le sol.

« Je vais laisser ce sac de bouteilles d'eau où il est. Je le rentrerai demain matin. Si vous le voulez, faudra le prendre cette nuit. Vous m'entendez ?! »

Heather ne répondit pas.

« Bien. Restez futée comme ça. Si vous revenez ici, par contre, vous êtes morte. Je vous pulvériserai la cervelle pour de bon. Ce soir, vous avez utilisé votre carte « Sortir de prison sans payer ». Tout le monde y a droit une fois, et c'était la vôtre. Mais attention, il n'y en aura pas de deuxième. Je vous tuerai, parce que je ne pourrai pas me permettre de rater mon coup une seconde fois. Pas avec ces gens. Pas avec la Mère. » Rory glissa la sangle du fusil sur son épaule, tourna les talons pour entrer dans la maison et ferma la porte sur lui.

Quelques instants après, la lumière s'éteignit à la fenêtre du petit salon.

Heather patienta quelques minutes.

Puis elle rampa vers la maison entre les hautes herbes. La terre rouge était sèche, rêche et friable – elle devait essayer de soulever un minimum de poussière.

Elle prit d'abord la précaution de faire un tour complet de la maison en s'arrêtant régulièrement pour regarder les fenêtres des deux niveaux. Une lumière brilla un petit moment à l'étage, puis s'éteignit. Un quart d'heure après, Heather était revenue à son point de départ. Aux abords de la cour, l'herbe était plus basse et clairsemée.

Sur ses genoux et ses mains écorchés, malgré son épaule et son bras gauches ensanglantés et douloureux, elle se rapprocha avec précaution de la maison.

Le sac était bien là, devant la galerie, avec ses précieuses bouteilles d'eau.

Heather jeta un coup d'œil derrière elle. Un petit nuage de poussière la suivait, trahissant sa présence.

Sept ou huit mètres jusqu'au sac.

Rory était peut-être derrière une fenêtre, dans le noir, avec son fusil. Rien ne garantissait qu'il ne l'attendait pas.

« Et puis merde », dit-elle.

Elle se leva, se précipita vers la maison, attrapa le sac et repartit en sprint à travers la nuit.

24

Heather marchait d'un bon pas à travers la lande obscure, sous les étoiles et le croissant de lune, le sac de bouteilles sur l'épaule. Elle marchait avec la même angoisse infecte au ventre, mais aussi, désormais, avec un nouvel espoir. Direction le nord-ouest et la côte. Elle entendait la mer. Ce qui s'était passé était tellement injuste pour Tom et les enfants. Après l'année qu'ils venaient de vivre. Mais si elle tenait le coup et réussissait à les garder en vie, les enfants auraient peut-être quand même une…

Oh mon Dieu, quoi encore ?

Une présence sur sa gauche.

Un bipède. Qui se déplaçait. Qui *bondissait* sur l'herbe.

Un grand bipède, sombre sous le clair de lune, dont le museau blanc semblait humer l'air comme un ours qui renifle sa proie avant même de l'avoir vue.

Heather s'accroupit. Il devait l'avoir aperçue. Comment aurait-il pu la rater ?

Il était tout près. Quarante mètres peut-être…

Puis elle découvrit qu'ils étaient deux. De l'autre

côté, sur sa droite, il y avait un second crâne blanc. Avec des trous à la place des yeux.

Même sans faire le moindre bruit, elle se trahissait.

Son bras l'élançait. Son épaule la faisait souffrir. Les deux saignaient. Le sang glissait vers son poignet, entre ses doigts, pour goutter sur l'herbe assoiffée. Elle tremblait des pieds à la tête. Elle avait l'impression qu'un projecteur était braqué sur elle.

Ils chassaient en binôme. Et elle était leur proie.

Celui de droite regarda son comparse, ils hochèrent la tête de conserve et continuèrent d'avancer. Elle était piégée entre eux. Celui de gauche suivait une trajectoire qui devait le faire passer à deux ou trois mètres d'elle.

Elle ne pouvait rien faire, sinon rester agenouillée par terre sans bouger. Ils portaient l'un et l'autre quelque chose à la main – un objet plus noir que les ténèbres qui les enveloppaient.

Sous la lumière des étoiles australes, elle distingua la forme reconnaissable entre toutes d'un fusil à pompe Remington 870 à canon long.

Quand ils furent un peu plus près, elle vit qu'ils portaient des salopettes en jean. Et des crânes d'animaux sur la tête. Des crânes de loup. Ou de dingo, plus probablement.

Quelques instants durant, tous trois se trouvèrent sur la même ligne, puis les deux chasseurs la dépassèrent et poursuivirent leur chemin jusqu'à un quad stationné un peu plus loin dans l'herbe.

La voix de Kate s'éleva alors dans la nuit :

« Hou la vilaine ! Je flaire le sang d'une Américaine ! » Elle rit et s'assit sur le quad pour allumer une cigarette. « Vous êtes des trouillards, tous autant que vous êtes, à vous planquer dans le noir ! Mais bon, la nuit est votre seule amie. Dormez bien, parce que demain matin, que vous nous attendiez ou pas, on arrive ! Demain, Heather, tu vas marner ! Tu m'entends ? Marner ! Et ce massage-là, il risquera pas de se finir par une gâterie ! »

Kate et son partenaire gloussèrent, allumèrent les phares du quad et s'éloignèrent en direction de la ferme.

Heather ferma les yeux. S'ils avaient eu l'intention de la terrifier, c'était réussi. Et cela ne faisait que commencer. Ici, à Dutch Island, la civilisation ne comptait pas. Peut-être n'y avait-elle jamais eu sa place. Il n'y avait pas de monstres sur cette île, mais une bête qui était l'homme. Qui avait de tout temps été l'homme.

Elle tremblait encore. Seigneur, comme elle aurait aimé pouvoir fumer une cigarette ! Elle respira profondément, plusieurs fois, et s'efforça de se calmer les nerfs. C'était difficile. Cette journée l'avait secouée et épuisée, comme une descente de canoë en eau vive.

« Allez, Heather ! s'ordonna-t-elle à mi-voix. Lève-toi et marche. Un pied devant l'autre. »

Elle se mit debout, et l'herbe et la Voie lactée la menèrent jusqu'au rivage.

Petra attendait près du grand eucalyptus.

« Vous êtes revenue ! dit-elle en la prenant dans ses bras.

— Les enfants ?

— Ils tiennent le coup.

— Owen ?

— Il est réveillé.

— J'ai de l'eau.

— C'est merveilleux. Je vais les faire boire. J'ai suivi une formation aux premiers secours. Ils doivent se réhydrater prudemment. »

Les deux femmes descendirent sur la plage.

Petra donna de l'eau aux enfants.

Les regarder boire fut l'une des plus belles choses que Heather eût jamais vues.

Petra but à son tour. Enfin, Heather s'accorda également quelques gorgées.

Olivia et Owen donnèrent l'impression de ressusciter. En quelques minutes, ils retrouvèrent de l'énergie et se mirent à bavarder. Leur résilience était stupéfiante.

Stupéfiante.

Heather demanda à Petra de la suivre sur la plage.

« Qu'y a-t-il ? dit Petra quand elles furent hors de portée de voix des enfants.

— J'ai été touchée par deux plombs de chevrotine. Vous allez devoir les retirer avec le canif. Il y en a un derrière mon bras, l'autre dans mon épaule. Je peux vous les situer précisément et, avec les étoiles et la lune, nous avons assez de lumière. »

Petra leva un regard sceptique vers le ciel.

« Montrez-moi ça. »

Heather retira son tee-shirt et son soutien-gorge et s'allongea sur la plage.

« Vous voyez les blessures ?

— Oui. Mais il vaudrait peut-être mieux attendre qu'il fasse jour.

— Impossible. Maintenant, s'il vous plaît. Je ne sais pas très bien comment ça marche, mais je crois… Il y a un risque d'infection.

— Je peux essayer. Vous êtes sûre ?

— Oui.

— Je… Entendu. Il faudrait que vous mordiez dans…

— Racontez-moi quelque chose, dit Heather.

— Quoi ?

— Parlez-moi de la Hollande. Non, plutôt ce truc sur les aborigènes dont vous avez déjà parlé. Les pistes de rêve. » Heather glissa une petite branche entre ses dents.

« Ah oui, fit Petra. J'ai lu tout un livre sur le sujet depuis que je suis en Australie. C'est très intéressant. Les peuples aborigènes étaient souvent nomades. Ils voyageaient en suivant ce qu'ils appelaient des pistes de rêve, ou des lignes de chanson, à travers une géographie réelle qui était aussi un paysage mythologique. Dans leur croyance, ils ont créé la Terre en chantant tout au long de ces pistes. »

Le grain de plomb logé dans le bras de Heather ne fut pas difficile à trouver. Il était sous la peau juste au-dessus de son coude. En le palpant entre ses doigts, Petra réussit à le faire sortir sans grande difficulté.

« Et d'un », dit-elle.

Pour le plomb de son épaule, par contre, il faudrait y aller au canif.

Par une association d'idées qui avait échappé à Heather, Petra avait embrayé sur les Sex Pistols.

« Et voilà pourquoi Johnny Rotten parle du rêve de l'Angleterre, dit-elle en commençant à fouiller délicatement la plaie avec la lame. Le pays doit réinventer son propre avenir mythologique et… »

La douleur était intense. Heather cracha la branchette qu'elle serrait entre les dents pour haleter comme un chien.

Petra la laissa récupérer quelques instants, puis se remit à parler pour lui changer les idées.

« Qu'est-ce que vous faites dans la vie ? demanda-t-elle.

— Je suis… Enfin j'étais masseuse. Avant mon mariage. Et j'étais assez bonne, je dois dire.

— Qu'est-ce qui vous a amenée en Australie ?

— Mon mari devait participer à une conférence de chirurgiens orthopédiques à Melbourne. Une conférence sur les genoux. »

Petra poussa un petit rire.

« Mon mari avait aussi une conférence prévue ! Sur les voitures anciennes. Il écrit un livre sur le sujet. Il a pensé que nous en trouverions peut-être quelques beaux spécimens sur cette île.

— Ah, les maris.

— Ah, les maris. Je continue ? Vous êtes sûre ?

— Oui. »

Heather mordit de nouveau – fort – dans la

branchette. La douleur était tout. La douleur était le chemin.

Dans son épaule, le plomb avait pénétré profondément le muscle. Petra essaya de le faire remonter avec ses doigts, puis travailla avec le canif pendant un bon quart d'heure.

Heather était en nage. Elle cassa successivement deux branchettes entre ses dents.

Puis enfin :

« Ça y est ! s'exclama Petra. Je l'ai ! »

Heather suffoquait sur le sable.

Elle se sentait faible. Tellement faible.

Elle se força à se lever. Entra dans la mer pour baigner ses plaies.

Elle incarnait désormais le dicton préféré de sa mère. *Le remède universel, c'est l'eau salée : les larmes, la sueur ou la mer.*

L'eau était bonne. Elle la purifiait. Elle la portait. Elle lui faisait du bien. Heather aurait voulu barboter ainsi pendant des heures, mais elle n'oubliait pas que la plupart des requins se nourrissaient la nuit.

Elle retourna sur la plage et s'assit, les genoux remontés sous le menton. Petra appliqua des cataplasmes de sable humide et de feuilles d'eucalyptus sur ses blessures.

« Ça va ? demanda-t-elle.

— Ça va. Merci, dit Heather. Comment vont les enfants ?

— Bien. Ils dorment.

— Ils dorment ?

— Mais oui.

— C'est bien », murmura Heather.

Elle sentait qu'elle avait encore envie de pleurer, mais pleurer était un luxe et il ne lui restait plus de larmes.

25

Un néant d'acier noir. Une ellipse de temps. Peut-être une minute, peut-être dix mille millions d'années.

Un brouillard de lumière jaune de farfadet.

Et, sorti du néant, un tisonnier agitant la cendre grise et froide de la conscience.

La douleur. Une douleur diffuse et étrange. L'abandon à une logique plus pressante. Primitive. L'écorchure du moment présent.

« Il est réveillé.

— Je vois ça. Il va s'en tirer ?

— M'étonnerait. Difficile à dire. Je vais ajouter deux milligrammes de morphine à son goutte-à-goutte.

— Tu sais vraiment ce que tu fais ?

— Tu veux te charger de lui à ma place ?

— Non. »

La douleur en reflux.

De nouveau les ténèbres.

Une autre ellipse.

26

Le soleil, jamais las de la comédie humaine, se levait sur la côte est de l'île.

Ciel d'aube encore terne – bleu, rouge, jaune.

Heather était sur le plateau au-dessus de la plage. Assise dans l'herbe, elle montait la garde.

Aucun véhicule en vue pour le moment.

Aucun mouvement du côté de l'embarcadère.

Quelques nuages sous les dernières étoiles encore visibles.

La surface de la mer changeait peu à peu. S'apaisait et se lissait, passant du noir au vert bouteille avec des reflets magenta.

Aujourd'hui, c'était la Saint-Valentin. Tom lui aurait offert quelque chose. Bien sûr. Tom n'oubliait jamais rien. Il se souvenait de passages entiers de chaque livre qu'il avait lu. Il était capable de réciter cinquante vers de poésie d'un seul souffle. Il avait fait du bien à tant de gens, avec toutes les connaissances qu'il possédait sur les genoux, les chevilles et le reste. Et ces enfoirés l'avaient tué comme s'il n'était personne.

Heather porta son regard vers le continent de l'autre côté du détroit. C'était fou de penser que les faubourgs de Melbourne se trouvaient à même pas quinze kilomètres. Avec la police, la justice, la médecine, l'église, l'hôpital et toutes les autres choses nécessaires au fonctionnement de la civilisation. Là-bas, de l'autre côté de cette petite langue de mer et au-delà de ces champs. Toute l'aide dont elle avait besoin.

Mais ces pensées ne lui faisaient aucun bien. Le bac était sur l'autre rive. Il attendait l'homme aux chiens. Et essayer de traverser ce bras de mer à la nage ou sur un radeau avec les enfants aurait été suicidaire.

Elle leva les yeux vers un avion qui filait dans le ciel en direction de la métropole. Dans combien de temps quelqu'un se rendrait-il compte de leur absence ? Combien de temps ensuite pour que les forces de l'ordre découvrent où ils étaient passés ? Les O'Neill ne nieraient pas avoir reçu la famille Baxter sur leur île – il y avait des témoins et des indices susceptibles de confirmer cela. Mais la visite de la police n'inquiéterait pas beaucoup la Mère, Matt et les autres.

Heather voyait déjà Matt discuter avec les agents, sympa et coopératif comme tout, d'ici quelques jours – quand ils seraient déjà tous morts et enterrés. *Ouais, je confirme, inspecteur, votre témoin ne s'est pas trompé. Ils sont venus à Dutch Island. Par le bac, mais oui. Ils ont fait quelques photos et puis ils sont repartis tout de suite. Demandez à Ivan, c'est lui qui les a fait traverser. Je ne serais pas étonné que vous trouviez leur voiture plantée dans un fossé quelque part.*

Et cela n'irait pas plus loin. La police découvrirait la voiture au fond d'un ravin sur le continent, comme Heather avait entendu les O'Neill en parler, et le destin de la famille Baxter deviendrait l'un de ces mystères insolubles dont certaines émissions de télévision raffolaient.

Des mouches et des guêpes tournoyaient autour de sa tête. Son ventre grondait. Lui faisait mal. Ils n'avaient rien mangé depuis plus d'un jour et demi.

Mais ils avaient au moins de l'eau.

Elle redescendit sur la plage pour voir où tout le monde en était. Olivia et Owen dormaient serrés l'un contre l'autre – Owen avait étalé son grand sweat à capuche sur eux comme une couverture. Petra était allongée près d'Owen, un bras protecteur tendu en travers de son buste.

Heather sourit. *Merci, Petra.*

Elle se pencha pour lui tapoter l'épaule.

« C'est moi », murmura-t-elle.

Petra redressa la tête en frissonnant.

« Tout va bien ?

— Pour le moment. Je retourne là-haut pour voir ce qui se passe, d'accord ?

— OK. » Petra ne voulait pas bouger et risquer de réveiller les enfants. « Je veille sur eux. »

Heather regagna le plateau et marcha jusqu'à un

vieux gommier au tronc noueux calciné par un incendie. Perché sur une branche haute, un oiseau au plumage bleu et au long bec la regardait approcher.

Il poussa un cri rauque.

« Toi aussi », dit-elle.

Elle s'assit au pied de l'arbre.

Aujourd'hui, donc, les chiens. Dutch Island n'était pas bien grande. Elle ne possédait ni forêt ni montagne – nul endroit où se cacher. Les chiens les trouveraient.

Si Heather décidait de se rendre aux O'Neill… Elle savait exactement ce qui arriverait. Olivia serait probablement la seule à garder la vie sauve. Et sa vie deviendrait un enfer.

Autant risquer le coup avec les requins.

« Tu ferais quoi, toi ? » demanda-t-elle en levant les yeux vers l'oiseau.

Il semblait observer quelque chose au sud.

Elle se mit debout et aperçut du mouvement aux alentours de l'embarcadère. Elle scruta la rive d'en face, sur le continent, et vit deux véhicules.

Du côté de la ferme, des moteurs de motos et le bruit caractéristique du Toyota Hilux se faisaient entendre.

Elle s'adossa à l'arbre et patienta.

Quelques minutes plus tard, le gros moteur Diesel du bac démarra. Elle vit le bateau quitter le continent à petite allure. Il transportait un pick-up, et sur le plateau de ce pick-up il y avait une sorte de cage.

Les chiens arrivaient.

Elle courut jusqu'à la plage. Les enfants venaient de se réveiller. Petra, déjà debout, pointait un doigt vers la mer.

« Le bac revient, dit-elle.

— Oui. Aujourd'hui, ils vont nous traquer avec des chiens. Il faut partir. Nous devons garder une longueur d'avance sur eux.

— Où est-ce qu'on va ? demanda Olivia.

— Le plus loin possible d'ici. Notre odeur est partout sur cette plage. »

Le bac se rapprochait. Les aboiements nerveux de deux ou trois chiens parvenaient jusqu'à eux. Heather s'en voulait. De la prison, sa trace mènerait les bêtes directement jusqu'ici. Elle avait eu tort de ne pas penser à cela pendant la nuit. De ne pas avoir essayé de faire diversion d'une façon ou d'une autre.

« Mettons-nous en route », dit Petra.

Olivia, Owen se levèrent et époussetèrent le sable de leurs vêtements. Olivia vida le sable qu'elle avait dans ses baskets. Owen resserra la ceinture de son short.

Au sud l'embarcadère. À l'est la lande. À l'ouest la mer. Ils partirent vers le nord.

Le long de la plage. À travers les rochers et les bassins entre les rochers, à travers les arbres de la mangrove, à travers les nuées de moustiques, de mouches et de crabes de terre.

Le varech sentait mauvais.

La chaleur était déjà là alors que la journée commençait à peine.

La marée était basse. Ils retrouvèrent les rochers qui les avaient sauvés la veille – à découvert. Bien sûr, il était exclu de retenter le même coup. Ce matin, ces rochers ne les protégeraient pas.

Quelque part sur la lande, Heather entendait une moto et un quad. Au moins deux voitures. Elle ne savait pas si les O'Neill prévoyaient de refaire le truc de la ligne noire, mais il était clair qu'aujourd'hui ils ne plaisantaient pas.

« Il nous reste quoi à boire ? » demanda-t-elle à Petra alors qu'ils contournaient par la mer, de l'eau jusqu'aux genoux, un gros bosquet de mangrove qui barrait la plage.

Petra jeta un coup d'œil dans le sac.

« Une bouteille et demie.

— Pas plus ?

— Non. »

Les deux femmes se regardèrent.

« Elle sera pour les enfants, dit Petra.

— Oui », acquiesça Heather.

Remonter la plage.

Malgré les mouches.

Sous le soleil.

Sous le soleil rouge de l'hémisphère sud.

Coups de soleil sur coups de soleil.

Remonter la plage.

Courir parfois, autant que possible.

Avancer toujours.

Contourner les obstacles. Patauger dans l'eau.

Nager si nécessaire.

Se reposer un peu.
Repartir.
Vers le nord, en suivant la courbe du rivage.

Aucun géographe professionnel, aucun globe-trotteur de Google Maps ne connaissait cette côte aussi bien qu'eux. Les rochers, les buissons, les bassins de marée, les estuaires de cours d'eau asséchés. Le long chapelet d'anses et de petits caps en saillie vers la mer. Le marais, les palétuviers engloutis, chaque ravine, chaque caillou, chaque…

« Regardez ! s'exclama Owen. Là-bas dans le sable. C'est quoi ?

— Qu'est-ce que tu vois ? demanda Heather.

— Il y a… C'est quoi ce truc ? » Owen partit en courant vers une partie de la plage qu'elle ne voyait pas. Il ramassa un objet et le rapporta au pas de charge.

« Qu'est-ce t'en dis ?! lança-t-il avec excitation. Ça pourrait nous servir, non ? »

Il tendit sa trouvaille à Heather. C'était un gros couteau, une sorte de machette plutôt, avec une poignée en bois et une lame de près de vingt-cinq centimètres.

« Ah oui, dit-elle. Bien joué, Owen. Ça va sûrement nous être utile. »

Elle le soupesa de la main gauche, puis de la droite. Le bois de la poignée était tout craquelé, la lame rouillée. Ce vieux machin gisait peut-être sur la plage depuis un bon siècle. *Mais avec ça, au moins, je mourrai en rendant les coups*.

« Faisons une pause pour boire, dit-elle. Owen et Olivia. Une gorgée chacun, parce que nous devons nous rationner. »

Petra tendit leur dernière bouteille à Owen. Quand Olivia se fut désaltérée, elle la remit dans le sac.

Le ferry avait accosté. Ils entendaient les chiens aboyer, mais il leur était difficile de les situer précisément. Olivia grimpa dans un arbre pour voir ce qu'il en était.

« Ils ont des motos et un cheval et des voitures, dit-elle. Et il y a plein de monde ! Peut-être… tous les gens de la ferme. Ils sont en deux groupes. J'ai l'impression qu'ils savent que nous étions là-bas sur la plage. Il y a un groupe qui arrive par là. » Elle pointa un doigt.

« Par le nord, tu veux dire ? demanda Heather.

— Oui. Et l'autre groupe a l'air de remonter de l'embarcadère.

— Ils arrivent aussi du sud ?

— Si là-bas c'est le sud, oui.

— À quelle distance sont-ils ?

— Je ne sais pas très bien. Pas loin. »

Heather échangea un regard inquiet avec Petra. Les chiens devaient avoir déjà suivi sa trace depuis la prison. C'étaient d'autant plus logique que les enfants, Petra et elle n'avaient passé la nuit ni très loin de l'embarcadère, ni très loin de l'endroit où Hans avait été capturé. Les O'Neill devaient se douter qu'ils ne pouvaient pas avoir fait beaucoup de chemin à travers l'île sous cette écrasante chaleur.

« Ils ont compris qu'ils nous ont manqués de peu hier, dit Petra.

— Oui. Et ils nous trouveront aujourd'hui, parce qu'ils ne feront pas les choses à moitié. Ils fouilleront cette côte sur toute sa longueur jusqu'à ce qu'ils nous débusquent. »

Petra sourit.

« Pas nécessairement.

— Aujourd'hui nous n'avons pas de rochers derrière lesquels nous cacher et nous ne pouvons pas…

— Vous voyez, là-bas, cette espèce de couloir qui remonte vers la lande ? l'interrompit Petra. C'est un cours d'eau asséché. Sans doute depuis bien longtemps. »

Heather regarda dans la direction qu'elle lui indiquait. Le couloir en question ressemblait à ce que les gens de Goose Island appelaient un chemin creux – un ancien sentier, parfois un lit de rivière asséchée, enfoncé dans le terrain alentour.

« Je le vois, dit-elle. Et alors ?

— Il a l'air de remonter assez profondément à travers la lande. Sur un bon kilomètre, avec un peu de chance.

— OK, mais ça ne trompera pas les chiens, dit Heather. Ils nous renifleront tout de suite. »

Petra soutint son regard.

« Je compte bien là-dessus. Écoutez-moi, Heather. Voilà ce que nous devons faire. Je vais prendre ce couloir, à toute vitesse, et je ne m'arrêterai pas avant d'en atteindre le bout. Pendant que je courrai, je ferai beaucoup de bruit pour attirer leur attention. Les chiens m'entendront et les deux groupes convergeront vers moi. J'irai vers l'est aussi loin que je pourrai avant qu'ils ne me rattrapent. Vous trois, vous partirez pendant ce temps vers le nord, le long de la côte, et vous aussi vous irez aussi loin que vous pourrez. Au moins, cela vous donnera du temps. Peut-être quelques heures.

— Vous êtes dingue ou quoi ? Ils vous tueront ! Oubliez ça. Venez, remettons-nous en route ! »

Petra inspira profondément.

« Non, dit-elle d'une voix posée. Je ne vais pas, avec vous. Vous partez vers le nord sur la plage et, moi, je vais de ce côté-là. Vous protégez les enfants et moi j'entraîne les O'Neill dans l'autre direction aussi longtemps que possible.

— Mais… mais pourquoi ?

— Parce que c'est la seule solution, Heather. Le calcul est simple à faire. Nous quatre ou l'un de nous. »

Heather ouvrit la bouche pour protester – et la referma. Petra semblait résolue. Elle avait pris sa décision et ne reviendrait pas dessus.

« Vous êtes sûre ?

— Complètement. »

Heather s'approcha de Petra. Elles s'étreignirent.

« Nous devrions échanger nos tee-shirts, dit Petra. Si les chiens sont après votre odeur, cela pourrait nous aider. »

Heather enfila le tee-shirt gris portant la marque de

l'université de Leyde de Petra, et celle-ci passa son tee-shirt uni noir de chez Walmart.

« Merci, dit Heather.

— Bonne chance », dit Petra.

Les deux femmes savaient qu'elles ne se reverraient pas vivantes.

27

Petra remontait le cours d'eau asséché en courant *vite*. Bien plus vite, assurément, qu'elle n'aurait pu le faire avec les Américains. Elle avait toujours été rapide. Dans sa jeunesse, elle avait été excellente sprinteuse – quoique pas tout à fait assez douée pour devenir pro.

À la fin du lycée, elle n'avait guère d'ambition. Ni dans le domaine sportif, ni pour entamer des études universitaires. C'était en 1977 et elle avait l'âge idéal. Avec ses allocs, elle partit à Londres et s'installa dans un squat à Hackney. Elle écoutait les Damned. Elle écoutait les Clash. Elle écoutait surtout les Sex Pistols. C'était à elle que Johnny Rotten s'adressait. Elle voulait en apprendre davantage sur le rêve de l'Angleterre.

Elle suivit les Pistols à travers toute l'Angleterre, puis en Europe. À un concert au Club Zebra de Kristinehamn, en Suède, elle rencontra un garçon hollandais.

« C'est la musique la plus atroce que j'aie jamais entendue, lui dit-il avec un fort accent de la campagne.

— C'est l'opinion la plus stupide que j'aie jamais entendue », répondit-elle.

Ainsi commença leur relation, qui devait durer pour la vie.

Hans l'encouragea à s'inscrire à la fac. Elle qui n'avait jamais été intéressée auparavant par les études se mit à dévorer des livres. Hans faisait du cyclisme sportif. Au début, elle l'accompagna juste pour voir, puis un jour elle eut envie de participer à son tour à des championnats.

Elle était meilleure que lui et remporta des prix. Elle était très rapide. Mais, plus important que la rapidité, elle avait la niaque.

Elle avait lu le livre de Tim Krabbé sur sa carrière de coureur cycliste. Pendant un temps, ce livre fut sa bible. Elle se considérait comme l'un de ces « purs alpinistes » qu'évoquait Krabbé. Le pur alpiniste, écrivait-il, n'escaladait pas les montagnes « parce qu'elles sont là ». La volonté du pur alpiniste ne fléchissait pas face à une simple montagne.

Car tout était question de volonté.

Le goulet que remontait Petra ne faisait qu'un mètre de large sur un mètre de profondeur.

Elle courait sans faiblir.

Sous ses pieds, des cailloux, de la terre rouge, de l'argile rouge – assurément le lit d'un cours d'eau. Un phénomène hivernal le remplissait ponctuellement, et pas chaque année.

Le visage de Hans envahit ses pensées. Sa voix s'éleva dans sa tête : *Ils vont t'attraper. Te prendre en tenaille. Accélère et garde la tête baissée. Quand ils seront derrière toi, tu pourras sortir de ce goulet et faire demi-tour vers la plage.*

« Pas question que je retourne sur la plage, dit-elle à voix haute. Je vais par là, le plus loin possible. Je vais faire du boucan pour les attirer, et puis je continuerai à courir dans la même direction. »

Tu veux te retrouver seule au milieu de cette lande ? Ils t'auront !

« Oui. À un moment ou un autre », dit Petra avec un sourire.

Pourquoi tu fais ça ?

« À cause des enfants, Hans. »

Ah, toi et les enfants. Tu ne me pardonneras jamais, alors ?

« Il n'y a rien à pardonner, mon bien-aimé. Nous avons pris la décision ensemble. »

Petra... N'y a-t-il pas une autre solution ? Les chiens...

« Je ferai en sorte qu'ils me tirent dessus avant que les chiens ne m'attrapent. »

Hans ne dit plus rien. Il souriait aussi, maintenant.

Le soleil était presque directement au-dessus de Petra, et le tee-shirt noir de Heather, trempé de sueur, lui collait à la peau. Hans avait raison de dire que le noir absorbait la chaleur. Elle se souvenait que son propre tee-shirt, gris clair, lui avait donné moins chaud. Un tee-shirt en coton à manches longues aurait encore mieux fait l'affaire.

Le goulet se rétrécissait petit à petit, mais pour le moment cela ne l'empêchait nullement de courir.

Un moustique s'était posé sur son bras gauche. Seules les femelles piquaient, car elles avaient besoin de sang pour leurs œufs. Aucune solidarité féminine, autrement dit, envers elle qui courait vers le danger. Mais cela n'avait pas d'importance.

« Vis, petit moustique, et nourris tes enfants », dit Petra en regardant l'insecte repu décoller de son bras.

Elle avait déjà parcouru environ quatre cents mètres.

Il était temps de faire du raffut.

Elle s'arrêta, reprit son souffle et regarda derrière elle.

Les deux groupes convergeaient vers la portion de plage d'où elle venait.

« Où c'est que vous allez, bande de fumiers ?! » hurla-t-elle de sa plus belle voix de Johnny Rotten.

Elle s'accroupit dans le goulet. *Ça devrait avoir l'effet voulu*, commenta dans sa tête son pauvre défunt Hans.

« Je crois, oui », convint-elle.

Elle entendait les chiens – ils étaient quatre, avec des aboiements distincts – et peut-être vingt voix humaines. Dont celles d'enfants. Quel genre de malades mentaux étaient ces gens pour faire participer leurs gamins à une chasse à l'homme ?

Elle se remit à courir dans le goulet toujours plus étroit.

De façon étonnante, elle constatait qu'elle n'était pas tant effrayée que triste.

Quel gâchis, quand même. Toutes les choses qu'elle connaissait. Tout ce savoir sur les sociétés humaines et leurs mœurs. Tous ces voyages. Les langues qu'elle parlait : anglais, français, néerlandais et allemand.

Toutes ces expériences qu'elle avait vécues. Son travail à l'université. Cette année au Mali. Cette autre année, terrible, durant laquelle elle avait étudié l'impact de la tragédie médicale sur les infirmières d'un service de cancérologie pédiatrique à Amsterdam. De véritables héroïnes, ces infirmières. Elle avait écrit un livre sur le sujet. Il avait été traduit en allemand et en danois.

Les chiens.

Ils couraient vite.

Plus vite qu'elle.

Elle n'était pas tellement âgée. Hans non plus n'était pas tellement âgé.

Ils ne s'étaient presque jamais disputés. Pas même sur la question des enfants. *Nous achèterons une maison et nous ferons du vélo et nous voyagerons*, avait dit Hans. *Nous découvrirons le monde. Pas besoin de s'encombrer de mômes. Il y a trop d'enfants sur la planète de toute façon.*

Le goulet se terminait. Elle avait pensé qu'il aboutirait peut-être à une petite source ou à une mare d'eau où elle aurait pu boire, mais il n'y avait rien.

Elle s'arrêta et se retourna. Des chiens et des hommes venaient dans sa direction.

Bien.

Elle saisit un caillou plat et sortit du fossé.

« Les voilà ! » cria quelqu'un.

Mais oui, me voilà. Regardez de quoi est capable une retraitée hollandaise sexagénaire.

Elle partit vers l'est. Sans regarder derrière elle. En courant aussi vite qu'elle en était capable. Elle fut surprise de ne pas être très vite rattrapée par une des motos, mais les multiples crevasses et irrégularités du sol les ralentissaient peut-être.

Le relief n'était pas un problème pour Petra. Elle sautait par-dessus les petites tranchées, les fossés, et grimpait les pentes légères qu'elle rencontrait sans jamais ralentir l'allure.

Ils avaient lâché les chiens.

Elle ne se retourna pas.

Les chiens n'aboyaient plus. Ils passaient aux choses sérieuses. Les gémissements des motos s'étaient également tus.

Elle était trop rapide pour les mouches.

Elle n'entendait plus que les battements de ses pieds sur la terre.

Et les battements de seize pattes de chiens dans son dos.

Ils réduisaient l'écart.

Bientôt ils la rattraperaient.

Leurs musculatures puissantes les propulsaient en avant.

Ils soufflaient. Grognaient.

L'une des bêtes bondit sur Petra et mordit son mollet gauche. Elle bascula, tomba durement par terre, se redressa aussitôt sur les genoux et, de toutes ses forces, frappa avec un caillou la tête du chien qui se jetait vers elle. Il s'effondra sur le ventre. Elle le frappa une seconde fois sur l'œil. Au troisième coup, elle le tua. Ses compagnons l'avaient rejoint mais semblaient hésiter. C'était des limiers de races mélangées – des animaux simples et efficaces. Elle leva le caillou d'un geste menaçant et ils reculèrent. Ils reniflaient leur compère abattu et la regardaient avec effroi. Cela ne faisait pas partie du jeu, ça !

Elle se mit debout et repartit en courant.

Les chiens ne la poursuivirent pas.

Elle commença à se dire qu'elle avait peut-être, finalement, une petite chance de s'échapper.

Et puis le monde explosa entre ses épaules en même temps qu'elle entendait la détonation d'un coup de fusil.

28

Heather, Olivia et Owen suivirent la plage jusqu'à ce qu'ils soient certains que les chiens étaient partis vers l'est.

Ils prirent alors le risque de monter sur la lande pour progresser plus facilement et plus vite le long de la côte. En restant toujours au plus près de la mer. En courant tête baissée.

Un coup de fusil déchira le silence. Heather frissonna et fit signe aux enfants de continuer.

Ils avaient parcouru un bon bout de chemin, lorsqu'ils rencontrèrent un cimetière de voitures et de camionnettes rouillées. Comme ils couraient très vite, ils avaient traversé la moitié du terrain sans remarquer un large écriteau, peint à la main, qui clamait : ATTENTION ! DANGER ! MUNITIONS NON EXPLOSÉES ET AUTRES TRUCS FLIPPANTS – INTERDICTION D'ENTRER.

« Stop ! » dit Heather.

Ils s'immobilisèrent tous les trois et reprirent leur souffle.

« Munitions non explosées ? » dit Owen d'un ton inquiet.

Heather regarda autour d'eux. Les véhicules étaient criblés d'impacts de balles, et il y avait çà et là des cratères creusés par les explosions de bombes ou d'autres engins. Les O'Neill utilisaient visiblement cet endroit comme champ de tir et défouloir. Plusieurs cratères étaient énormes, et certains véhicules complètement pulvérisés. Les enfants et elle étaient peut-être cernés de grenades prêtes à sauter ou de pièges maison.

Ils avaient déjà parcouru plus de la moitié de la longueur du champ. Devaient-ils continuer d'avancer, ou plutôt revenir sur leurs pas ?

« Les enfants, je veux que vous vous placiez derrière moi, en file indienne, et que vous marchiez exactement dans mes pas. Mais en restant plusieurs mètres derrière moi. Nous sommes tombés sur une espèce de terrain d'entraînement ou je ne sais quoi. Ne touchez à rien, ne ramassez rien. Vous m'entendez ?

— OK, dit Owen.

— Olivia, mets-toi devant ton frère et suis-moi en restant bien en arrière. Si je marche sur quelque chose ou s'il m'arrive un truc, tu sais quoi faire.

— Non, quoi ?

— Tu continues d'avancer et tu t'occupes de ton petit frère.

— Et si t'es blessée ?

— Tu me laisses ici. Tu protèges d'abord Owen. D'accord ?

— J'ai compris.

— Bien. Attendez mon signal. »

Heather se remit à avancer entre les voitures, très

lentement, en posant avec précaution la pointe du pied, à chaque pas, devant elle. La terre était couverte de douilles de munitions et de débris de cocktails Molotov. Elle vit aussi ce qui semblait être l'anneau de sûreté d'une grenade M67.

Lorsqu'elle eut parcouru cinq ou six mètres, elle pivota et hocha la tête. Olivia s'engagea dans ses traces, suivie par son frère.

Des cibles en papier déchiquetées par de la grenaille de plomb jonchaient le sol. Il y avait aussi des tessons de verre un peu partout.

Leur progression fut très lente.

Ils entendaient les chiens aboyer au loin.

« J'ai mis le pied sur quelque chose, dit Owen.

— Quelque chose comme quoi ?

— Un truc en métal. »

Seigneur.

« Owen, tu vas…

— Je lève le pied.

— Non, attends !

— Ça va. C'est juste une canette écrasée. »

Heather expira bruyamment.

« Soyez prudents. Je sais qu'ils arrivent, mais nous devons faire très attention. »

Elle se remit à marcher.

Faire très attention.

Au cas où…

Là, juste devant. Pas une munition non explosée. Un piège à animaux en acier – aux mâchoires rouillées, mais bien terrifiantes quand même. Sans doute servait-il à attraper des dingos ou des renards, ce genre de bêtes.

Si elle n'avait pas vu l'écriteau et s'ils avaient continué à courir à travers le champ, l'un d'eux aurait facilement pu mettre le pied entre ces mâchoires. Elle ramassa un bâton et le planta dans la terre à côté du piège. « Owen ? Olivia ? Vous voyez ce truc, là où je mets le bout de bois ? C'est une espèce de piège à ours. Ne vous en approchez surtout pas ! Restez dans mes pas. »

Les enfants la rejoignirent. Elle s'assura qu'ils passaient bien à l'écart de l'engin.

Un peu plus loin, ils parvinrent au bout du champ de tir improvisé. Cette traversée les avait beaucoup ralentis. Ils avaient fait cinquante mètres en vingt minutes. Ils devaient forcer l'allure.

« Par ici ! » dit Heather, et leur course effrénée le long du rivage reprit.

Avec les mêmes rengaines :

La soif.

Le soleil.

Les chiens.

Ils avaient parcouru cinq cents mètres, peut-être, lorsque Heather fut obligée de constater qu'elle avait de nouveau mal calculé son coup. Sur leur gauche, le rivage s'était peu à peu abaissé par rapport à la lande, tandis que, sur leur droite, ce qu'elle avait d'abord cru être un ravin s'était considérablement élargi en gagnant aussi en profondeur. Depuis quelques minutes, ils couraient sur une péninsule en forme de triangle abruptement terminée par une falaise.

Heather, qui précédait les enfants, s'immobilisa juste à temps pour ne pas basculer dans le vide.

Elle jura entre ses dents en évaluant la situation. Ils n'avaient que deux solutions : soit essayer de descendre au pied la falaise, qui paraissait raide et dangereuse, soit revenir sur leurs pas, direction le champ de tir avec ses grenades et ses pièges.

La falaise était abrupte sur les deux flancs de la pointe de la petite péninsule. En bas, il y avait du sable d'un côté et des rochers de l'autre.

« Vous pensez qu'on peut descendre de cette paroi ? » demanda Heather aux enfants.

Owen tapota le sol, au bord de la falaise, avec le talon.

« Je ne crois pas. C'est du calcaire, non ?

— Ça veut dire quoi ? demanda Heather.

— La paroi s'effritera sous nos doigts et on se cassera la figure.

— Ah. Il y a quelle hauteur, jusqu'en bas, à votre avis ?

— L'équivalent de trois étages ? avança Olivia.

— Non. Deux, dit Owen. Peut-être deux et demi.

— Moi je pense qu'il y a… six mètres, dit Heather. Un saut de six mètres sur du sable. C'est jouable, vous pensez ? Sinon il faut revenir sur nos pas.

— On va se casser les jambes, dit Owen.

— C'est du sable, quand même, objecta Olivia. À Alki Beach, il y a dans les trois mètres du sommet de la cage à poules, non ?

— Pas tant que ça, dit Owen. Et même s'il y a trois mètres là-bas, ici on a le double ! En plus il y a peut-être des cailloux ou des rochers sous le sable, qu'on ne voit pas. »

Heather s'allongea à plat ventre pour examiner la falaise. Owen avait raison, la roche avait l'air friable, tenter de descendre serait trop périlleux. Elle scruta la plage. Par contre, il ne semblait pas y avoir de rochers sous le sable.

« Chut », dit-elle.

Quelque part dans le profond silence du ciel, il lui semblait entendre un léger bruit se rapprocher. Un bruit qui activait le mécanisme de combat ou de fuite de son cerveau primaire.

Elle tendit l'oreille. C'était une sorte de vibration, comme le grésillement de la corde d'un arc, comme le bourdonnement d'une flèche en vol.

« Qu'est-ce… », commença Olivia, mais Heather la fit taire d'un geste.

Oui.

Par-dessus les aboiements des chiens.

Par-dessus le bruit de la mer.

Le chasseur inventait toujours de nouveaux outils pour chasser.

La proie devait s'adapter au plus vite pour survivre.

Ce léger vrombissement lui rappelait…

« À plat ventre ! dit-elle. C'est un drone ! Cachez-vous. »

L'appareil apparut sur leur gauche à l'instant où ils se jetaient dans le spinifex. Porté par ses minuscules rotors d'hélicoptère, il volait parallèlement au rivage en scannant le paysage avec sa caméra fisheye.

Il les cherchait. Comme un faucon en chasse. Un faucon dont le minuscule cerveau de lumière ne connaissait que morosité, hostilité et implacabilité.

Le drone longea tranquillement la côte, puis vira tout à coup pour remonter vers la lande.

Il s'arrêta en vol stationnaire, bourdonnant comme un insecte moqueur.

Heather retenait sa respiration.

L'engin repartit et fit un huit dans le ciel au-dessus de leur position.

Avaient-ils été repérés ?

Peut-être.

Peut-être pas.

Après s'être immobilisé quelques secondes, il bascula vers le soleil pour filer vers l'est et disparaître.

« Ils nous ont vus ? demanda Olivia.

— Je ne sais pas », dit Heather.

Une pensée lui serrait le cœur. Des chiens de chasse, un drone et une famille nombreuse lancés après eux sur une petite île : le sacrifice de Petra ne leur offrirait que quelques heures de répit tout au plus.

« Impossible de faire marche arrière. Nous sommes obligés de descendre sur cette plage, dit-elle. Il y a deux façons de s'y prendre. La première, c'est que je vous tienne par les bras et que je vous descende le plus bas possible avant de vous lâcher au-dessus du sable. La seconde, c'est que je saute la première et que j'essaie de vous attraper d'en bas.

— Si tu nous tiens, tu ne nous lâcheras pas avant qu'on te dise qu'on est prêts ? demanda Olivia.

— Oui, je vous tiendrai jusqu'à ce que vous me disiez de lâcher.

— Alors je préfère la première méthode, dit Olivia.

— Et toi ?

— Ouais, d'accord, dit Owen sans enthousiasme.

— Bien. Pensez à atterrir comme un parachutiste. C'est-à-dire les jambes repliées, et vous faites un roulé-boulé. Olivia, tu y vas ? »

Olivia s'approcha du bord de la falaise, se retourna, s'allongea par terre et fit basculer ses jambes dans le vide avec précaution. Heather la saisit par les poignets pour la faire descendre lentement vers la plage. Ses bras et la longueur totale du corps d'Olivia enlevaient environ un mètre quatre-vingts à la falaise, mais la hauteur qui restait paraissait encore bien trop importante pour être sautée par un enfant.

Une seconde ou deux, Heather eut l'impression d'être dans un mauvais rêve. Comment avait-elle pu en arriver là – à ce que le moins mauvais choix soit de forcer une gamine à se jeter du haut d'une falaise ?

Olivia n'était pas épaisse, mais les bras de Heather fatiguaient déjà.

« Tu es prête, je peux lâcher ? demanda-t-elle.

— Oui ! »

Heather écarta les doigts. Un instant après, un *splaf* déconcertant annonça l'atterrissage d'Olivia sur la plage.

Elle avait replié les jambes, mais au lieu de rouler sur le sable elle avait basculé en arrière.

Elle resta là, immobile, sans dire un mot.

« Olivia ? Olivia ! » *Oh mon Dieu.*

« Hé, ça va ? » demanda Owen.

Olivia agita la main et se redressa.

« Ça va. Descendez… Non, attendez ! Partez ! Quelqu'un arrive. Cachez-vous ! »

29

Heather ne savait pas quoi faire. Elle resta figée au bord de la falaise jusqu'à ce qu'Owen lui agrippe la main.

« Faut se cacher comme elle a dit ! »

Ils s'aplatirent dans les hautes herbes.

Le drone reparut dans le ciel, venant du sud.

Les aboiements des chiens semblaient se rapprocher.

Heather entendit un cri étranglé sur la plage.

Oh Seigneur...

Le drone vira au-dessus de la mer et s'éloigna.

Que se passait-il ?

Elle rampa jusqu'au bord de la falaise. En bas, aucun signe d'Olivia ou de quiconque.

« Il faut descendre, dit-elle. Je vais te tenir, comme ta sœur, et je sauterai juste après toi.

— Non, Heather ! protesta Owen. Tu sais pas ce que tu fais ! T'as pas de plan. T'en as jamais eu ! Tu cours, tu cours, c'est tout. Moi, je repars. Peut-être que dans ce champ de minutions, là-bas, je trouverai une grenade ou quelque chose. Et je leur ferai payer !

— Owen, tu ne peux pas…

— Mais si je peux ! J'en ai marre que tu ignores toutes mes idées. Je m'en vais, je te dis ! Je trouverai une arme, et puis j'irai chercher Olivia, et après on partira d'ici par nos propres moyens.

— Non, s'il te plaît », dit-elle en essayant de le retenir par le bras.

Il la repoussa, se mit debout et partit à grands pas vers le sud, par là où ils étaient arrivés.

« T'es faible et t'as pas de plan, marmonna-t-il. T'es pas… Tu… Je m'en sortirai mieux tout seul. T'es nulle, Heather ! Nulle ! Je vais trouver une grenade ou de la dynamite et je vais tous me les faire, au lieu qu'on se laisse massacrer ! »

Heather le regarda s'éloigner.

Bien sûr, tout serait plus simple si elle restait seule avec Olivia.

Leurs déplacements, les cachettes qu'elles trouveraient… Tout serait plus simple.

Depuis qu'elle les connaissait, Owen lui avait toujours paru être le plus difficile des deux enfants. Il y avait quelque chose d'inexprimé entre Tom et ce garçon, un conflit irrésolu dont elle ignorait l'origine. Elle était souvent la cible des colères d'Owen et se trouvait régulièrement prise entre les tirs croisés du père et du fils. Elle avait essayé d'arranger les choses, mais la situation s'était plutôt dégradée. C'était en partie sa faute. En entrant dans la vie de Tom, elle n'avait pas mesuré la défiance et l'antipathie qu'elle inspirait aux enfants. Elle avait cru qu'elle réussirait à leur plaire.

À gagner leur affection. Mais non, cela ne fonctionnait pas de cette façon. Pas à leurs âges. Carolyn, qui avait une sœur aînée et des cousins, l'avait prévenue. *Ils vont te détester*, avait-elle dit. Elle arrivait trop peu de temps après la disparition de leur mère…

Tom avait voulu qu'elle vive avec eux. Il aurait mieux valu qu'elle refuse. Mais elle n'avait pas su dire non à la grande maison neuve, à la voiture et aux affirmations rassurantes de Tom.

Et franchement, quand on y regardait bien, elle avait tout donné. Avec eux trois. Elle avait vraiment essayé. À fond.

Sans l'un des deux enfants, ses chances de survie étaient bien meilleures. Peut-être réussirait-elle à nager jusqu'au continent, ou à négocier quelque chose avec les O'Neill.

La distance qui la séparait du garçon grandissait.

Elle ferma les yeux.

Avant la tombée de la nuit, il serait mort.

Oh, pas de doute que si elle se retrouvait seule, ses chances de s'en sortir augmenteraient considérablement.

Elle s'imagina dans cette situation pendant une seconde, deux, trois, quatre, cinq, six, sept…

Elle soupira, ouvrit les yeux et s'élança après lui au pas de course pour le rattraper.

Elle posa une main sur son épaule pour l'arrêter et dit :

« J'ai eu tort, Owen. J'ai eu tort au sujet de l'alambic avec l'eau de mer. J'aurais dû t'écouter. Nous avons besoin de toi. Olivia et moi. Reste avec nous, s'il te plaît. Tu veux bien ? »

Il pleurait à chaudes larmes. Il avait été terrifié à l'idée qu'elle le laisse partir tout seul. Il renifla et s'essuya les joues.

« Tu veux bien rester avec nous ? répéta-t-elle. Et nous aider ?

— D'accord, dit-il avec un haussement d'épaules. Je peux pas abandonner ma sœur, quand même.

— Merci. » Heather glissa un bras derrière son dos et ils retournèrent à la pointe de la péninsule.

Owen s'allongea au bord de la falaise, comme l'avait fait sa sœur, et bascula les jambes dans le vide. Heather le tint fermement par les poignets pour le descendre vers la plage. Il était plus lourd qu'Olivia et son épaule blessée par le plomb de chevrotine la faisait souffrir. Elle sentit la plaie se remettre à saigner.

« On y va ? À trois, tu sautes, dit-elle.

— Non ! dit-il d'un air effrayé. Je vais me casser les jambes.

— Plie-les à l'impact, fais une culbute et tout ira bien. » Heather serra les dents. Elle n'avait plus beaucoup de force dans les bras.

« Comment tu sais que tout ira bien ? demanda Owen.

— Mon père était para.

— Peut-être, mais pas moi ! » protesta Owen, et il agita les bras pour obliger Heather à le lâcher. Il heurta le sable sans replier les jambes ni rouler sur le côté – et se renversa sur le dos.

« Ça va ? demanda Heather.

— Oui ! »

Elle jeta la machette sur la plage, s'allongea à plat ventre et commença à se laisser descendre contre la falaise. Elle se préparait à sauter, lorsqu'une douleur fulgurante traversa son épaule et l'obligea à lâcher prise.

Une seconde de chute.

Une longue seconde.

L'impact sur le sable lui coupa le souffle et sa cheville gauche se tordit légèrement quand elle essaya de faire un roulé-boulé.

En se redressant, elle aperçut la tête d'un homme, à quelques dizaines de mètres d'eux, par-dessus un gros bouquet de mangrove.

« Baisse-toi, il y a quelqu'un ! murmura-t-elle à Owen en récupérant la machette.

— Ouais, je le vois. Qu'est-ce qu'il fait ?

— Je ne sais pas.

— Et Olivia, elle est où ? »

Ils se regardèrent.

« Ça doit être ce type qu'elle avait vu, dit Owen. Et… et il doit l'avoir capturée !

— Faut vérifier. On va s'approcher, dit-elle. Il doit être sur ses gardes. Ne faisons pas de bruit.

— Tu vas essayer quelque chose ? »

Elle leva un doigt devant ses lèvres.

Marchant accroupis, ils se glissèrent entre les arbres pour se rapprocher de l'homme autant qu'ils pouvaient l'oser.

C'était Jacko. Le salaud qui avait essayé de la violer. Il avait un talkie-walkie à la main. Il s'esclaffait bruyamment.

« Ouais, mec, elle m'est carrément tombée entre les bras, l'entendirent-ils se vanter. Si j'ai pas gagné la médaille d'or, là, devrait y avoir de médaille pour personne. La gamine raconte qu'ils se sont séparés, mais ça, j'en suis pas trop sûr, tu vois. J'imagine qu'ils doivent être pas loin. Envoie Kate avec le quad, et puis ramène les clebs… Ouais, à plus, terminé ! »

Il s'assit sur un vieux baril de pétrole couché sur le sable. Il avait un fusil sanglé sur le dos. Et là, étendue devant lui, cette auréole de cheveux d'or, c'était Olivia.

« Il l'a attrapée, murmura Heather en se demandant si l'adolescente était encore vivante.

— Il faut la sauver ! dit Owen.

— Bien sûr. Toi, tu restes ici. »

Heather évalua la situation. Comme la brise soufflait de la mer, elle serait sous le vent de Jacko. Autre facteur en sa faveur, il avait l'air très satisfait de lui-même, détendu, il n'était pas sur ses gardes. D'un autre côté, il était grand, musclé – et dangereux.

Au-delà du bosquet de mangrove dans lequel Owen et elle se trouvaient, il y avait une bande d'herbes sèches d'environ quinze mètres de large. En bordure de cette végétation basse se dressait un eucalyptus qui offrirait une certaine protection à Heather.

De cet arbre jusqu'au baril sur lequel était assis Jacko, elle comptait cinq ou six mètres de plage.

« Tu devrais enlever tes baskets, murmura Owen. Elles couinent un peu quand tu marches. »

Heather suivit ce conseil, puis se mit à plat ventre, la machette à la main, pour ramper sur la bande d'herbe en gardant l'œil sur Jacko. Elle devait aussi guetter le retour du drone et les aboiements des chiens.

Un cacatoès à queue rouge se posa devant elle et se mit à gratter le sol sablonneux avec ses griffes.

Il aperçut Heather, poussa un gros cri rauque et décolla en direction de la mer.

S'il remarqua l'oiseau, Jacko ne manifesta aucun intérêt pour lui.

Heather continua de ramper.

Jacko fumait une cigarette. Il portait un jean en loques et un débardeur avec l'inscription *Bintang Beer*. La sangle du fusil qu'il portait derrière l'épaule était un morceau de corde. Cette arme avait l'air d'une antiquité – de la Seconde Guerre mondiale, ou peut-être de plus tôt encore.

Le vent soufflait de la mer vers Heather, lui apportant la fumée de cigarette et la transpiration de Jacko sans qu'il risque, lui, de sentir l'odeur qu'elle dégageait.

Elle rampait avec précaution dans sa direction. Le sol grouillait de puces des sables et des mouches agaçantes se posaient sur ses cheveux, ses bras et sa nuque.

Elle devait avancer très lentement pour ne faire aucun bruit au milieu des herbes. Marquant une brève pause pour souffler, elle tourna la tête vers la mangrove afin de s'assurer qu'Owen était bien caché.

Elle ne le vit pas. Parfait.

Elle tenait la machette de la main gauche et prenait appui sur son bras droit, essentiellement, pour avancer petit à petit.

L'eucalyptus n'était plus qu'à trois mètres.

Elle remarqua alors – trop tard – qu'un corbeau était perché sur une de ses branches hautes. Un corbeau qui risquait de la trahir en croassant.

Mais il se contentait de la fixer d'un œil à l'étrange teinte jaune.

Elle inspira profondément, rampa jusqu'au tronc et s'arrêta quelques instants pour reprendre ses esprits. Puis elle poursuivit sa progression jusqu'au bord de la bande herbeuse.

Elle était à présent sur la plage proprement dite. À quelques pas de Jacko.

Elle se mit debout, fit passer la machette dans sa main droite et commença à marcher lentement vers lui.

Jacko se leva et tira un coup de fusil sur un requin qui passait dans l'eau. Il manqua clairement sa cible. Il rechargea l'arme, puis, après quelques secondes d'immobilité, la remit sur son épaule et se rassit sur le baril pour s'allumer une cigarette.

Malgré l'extrême prudence avec laquelle elle se déplaçait, Heather posa le pied sur un tesson de bouteille. Elle étouffa un cri, s'assit, arracha le tesson de son talon et se remit debout.

Subitement, il lui revint à l'esprit qu'aujourd'hui était la Saint-Valentin. Douze mois plus tôt exactement, Tom avait franchi la porte de l'institut, à West

Seattle, pour son premier rendez-vous de massage thérapeutique. Il neigeait ce jour-là. Tom avait encore des flocons dans les cheveux quand il s'était allongé sur la table.

Que de changements une seule année pouvait apporter…

Elle était alors sans enfants, dans une situation professionnelle précaire, et habitait un meublé humide près d'Alki Beach. Aujourd'hui elle était mariée, responsable de deux adolescents, et elle s'apprêtait à tuer un homme qu'elle connaissait à peine sur une plage de l'autre bout du monde.

Elle fit deux autres pas, sans bruit…

30

L'ombre de Heather se jeta devant Jacko.

Il la vit, se redressa en sursaut, pivota sur lui-même.

« J'en étais sûr bordel ! » s'exclama-t-il.

Heather avait déjà levé la machette. Elle abaissa le bras avec force en visant le cou de Jacko, mais quelque instinct animal permit à celui-ci de se déporter vers la droite une fraction de seconde avant que la lame n'atteigne son épaule.

La machette ne rencontra aucun obstacle et poursuivit sa course vers le sol. Déséquilibrée, Heather faillit basculer en avant.

Elle se rétablit aussitôt.

Un mètre, pas davantage, la séparait de Jacko. Il empestait l'alcool, mais il n'avait pas l'air saoul. Elle le sentait plutôt furieux. Et lui, sans le moindre doute, devait sentir qu'elle avait peur.

Il leva la main pour saisir le fusil qu'il portait en bandoulière, se rendit compte qu'ils étaient trop près l'un de l'autre et opta pour une autre tactique : cogner. Avant d'avoir pu esquisser un geste pour l'éviter,

Heather reçut en plein sur la joue un méchant petit crochet qui lui fit un mal de chien.

Elle trébucha en arrière et s'érafla la cheville sur un caillou.

Jacko réessaya de l'atteindre avec son poing, mais la manqua et se trouva à son tour déséquilibré. Ce n'était pas vraiment un problème pour lui – il se battait avec ses frères et ses cousins depuis qu'il savait marcher. Il retrouva aussitôt son équilibre et envoya un coup de pied dans le genou gauche de Heather.

Elle surveillait ses mains et ne s'était pas préparée à ce qu'il la frappe du pied. Une douleur atroce se répandit dans toute sa jambe, remontant jusqu'à son buste, comme si Jacko l'avait frappée avec une barre d'acier. Elle s'effondra sur le sable en comprenant qu'elle ne pourrait pas se redresser assez vite pour l'empêcher de l'attaquer une troisième fois.

Mais il ne fit pas cela.

Il recula de trois pas, tranquillement, en descendant le fusil de son épaule.

« Maintenant, chérie, bouge pas d'où tu es, dit-il en pointant l'arme sur elle. Lâche ce couteau, aussi. »

Elle grogna et essaya de se lever.

La douleur qui irradiait de son genou était atroce.

Il fallait qu'elle sauve Olivia, il fallait absolument qu'elle continue, c'était la seule…

« Bouge pas, j'ai dit ! Tu fais plus un seul geste, nom de Dieu ! Tu vois ce flingue ? C'est un Lee-Enfield n° 4. Mon grand-père s'en est servi pour buter trois hommes à Tobrouk. À cette distance, il te déchirera les miches en deux. Tu me suis ? Réponds !

— O… oui.

— Lâche ce couteau ! Devant toi ! »

Elle posa la machette.

« Maintenant recule, dit Jacko. De trois pas.

— Je ne pense pas être capable de me lever.

— Sur le cul, alors ! Tu t'écartes du schlass. Allez ! »

Elle se força à reculer sur le sable.

« Maintenant, tu restes là sans faire que dalle », dit Jacko.

Derrière lui, Olivia grogna et essaya de se redresser. Heather vit qu'elle avait reçu un coup à la mâchoire. Sa bouche saignait. Jacko fit un pas vers elle et posa un pied sur son dos, entre ses omoplates, pour l'obliger à s'aplatir sur le sable. Puis il tira un petit talkie-walkie jaune de sa poche et appuya sur le bouton d'appel.

« Ivan, t'es là ? »

Pas de réponse. Le haut-parleur n'émettait que du bruit de fond.

« Ces appareils valent pas un clou, dit-il en regardant Heather. La portée est nulle. Des jouets, pas mieux. » Il appuya de nouveau sur le bouton d'appel. « Yo ! Ivan ! T'es là ? »

Toujours le même bruit de fond.

Il secoua le talkie-walkie avant de réessayer :

« Yo, Ivan, t'es là ou merde ? »

La voix d'Ivan s'éleva cette fois du blizzard de grésillements :

« Ouais ! On est là… On était en train de regarder le cadavre de la Boche.

— Tu vas pas croire le carton que je viens encore de faire, dit Jacko avec fierté.

— Qu'est-ce qui se passe ?

— Ben, il se passe juste que j'ai attrapé l'Américaine, quoi. La petite femme du toubib.

— Non, t'as pas fait ça, dit Ivan.

— Si, frérot. Elle s'est jetée sur moi avec un énorme schlass, la salope, mais je lui ai balancé mon poing dans la gueule, dit Jacko en reluquant Heather d'un air narquois. Elle est là, devant moi, sur son petit cul.

— Sérieux ?

— La vérité ! Elle a essayé de me tomber dessus, mais je lui ai réglé son compte.

— Bien joué, mec ! Et t'as aussi les deux mômes, alors ? demanda Ivan.

— Juste la gamine.

— Dis-lui de te dire où est le garçon.

— Où est le petit mec ? demanda Jacko à Heather.

— Nous nous sommes séparés, répondit-elle. Je leur ai donné l'ordre à tous les deux de se trouver une cachette. Je ne sais pas où il est.

— Arrête tes conneries ! Où il est ?

— Nous nous sommes séparés. J'ai pensé que ça améliorerait nos chances à tous les trois de…

— Mon cul, ouais. T'aurais jamais laissé tes marmots seuls.

— Ce ne sont pas mes enfants, mais ceux de Tom. Nous ne sommes mariés que depuis quelques mois.

Je leur ai dit de se cacher, et que j'allais chercher de l'aide. En fait, ça m'arrangeait. Ces deux mômes me détestent. »

Elle avait mis tant de conviction dans sa voix que Jacko hésita quelques instants à la croire. Puis il renifla et un méchant sourire lui étira les lèvres.

« Nan. C'est pas ton style. Il est où le môme ? Dans les arbres, là-bas ?

— Je ne sais pas. »

Jacko leva le talkie-walkie pour parler à Ivan :

« Bon, écoute, elle prétend que le garçon n'est pas avec elle. Envoie deux ou trois gars par ici dans le Toyota, avec un des chiens, et on le débusquera rapidos. Comme ça, on les aura tous chopés d'un coup.

— T'as réussi à les coincer pour de vrai, ou tu te fous de notre gueule ? insista Ivan.

— Mais oui ! J'ai vu la gamine sur la plage, je l'ai rattrapée et je l'ai assommée, et après l'autre dingue s'est jetée sur moi avec un schlass. Elles sont là toutes les deux à mes pieds !

— Bien joué, frérot. On arrive. Terminé. »

Jacko empocha le talkie-walkie, puis leva le fusil pour mettre Heather en joue.

« Dis au gamin de venir ici, sinon je te défonce les nichons. »

La crosse du Lee-Enfield était contre son épaule. Il visait Heather par l'œilleton, l'œil gauche fermé, l'index sur la détente.

— Je ne sais pas où il est, dit Heather.

— T'as tort, ma jolie. Tu sais ce qu'on va faire de

toi ? On va te monter comme une chienne. Chaque homme et chaque garçon de cette île. Moi d'abord. Et après, on te jettera sur la fourmilière de Terry. »

Heather bloqua sa respiration. Elle venait de voir Owen émerger de la mangrove. Il avait une longue branche entre les mains – une de ces branches d'eucalyptus desséchées, fragiles, qui donnaient l'impression de pouvoir se casser en deux si on les serrait trop fort. Il comptait apparemment s'en faire une massue ou une lance.

Elle essaya de croiser son regard. Elle ne voulait faire aucun geste, pas même secouer la tête, car Jacko la verrait sûrement. À ce moment-là, il ferait volte-face et tirerait peut-être sur Owen sous le coup de la surprise.

« Ta vie ne vaut plus rien sur cette île, Heather. Pas après ce que vous avez fait à Ellen. Je pourrais te descendre, ici, tout de suite, il se passerait que dalle. Les flics viendraient pas. Je serais peinard. Tu comprends ?

— Oui, dit-elle. Je comprends complètement. »

Owen continuait d'avancer vers Jacko. C'était de la folie. Même s'il réussissait à se rapprocher suffisamment pour tenter de le frapper, cette branche grêle ne lui ferait aucun mal.

Elle essaya la télépathie. *Va-t'en, recule, recule ! Retourne dans les buissons et prends la fuite !*

Mais Owen avait le menton en avant et se mordait la lèvre inférieure comme chaque fois qu'il était résolu à faire quelque chose. Olivia s'était redressée pour s'asseoir et prenait appui sur ses mains. Elle aussi semblait s'apprêter à tenter le tout pour le tout.

Oh mon Dieu.

« OK, d'accord ! dit Heather à Jacko. Je suis désolée. Ne tire pas, s'il te plaît. Je vais me lever. Je vais me lever lentement et je vais appeler Owen, d'accord ? Tu as raison. Il est dans les arbres et il m'attend. Je me lève maintenant, OK ? Pour lui crier de venir. »

Jacko ricana et recula d'un pas sans cesser de viser sa tête.

« Ouais, c'est bien ce que je pensais. T'es une vraie reine de la craque, hein ? Mais j'ai vu dans ton petit jeu. »

Elle se mit debout en chancelant, comme si elle tenait mal sur ses jambes, fit semblant de cligner des yeux et trébucha de deux pas en direction de la machette. Jacko ne parut pas s'en apercevoir. Ou bien il s'en fichait. En quoi le menaçait-elle ? Une petite pression sur la détente du Lee-Enfield, et elle n'était plus de ce monde.

Elle mit les mains en porte-voix devant sa bouche et hurla :

« Va-t'en, Owen ! Cours ! J'ai un plan ! Cours ! »

Owen hésita.

« Fiche le camp d'ici ! Cours ! » cria-t-elle encore.

Jacko fit volte-face et vit Owen disparaître dans les arbustes.

« C'est pas vrai ! s'exclama-t-il. Mais t'es vraiment une sale connasse, toi ! » Il retourna habilement le fusil dans sa main et fit deux pas vers elle pour lui balancer un violent coup à la tête. La pièce de métal recouvrant l'extrémité de la crosse en bois toucha sa joue et son œil gauche.

Elle chancela en arrière, s'emmêla les pieds et tomba sur les fesses.

Du sang coulait sur son front et de ses narines. La coupure de son pied s'était aussi rouverte.

« Reviens ici, gros merdeux ! » cria Jacko en se lançant à la poursuite d'Owen.

Heather essaya de se mettre debout. Sa jambe gauche répondit, mais sa droite semblait mue par une autre volonté.

Elle avait le vertige et des élancements dans le crâne.

Elle cracha du sang et réussit enfin à se lever.

Le sol tanguait.

Elle voyait un double horizon. Un double soleil.

L'atmosphère semblait battre des ailes. La brise forcissait.

Et cette chaleur. Cet épais tapis laineux de chaleur.

Cet incendie solaire irrépressible.

Olivia était debout aussi. Et s'élançait après Jacko.

« Non ! Attends ! » dit Heather. Elle se frotta les yeux.

Un coup de fusil retentit.

Son cœur sauta un battement. Sa gorge se contracta.

La machette. Sous son pied. Elle se tenait sur la poignée de la machette. Elle se baissa pour la ramasser et partit en clopinant à la poursuite de Jacko.

En haut de l'eucalyptus foudroyé, le corbeau l'observait toujours. Il attendait encore un cadavre.

Elle parvint à la mangrove.

« Ce petit enfoiré. L'ira pas loin, tu peux me croire ! » entendit-elle Jacko dire dans le talkie-walkie.

Il revenait vers la plage.

Marchant entre les arbres.

Le vent fraîchissait de plus en plus.

N'entendait-il pas ce rugissement ?

D'où venait tout ce bruit ?

Pourquoi Jacko ne la voyait-il pas ?

Elle le voyait facilement. Il tenait le fusil à la verticale, de la main droite, et le talkie-walkie de la gauche. Aucun signe par contre d'Owen ou d'Olivia.

Tout à coup Jacko s'immobilisa.

« C'est quoi ça ? »

Il avait les yeux écarquillés. L'air effrayé.

Il fit volte-face et tira vers les arbres.

Il lui tournait le dos. Il n'était qu'à trois pas.

Le vent soulevait du sable, des feuilles. Heather avait de la poussière dans les yeux et dans la bouche.

Jacko se dédoublait devant elle, ses deux silhouettes se rapprochant et s'éloignant en cadence sur une ligne horizontale.

Heather cligna des yeux, attendit que les deux images se confondent, puis se jeta vers lui en abattant la machette sur son épaule droite. La lame s'enfonça de cinq centimètres, jusqu'à l'os. Jacko poussa un cri et lâcha le fusil. Elle tira sur la machette pour la lever une seconde fois.

« Salope ! » Jacko pivota, leva le pied et la frappa en plein ventre.

Heather en eut le souffle momentanément coupé.

Ses jambes semblèrent se liquéfier.

Mais le coup de Jacko n'avait pas aussi bien porté qu'il le croyait.

Elle se redressa.

Penché pour ramasser le Lee-Enfield, Jacko ne la vit pas brandir la machette à deux mains. La lame lui ouvrit la joue et s'enfonça jusqu'à ses lèvres.

Il poussa un cri de douleur, mit un genou à terre et tâtonna furieusement sur le sable pour trouver le fusil.

Il leva le canon vers elle et pressa la détente.

À bout portant, il ne pouvait pas la rater.

Mais il n'avait pas éjecté la douille de la dernière cartouche utilisée et fait entrer de nouvelle munition dans la chambre.

Alors qu'il posait un regard confus sur le fusil, Heather leva la machette une troisième fois.

Sa cible était immobile. Elle ne pouvait pas le rater.

Avec un bruit sourd écœurant, la lame pénétra profondément dans le cou de Jacko au-dessus de l'épaule. Il s'effondra à genoux.

Du sang jaillissait de sa bouche. Heather lui arracha le fusil des mains, tira la culasse et inséra une nouvelle cartouche de .303 dans la chambre. Jacko fit un dernier effort désespéré pour se jeter sur elle.

Elle lui tira en plein ventre.

Ils se regardèrent.

Il paraissait perplexe.

« Tu sens cette odeur ? » marmonna-t-il.

Un mélange de cordite et d'iode et de sang planait dans l'air.

« Oui, dit Heather.

— Le bunyip », dit Jacko. Puis il bascula sur le côté, mort.

31

Owen et Olivia avaient tout vu. Ils n'avaient pas pris la fuite. Ils auraient dû, mais ils étaient restés.

Ils accouraient vers elle.

Elle les prit dans ses bras, les embrassa, les prit de nouveau dans ses bras.

Ils l'étreignirent eux aussi.

« Il est mort, alors ? demanda Owen en désignant Jacko.

— Il est mort », dit Heather, la gorge nouée.

Elle avait tué un être humain. Un homme en vie. Il avait lui-même cherché à la tuer, mais cela n'y changeait rien. La personne qu'il avait été, avec un cerveau, des idées, des expériences vécues, tout cela était terminé parce qu'elle l'avait tué. C'était un acte terrible, fondamentalement terrible.

Heather tomba à genoux sur le sable. *Je regrette que les choses aient dû se passer comme ça. Je regrette que nous soyons venus ici. Je regrette tout ce qui est arrivé...*

« Je peux le toucher ? demanda Owen.

— Non ! » Elle se força à se relever. « Non, Owen.

Maintenant nous devons nous dépêcher. Ne bougez pas d'ici, vous deux, pendant que je regarde ce qu'il a dans les poches.

— Voilà tes chaussures. » Owen lui tendit ses baskets.

« Merci. »

Sur Jacko, elle trouva une petite gourde en fer-blanc remplie au tiers d'eau, un peu d'argent, des cigarettes – ses cigarettes à elle –, un briquet, des jumelles 8 × 50, un sac de supermarché en plastique contenant des cartouches de .303, et le talkie-walkie. Elle prit le tout, ainsi que la ceinture, les lacets de chaussures et les chaussettes de Jacko. Son chapeau, aussi, qu'elle posa à l'envers sur la tête d'Owen.

Après avoir enfilé ses baskets, elle examina rapidement le visage d'Olivia. Sa lèvre saignait encore un peu.

« Comment il t'a frappée ? demanda-t-elle.

— C'était plutôt une grosse gifle. Il m'a vue, j'ai essayé de m'enfuir, mais il a été plus rapide que moi.

— Je suis désolée, chérie.

— T'en fais pas. Je n'ai pas mal. On fait quoi maintenant ?

— Il faut déguerpir. En allant vers le nord, je pense. Tenez, buvez un peu », dit Heather. Elle leur passa la gourde de Jacko. Ils avalèrent chacun une rasade d'eau.

« Tu bois aussi, Heather, dit Owen en lui rendant la gourde.

— Pas la peine.

— Il faut que tu boives», insista Olivia. Elle se posta devant Heather, campée sur ses jambes, les mains sur les hanches.

«Écarte-toi. Il faut se dépêcher…

— On ne va nulle part tant que tu n'auras pas bu», dit Owen.

Cette nouvelle détermination dans les yeux marron du garçon.

Les yeux bleus tout aussi résolus d'Olivia.

Heather les regarda avec étonnement. Ils avaient tellement changé, tous les deux, depuis…

Hier.

«Je bois et vous aussi, alors», dit-elle.

Ils avaient tellement soif, de fait, qu'ils se partagèrent la précieuse eau de la gourde jusqu'à la dernière goutte.

«Je te demande pardon d'avoir dit que tu étais faible et nulle, tout à l'heure, dit Owen. Parce que c'est pas vrai.

— Ce n'est pas grave, mon grand. Tout va bien.» Heather vissa le bouchon de la gourde et mit le fusil sur son épaule.

Ils cachèrent le cadavre de Jacko dans la mangrove en le recouvrant de terre et de branchages. Avec un peu de chance, il ne serait peut-être pas découvert avant un jour ou deux ; cela leur donnerait un petit avantage sur les O'Neill.

Heather nettoya rapidement ses plaies à l'eau de mer et ils se mirent en route.

Ils ne tardèrent pas à voir le drone arriver du sud

et voltiger au-dessus de la zone où ils s'étaient battus avec Jacko.

Puis ils entendirent le quad, les chiens et le pick-up Toyota.

Ils obliquèrent vers une partie de l'île où la lande était vallonnée. Épuisés par leur marche forcée, ils firent halte un peu plus tard auprès d'un bosquet d'eucalyptus : quatre gommiers majestueux, visiblement très âgés, qui avaient trouvé la force de survivre à d'innombrables incendies, sécheresses et autres fléaux – dont la volonté des humains de les transformer en objets. L'endroit avait quelque chose d'un peu étrange. Il y avait bien longtemps de cela, quelqu'un était venu abandonner ici un vieil autobus. Au fil des décennies, il avait rouillé et s'était en partie disloqué, tandis que la végétation l'envahissait. À côté des arbres, une façade rocheuse était couverte d'empreintes de main qui semblaient être là depuis des milliers d'années.

Les mouches étaient moins nombreuses ici qu'au bord de la mer. Le vent était retombé, laissant place à une légère brise qui portait l'odeur forte et plaisante des eucalyptus.

Ils s'installèrent à l'ombre des arbres. Heather appliqua un cataplasme de feuilles sur l'entaille de son pied ; Olivia essuya la plaie qu'elle avait au visage.

Ils étaient au sommet d'une colline qui leur offrait une vue dégagée sur la lande en direction du sud. Elle semblait aussi être le point culminant de l'île.

Heather sortit le talkie-walkie de Jacko du sac en plastique.

« Vous pensez qu'on peut risquer un SOS ? » demanda-t-elle aux enfants.

Ils acquiescèrent tous les deux.

Elle alluma l'appareil et appuya sur le bouton d'appel. « Allô ? Allô ? Quelqu'un m'entend-il ? Je m'appelle Heather Baxter. Je suis à Dutch Island. J'ai besoin de la police ! » Elle essaya tous les canaux l'un après l'autre, mais n'obtint pour toute réponse, sur la plupart d'entre eux, que du bruit de fond. Une fois, elle entendit quelques bribes de paroles – la voix de Matt entrecoupée de grésillements.

« Portée insuffisante », commenta Owen.

Heather regarda à l'ouest, par-delà le détroit, le continent couleur de sable et d'aiguilles de pin qui ne répondait pas à son appel.

Ils restèrent assis au pied du plus gros des gommiers pour récupérer. En attendant le drone, les chiens ou les hommes armés.

« C'est quoi, un bunyip, tu penses ? demanda Owen.

— Toi aussi, tu l'as entendu dire ce mot ? demanda Heather.

— Dans le livre que j'ai commencé pendant le voyage, j'ai lu que le bunyip est un monstre mythique des aborigènes », dit Olivia.

Heather saisit le Lee-Enfield posé à côté d'elle. Si c'était un monstre que les O'Neill redoutaient, elle allait devenir ce monstre maintenant qu'elle avait un fusil.

« Il est top, ce flingue, dit Owen. C'est quoi comme modèle ?

— C'est un Lee-Enfield n° 4. Je le connais parce que j'en ai déjà utilisé un, une fois, quand j'étais petite. C'était celui d'un copain de mon père, un Canadien. Celui-là est vraiment très vieux. Vous voyez toutes les éraflures sur le bois ? Et là, l'œilleton de visée qui est bien élimé ? Il doit dater de la Seconde Guerre mondiale, je pense.

— Trop bien ! Tu me montres comment on s'en sert ? »

Heather réfléchit. Tom, bien sûr, aurait dit non. Mais si elle était blessée ou tuée, et si les enfants gardaient le fusil, il valait mieux qu'ils sachent l'utiliser.

« Mettez-vous devant moi, tous les deux, et regardez bien, dit-elle. Il y a très longtemps, donc, que je n'avais pas eu un Lee-Enfield entre les mains, mais la plupart des fusils à verrou fonctionnent à peu près de la même façon. Et à vrai dire, c'est assez simple. »

Elle retira la culasse et le chargeur. Ce fusil était très mal entretenu. Il avait besoin d'être huilé et sa crosse en noyer était craquelée. Heather le nettoya du mieux qu'elle put.

Elle montra aux enfants comment charger la chambre, comment éjecter la douille, comment viser en plaçant l'arme contre leur épaule, et enfin comment tirer. « Le fusil va reculer d'un coup sec, donc soyez préparés à ça quand vous appuyez sur la détente, mais n'ayez pas peur pour autant. Et n'écrasez pas la détente. Il faut juste appuyer dessus *doucement*.

— Qui est-ce qui t'a appris tout ça ? demanda Owen avec intérêt.

— Mon père et ma mère sont tous les deux d'anciens militaires », dit Heather. Elle n'avait pas besoin de parler de la dépression nerveuse de son père, qui avait fini par lui valoir d'être rendu à la vie civile pour raisons médicales.

« Ils ont fait la guerre, tout ça ? demanda Owen.

— Oui.

— Et ils ont tué des gens, l'un ou l'autre ?

— Oui.

— Maintenant qu'on a ce fusil, tu ne crois pas qu'on pourrait aller au bac et, genre, le détourner ? suggéra Owen.

— Peut-être. Je crois qu'ils l'amarrent pour la nuit sur le continent, mais j'irai voir tout à l'heure.

— J'ai faim, dit Olivia.

— J'ai soif, dit Owen.

— Je sais », dit Heather.

Il n'y avait rien à ajouter sur le sujet.

Elle sortit le paquet de cigarettes – ses propres cigarettes, que le sort avait eu la bonté de lui rendre – et en alluma une avec le briquet de Jacko.

« Je peux essayer ? Une taffe ? demanda Owen.

— Non.

— Pourquoi ? Tu fumes bien, toi.

— Tu sais ce que les parents disent toujours aux enfants : fais ce que je dis, pas ce que je fais. »

Silence.

Un lagon de ciel bleu. Un océan vert. Ce soleil inondant de photons la vallée jaune, desséchée et monotone, de la pointe nord de Dutch Island.

Owen observait les arbres autour d'eux.

« Vous vous souvenez de ce qu'ils nous ont raconté à Uluru ? Un seul gommier qui pousse quelque part peut indiquer la présence d'une source d'eau souterraine. Là, il y en a quatre. »

Heather et Olivia contemplèrent les eucalyptus.

« Ils boivent quelque part, dit Olivia.

— Sans doute. Vous deux, restez à l'ombre pendant que je regarde ce que je peux trouver, dit Heather.

— Non, je viens avec toi, dit Owen en se mettant debout. Deux yeux c'est, genre, totalement mieux qu'un – je veux dire : deux paires d'yeux c'est mieux qu'une seule !

— Moi aussi, je veux t'aider ! » déclara Olivia.

Ils examinèrent d'abord le plus gros des quatre arbres. Il était vieux, usé et noirci par les intempéries. Son tronc n'avait plus d'écorce. Ses branches inférieures s'effritaient au toucher. Pourtant il n'était pas mort : ses branches élevées portaient des feuilles.

Autour de l'arbre, la terre rouge très sèche était parsemée de gros rochers et de plus petits cailloux blancs. Des touffes d'herbe et de petites plantes épineuses poussaient près des rochers.

Heather s'accroupit, plongea deux doigts dans le sol, puis saisit une poignée de terre qui se réduisit en poudre au creux de sa paume.

Olivia l'observait. Elle se baissa à son tour pour prendre de la terre entre ses mains.

« Ça ressemble à quoi, une source ? demanda-t-elle en levant la terre devant ses yeux pour l'examiner.

— À une petite mare d'eau qui fait des bulles, répondit Heather. Mais je ne vois rien de ce genre ici. L'eau que boivent ces arbres se trouve probablement sous terre. Sûrement en profondeur. »

Dans le livre qu'Olivia était en train de lire, *Dark Emu*[1], il était expliqué que les aborigènes creusaient jadis des puits dans les nappes souterraines du désert. Si l'Australie était aujourd'hui un continent sec, la pluie qui l'avait arrosé pendant des centaines de milliers d'années s'était accumulée sous terre dans des cavités rocheuses. Peut-être y avait-il un aquifère de ce genre ici.

« Continuons à chercher, dit Heather. Ces mains dessinées sur la paroi montrent que des gens venaient ici autrefois. »

Owen tournait autour de l'arbre en cercles de plus en plus larges, cherchant des signes de présence d'eau.

« C'était quoi ce bruit ? dit soudain Olivia.

— Tu entends quelque chose ? demanda Heather.

— Les chiens, j'ai l'impression ? Peut-être qu'ils viennent par ici.

— Alors il va falloir repartir bientôt », dit Heather.

Accroupie, Olivia creusa le sol avec les mains et en tira une pleine poignée de terre. À une quinzaine de centimètres de profondeur, celle-ci paraissait encore plus sèche qu'en surface.

Heather posa le fusil pour évacuer la terre de côté

1. Livre d'histoire à succès, sur la vie des aborigènes, de Bruce Pascoe (2014), non traduit en français à la publication de ce roman.

tandis qu'Olivia continuait de creuser le sol à deux mains comme un labrador.

Owen s'accroupit pour les aider. Il s'emparait de grosses poignées de terre qu'il laissait ensuite glisser entre ses doigts.

Pour deux enfants terrorisés, affamés, assoiffés, et dont le père venait d'être assassiné, ils tenaient drôlement bien le coup.

« Vous avez l'impression que c'est humide, là-dessous ? demanda Heather.

— Pas vraiment, dit Owen. Cette terre, on dirait du biscuit de cheesecake. »

Heather sourit.

« Ouais, c'est exactement ça. »

Elle surveilla les environs pendant qu'Olivia et Owen continuaient à creuser. Mais la terre restait désespérément sèche et poudreuse.

« Elles descendent à quelle profondeur, les racines de ces arbres ? demanda Olivia. Tu sais, Heather ?

— Je n'en ai aucune idée. Plusieurs dizaines de mètres ? Non, en fait je ne sais pas », répondit-elle en scrutant la lande au sud.

Maintenant, elle aussi entendait les chiens.

Elle prit les jumelles et aperçut une moto rouge.

À mille cinq cents mètres, peut-être.

« Bon, laissez tomber, dit-elle. Tant pis pour la source. Il faut partir.

— Je ne crois pas que je pourrai marcher beaucoup plus longtemps, dit Owen. J'ai des crampes dans les jambes.

— Je sais, mon grand, mais nous devons bouger d'ici. »

Olivia et Owen étaient presque à bout de forccs. Depuis deux jours ils n'avaient rien mangé et ils avaient à peine bu. Et il restait bien quatre ou cinq heures avant que le soleil ne plonge sur le continent.

Ou alors, devaient-ils rester ici ?

Une colline d'où ils avaient une vue à trois cent soixante degrés et un fusil – trouveraient-ils mieux pour leur baroud d'honneur ?

« Vous pensez qu'on arriverait à les repousser, d'ici ? demanda Owen, faisant étrangement écho aux pensées de Heather.

— Pas bien longtemps, dit-elle.

— C'est comment de tuer quelqu'un ? demanda-t-il.

— Je ne sais pas. Pas bien du tout, j'imagine, répondit Heather.

— Papa a tué quelqu'un, lui aussi, dit Owen. Papa, c'est quelqu'un qui ment et qui tue.

— C'était un accident. Rien à voir », objecta Heather en observant la lande autour du bosquet. Non, pas de baroud d'honneur ici. Ce serait juste du suicide. Les O'Neill n'auraient aucun mal à les encercler avec leurs véhicules, et ils n'avaient nulle part où se mettre à couvert. Il fallait vraiment qu'ils se déplacent.

Elle suivit quelques instants avec les jumelles la petite moto trial qui filait au milieu d'une plaine monotone d'herbes blanches. Elle suivait une trajectoire qui devait nécessairement, à un moment ou un autre, amener Kate, son fusil et tous les O'Neill par ici.

« Hé, regardez ! s'exclama Owen. Vous vous souvenez de ce qu'a dit le guide à Uluru ? Juste ici, c'est pas le signe qui veut dire "trou d'eau" ? » Sur la paroi rocheuse qui faisait saillie entre les arbres, il désignait le dessin d'un double cercle.

« Mais oui, c'est vrai ! dit Olivia.

— Et c'est quoi, ça ? » demanda encore Owen en se baissant.

Sous les empreintes de mains, près du sol, un tapis de mousse recouvrait la roche.

« C'est de la mousse, dit Heather.

— Elle remue un petit peu, observa Owen.

— Comment ça, elle remue ? C'est impossible.

— C'est le vent qui la fait bouger, je crois.

— Il y a quelque chose derrière ? »

Owen enfonça prudemment deux doigts dans la mousse.

« J'ai l'impression qu'il y a un trou ou une espèce de vide. »

Heather se rapprocha, s'accroupit et passa la main à travers la mousse. Derrière, en effet, se trouvait une béance d'environ soixante centimètres de large, partiellement remplie de cailloux et de terre.

Ils arrachèrent la mousse et découvrirent ce qui semblait être l'ouverture d'une cavité.

« C'est quoi ? demanda Olivia.

— Une mine, une grotte ou quelque chose comme ça, je suppose, dit Heather. Attendez-moi ici. »

Elle retira un peu de terre et de cailloux et se glissa dans le passage. L'ouverture était en fait un boyau tout juste assez large pour y ramper. Autrefois, il avait sans doute été plus large, mais des effondrements de roches l'avaient rétréci.

Heather se tortilla et se hissa sur les bras pour avancer. Bientôt, le boyau commença à s'élargir. Allumant le briquet de Jacko, elle découvrit qu'il s'agissait d'une grotte naturelle, pas d'une mine.

Elle poursuivit son chemin. L'air devait bien circuler dans cette caverne, car l'atmosphère était respirable.

Le tunnel s'agrandissait régulièrement. Au bout d'une dizaine de mètres, elle put se mettre debout sur le sol de terre sableuse. La température était beaucoup plus agréable qu'à l'extérieur. Les sons résonnaient entre les parois. Passant un coude dans le passage qui partait vers la droite, elle vit le sol prendre subitement une inclinaison assez raide. Au bas de la pente, il y avait un bassin plein d'eau. Voilà qui expliquait la fraîcheur et l'acoustique du lieu.

Elle fit demi-tour et se faufila jusqu'à l'entrée de la grotte.

« Il y a bien une source d'eau ! dit-elle aux enfants. Tout un bassin, même !

— C'est de l'eau potable ? demanda Olivia.

— Il n'y a qu'un moyen de le savoir. Suivez-moi. »

Elle recula et ralluma le briquet de Jacko. Pendant que les enfants la rejoignaient, elle remarqua que des empreintes de main et des animaux étaient peints sur les parois. Ils descendirent prudemment la pente jusqu'au bassin. Celui-ci était entouré par une plate-forme assez grande pour eux trois.

« L'eau a l'air sale, dit Owen.

— Parce qu'il fait sombre, je pense », répondit Heather.

Elle s'agenouilla. De la mousse et des insectes morts flottaient à la surface du bassin. Elle mit les mains en coupe pour boire.

L'eau avait un goût salé et minéral, mais c'était indiscutablement de l'eau douce. Elle était aussi bien fraîche, sans doute parce qu'elle provenait d'une nappe enfouie dans les profondeurs de l'île. Quand elle descendit dans sa gorge, Heather eut l'impression qu'une décharge d'énergie lui parcourait le corps. Elle but une seconde fois et ses muscles commencèrent à se décrisper. Elle sentit les tendons de ses jambes se relâcher. Elle sentit ses cuisses, ses orteils, ses doigts reprendre vie.

Le brouillard qui obscurcissait ses pensées commença à se lever.

« À mon avis elle est potable, les enfants. Elle n'a pas un goût classique d'eau en bouteille, mais nous pouvons la boire sans problème. Allez-y. Buvez lentement. »

Olivia se pencha pour prendre un peu d'eau au creux de ses mains. Elle la fit couler entre ses lèvres avec hésitation, puis regarda Heather d'un air ravi.

« Elle est bonne, dit-elle. J'adore ! »

Elle se pencha de nouveau vers le bassin pour engloutir très vite plusieurs gorgées.

« Attention, pas trop ! dit Heather. Il ne faut pas surcharger ton organisme. Voilà… Ça va. Fais une petite pause maintenant. »

Olivia bascula en arrière et s'étendit sur le sol de la grotte les bras écartés, un sourire radieux aux lèvres.

Heather avait cru qu'elle ne la verrait plus jamais sourire.

« Trop génial, murmura Olivia.

— Vas-y, mon grand, dit Heather. À ton tour.

— Et s'il y a du caca dedans ? demanda Owen.

— Elle est bonne ! répliqua Olivia. Te préoccupe pas. »

Owen plongea un index dans l'eau et le lécha.

« OK, ça peut aller », dit-il.

Heather sourit.

« Il fait drôlement frais ici, reprit Owen après s'être désaltéré. En fait, j'ai même froid.

— Y a un moment où tu arrêtes de te plaindre, toi ? dit Olivia.

— Je vais chercher nos affaires, dit Heather. Nous allons nous cacher ici. Après vous avoir allumé un petit feu, j'essaierai d'envoyer les chiens sur une fausse piste. Je serai de retour dans une heure. »

En quelques minutes, Heather lança un feu de feuilles et de branchettes d'eucalyptus. Elle ressortit ensuite de la grotte, glissa le fusil et la gourde à l'entrée du boyau, replaça la mousse en travers de l'ouverture et se mit en route. Elle courut à travers les collines jusqu'à la bordure côtière de la lande, se roula dans les herbes pour y déposer son odeur, puis descendit sur la plage. Après avoir laissé une tonne d'empreintes dans le sable, elle allait entrer dans l'eau lorsque le drone surgit tout à coup dans le ciel, arrivant du sud. Il l'avait vue.

Il se stabilisa devant elle, cinq ou six mètres au-dessus du sol.

Elle jeta un caillou dans sa direction, mais il vira aussitôt de côté pour l'éviter.

Mince. Il était hors de question qu'elle se laisse suivre jusqu'à la grotte, mais sur cette plage elle n'avait aucun moyen de le semer.

L'appareil virevoltait dans le ciel en bourdonnant, l'œil de sa caméra revenant constamment sur Heather.

Elle se représenta Matt la surveillant sur son ordinateur, son téléphone ou sur l'écran quelconque dont il se servait pour piloter l'engin.

Elle s'assit sur le sable pour observer le drone.

Il ne fallait pas qu'elle panique.

Il fallait qu'elle réfléchisse.

Ces quatre petits rotors, là, devaient consommer pas mal d'énergie pour maintenir le joujou en l'air. Et la batterie ne pouvait pas être bien grosse. Combien de temps ces engins volaient-ils avant d'avoir besoin d'être rechargés ?

Difficile à dire. Une heure ? Vingt minutes ?

Sans doute plutôt la deuxième hypothèse.

Le drone la regardait.

Elle regardait le drone.

Il avait sûrement au moins dix minutes de trajet pour retourner jusqu'à Matt. Et il voltigeait au-dessus de la plage depuis déjà cinq minutes. Si Matt ne voulait pas le perdre, il devrait le rapatrier dans peu de temps.

Matt avait commis une erreur en se montrant. Il aurait dû rester en altitude, plusieurs dizaines de mètres au-dessus du niveau de la mer, et la surveiller de là-haut.

Le drone se stabilisa de nouveau devant elle, oscillant légèrement. Elle sourit à la caméra. « Comment on appelle un boomerang qui ne revient pas ? » dit-elle.

Le drone ne réagit pas.

« Un bâton », dit-elle.

Le drone descendit en piqué dans sa direction. Elle rentra la tête dans les épaules. Il vira tout à coup à gauche, remonta vers le ciel et disparut en direction du sud.

« Il devait la connaître, celle-là », marmonna Heather en entrant dans l'eau. Elle nagea anxieusement sur deux cents mètres, vers le nord, puis regagna le rivage avec précaution en escaladant des rochers. Les requins l'avaient épargnée.

Elle longea un moment la côte avant de remonter sur la lande, puis fit un large détour pour regagner la colline aux eucalyptus et l'entrée de la grotte.

Les chiens débarqueraient forcément ici tôt ou tard, mais ils passeraient d'abord un long, un très long moment sur la plage.

Cette petite diversion leur offrirait peut-être, aux enfants et à elle, quelques heures de tranquillité. Voire un répit jusqu'au lendemain matin. Elle l'espérait, en tout cas.

« Les enfants ? » dit-elle quand elle fut engagée dans le boyau.

Pas de réponse.

« Les enfants !

— On est là. C'est toi, Heather ? »

Olivia apparut à l'angle du passage, le fusil entre les mains.

« C'est moi. »

Ils s'assirent ensemble autour du feu, patientèrent en regardant les braises, et la flèche argentée du temps continua de filer inexorablement vers la fin de l'univers.

Ils n'entendaient ni les chiens ni les hommes, aucun bruit de l'extérieur. Les O'Neill étaient peut-être juste là, au-dessus de leurs têtes, ou à deux kilomètres.

Ils patientèrent encore. En silence. Sur le sable près du bassin.

C'était comme dans ces films de sous-marins. Les hommes enfermés dans la boîte en métal, attendant la bombe qu'un destroyer menaçait de larguer…

Enfin, quand elle put se dire que trois heures devaient être passées, Heather prit le fusil et se faufila dans le boyau menant vers l'extérieur.

Le soleil descendait sur l'horizon.

Personne en vue.

Elle tendit l'oreille.

Pas de cris.

Pas de chiens.

Elle scruta la lande avec les jumelles, mais ne vit rien. Elle retourna au bassin et annonça aux enfants qu'ils étaient sains et saufs pour la nuit. Les O'Neill reprendraient les recherches au lever du jour. Les chiens ne seraient pas longtemps dupes de son petit crochet par la mer. Demain, ils retrouveraient forcément leurs traces.

Mais cela voulait dire qu'ils avaient cette nuit pour eux.

32

Le soleil se couchait sur leur troisième journée, glissant vers le continent dans un embrasement spectaculaire de rouge et d'or. Plongeant sur tous ces gens, là-bas, dans leurs voitures et leurs maisons, dans les restaurants et les bars, les riches comme les pauvres, les vagabonds et les délaissés, les anonymes, les égarés.

Au-dessus de leurs têtes, les premières étoiles apparaissaient.

« Il nous faut quelque chose à manger, Heather, dit calmement Owen.

— Je sais. »

Elle retira ses chaussures.

« Qu'est-ce que tu fais ? demanda Olivia.

— Je vais grimper dans cet arbre, le plus haut possible, et je vais essayer d'appeler à l'aide avec la radio.

— Cet arbre-là ? dit Owen.

— Ouais.

— Je ne suis pas sûr que les radios fonctionnent de cette façon. On vient justement d'étudier ce truc en cours de sciences. Ça ne sert à rien de grimper aux arbres. Je crois que les signaux radio rebondissent entre la Terre et l'atmosphère. Tu as fait de la physique, Heather ? »

Plus ou moins. À Goose Island, elle avait eu droit à un cours de physique donné par sa mère, pendant quelques jours, dans le mobile-home aménagé en classe dont les grandes fenêtres donnaient sur le Puget Sound et, au-delà, sur les sommets enneigés des montagnes du parc national Olympic. Elle n'en avait rien retenu. Sa tête était là-bas, à marcher dans la neige et sous la pluie, à apprendre à repérer les traces du couguar, de l'ours noir, du wapiti et du cerf à queue noire.

Elle n'avait jamais rien appris sur les ondes radio ou le fonctionnement des radios. Et elle avait complètement raté l'épreuve de sciences à l'examen d'accès aux études supérieures qu'elle avait essayé de passer quelques années après avoir décroché du lycée. Un jour, au collège communautaire de South Seattle où elle suivait des cours, un type de sa classe lui avait dit qu'elle était « simplette ». Elle savait qu'elle n'était pas simplette. Elle maîtrisait les matières qu'elle aimait. Elle avait toujours les bonnes réponses en biologie et en botanique. Même ici, à quinze mille kilomètres de chez elle et dans un environnement totalement inconnu, elle était capable d'identifier ménures, oiseaux jardiniers et bien d'autres espèces. Un puffin à bec grêle passait justement au-dessus de la colline, sur sa gauche, semblable à tant de puffins qu'on trouvait dans le Sound.

La vue de ce petit oiseau la réconforta.

« Je grimpe quand même, dit-elle. Ça ne fera pas de mal de réessayer.

— C'est une bonne idée, je trouve », approuva Olivia.

Elles se regardèrent. Un sourire encourageant plissait les lèvres de l'adolescente. Entre le coucher du soleil de la veille et le coucher du soleil aujourd'hui, leur relation s'était métamorphosée.

Heather grimpa à mi-hauteur du plus gros des eucalyptus et alluma le talkie-walkie. « Ceci est un SOS, dit-elle dans l'appareil. Ceci est un SOS. Je m'appelle Heather Baxter, je suis sur Dutch Island, État de Victoria, en Australie, et j'ai besoin d'aide de toute urgence ! »

Elle attendit une réponse. L'appareil ne laissait entendre que du bruit de fond.

« Quelqu'un te parle ? cria Owen.

— Pas pour le moment. »

Le vent agitait les feuilles de l'eucalyptus. L'écorce noire s'effritait sous ses pieds. C'était agréable d'être dans un arbre au milieu de ce petit bosquet. Les arbres étaient des grands frères. Les arbres transformaient la lumière du soleil en nourriture. Les arbres ouvraient des portes vers d'autres mondes.

Elle réappuya sur le bouton d'appel.

« Si vous m'entendez, je vous en prie, appelez la police. Je m'appelle Heather Baxter, je suis sur Dutch Island, dans l'État de Victoria en Australie. Mon mari, Tom, a été assassiné par la famille O'Neill qui occupe cette île. J'ai réussi à prendre la fuite et je me cache avec deux enfants, Owen Baxter et Olivia Baxter. Nos vies sont en danger. S'il vous plaît, envoyez de l'aide. »

Elle répéta ce message plusieurs fois, guettant une réponse après chaque tentative, mais le haut-parleur ne rendait toujours que du bruit blanc.

Elle essaya les neuf canaux.

Sur l'indicateur de charge de la batterie, seules deux barrettes sur quatre étaient allumées. Il fallait qu'elle en garde.

« Les enfants, vous savez quel est le canal d'urgence sur ce genre de radio ? demanda-t-elle.

— En Amérique, les routiers utilisent le canal 9 », dit Owen.

Elle mit l'appareil sur le canal 9 et répéta son message :

« Je m'appelle Heather Baxter, je suis sur Dutch Island. J'ai besoin d'aide. Il faut que quelqu'un appelle la police. Je vous en prie. Ma vie est en danger. S'il vous plaît. Je m'appelle Heather Baxter, je suis américaine et je me trouve sur Dutch Island près de la ville de Melbourne. »

Une voix émergea des grésillements :

« Heather... C'est toi ? »

Elle se retint au tronc de l'arbre pour ne pas tomber.

« Matt ? bafouilla-t-elle.

— Ouais c'est Matt... C'est toi, Heather ? »

Devait-elle répondre ? Elle ne savait pas très bien.

« Heather... toujours là ? »

Elle laissa le bruit de fond parler pour elle.

« Heather... dû trouvé un de nos talkies... sais pas

si tu m'entends… appareils rechargeables, bas de gamme, à un demi-watt… regarde la portée au dos.» La voix de Matt se fragmentait dans un blizzard de grésillements.

«Et alors? dit-elle.

— … mauvaise nouvelle pour toi, c'est que… émetteur radio d'un demi-watt… portée d'un kilomètre max… personne ne risque de t'entendre et de venir t'aider.

— Tant pis. J'essaie quand même.

— … besoin de parler… sérieuse conversation au sujet de Tom», dit Matt avant que les grésillements ne couvrent sa voix.

Elle appuya nerveusement sur le bouton d'appel.

«Tom? Quoi, Tom?»

Grésillements.

«Matt?»

Grésillements.

«Matt?!»

Pas de réponse.

Elle réessaya les autres canaux, sans succès.

Une des deux barrettes lumineuses de la batterie semblait faiblir. Heather éteignit l'appareil et descendit de l'arbre. Les O'Neill devaient avoir compris, à l'heure qu'il était, qu'elle avait tué Jacko. Comment aurait-elle pu se procurer ce talkie-walkie, sinon, et pourquoi n'était-il pas rentré à la ferme?

«J'ai diffusé notre message. Espérons que quelqu'un l'aura entendu, dit-elle aux enfants.

— Je ne me sens pas très bien», dit Owen.

Sa sœur et lui étaient affamés. Ils avaient de l'eau, désormais, mais ils n'avaient rien avalé de solide depuis bientôt trois jours. *Quelque chose à manger.* Elle regarda l'horizon à l'ouest. Des nuages noirs venaient dans leur direction.

Elle tendit à Owen les brochures qu'elle avait prises à la prison et fourrées dans sa poche.

« Le papier peut servir pour allumer un feu. Ramassons des feuilles et des branches, dit-elle. Je crois qu'il va y avoir de l'orage. »

33

La pluie tambourinait si fort sur le toit en tôle ondulée qu'elle la réveilla. Carolyn frissonna de la tête aux pieds. Elle s'était endormie sous le plaid dans le fauteuil relax. Sur l'immense écran de la télé, l'image était en pause. Elle ne se rappelait plus quel épisode elle était en train de regarder. Janeway sondait l'humeur des officiers supérieurs du *Voyager* au sujet d'un problème auquel l'équipage était confronté. Heather, bien sûr, aurait sans doute pu donner le titre de cet épisode sur un simple coup d'œil à l'écran de pause. Elle avait une connaissance juste encyclopédique de l'univers *Star Trek*.

Carolyn se demandait si le mari tout beau tout neuf de Heather connaissait cette facette de sa femme – la geekette calée en SF et marrante comme tout. Heather n'avait pas encore répondu à son dernier message au sujet de *Voyager*. Peut-être essayait-elle de réprimer cette partie d'elle-même pour devenir l'épouse parfaite du bon docteur. Peut-être tous les petits bouts de Goose Island qui la composaient allaient-ils peu à peu se détacher et tomber aux oubliettes, jusqu'à ce que la Heather d'autrefois n'existe plus.

Carolyn tendit le bras vers le tapis et tâtonna à la recherche de sa cigarette électronique. Elle appuya sur le bouton, le voyant se mit à clignoter et elle inspira la vapeur de CBD du cannabis bio qu'elle cultivait ici même, à Goose Island, de ses petites mains. Un excellent produit, au taux de THC élevé, qu'elle vendait à des dispensaires de cannabis médical pour deux cents dollars les trente grammes. Elle toussa, attrapa son mug par terre et but une gorgée de café froid.

L'écran de son iPhone indiquait qu'elle avait un nouveau message vocal.

Elle cliqua pour l'écouter.

« Bonjour, ceci est un message pour Carolyn Moore, déclara une femme qui avait un accent australien. Carolyn, je m'appelle Jenny Brook et je suis la représentante d'ICOM ici à Melbourne. L'un de nos orateurs est le docteur Thomas Baxter. Il nous a laissé le numéro de sa femme comme contact d'urgence, et sa femme nous a laissé le vôtre pour elle-même. Ni le docteur Baxter ni sa femme ne répondent au téléphone. Je me demande s'ils sont partis dans l'arrière-pays ou quelque part en dehors de Melbourne où il n'y a pas de réseau. Il y a plusieurs choses que le docteur Baxter doit faire avec nous, et nous aimerions qu'il nous contacte rapidement. Merci. »

Carolyn fit la moue. Sans doute le docteur Baxter et sa femme étaient-ils encore en goguette dans quelque vignoble huppé.

Elle composa le numéro de Heather et tomba directement sur sa boîte vocale.

Sa copine avait-elle des ennuis, là-bas en Australie ?

Carolyn pensait que c'était plutôt le contraire.

Mais tout de même…

Il faisait sombre dehors. Melbourne avait dix-sept heures d'avance sur Seattle – un concept qu'elle avait encore du mal à assimiler.

Elle décida de laisser passer la nuit. Demain matin elle essaierait de rappeler Heather, et puis elle verrait.

Si elle n'arrivait pas à la joindre, elle prendrait contact avec la représentante, Jenny, lundi ou mardi. Heather et le bon docteur avaient bien le droit de passer le week-end à se gaver de haute cuisine et de vins hors de prix sans avoir la police à leurs trousses.

34

L'estomac de Heather grondait.

Elle portait le fusil sur l'épaule et avait passé un des lacets de Jacko dans le trou du manche de la machette pour l'attacher à sa ceinture.

À travers la lande, plein sud, elle marchait à bonne allure.

La blessure de son pied ne la faisait pas trop souffrir. Son nez l'élançait. Sa mâchoire lui faisait mal. La douleur à son épaule était vraiment affreuse. Pour le reste, ça irait.

La température extérieure avait beaucoup baissé. Elle vit un éclair frapper le sommet pointu d'un bâtiment sur le continent.

Lumière, silhouette d'église, ville, civilisation, espoir.

Elle compta en silence.

Un, deux, trois, quatre, cinq, six, sept, huit, neuf, dix, onze, douze, treize, quatorze, quinze…

Le grondement sourd du tonnerre lui annonça que l'orage se trouvait à cinq kilomètres à l'ouest de Dutch Island.

Au sud, les nuages noirs s'étiraient jusqu'à l'horizon et au-delà. D'après ce qu'elle voyait, la dépression s'étirait peut-être même jusqu'en Antarctique. Elle apporterait peut-être de la grêle et de la neige. Est-ce qu'il neigeait en Australie ? Elle n'en savait rien. Tom aurait su, lui. Il avait lu tant de livres. Il devait exister un bouquin sur le sujet.

Mais ces salauds l'avaient tué.

Prenant soin de contourner la ferme à bonne distance, Heather marcha à travers la brousse en direction des dunes où nichaient les puffins. Il n'y avait pas de lune dans le ciel, mais Vénus était levée. La Terre avait tourné sur son axe et le vaste éventail des étoiles australes se déployait. Avec la tête de l'émeu. La queue du kangourou.

Des lumières sur sa droite. À cinq cents mètres. Sans doute Kate sur son quad, qui la cherchait obstinément.

Crâne sur la tête.

Pleins phares.

Tu peux venir me trouver, maintenant, pensa Heather. *Je suis prête.*

Je ferai un trou dans la nuit rien que pour toi.

De l'air frais s'élevait du sol. Des bestioles chantaient dans l'herbe. De gros papillons de nuit voletaient dans les fines colonnes de lumière des étoiles.

La lumière des étoiles d'un autre temps.

Si seulement elle avait pu remonter le temps jusqu'à deux jours plus tôt.

Je nous remmènerais tous les quatre à avant-hier, et c'est moi qui conduirais la voiture.

Ou plus tôt encore. Et Tom ferait seul ce voyage en Australie.

Ou plus tôt encore. Avec ses crayons de couleur, elle alerterait le monde sur le 11-Septembre, il n'y aurait pas de guerre et papa ne serait pas obligé de partir en Irak.

Kate s'éloignait sur son véhicule. Heather la laissa partir.

Elle poursuivit son chemin à travers le paysage nocturne en créant de l'art évanescent dans l'herbe – à la façon de ces artistes que sa mère adorait, Andy Goldsworthy et Liza Lou. Ses pas suivaient ceux de sa mère dans les bois, traçant des lignes telluriques sur les aiguilles de pin de Goose Island et la paillote de Dutch Island, sous la lune, sous la lune sombre mais toujours présente, qui chérit les offrandes votives et veille sur les humains de là-haut, très haut.

Il lui fallut une heure pour atteindre le rivage sud de l'île. Elle reconnut les cris des puffins et trouva les terriers où ils nichaient. Plongeant la main dans les cavités, elle parvint à récupérer une douzaine d'œufs ; elle les enveloppa dans le sac de supermarché qui avait servi à Jacko pour ses munitions.

Elle traversait une des routes de l'île lorsqu'elle aperçut sur la chaussée, juste au bord du fossé, la masse inerte d'un animal mort. Elle s'en approcha. C'était un koala. Il ne sentait pas mauvais et les mouches noires n'étaient pas encore là en horde. Elle le tira au milieu des herbes, lui coupa la tête avec la machette, l'éviscéra et le dépeça. Elle conserva le foie, le cœur et les poumons. Elle fit une besace de son tee-shirt pour y loger les œufs et les munitions, et mit la viande du koala dans le sac en plastique.

Heather retourna à la grotte en soutien-gorge. Sous ses pieds, la terre avait davantage d'élasticité : elle savait que l'averse arrivait, cette terre qui rêvait de devenir terre nourricière.

Une goutte de pluie toucha son bras.

Elle leva les yeux vers le ciel. Il avait pris une teinte noire violacée, très profonde. Il allait bientôt baptiser et purifier la Terre.

Évidemment, la pluie arrivait après qu'ils s'étaient trouvé une réserve d'eau.

Heather s'approcha de la grotte en guettant d'éventuels signes de présence humaine. Elle n'en vit aucun. À son départ, elle avait remis de la mousse devant l'entrée du boyau. De près, on distinguait un filet de fumée bleue qui s'en échappait. Mais il fallait vraiment être à moins de cinq mètres.

Cette grotte les cachait aux humains, mais Heather savait qu'elle ne tromperait pas les chiens. Ils n'avaient pas encore tout donné. Dès l'aube, sans doute, ils s'élanceraient sur la plage – et ils finiraient bien par suivre leurs traces jusqu'ici.

Elle écarta la mousse et entra dans la grotte.

« J'ai trouvé à manger, dit-elle en déposant son butin devant les enfants.

— C'est quoi ? » demanda Olivia en montrant le sac en plastique.

Heather savait que l'adolescente n'accepterait jamais de manger du koala.

« Difficile à dire. Un animal qui a été tué par une voiture. Un wombat, peut-être ? Et j'ai aussi des œufs. »

Le feu brûlait déjà bien. Les branchettes et les feuilles d'eucalyptus étaient tellement huileuses qu'elles produisaient une flamme jaune brillante qui illuminait toute la grotte. Heather y ajouta quelques branches, et en un rien de temps ils eurent une flambée respectable. Ils se réchauffèrent et admirèrent la lumière. Il valait mieux cuire les aliments à la braise, plutôt qu'à la flamme, mais Heather jugea qu'ils avaient trop faim tous les trois pour attendre.

Elle coupa la viande et les organes du koala et prépara des brochettes avec des tiges d'eucalyptus. Avec d'autres branches, elle bâtit une sorte de trépied et installa la viande à côté du feu. Pour les œufs, elle utilisa la lame de la machette, et elle les cuisit l'un après l'autre pour ne pas risquer d'en perdre un seul. Ils avaient de la chance avec leur timing. Dans une quinzaine de jours, les œufs des puffins contiendraient autre chose que des embryons, mais pour le moment ils avaient l'apparence et le goût d'œufs de poule. Olivia posa les œufs cuits sur une pierre plate tandis qu'Owen retournait la viande.

Ils mangèrent avec leurs doigts.

La viande était grasse, dure, amère, et avait un goût de gibier. Chaque bouchée était désagréable. Mais ils étaient affamés et ils la dévorèrent. Les œufs étaient bons. Et ils pouvaient boire de l'eau tout leur saoul.

« C'est la meilleure eau que j'aie jamais bue », déclara Owen.

Un agréable souvenir de son bref séjour à la réserve, chez sa grand-mère, revint tout à coup à l'esprit de Heather. En makah[1], « eau » se disait *č̓a'ak*. Sa grand-mère prononçait ce mot *wa'ak*, comme le faisaient aussi les peuples autochtones de Vancouver Island. C'était le seul mot de la langue makah dont elle pouvait se souvenir. « *wa'ak* », murmura-t-elle pour voir s'il avait quelque pouvoir magique.

Elle ferma les yeux et le répéta : « *wa'ak.* »

Rien ne se produisit, mais le fait qu'ils aient mangé et soient encore en vie tenait déjà de la magie.

Owen brandit la brochure qu'elle avait prise à la prison.

« Je peux te rendre ça. On n'en a pas eu besoin pour le feu. J'ai tout lu. Il y a les photos d'une prison qui a l'air vraiment merdique, et puis il y a aussi quelques infos sur l'île.

— Ah oui ? Fais-nous la lecture, tu veux ? dit Heather.

— D'accord. "L'ancienne prison fédérale McLeod a été construite en 1911 et a fermé ses portes en 1989 pour raisons budgétaires, lut Owen à voix haute. Le site est aujourd'hui transformé en musée. McLeod fut la dernière prison insulaire d'Australie – quoiqu'il y ait débat sur la question de savoir si Dutch Island peut réellement être considérée comme une île. Lors des grandes marées, en effet, il apparaît sur la côte

---

1. Les Makahs sont un peuple amérindien du Nord-Ouest Pacifique.

une sorte de chaussée rocheuse, très dangereuse, qui a provoqué de fascinants naufrages au cours de l'histoire."

— Oh, des trésors engloutis, commenta Olivia.

— "La prison McLeod, autrefois considérée comme l'une des plus strictes et des plus sûres d'Australie, était réservée aux criminels endurcis, poursuivit Owen. Contrairement à ce qui s'est passé sur l'île du Diable en Guyane française et sur l'île d'Alcatraz en Californie, aucun prisonnier n'a jamais réussi à s'échapper de Dutch Island."

— Quoi ? Ça dit que *personne* ne s'est jamais échappé de Dutch Island ? demanda Olivia.

— Nous serons peut-être les premiers, dit Heather.

— On a visité Alcatraz quand on est allés à San Francisco. Tu te souviens, Olivia ? Tu sais combien de prisonniers se sont échappés de cette prison, Heather ?

— Nan. Combien ?

— Trois. Ou peut-être zéro, selon que les évadés se sont noyés ou pas.

— D'après papa, ils se sont noyés, je me souviens, commenta Olivia.

— Ils se sont grave échappés, tu veux dire ! Et nous aussi, on va s'échapper. Et, à propos de grandes marées, ça te dit de m'aider à travailler ma fiche d'astronomie ? » demanda Owen d'un air malicieux. Il tira une feuille froissée de sa poche de short.

Olivia pouffa de rire.

« Waouh, tu l'as encore ? M. Cutler sera impressionné.

— Tu crois qu'il me donnera un délai supplémentaire ? demanda Owen en riant à son tour.

— D'accord, je vais t'aider », dit Olivia.

Et les enfants s'assirent côte à côte pour réciter l'ordre des planètes et les phases de la Lune.

Heather bâilla et s'allongea sur le sol de la grotte.

Elle écouta un moment les crépitements du feu et la conversation des enfants, puis elle ferma les yeux et le sommeil la surprit comme autrefois, quand elle était petite, dans les montagnes du parc national Olympic.

35

Des flocons de neige tombant du ciel comme des feuilles de thé d'une boîte en fer-blanc. Tombant sur la montagne, sur les arbres et sur les jeunes pousses de fougères. Tombant sur les traces de la biche, près de la rivière, qu'elle était seule à avoir vue.

L'odeur du kérosène imprégnait encore les sacs à dos. Elle aimait bien. Cette odeur la faisait un peu planer. Elle aimait aussi les odeurs du bacon et du saindoux, et celle du café sucré au petit déjeuner.

Ils étaient encore à huit cents mètres, environ, de la crête qu'ils avaient repérée la veille au soir.

Au cœur de la forêt. Au milieu de ces grands arbres dinosaures aux noms de contes de fées : épicéa de Sitka, sapin de Douglas, tsuga de Californie, érable de l'Oregon, peuplier de l'Ouest.

Un cardinal lança un avertissement. Un corbeau les observait avec indifférence.

Parvenus à la crête, ils s'installèrent pour patienter. Ils étaient bien cachés par les fougères et un énorme chêne qui reposait dans le sous-bois comme un dieu mort. Le lichen qui enveloppait le tronc ressemblait à la robe émeraude d'une demoiselle d'honneur, et, en se couvrant peu à peu des flocons de neige soufflés de biais de la montagne, il devenait la robe de la mariée elle-même.

Son père la débarrassa de son sac à dos et l'aida à se glisser dans le sursac de bivouac.

Il installa le Mossberg et la Winchester.

Ils ne parlaient pas. Ils communiquaient par gestes. Elle se disait qu'ils étaient comme des prisonniers de guerre évadés en pays ennemi et qui ne devaient pas trahir leur position.

Elle avait bien chaud, dans le sursac de bivouac, avec son vieux manteau, le bonnet militaire de son père et les moufles en peau de renard que sa mère lui avait fabriquées l'hiver précédent.

Allongée sur le ventre, elle observa le troupeau d'élans en train de remonter petit à petit la vallée dans leur direction. Son père voulut lui passer les jumelles, mais elle secoua la tête.

Un faucon tournoyait au-dessus de leurs têtes. Ses ailes étaient du même rouge que la petite remorque qu'elle avait eue enfant.

Son père examina les armes.

Le fusil à pompe Mossberg, c'était au cas où un ours les attaquerait. Son magasin renfermait deux cartouches de grenaille, suivies de deux de chevrotine, puis de deux balles – une séquence ascendante de létalité.

La carabine de chasse Winchester 70 à un coup était dans la famille depuis avant la guerre de Corée.

Les élans étaient maintenant à leur portée. Elle retira ses moufles et épaula la carabine.

Elle approcha son œil de la lunette de visée et les animaux lui parurent tout à coup étrangement proches.

Elle chargea la cartouche de .257 dans la chambre.

Elle stabilisa la carabine et patienta. Elle n'était pas pressée.

En plus d'être contre le vent, son père et elle étaient si bien dissimulés que les élans n'avaient absolument pas conscience du danger. Elle les entendait renifler et souffler tout en se régalant de mousses et de fougères. Ils sentaient la terre humide et la noisette. Ils échangeaient de temps en temps des sortes de gémissements graves, comme les éléphants.

Son père et elle ne se parlaient pas.

Il n'y avait rien à dire.

Ils se comprenaient parfaitement.

Ils savaient l'un et l'autre que tout cela n'était qu'un jeu. Qu'elle n'irait pas au bout. C'était la seconde fois qu'il l'emmenait chasser le gros gibier. Elle était aussi entêtée que lui.

Quand le grand élan mâle ne fut plus qu'à vingt-cinq mètres de distance, elle visa, juste à droite de sa crinière brune, la région de son cœur et de ses poumons. Elle fit glisser son index vers la détente.

Resta dans cette position quelques instants.

« Pan », murmura-t-elle.

Elle remit la sûreté et posa doucement la Winchester sur la neige.

Son père la saisit et regarda dans la lunette.

« Le mâle ? chuchota-t-il.

— Oui. »

Il tira la culasse, retira la cartouche de .257 et la rangea dans le sachet Ziploc avec les autres munitions.

Les élans ne se doutaient toujours pas que des humains étaient tout proches.

Son père glissa la carabine dans un étui.

Il semblait être à deux doigts de dire enfin quelque chose, et puis, une fois de plus, il ne sut pas vraiment comment faire.

À l'armée, il avait été sergent-chef. Elle supposait que cela impliquait qu'il donnait des ordres, avec autorité, parfois en criant pour pousser ses hommes à l'action. Mais elle ne l'avait jamais entendu élever la voix sur le chien. Sa mère avait été sergent. Elle, il n'était pas difficile de l'imaginer donnant des ordres. Mais pas lui. Il avait laissé *là-bas* cette capacité à s'exprimer.

C'était à elle de parler.

« Je suis désolée de t'avoir déçu.

— Non ! répondit-il. Mon Dieu, mais non. C'est bien. Tu es une gentille fille. Tu as fait ce qu'il fallait. »

En redescendant de la crête, elle remarqua que les traces de la biche, près de la rivière, étaient si bien recouvertes par la neige qu'elles semblaient ne jamais avoir été là. La vie était comme ça, sans doute – une impression passagère, près d'un petit cours d'eau dans une grande forêt, qui s'évanouissait vite.

Sur la route, en rentrant à la maison, ils écoutèrent Neil Young, puis Dolly et Willie.

La nuit tombait lorsqu'ils débarquèrent du bac.

De la fumée bleue s'élevait des cabanes. Tous ces petits fûts de cheminée en communication secrète avec le ciel.

Il faisait noir quand ils s'arrêtèrent devant la maison.

Le Sound était obscur. Au loin scintillait Seattle.

Son père réfléchit un instant puis la regarda en coupant le moteur. Sa mère avait su d'avance qu'elle referait le même coup. « Laisse-la tranquille », avait-elle dit.

« Je vais discuter avec ta mère, dit-il. On trouvera de la viande aussi bon marché chez Costco.

— Aussi bon marché que gratuite ?

— Rien n'est gratuit. »

Ils entrèrent. Sa mère avait préparé un chili avec du paleron. Bien sûr, elle savait déjà. Elle ne dit pas un mot. Elle sourit et serra Heather dans ses bras. Les mamans.

Heather aida son père à faire la vaisselle.

Il se racla la gorge et dit :

« Il y a des moments où il faut porter le combat chez l'ennemi. Mais ce n'était pas notre ennemi. Ce n'était pas son heure.

— Non », acquiesça-t-elle.

Il lui ébouriffa les cheveux. Elle sentit sa main.

Frissonna.

Se réveilla.

Le feu mourait. Il faisait froid.

Elle s'assit et respira profondément.

« Heather, tu penses que papa est au paradis ? demanda Olivia.

— Oui », répondit-elle.

Lorsqu'on meurt, disait le père de Heather, il n'y a personne pour s'occuper de nous – ni Dieu, ni ancêtres décédés, ni anges. Juste les toubibs et les camarades de la troupe. Sa mère disait qu'elle ne pensait jamais à cette question. Mais sa grand-mère, la mère de sa mère, avait parlé en son temps du Grand Esprit, des dieux de la montagne et de l'ancienne religion.

Elle voulait tenter de prier devant tous ceux-là.

Elle attrapa le fusil et se mit debout.

« Où tu vas ? demanda Olivia.

— Les chiens nous trouveront, demain, si je ne m'occupe pas d'eux », répondit-elle.

Olivia mit une seconde pour comprendre le sens de cette phrase.

« Fais attention », dit-elle doucement.

Heather lui tendit le briquet.

« Entretiens le feu. Ce bois d'eucalyptus brûle bien. »

Owen s'était réveillé.

« Tu pourrais voir si tu trouves encore à manger ? demanda-t-il. Mais pas la peine de rapporter du wombat. C'est pas trop une viande pour les humains, je crois.

— Je chercherai autre chose. Assurez-vous que l'entrée de la grotte reste couverte.

— Et si tu ne reviens pas ? demanda Owen.

— Je reviendrai.

— Mais au cas où ?

— Ta sœur et toi, vous restez cachés ici jusqu'à ce que la police arrive. La police viendra. Je vous le promets. »

Owen n'insista pas. Si la police ne venait pas, ils étaient morts. S'ils se rendaient aux O'Neill, ils étaient morts.

Heather ébouriffa les cheveux d'Owen et serra Olivia dans ses bras.

« Veille sur ton petit frère, OK ?

— Oui. »

Le charbon des brochettes d'eucalyptus avait noirci ses mains. Elle leva deux doigts vers son visage et traça une ligne sombre sur sa joue gauche.

« Pourquoi tu fais ça ? demanda Owen.

— Camouflage, dit-elle en se dirigeant vers l'entrée de la grotte. Ne vous inquiétez pas. Je reviens bientôt. »

Elle se faufila dehors.

Scruta la lande.

La priorité absolue était de tuer les chiens.

Ensuite, elle verrait ce qui serait envisageable pour faire mal aux O'Neill. Si elle leur faisait assez mal, peut-être les laisseraient-ils partir.

C'était peu probable, quand même.

En tout cas, le moment était venu de porter le combat chez l'ennemi.

36

Elle était sereine. Tranquille. Aussi tranquille que la mer, l'herbe, ces vieux arbres. Elle flottait dans l'ici et maintenant de toutes choses.

Elle scruta les collines avec les jumelles de Jacko.

Nuit sombre. Presque aucun mouvement qu'elle pût déceler. Pas un lapin, pas un wombat, pas même un koala somnolent en vue. Juste quelques hautes touffes de spinifex blanc cassé oscillant sous la brise. Elle pivota vers le continent et les banlieues de la grande ville. Ces lumières, là-bas, ne présentaient plus guère d'intérêt pour elle. Elle regarda froidement un avion de ligne tracer une large courbe au-dessus de la péninsule de Mornington et virer au nord en direction de l'aéroport.

Très haut dans le ciel, d'autres sillages de gros-porteurs s'éloignaient de Melbourne en direction de Sydney ou de Perth.

C'était un autre univers, ce monde d'avions et de voitures, de centres commerciaux et de policiers.

Le tonnerre gronda à l'ouest.

Heather mit le fusil sur son dos, attacha la gourde pleine et la machette à sa ceinture.

Elle s'élança à travers le no man's land de Dutch Island.

Sous la Voie lactée. Sous la Croix du Sud.

Elle avait mangé et bu.

Une tempête approchait, en effet.

Cette tempête, c'était elle.

Les O'Neill habitaient une terre sans pistes de rêve.

Ils ne connaissaient même pas leur propre territoire.

Oui, Tom avait tué cette pauvre femme.

Oui, elle-même avait menti et essayé de dissimuler ce drame.

Mais ce n'était qu'une offense de plus.

La première, la plus grande offense avait été commise contre les gens qui avaient vécu ici pendant mille générations.

Elle marchait d'un bon pas.

Et, tout en marchant, elle écoutait de la musique dans sa tête. Les vieux albums de sa mère : les Beatles, les Stones, les Who, les Kinks.

Le vent forcissait.

La température continuait de baisser.

Elle se rapprochait de son objectif.

Il y avait pas mal de lumière à la ferme : aux fenêtres de plusieurs habitations, plus quelques projecteurs extérieurs çà et là. Heather entendait aussi de la musique. Faisaient-ils la fête ? Ils gagnaient assurément la guerre d'attrition. Avaient-ils déjà découvert ce qui était arrivé à Jacko ?

Elle s'allongea dans l'herbe et reprit les jumelles en main. Scruta la propriété à la recherche des chiens.

Facile : ils étaient attachés devant la galerie de la grande maison. Il y en avait trois, bien proches les uns des autres. Ils rongeaient des os.

Elle posa les jumelles et prêta attention au vent.

C'était un vent d'ouest – un vent marin.

Parfait.

Elle contourna la ferme par l'est à bonne distance des chiens. Ils ne risquaient pas de sentir son odeur, mais ils étaient intelligents et pouvaient l'entendre. Cette nuit, il n'y avait pas beaucoup d'autres grands mammifères en balade à travers Dutch Island.

Heather se rapprocha de l'ancien rouleau compresseur, ôta le fusil de son épaule et se baissa dans les herbes hautes. Elle scruta les toits des bâtiments avec les jumelles. Personne là-haut par cette nuit venteuse. Elle balaya la cour. Pas une âme en vue. Elle alluma le talkie-walkie et écouta les différents canaux l'un après l'autre. Pas la moindre conversation en cours. La lumière brillait dans la grande maison, tout le monde était rentré.

Elle n'avait pas oublié ce que Rory lui avait dit sur la fourmilière derrière la grange à tonte – c'est-à-dire pas loin, sans doute, de l'endroit où elle se tenait. Et sur le sort que les O'Neill réservaient à Hans.

Peut-être devait-elle…

Bien sûr qu'elle devait.

Accroupie, elle contourna le rouleau compresseur et aperçut le tumulus à une quinzaine de mètres de là.

Comme elle marchait dans sa direction, quelques fourmis éloignées de la colonie grimpèrent sur ses baskets et commencèrent à lui mordre les chevilles. Elle fourra le bas de ses pattes de jean dans ses chaussettes.

Il fallait qu'elle sache…

Elle crut distinguer une forme humaine sur le tumulus.

Elle fit encore quelques pas et découvrit les Hollandais.

Ils étaient morts tous les deux.

L'énorme fourmilière se composait en fait de deux tumulus. Petra avait été tuée d'une balle dans le dos et jetée nue sur le plus gros des deux. Son corps n'était qu'une masse grouillante de minuscules organismes rouges. Hans était juste à côté.

La brise secouait une lampe halogène suspendue à un câble au milieu de la cour de la ferme. Les cadavres de Hans et de Petra s'en trouvaient tour à tour éclairés et plongés dans le noir, au rythme des oscillations de l'ampoule, comme dans quelque installation artistique insensée.

Les fourmis avaient dévoré le visage de Petra et s'engouffraient dans les orbites osseuses et laiteuses de ses yeux pour consommer son cerveau.

L'horreur absolue de ce spectacle figea Heather.

Elle ne put retenir ses larmes. Serrant les bras contre sa poitrine, elle sanglota sans retenue.

« Les enfants sont à l'abri ! murmura-t-elle à Petra quand elle réussit à se calmer. J'ai trouvé une grotte. Ça valait le coup, ce que vous avez fait. Ça a fonctionné. Merci. Merci ! »

Des fourmis l'escaladaient et commençaient à mordre ses coudes.

Elle s'écarta de la fourmilière en se frottant les bras.

Et puis, alors qu'elle allait s'éloigner dans l'obscurité, une chose épouvantable se produisit.

Hans remua.

37

Heather résista à l'envie de prendre la fuite en hurlant.

Toujours accroupie, elle contourna Petra pour rejoindre le second tumulus, plus petit, sur lequel Hans était attaché à des piquets.

Les fourmis grouillaient dans ses cheveux. Ses yeux étaient fermés, ses lèvres étaient comprimées vers l'intérieur de sa bouche et il secouait lentement la tête de droite à gauche en soufflant par les narines pour repousser les insectes. Une terrible odeur de merde se dégageait de son corps ; il s'était sans doute souillé quand les O'Neill l'avaient tabassé. Heather le contempla avec effroi, puis prit la gourde pour lui passer de l'eau sur le visage et en chasser les fourmis. Elle sortit les insectes qu'il avait dans les oreilles en les écrasant et en les écartant de la main. Elle dégagea sa bouche et lui versa de l'eau entre les lèvres.

Les fourmis repassèrent aussitôt à l'attaque, mordant ses doigts. Leurs pinces acérées étaient incroyablement douloureuses. Hans devait souffrir le martyre.

« Hans, c'est moi, Heather, dit-elle.

— Heather ?

— N'essayez pas de parler. Je vais vous sortir d'ici, dit-elle en lui redonnant à boire et en essuyant son visage.

— Les enfants ?

— Ils sont en vie. Nous avons trouvé une grotte et de l'eau. Ne parlez pas. Tenez bon.

— Non. Heather. Partez. »

Elle regarda les mains et les pieds de Hans. Les O'Neill avaient enroulé du fil de fer autour de ses poignets et de ses chevilles pour l'attacher à quatre piquets de tente fichés dans le sol autour du tumulus.

« Heather… vous devez partir.

— Gardez vos forces, Hans. Ne parlez pas. Vous venez avec moi.

— Non.

— Je vais vous sortir d'ici ! Nous avons à manger et à boire.

— Vous devez partir.

— Il suffit que j'arrache ces piquets !

— Je suis mort, Heather. Enfin dans quelques heures… Ils m'ont ouvert le ventre, regardez. Je les sens à l'intérieur…

— Je peux vous sauver. Taisez-vous ! Je vais y arriver, dit-elle en tirant péniblement sur l'un des piquets.

— Je ne pourrais pas faire dix mètres.

— Je vous libère !

— Et après ? Ma pauvre Petra est morte. Je serai bientôt mort. Mais… Heather… Vous pouvez faire deux choses pour moi. S'il vous plaît ?

— Oui ! Quoi ?

— Vous avez votre canif?

— Oui.

— D'abord, j'ai besoin… Vous devez me trancher la gorge.

— Pardon ?

— Aidez-moi… Je suis trop faible pour le faire seul. »

Elle déglutit.

« Non. Pitié. Tout sauf ça.

— Je ne peux pas, Heather. Vous… L'artère carotide… sur le côté du cou. Avec cette lame, vous pouvez la couper, et tout sera fini pour moi.

— Je… je… je ne peux pas…

— J'ai besoin de vous. Aidez-moi, voulez-vous ?

— Non.

— Je tiendrai votre main… pour vous guider. Je vous en prie… »

Heather secoua la tête. Mais elle savait qu'il avait raison. Elle voyait bien à ses blessures qu'il était condamné.

« D'accord », s'entendit-elle répondre d'une voix blanche.

Hans lui exposa le second service qu'il souhaitait qu'elle lui rende. D'une certaine façon, il était pire que le premier. Mais elle accepta.

Elle sortit le canif de sa poche et l'ouvrit. Elle libéra le poignet droit de Hans du fil de fer attaché au piquet. Quand elle approcha la lame de son cou, il saisit sa main pour la guider vers l'artère carotide.

« Ici, dit-il.

— J'ai peur », dit-elle. Elle sentait le pouls de Hans battre faiblement sous ses doigts.

« De quoi… avoir peur ?

— De tuer un homme de sang-froid.

— Heather, je vous en prie, n'oubliez jamais… Ce n'est pas vous qui me tuez. C'est eux. Les assassins, ce sont les O'Neill. »

Elle essayait de ne pas le regarder, mais c'était plus fort qu'elle. Le visage de Hans était un fouillis atroce de morsures, d'ulcères et de plaies.

« Maintenant, s'il vous plaît », dit Hans – et, avec son aide, elle appuya sur la lame pour l'égorger.

Lorsqu'elle s'écarta pour ne pas être touchée par le sang qui jaillissait de la carotide sectionnée, elle faillit basculer sur le tumulus où reposait Petra. Les fourmis dévoraient très vite le visage de la pauvre femme. Des fragments de son crâne étaient déjà visibles. La lumière venue de la cour faisait luire l'os.

Hans s'éteignit en moins d'une minute, et Petra et lui se retrouvèrent dans la mort.

Un frisson intense secoua Heather. Un sanglot jaillit de sa gorge. Elle se força à prendre une profonde inspiration et étreignit la main de Hans.

Une question lui surgit alors à l'esprit. Si les Hollandais étaient ici, pourquoi pas Tom ? Qu'avaient-ils fait du cadavre de Tom ?

Heather scruta les environs de la fourmilière avec inquiétude. Pas de Tom. Les O'Neill lui avaient réservé un autre traitement.

Pourquoi ?

Parce qu'ils avaient besoin de lui.

Parce qu'ils prévoyaient de le mettre dans la voiture, avec elle et les enfants, quelque part sur le continent. Ils voulaient essayer de faire croire à un grave accident. Loin d'ici.

Petra et Hans pouvaient donc disparaître, dévorés par les fourmis, mais Tom devait être à l'abri quelque part. Dans une chambre froide, sans doute.

« Sauf que leur plan ne fonctionnera pas, hein, Petra ? » murmura-t-elle.

Le crâne de la femme charmante qu'elle avait connue lui sourit.

Les autorités australiennes se laisseraient-elles berner ? Mais non. Tôt ou tard, un médecin légiste regarderait tels et tels prélèvements au microscope, et découvrirait qu'un froid intense avait détérioré les cellules de Tom. Un cadavre gelé au cœur de l'été australien ? Cela n'avait aucun sens. Le légiste ferait son rapport à la police, qui reconstituerait le parcours de la famille Baxter…

Un sourire maussade monta aux lèvres de Heather.

Comme plan B, cela ferait l'affaire. Baiser ces enfoirés depuis la tombe. Mais le plan A, c'était de les baiser tout de suite. Assez tergiversé. Il était temps de répondre à la seconde requête de Hans.

Elle tira sur le piquet le plus proche d'elle, au pied gauche du mort. Pour l'arracher sans trop de peine, comprit-elle, il fallait à la fois tirer dessus et le faire bouger dans la terre comme un levier. Elle passa ensuite à l'autre cheville et le piquet ne lui résista pas très longtemps. Enfin, elle s'occupa du dernier, au poignet gauche de Hans.

Voilà. Il était prêt à avoir sa part de vengeance.

38

Owen regardait le serpent par-dessus son mur. Il avait érigé ce mur, un mur de briques comme dans Minecraft, à l'intérieur de sa tête. Il se cachait derrière quand il ne voulait pas faire face aux choses. Depuis un an, c'est souvent arrivé. Il n'avait pas fait face à la mort de sa maman. Il n'avait pas fait face à la rencontre de son père et de Heather. Il n'avait pas fait face au mariage de son père et de Heather. Il n'avait pas fait face à l'installation de Heather dans leur maison. Il n'avait pas fait face à ce voyage en Australie et à l'assassinat de son père. Il n'avait pas encore affronté, non plus, le fait que Heather, Olivia et lui étaient poursuivis par des psychopathes meurtriers à la *Mad Max*. Plus important que tout, il ne faisait pas face au fait que tout était sa faute, parce qu'il se cachait derrière son mur et ne disait rien…

Les « briques » du mur étaient des parpaings de béton. De gros parpaings gris, faciles à déplacer dans Minecraft, mais qui étaient plus difficiles à manier dans la vraie vie. Il jeta de nouveau un œil par-dessus le mur pour voir le monde réel, la vraie vie.

Indiscutablement, c'était un serpent. Le feu devait l'avoir réveillé.

Les serpents n'attaquaient pas les gens, sauf s'ils se sentaient agressés – si quelqu'un leur marchait dessus par accident ou quelque chose comme ça. C'était bien connu : les serpents laissaient le plus souvent les gens tranquilles. Et cela valait aussi pour les serpents australiens. Owen savait des tas de choses sur les serpents australiens. Avant même de quitter Seattle, il les avait étudiés sur son téléphone et sur son ordi pendant plusieurs jours. Et il n'avait pas juste regardé quelques pages Wikipédia. Il avait lu des e-books et il avait même acheté un livre papier sur Amazon. Owen savait qu'il n'était pas doué pour le sport. Des tas de gens disaient qu'il avait des « difficultés d'apprentissage ». Des enfants, à l'école, le traitaient d'imbécile quand il n'y avait pas d'adulte dans les parages. Sa mère et son père s'étaient battus pour faire accepter à l'école qu'il souffrait de TDAH – les médecins avaient confirmé le diagnostic –, et maintenant il prenait des médicaments et il avait droit à plus de temps pour les contrôles en classe. Il y avait déjà trois jours qu'il n'avait pas pris ses médicaments. D'habitude, quand il arrêtait sa Ritaline et les cachets contre l'anxiété, il devenait nerveux, il stressait beaucoup. Mais cette fois il n'avait pas ce problème.

Il se sentait plutôt bien. Il regardait calmement le serpent onduler en direction d'Olivia qui dormait près du feu. Ce spécimen faisait un peu moins de deux mètres et sa peau était jaune tirant sur le marron. Dans cette partie du Victoria, il ne pouvait s'agir que d'un mocassin à « tête cuivrée » – une espèce appartenant au genre *Austrelaps*.

Le tête cuivrée possédait à l'avant de sa mâchoire des crochets creux remplis de venin. Owen se souvenait mot pour mot de ce qu'il avait lu dans *Les Serpents d'Australie* : « Pour l'Australie, son venin n'est que modérément toxique, mais une morsure non traitée peut tuer un humain adulte. Il n'existe pas d'antivenin pour cette espèce. »

On avait déjà vu des têtes cuivrées tuer des enfants. Pour se nourrir, ils dévoraient surtout de petites proies comme les opossums et les lapins, mais il leur arrivait de cibler de plus gros animaux comme les wombats et les wallabies.

Une fille endormie ressemblait-elle à un wombat endormi ?

Peut-être.

Owen aimait bien sa sœur. Elle était gentille. La plupart du temps.

Le serpent s'était enroulé sur lui-même en forme de huit et redressa la tête. « C'est un animal timide, solitaire par nature, qui préfère prendre la fuite que se battre chaque fois que c'est possible », disait le livre.

Celui-là n'aurait aucune difficulté à s'enfuir. Il ne manquait pas de place entre le feu et le fond de la grotte. Et personne ne l'embêtait.

Il devait avoir très faim.

Owen supposait que si le serpent mordait quand même Olivia, ce serait une fois de plus sa faute.

Il redescendit derrière son mur et éleva celui-ci d'une rangée de parpaings supplémentaire.

39

S'il y a bien une chose que les Hollandais connaissent, c'est l'eau.

Hans avait compris que la ferme O'Neill se trouvait au-dessus d'un aquifère. Comme il n'y avait ni rivière ni lac sur cette île, l'eau de pluie se déversait soit dans la mer, soit dans ce réservoir sous la roche. Les O'Neill tirant depuis des décennies sur l'aquifère, et ce plus vite qu'il ne se remplissait, ils avaient dû augmenter la profondeur de leur puits. La margelle ne servait plus, aujourd'hui, car l'eau pompée allait directement dans une citerne, mais ils l'avaient laissée en place.

Hans avait vu tout cela et compris qu'ils avaient commis une erreur.

Heather s'assura que la voie était libre, puis commença à tirer Hans par les pieds en s'efforçant d'ignorer les fourmis qui la mordaient. Le puits n'était pas loin – à une dizaine de mètres des tumulus au nord de la propriété. Elle se déplaça lentement, en veillant à ne faire aucun bruit, de crainte que les chiens ne l'entendent. Quelques aboiements légers, intrigués, lui parvenaient de la cour. Les chiens sentaient peut-être qu'il se passait quelque chose, mais ne s'en préoccupaient pas plus que cela pour le moment.

La margelle était couverte par une grille qui empêchait oiseaux et opossums d'entrer dans le puits. Heather lâcha Hans pour la soulever. Elle n'était heureusement ni lourde ni vissée en place. Au moment où Heather la posait sur le sol, une grosse goutte de pluie toucha sa nuque.

Une corde et un seau étaient suspendus à une poutrelle au-dessus de la margelle, pour qui avait envie de puiser de l'eau à l'ancienne.

Le nœud retenant la corde au seau était une banale queue de cochon doublée qu'elle put défaire en un rien de temps. Grâce à son père, elle connaissait une demi-douzaine de nœuds qu'il avait appris à l'armée. Pour la manœuvre qu'elle avait en tête, un nœud de chaise suffirait. Il était facile à réaliser dans l'obscurité. D'abord un six, puis le serpent sort du puits, il fait le tour de l'arbre et retourne dans le puits.

Elle passa la corde autour des pieds de Hans, puis le hissa au-dessus de la margelle. Utilisant celle-ci comme point d'appui, elle fit descendre Hans petit à petit dans le puits. Ses épaules souffraient et l'effort la fit rapidement transpirer, mais elle réussit à tenir, car sa poulie improvisée démultipliait le poids de Hans en deux par quelque loi de la mécanique qui, croyait-elle savoir, était une branche de la physique. *Et toc, Owen.*

Tout à coup, la tension sur la corde se relâcha. Heather comprit que Hans était dans l'eau et flottait.

Elle le lâcha, jetant la corde après lui au fond du puits. Le corps de Hans était couvert de plaies. Plus longtemps il ferait trempette là-dedans, plus il contaminerait la source d'eau potable des O'Neill.

Une autre idée venait de traverser l'esprit de Heather.

Le groupe électrogène des O'Neill, en bordure de la propriété, se trouvait lui aussi sous le vent des chiens.

Elle rampa à travers les herbes pour le rejoindre. C'était un énorme engin – un diesel Caterpillar de huit cents kilowatts –, largement assez puissant pour les besoins en électricité de la ferme. Le gazole était stocké dans deux énormes barils en plastique raccordés au groupe. Beaucoup trop lourds pour qu'elle les renverse, de toute évidence, et leurs enveloppes extérieures, bien que vieillies par les intempéries, étaient en PVC ultrarésistant. Son petit canif ne réussirait même pas à les égratigner.

Heather fit le tour des barils à la recherche d'une valve de sécurité ou d'une ouverture quelconque. Sans grande surprise, elle découvrit deux robinets à molette, dans leur partie inférieure, qui servaient probablement pour remplir des bidons portatifs. Elle les ouvrit en grand et le liquide commença à se déverser sur la terre poussiéreuse. La nuit étant encore chaude, il allait en partie s'évaporer. S'il était difficile de mettre le feu au gazole liquide, ses émanations étaient par contre très inflammables. Elle regrettait de ne pas avoir emporté le briquet. Une balle ferait-elle l'affaire ? Il faudrait voir. À côté du groupe électrogène, dans un baril du même type, se trouvait également une réserve d'essence. Elle en ouvrit le robinet pour le vider.

Sans gazole, pas d'électricité pour la ferme, donc pas moyen de recharger le drone.

Sans essence, plus de quad, de motos ou de pick-up quand leurs réservoirs se retrouveraient à sec.

Heather était consciente d'avoir eu jusque-là beaucoup de chance. Ce n'était ni le lieu ni l'heure de provoquer le sort.

Elle s'éloigna dans les herbes hautes et contourna de nouveau la ferme vers son flanc nord. La pluie commençait à tomber, paresseusement, à grosses gouttes bien espacées.

Les trois chiens étaient toujours attachés devant la galerie et bien éclairés par une lampe d'extérieur. Ils étaient de races mélangées, mais il y avait clairement du chien de chasse en eux. Leur cavalcade à travers l'île les avait épuisés. Étendus par terre, ils dressaient de temps en temps le museau quand un moustique crépitait sur la lampe anti-moustiques de la galerie, ou pour renifler l'air qui rafraîchissait avec l'arrivée de la pluie. Ils étaient tous les trois de bons chiens. Ils avaient eu une agréable dernière journée sur la planète Terre.

Heather retira le fusil de son épaule, s'allongea à plat ventre et s'installa confortablement.

Quand il était gamin, son père avait chassé l'opossum et l'écureuil au milieu des érables rouges et des cornouillers du comté de McCreary, dans le Kentucky, tout près de la frontière du Tennessee. Heather étant son unique enfant, il avait voulu lui transmettre toute la science des armes qu'il avait lui-même acquise par son paternel. Si le domaine ne l'avait jamais franchement captivée, elle n'avait pu s'empêcher d'absorber beaucoup de choses. Et maintenant, bien sûr, ce savoir lui revenait. Depuis trois jours, elle entendait les conseils de son père.

Toujours sous le vent. Toujours au ras du sol. Toujours en silence.

L'intronisation dans la confrérie des armes à feu ne s'oubliait jamais. Comme son père le lui avait appris, elle monta un petit monticule de terre sous le canon du fusil, le tapota pour le stabiliser et vérifia que le canon était à l'horizontale.

Elle se mit à l'aise et analysa sa cible.

La brise qui soufflait d'ouest en est n'était pas assez forte pour avoir de l'influence sur le tir à cette courte distance. Environ cent mètres. Peut-être cent vingt. Avec les jumelles, Heather repéra précisément la position de chaque chien. Elle leva le dispositif métallique de visée longue portée du Lee-Enfield, y jeta un œil et le rabaissa. Elle n'en avait pas besoin.

Une lueur agaçait son champ de vision, cinq mètres devant elle, sur la gauche. Un objet métallique, sans doute, reflétait la lumière de la ferme. Elle rampa jusqu'à lui avec l'intention de le couvrir de terre. Il s'agissait d'une boîte de conserve de quartiers de pêches à moitié enterrée dans la terre. Et surtout *intacte*. Elle la glissa dans son sac et alla se remettre en position.

Elle saisit le fusil, le doigt sur la détente, et attendit d'être bien calme – que l'œilleton du canon soit parfaitement immobile.

« Je suis désolée », murmura-t-elle en pointant l'arme sur le chien qui était clairement le dominant du trio, un bel animal au museau marron traversé par une tache blanche. Elle visa son flanc musclé. Il dormait. Elle pressa la détente, le fusil crépita et recula contre son épaule, l'animal se retourna sous l'impact de la balle en soulevant de la poussière. Beaucoup de poussière. Le second chien se redressa en sursaut et se mit à aboyer. Elle tira la culasse, la douille en cuivre jaillit de la chambre en faisant *tchiiing*, elle chargea une nouvelle cartouche de .303 et visa le second chien à travers la poussière. Il avait une tête sympathique. Il ressemblait un peu à un dingo. Elle le toucha à la nuque et il mourut sur le coup.

Elle éjecta la douille et chargea une troisième cartouche.

Les lumières s'allumaient déjà aux différentes maisons de la ferme. Des fenêtres et des portes s'ouvraient.

Elle essaya de mettre le dernier chien en joue, mais la poussière s'élevait au-dessus de la cour en épaisses colonnes orangées qui ressemblaient aux tourbillons de matière des étoiles en formation photographiées aux confins de l'univers par Hubble.

Un buste apparut dans l'embrasure d'une fenêtre du rez-de-chaussée de la grande maison. Heather crut reconnaître Ivan. Il cria quelque chose à quelqu'un dans la cour.

Ce buste, une grande cible fixe avec un tee-shirt blanc, était plus facile à atteindre que les chiens. Mais ce n'était pas ce qui était prévu. Elle épargna Ivan.

Consternation générale à travers toute la ferme, à présent. Cris, hurlements furieux, et même quelques coups de pistolet.

Quelqu'un fit sonner une cloche.

La pluie se mit à tomber dru.

Elle reporta son attention sur le devant de la galerie. La poussière se dissipant, elle put viser le dernier chien. Il aboyait comme un malade. Elle le tua d'une balle dans la poitrine.

Voilà. Une regrettable affaire, mais nécessaire.

Elle éjecta la douille, chargea une autre cartouche, mit le fusil sur son épaule et commença à ramper à travers la lande.

La pluie était fraîche, lourde, plaisante.

Les O'Neill disposaient peut-être de jumelles de vision nocturne ou de caméras thermiques, donc le moment n'était pas venu de se lever pour admirer triomphalement son œuvre. Elle avait parcouru une vingtaine de mètres lorsque Matt apparut à la porte de la grande maison avec son chien Blue.

Qui se mit aussitôt à renifler l'atmosphère.

Le vent avait tourné et fraîchissait. Heather se trouvait entre la mer et la ferme. Son odeur devait porter jusqu'à la cour.

Blue aboya. Matt cria à tout le monde de fermer sa gueule et dit au chien quelque chose qu'elle n'entendit pas.

Blue s'élança en claudiquant à travers la cour. Droit sur elle.

Il était intelligent, ce chien.

Il lui plaisait bien.

Elle se demanda combien de balles il lui restait. Elle avait eu tort de ne pas les compter. Un soldat sait toujours, aurait dit son père.

Elle visa le chien et posa l'index sur la détente.

Il venait dans sa direction aussi vite qu'il en était capable – pas très vite.

« Vas-y, Blue ! cria quelqu'un.

— Allez, trouve cette salope ! » hurla Ivan.

La cible était beaucoup plus petite qu'avec les trois chiens précédents : une tête à la langue pendante dodelinant dans un nuage de poussière.

De seconde en seconde, la distance se réduisait et le tir devenait plus facile pour Heather – mais plus elle attendait, plus elle précisait sa position sur la lande pour les O'Neill.

Elle pressa la détente. Et manqua son coup.

Le chien courait toujours.

Elle tira la culasse, rechargea, visa et tira. La tête de Blue explosa. Il courut encore une demi-seconde et fit la culbute dans une boule de sang et de poussière.

Des hurlements s'élevèrent du côté de la ferme :

« Elle a tué Blue ! Cette salope a buté Blue ! Attrapez-la !

— Où elle est ?

— Par là-bas, derrière les pneus !

— Où ça ?

— Tirez dans le tas, bande d'abrutis ! »

Le clan tout entier était galvanisé. Des tirs nourris jaillirent d'une demi-douzaine d'armes.

Heather était déjà en mouvement. Fusil sur le dos, à plat ventre, visage au ras du sol, elle rampait sur la terre rouge craquelée, les cailloux pointus et les coquillages arrachés par les glaciers aux montagnes, il y avait une éternité de cela, et lâchés ici sur Dutch Island lors de quelque grande fonte. Elle progressait en veillant à ce que son corps touche à peine le sol, pour ne pas soulever de poussière ni produire de reflets qui la trahiraient.

Les O'Neill tiraient comme des malades.

La nuit était venue et les barbares attaquaient.

La question était de savoir si les barbares, c'étaient eux, ou elle.

Quand elle eut parcouru une bonne cinquantaine de mètres, elle se retourna pour regarder la ferme. Dans la cour, six ou sept hommes fous de rage gesticulaient en poussant des cris de guerre. Trois autres continuaient de canarder la lande, à peu près vers l'endroit où elle avait tiré son dernier coup de fusil.

Deux d'entre eux offraient des cibles faciles en restant bêtement immobiles côte à côte.

Heather posa doucement le fusil par terre pour tirer la culasse. La douille de cuivre vide s'éjecta au ras du sol – sans risquer de luire sous la lumière des étoiles et de trahir sa position. Elle poussa une de ses dernières précieuses cartouches dans la chambre.

Une femme cria quelque chose. Heather regarda

dans les jumelles. C'était la Mère. Elle se tenait derrière la porte moustiquaire entrouverte, un pied dans la maison, l'autre sur la galerie. Heather épaula le Lee-Enfield et la visa dans l'œilleton. La Mère était moitié dans l'obscurité, moitié dans la lumière, mais peut-être cela valait-il le coup d'essayer? Couper la tête du serpent…

Sauf que cette femme n'était pas un serpent, mais une hydre.

La porte moustiquaire s'ouvrit en grand et la Mère s'avança sur la galerie. Matt se tourna vers elle pour hurler :

« Reste dans la maison ! Je prends le Hilux !

— Tu vas me dire ce que je dois faire, maintenant ? beugla la Mère.

— Yo, Matt, je crois que je l'ai vue ! Par là ! »

Une balle ricocha sur un rocher trois mètres à droite de Heather. « Merde ! » Elle était repérée.

Sauver sa peau. Seule priorité. S'éloigner de la ferme, plein sud.

Elle n'essaya même plus d'éviter les petits buissons épineux ou les cailloux déchiquetés qui parsemaient le sol. Elle rampa sur les mains, les coudes, les genoux, les pieds, aussi vite qu'elle en était capable. Sable, roche, terre rouge, épines… Des tirs tout près d'elle ! Dispersés, d'abord, puis plus resserrés. Une douzaine d'hommes et de femmes, au moins, tirant vers la brousse. Des carabines. Des fusils. Et puis, couvrant le bruit des autres armes, le *ta-ta-ta-ta-ta* terrifiant, décourageant, d'un AK-47.

Elle s'aplatit au sol.

L'AK déchiqueta les plantes d'un champ à quelques mètres sur sa gauche. Des balles heurtèrent une vieille citerne à eau en fonte, ricochant dans toutes les directions. Un ricochet pouvait la tuer aussi bien qu'un tir direct.

« Vas-y, la Mère ! cria quelqu'un entre deux rafales de l'AK.

— Roule ! » hurla la matriarche.

Roule ?

Un coup de fusil ébranla l'atmosphère.

Heather jeta un coup d'œil par-dessus son épaule. Le Toyota Hilux fonçait à peu près dans sa direction. La Mère était penchée à la fenêtre de la portière passager, un fusil entre les mains. Elle disparut derrière un éclair de lumière en faisant de nouveau feu.

Heather baissa la tête tandis que des grains de chevrotine chauffés à blanc déchiraient l'air au-dessus d'elle.

Je croyais que cette vieille carne pouvait à peine marcher !

Elle n'avait plus le choix. Elle se leva et prit la fuite à toutes jambes en direction de la lande. Les phares de la voiture la trouvèrent. La Mère rechargea le fusil. Heather se jeta à terre à l'instant où elle tira. Les plombs passèrent si près de sa tête, cette fois, qu'elle les entendit siffler.

Elle se redressa en pivotant sur elle-même, mit un genou à terre et mit le chauffeur du Hilux en joue avec le Lee-Enfield. Matt. Il l'aperçut et donna un coup de volant à gauche. Elle pressa la détente, mais rien ne se produisit. Elle éjecta la douille vide. Elle fouilla dans le sac, trouva une munition de .303, la chargea, visa et tira.

La balle perça le pare-brise. Elle entendit un crissement de freins, et cette fois le Toyota s'immobilisa.

Soit elle avait tué Matt, soit il jugeait plus prudent d'abandonner la poursuite.

Elle se remit à courir dans la nuit à travers la brousse.

Deux motos se lancèrent à sa recherche, une partant vers le sud, l'autre vers l'est. Le quad entra aussi dans la danse. Et même le drone.

Au bout d'un kilomètre de course effrénée, Heather s'arrêta pour souffler et boire une gorgée d'eau.

Subitement, toutes les lumières de la ferme s'éteignirent.

Le groupe électrogène était à court de gazole.

Heather examina son stock de munitions. Encore trois balles dans le sac.

Devait-elle risquer un tir à mille mètres ? Valait-il la peine d'utiliser une de ses trois dernières cartouches pour tenter d'allumer les vapeurs de gazole et d'essence ?

Pourquoi pas ?

Elle s'allongea sur le sol, leva la hausse de tir longue portée et visa légèrement au-dessus de la masse sombre du réservoir du générateur.

Une chanson s'éleva dans sa tête. « Day of the Lords » de Joy Division.

Maintenant, attention. Tout doux. Elle pressa la détente.

La balle de .303 traversa le réservoir sans rien enflammer.

Mince.

Réessayer ?

Et puis merde. Elle fit valser la culasse. Visa. Quand elle pressa la détente, la crosse du fusil tamponna agréablement son épaule droite. L'explosif de la munition propulsa la balle en plomb et le canon lança celle-ci à travers les airs en lui imprimant un mouvement de rotation sur elle-même. Une bouffée de fumée jaillit à sa suite, accompagnée par une bonne odeur de poudre. La balle fila au-dessus de la lande à plus de deux mille kilomètres à l'heure. Depuis sa fabrication en 1941 quelque part dans le nord de Londres, elle était destinée à toucher cette cible particulière.

L'explosion fut énorme et d'un jaune si éclatant qu'elle attira peut-être l'attention sur le continent. Heather l'entendit rugir deux bonnes secondes après l'apparition des premières flammes.

Elle se mit debout.

« Ça, c'est pour Tom ! Il était médecin ! Et pour Hans et Petra. Et pour avoir foutu la frousse à *mes* gamins ! » hurla-t-elle en tendant le majeur vers la ferme.

40

Elle courut au petit trot pendant un bon kilomètre avant de s'arrêter pour boire.

Il pleuvait de plus en plus fort. Des rafales d'éclairs illuminaient sa silhouette sur la lande obscure. La pluie sentait comme à Seattle – elle avait une odeur de sapin. Heather n'aurait jamais imaginé cela sur ce continent assoiffé. Elle se demanda si la pluie avait toujours la même odeur.

Tom aurait su, lui. Pauvre Tom assassiné.

Il lui fallut trois quarts d'heure pour regagner la grotte.

Les O'Neill se procureraient d'autres chiens, mais pour le moment le danger était écarté. Olivia, Owen et elle étaient en sécurité.

Owen l'attendait assis près du feu.

« Salut, dit-elle.

— Salut, dit-il. Tu es toute mouillée.

— Il pleut. Je n'ai pas trouvé de viande. Tout va bien ici ?

— Ouais… J'ai tué un serpent.

— Tu quoi ?

— Je ne savais pas s'il allait nous embêter ou pas, mais il rampait vers Olivia, alors j'ai dû le tuer.

— Hein ? fit Heather, horrifiée. Un serpent ? Tu plaisantes ?

— Il est là-bas contre le mur. »

Elle retira le fusil de son épaule et fit deux pas vers le fond de la grotte. Il y avait effectivement un serpent au pied de la paroi. Un serpent marron qui devait mesurer un bon mètre quatre-vingts.

« Je pensais qu'il allait juste rester dans son coin, dit Owen. Les serpents font ça, en général, tu sais. Et puis il s'est rapproché d'Olivia. Je le surveillais de derrière mon mur. J'ai ce truc, dans ma tête. Ce mur.

— Je sais.

— J'étais derrière mon mur, donc, mais chaque fois que je regardais par-dessus je voyais le serpent se rapprocher. Alors il a bien fallu que j'essaie de le tuer.

— Oh, Owen ! Seigneur ! » Heather le prit dans ses bras et l'étreignit. « Tu n'as même pas réveillé Olivia ?

— Ben non. Pourquoi ? J'ai juste tué le serpent. »

Olivia dormait encore, recroquevillée auprès du feu.

« Comment tu as fait ? demanda Heather.

— J'ai pris une grosse pierre et je l'ai jetée sur lui. J'ai raté mon coup, mais la pierre a comme rebondi sur le mur et elle est tombée sur le serpent. Il s'est retrouvé, heu, genre… un peu coincé, alors j'ai pris une autre pierre, plus grosse, je me suis rapproché et je l'ai lâchée sur sa tête.

— Mon Dieu, Owen ! Et s'il t'avait mordu ? Ou s'il t'avait craché du venin ?

— Ces serpents ne crachent pas. »

Heather retourna vers l'animal pour l'observer.

« Où est-ce que tu as appris tous ces trucs ?

— Dans mon livre sur les serpents, et aussi avec Primitive Technology sur YouTube. Le mec qui tient cette chaîne montre comment faire dix mille choses différentes juste avec des pierres. Tu devrais la regarder. Je ne pense pas que ce serpent était très bien réveillé. Ce sont des animaux à sang froid. Ils ont besoin de se réchauffer pour être réactifs. Donc le combat n'a pas vraiment été équitable. »

Olivia remua et ouvrit les yeux.

« Tu es revenue, Heather, dit-elle.

— Owen, parle de tes exploits à ta sœur pendant que j'inspecte la grotte pour voir si nous avons d'autres invités.

— Mais je, heu… je veux pas frimer, quoi.

— Pour une fois dans ta vie, frime, je t'en prie ! »

Owen raconta son aventure avec le serpent à Olivia – qui eut du mal à y croire jusqu'à ce qu'il lui montre l'animal. Elle le serra alors affectueusement dans ses bras – et là ce fut Owen qui eut du mal à y croire.

Heather ne trouva pas d'autre serpent dans la grotte.

« Ah, j'oubliais, les enfants. J'ai rapporté des pêches, regardez. » Elle sortit la boîte de conserve de son sac.

« Waouh. Elle doit avoir au moins… cinquante ans, dit Owen.

— Tu crois qu'elles sont encore bonnes ? demanda Olivia.

— Il n'y a qu'un moyen de le savoir. »

Heather planta la lame du canif dans le couvercle et le découpa avec précaution.

Ils mangèrent les pêches.

Les pêches les plus délicieuses de l'histoire de l'humanité.

Les enfants se partagèrent le jus en bavardant et même en riant.

Ils étaient assis autour du feu. Heather jeta un coup d'œil au cours de science d'Owen. Elle s'avoua larguée, mais Olivia et Owen lui expliquèrent ce qu'il fallait retenir.

« Il nous faut de la musique, dit Olivia. On pourrait chanter ?

— Vas-y », l'encouragea Heather.

Timidement au début, puis avec de plus en plus d'assurance dans la voix, Olivia chanta et rappa la totalité de l'album *Pink Friday* de Nicki Minaj. Owen l'accompagna dans les refrains.

« Et toi, c'est quoi tes musiques ? demanda ensuite Olivia.

— Oh, des choses qui ne vous plairaient pas, répondit Heather en ajoutant des branchettes sur les braises. Je suis une femme en décalage avec son époque. Pour l'essentiel. »

Mais les enfants insistèrent. Ils voulaient une histoire ou une chanson. Elle proposa de chanter Greta Van Fleet, Tame Impala ou Lana, mais Olivia avait envie d'écouter du « rétro-hipster ». Alors elle leur chanta la totalité de l'Album blanc des Beatles – y compris ses mauvais titres.

« Tu chantes super bien, dit Olivia avec admiration.
— Ouais, carrément, renchérit Owen.
— Merci. »

Olivia et Owen bâillèrent, s'étirèrent, discutèrent encore un peu avant de s'endormir l'un contre l'autre. Les enfants ont le don du sommeil. Heather les regarda un moment. Ils étaient tellement paisibles. Ils appartenaient à un lendemain où toute cette affaire serait terminée.

Elle nettoya le fusil et le posa à portée de main.

Il lui restait une seule balle.

Elle s'allongea sur le sol sableux de la grotte et ferma les yeux. En quelques instants, elle sombra à son tour dans le minuit bleu foncé d'un profond sommeil.

Elle rêva. Les enfants rêvèrent. Leurs rêves se ressemblèrent.

Sur l'île au-dessus d'eux, l'orage, les éclairs, le chaos régnaient, mais ici, dans leur purgatoire, tout était calme.

41

Soleil couleur vieille rouille, puis sang, puis plastique jaune délavé.

À califourchon sur une branche, elle observait la mer et le continent avec les jumelles. Tirer au fusil jusque là-bas était envisageable, mais c'était quand même un coup à plus de trois kilomètres sans garantie de toucher quoi que ce soit ou d'attirer l'attention de quiconque. Sa dernière munition était précieuse. Elle regarda une nageoire dorsale glisser quelques instants au milieu des vagues avant de replonger.

L'arbre se mit à trembler. Elle baissa les yeux. C'était Owen qui la rejoignait. Il escalada le premier degré de branches, puis le deuxième et le troisième. La Heather d'avant lui aurait dit de faire attention, mais maintenant il n'avait plus besoin de cela.

« Salut, dit-elle.

— Tu fais quoi ? demanda-t-il.

— Je surveille les environs.

— C'est quoi cet oiseau ?

— Lequel ?

— À côté du corbeau, là-bas sur l'autre arbre.

— Oh, celui-là. Je sais pas. Un oiseau de proie. Un faucon pèlerin australien, peut-être ? Tiens, regarde-le avec les jumelles. » Elle les tendit à Owen et retourna à ses réflexions.

Olivia apparut au pied de l'arbre.

« Je peux monter ? demanda-t-elle.

— Bien sûr. »

Olivia grimpa dans l'eucalyptus et s'assit à côté d'Owen.

Heather se tourna sur la branche pour regarder dans la direction de la ferme. Celle-ci n'était pas visible depuis leur colline, mais une fine colonne de fumée foncée s'élevait au-dessus de la brousse.

« Il a une tache rouge sur le devant. Ça peut être quoi comme oiseau ? demanda Owen en lui rendant les jumelles.

— Oh là. Je sais pas. Grave erreur de ne pas avoir apporté un guide sur les oiseaux d'Australie. Je me demande pourquoi je n'y ai pas pensé, dit-elle en réglant les jumelles à sa vue. Une espèce de milan, peut-être ?

— Papa saurait, tu crois ?

— Il savait tout.

— Pas sur les oiseaux, objecta Olivia.

— Il faut que j'aille aux toilettes. La grosse commission », dit Owen.

Heather comprenait le problème.

« Utilise de l'herbe. Je crois savoir que c'est ce que les humains ont fait pendant deux cent mille ans, à peu près, jusqu'à l'invention du papier-toilette. »

Owen ne s'absenta pas plus de deux minutes. Quand il remonta dans l'arbre, il déclara gravement :

« Ouais. Ça le fait. Mais maintenant j'ai faim.

— Impossible d'aller chercher des œufs en plein jour. Et le serpent ? Vous pensez qu'on pourrait le manger ? demanda Heather.

— Il est vénéneux ! dit Olivia.

— On dit venimeux, pas vénéneux ! Andouille ! dit Owen.

— N'insulte pas ta sœur.

— C'est lui l'andouille ! dit Olivia.

— Excuse-toi, Olivia, dit Heather.

— À lui de s'excuser d'abord ! »

D'ordinaire, cette petite musique pouvait durer un bon quart d'heure, mais là Owen dit juste : « Je te demande pardon, je ne voulais pas dire ça », et Olivia répondit : « Je te demande pardon, moi non plus je ne voulais pas dire ça » – comme deux mômes parfaits dans une sitcom. *Alléluia*, pensa Heather.

« Ça paraît cruel, quand on pense qu'ils font tout ce chemin à travers le ciel, de leur prendre leurs œufs pour les manger, dit Owen.

— Alors nous trouverons autre chose. »

Heather scrutait l'horizon. Les O'Neill, elle le savait, se relanceraient tôt ou tard à leur poursuite. Mais, privés de chiens et avec peu d'essence dans leurs véhicules, ils ne passeraient sans doute pas à l'action tout de suite. Peut-être allaient-ils aussi commencer à se sentir mal à cause de l'eau empoisonnée du puits.

« Tu as appris tout ce que tu sais sur les oiseaux

dans cet endroit où tu as passé ton enfance ? demanda Olivia.

— Goose Island. Ouais, je suppose.

— Pourquoi tu es partie ?

— Hmm… j'imagine que j'étais arrivée à ce stade où les parents cessent subitement d'avoir toujours raison pour avoir toujours tort. »

Olivia sourit, puis redescendit de l'arbre pour aller se promener autour de l'épave du vieux bus accidenté.

« Moi, ça ne m'arrivera jamais, ce truc, dit Owen, parce que des parents, je n'en ai plus. »

Heather sentit sa gorge se serrer.

« Tu sais…

— Hé, regardez ce que j'ai trouvé ! » s'écria Olivia. Elle brandissait un rétroviseur extérieur du bus. « Ça pourrait nous servir, non ?

— Mais oui ! dit Owen en commençant à descendre de l'arbre. On va lancer des SOS aux avions qui passent. Il faut réfléchir le soleil comme ça. Attends, je vais te montrer. »

Il essaya de prendre l'objet à sa sœur, qui protesta :

« Une seconde, c'est moi qui l'ai trouvé !

— Je peux voir ? » demanda Heather.

Olivia s'approcha de l'arbre et se hissa sur la pointe des pieds pour lui tendre le rétroviseur. Heather observa son reflet dans le miroir. Son visage hâlé par le soleil était à moitié couvert de croûtes de sang séché. Ses cheveux étaient crasseux et en bataille. Ses yeux étaient creusés, sa paupière droite enflée. Elle avait une ecchymose jaune sur le front, une entaille sur le sourcil gauche et une autre coupure sur la joue, dont elle ne se souvenait même pas comment elle l'avait attrapée.

« Waouh, j'ai carrément une sale tête, dit-elle avec un petit rire en rendant le rétroviseur à Olivia.

— Oh mon Dieu, et moi donc ! » Olivia avait le visage brûlé par le soleil, les cheveux emmêlés, les yeux rouges.

« Je peux voir, moi aussi ? » demanda Owen.

Sa sœur lui passa le rétroviseur. Ses coups de soleil et la crasse qu'il avait sur le visage ne l'arrangeaient pas non plus.

« Comment c'est arrivé ? dit Olivia d'une voix perplexe en s'asseyant par terre. Comment on a pu se... se perdre comme ça ?

— On n'est pas perdus. On sait où on est, objecta Owen.

— Tu sais bien ce que je veux dire. »

Heather descendit de l'arbre.

« Nous sommes entrés dans un monde inconnu, nous roulions trop vite et nous avons renversé une femme, dit-elle doucement. Il ne faut pas chercher plus loin.

— Sans doute », convint Olivia.

Heather s'assit à côté d'elle et passa un bras autour de sa taille. Owen les rejoignit et elle l'enlaça aussi.

« Nous ne sommes pas vraiment perdus, alors ? demanda Olivia.

— Non », assura Heather. Avant, peut-être, ils avaient été perdus – mais plus maintenant. Ils connaissaient ce monde. Cet étrange continent sans neige en février. Avec de l'orange et du rouge partout.

« Est-ce que t'as toujours vécu dans le Puget Sound ? demanda Olivia.

— Presque. Mais je suis née dans le Kansas, répondit Heather.

— Où ça ?

— Dans un endroit qui s'appelle Fort Riley. Je ne m'en souviens pas vraiment. Nous sommes partis quand j'étais petite.

— Fort Riley... avec un vrai fort ? demanda Owen.

— En quelque sorte. Fort Riley, en fait, c'est une grande base militaire. Mes parents étaient tous les deux dans l'armée de terre.

— Toi aussi t'as été militaire ? demanda Owen.

— Non.

— C'est quoi les métiers que t'as eus dans ta vie ? demanda Olivia.

— Après avoir quitté Goose Island, j'ai fait différentes choses dans la région de Seattle. J'ai été serveuse. J'ai travaillé à la réception d'un hôpital de vétérans. J'ai essayé de devenir chanteuse. J'ai été diseuse de bonne aventure, en utilisant le *Yi Jing*, au marché de Pike Place. Pendant un moment j'ai été SDF. Et puis une amie m'a aidée à suivre une formation de masseuse. C'est comme ça que j'ai rencontré votre papa.

— Mais *avant*, demanda Owen, pourquoi tu habitais à Goose Island ?

— Quand mon père est revenu de la guerre, il avait pas mal de problèmes et de difficultés. Le système qui est censé apporter du soutien psychologique aux vétérans est hyper compliqué, et puis… Il se trouvait aussi que ma mère connaissait bien le Sound. Elle est originaire de Neah Bay. Vous savez où ça se trouve ?

— Non, dit Olivia.

— Vous voyez les montagnes qu'on a en face de la maison ?

— À Seattle ? dit Olivia comme si elle parlait d'un lieu imaginaire.

— Oui. Bon, ces montagnes, c'est le parc national Olympic. Derrière elles, juste au bout de la pointe nord-ouest de l'Amérique, il y a un endroit qui s'appelle Neah Bay. C'est une réserve pour les Makahs, le peuple amérindien auquel appartenait la maman de ma maman. Après le divorce de ses parents, ma mère a vécu là-bas un certain temps. Et puis à dix-huit ans elle s'est engagée dans l'armée. C'est là qu'elle a rencontré mon père. Plus tard, après la guerre, des tas de vétérans ont quitté l'armée et se sont installés dans le Nord-Ouest Pacifique. Beaucoup d'entre eux avaient des problèmes. Ma mère connaissait cette communauté, à Goose Island, où les gens pouvaient en quelque sorte essayer de guérir tous ensemble. Mon père trouvait que c'était une bonne idée, alors nous nous sommes installés sur l'île et… Et voilà, c'est là-bas que j'ai passé la plus grande partie de ma vie.

— Ça te plaisait comme endroit ? demanda Olivia.

— Ben oui. Je n'en connaissais pas d'autre. Mais, comme je vous disais, arrivée à un certain âge j'ai compris qu'il fallait que je m'en aille. Que je voie le monde. Je ne pouvais pas rester sur cette île indéfiniment.

— Et maintenant tu l'as vu, le monde, dit Owen. Et tu sais que le monde il est, genre, grave ! »

Heather rit. Olivia se joignit à elle. Et puis même Owen pouffa à son tour.

Le soleil continuait de s'élever au-dessus de la mer, au-dessus de Dutch Island, au-dessus des autres îles de la baie, au-dessus du continent. Il avait de l'expérience. Il faisait cela depuis des millions d'années.

« Tu veux bien regarder mon bras ? dit Olivia.

— C'est juste une piqûre de moustique. Ne la gratte pas », dit Heather.

La pustule qu'elle voyait sur le bras d'Olivia n'était sans doute pas due à un moustique. Il devait plutôt s'agir de la piqûre d'une espèce locale de grosse mouche qui risquait d'avoir déposé une larve sous sa peau. Mais il ne servait à rien d'effrayer Olivia tout de suite.

Elle nettoya la plaie suintante avec un coin du tee-shirt de l'université de Leyde de Petra, puis serra Olivia contre elle en lui caressant la tête.

« Ne t'inquiète pas, chérie, ça va aller, dit-elle avec la voix de toutes les mères depuis dix mille générations.

— Où est-ce qu'on vivra, quand on rentrera en Amérique ? demanda alors Owen.

— On pourra aller s'installer chez grand-papa John et grand-maman Bess, dit Olivia. T'es pas obligée de t'occuper de nous, si tu veux pas.

— Tu voudrais que je continue à m'occuper de vous ? demanda Heather.

— Ça te dirait, toi ?

— Oui, complètement », dit Heather.

Olivia sourit et son frère déclara :

« J'aime bien aller en vacances chez grand-papa John, mais je n'ai pas envie d'habiter tout le temps avec eux.

— Nous ferons tout ce que nous voudrons », dit Heather.

Owen se leva.

« Allons voir ce machin de plus près », dit-il en désignant le bus. Olivia acquiesça et se mit debout.

Heather les regarda partir en exploration autour de l'épave, puis reporta son attention sur la lande.

La journée était splendide. Les herbes hautes caressées par la brise. Un ciel de soie bleue. Des hérons roses sur le miroir de la mer.

« Oh la vache ! s'exclama soudain Owen.

— Quoi, oh la vache ? s'écria Heather.

— J'ai trouvé un de ces pièges, là, avec des mâchoires en acier. Derrière le bus. Il est tout rouillé, lui aussi.

— Éloigne-toi ! » Heather se précipita vers les enfants.

En effet, c'était un méchant piège comme celui sur lequel ils avaient failli mettre le pied au milieu du champ de tir. Elle songea à actionner le ressort avec un bâton, pour le fermer, puis décida de ne pas y toucher. S'ils devaient passer une autre nuit ici, peut-être cet engin leur capturerait-il un mouton égaré ou un lapin. Elle n'avait vu aucun lapin, et encore moins de mouton en dehors de la ferme, mais on ne savait jamais.

Elle fit part de son idée aux enfants, puis marqua l'emplacement du piège avec des bouts de bois et des morceaux de tissu arrachés à son tee-shirt.

« Personne ne vient par ici ! » dit Heather, puis elle se livra à un examen attentif des alentours de l'épave pour voir si d'autres pièges les menaçaient.

Cette mission accomplie, elle s'assit au pied du grand gommier et alluma le talkie-walkie. Une seule barrette de charge de batterie était encore allumée.

« Je m'appelle Heather Baxter. Nous avons besoin de la police. Nous sommes bloqués à Dutch Island, au large de la côte du Victoria… »

Elle répétait le message canal après canal en surveillant le voyant de la batterie, lorsque subitement, sur le canal 2, une voix s'éleva du bruit de fond :

« Heather, c'est toi ?

— Oui. Qui est-ce ?

— Matt. Heather… Qu'est-ce que t'as foutu ?

— Comment ça ?

— Nous sommes tous malades. La diarrhée, au minimum, et certains d'entre nous vomissent leurs tripes ! Hans ! Mon Dieu, Heather ! Tu as empoisonné le puits !

— Vous nous chercherez pas aujourd'hui, alors, j'imagine ?

— Tu as tué Blue ! C'était un bon chien. Et les autres clebs. Et notre générateur, putain de Dieu !

— Tu sais quoi ? Ramène le bac ici, laisse-nous

repartir sur le continent et vous n'aurez plus aucun souci.

— Très drôle. Tu iras voir les flics !

— Je ne leur dirai rien contre vous.

— Ah merde. Tu n'es pas même au courant, hein ?

— Au courant de quoi ?

— Hier soir. Nous étions en train de conclure un marché avec Tom, bordel, quand tu as fait tout péter.

— Qu'est-ce que tu racontes, Matt ?

— Comment ça, qu'est-ce que je raconte ?

— Tu dis que vous étiez en train de conclure un marché avec Tom.

— Oh Seigneur. Tu ne sais *vraiment* pas, alors ? Gillian est infirmière. Elle… Dieu tout-puissant ! Attends une seconde. »

Heather ferma les yeux. La tête lui tournait. Elle se renversa contre le tronc de l'arbre.

De quoi parlait… il devait…

Elle avait froid. Un froid mortel l'envahissait.

« Heather… Je ne comprends pas. Tu as attaqué la ferme alors que j'essayais de conclure un marché avec eux. Mais qu'est-ce que tu as fait ? »

Cette voix dans le talkie-walkie. Nom de Dieu. Tom était vivant ?

42

Son vieil ami le corbeau la fixait de son œil jaune lorsque le monde reparut – penché de côté.

Elle était affalée en travers contre le tronc de l'arbre. Elle devait avoir tourné de l'œil.

Jamais, de toute sa vie, elle ne s'était évanouie.

N'était-ce pas dans les romans dont les personnages s'appelaient Darcy et Rochester que l'on s'évanouissait ? Dans la vraie vie, les gens ne s'évanouissaient pas.

« Heather ! »

Que se passait… ? Oh. Seigneur. Elle se redressa pour ramasser le talkie-walkie.

« Tom ? C'est toi ?

— Heather ?

— Je suis là.

— OK. Moi aussi.

— Comment… ?

— Ils m'ont sauvé. Cette femme, Gillian, m'a sauvé…

— Comment as-tu…

— Gillian est infirmière. Écoute, j'ai du mal à

parler. Mais je crois que j'ai conclu un marché avec eux.

— Un marché ? Pardon ? Tom… Comment peux-tu leur faire confiance après tout ça ?

— Il le faut… C'est… notre seule chance d'en sortir vivants… Je fatigue… Parle avec Matt.

— Non ! » s'exclama Heather. Bruit de fond dans le talkie-walkie. « Tom ? Tom !

— Matt à l'appareil. Heather, tu m'entends ?

— Ouais.

— Tom est dans un sale état. Il ne peut pas parler longtemps. Il a un poumon effondré.

— Il est vivant ? C'est impossible ! Je l'ai vu mourir. Poignardé !

— Tu l'as vu recevoir un coup de couteau dans les côtes. Mais Gillian l'a sauvé. En Australie, tu vois, chaque localité isolée possède du matériel médical d'urgence. C'est notre petite Neeve qui s'est aperçue qu'il respirait encore. Gillian est une ancienne infirmière. Nous avons retapé Tom avec les moyens du bord. De la chirurgie de guerre, comme a dit Gillian. Il a un poumon en rade et sans doute le foie abîmé. Il a besoin d'être hospitalisé, Heather. Il va mal. »

Elle fondit en larmes.

« Les enfants ne savent pas. Attends, je vais leur dire qu'il est vivant…

— Laisse-moi t'expliquer, avant. Nous avons trouvé une solution. Malgré tes conneries. Mais en fait… je vais laisser Tom t'expliquer ça. Ça vaut mieux. »

Des grésillements, de nouveau, puis la voix très faible de Tom :

« Les enfants, ça va ?

— Oui.

— Et toi ?

— Oui, ça va bien !

— Tant mieux... Je crois qu'il faut... leur faire confiance. Ça peut fonctionner et... »

Tom s'interrompit, saisi par une violente quinte de toux.

Matt reprit le talkie-walkie :

« Il a perdu beaucoup de sang. Il a besoin d'une transfusion sanguine. À l'hôpital. Il faut se dépêcher, Heather. Vous autres, vous allez devoir venir à la ferme. Tu m'accompagneras à la banque pour obtenir l'argent, et à notre retour vous partirez tous ensemble. Voilà le nouveau marché. Tout est réglé. Tom est d'accord. »

Cela paraissait tellement raisonnable.

Mais ces gens étaient fous.

Toutes ces choses qu'ils avaient faites – insensées, horribles, affreuses, sadiques.

« Vous nous avez traqués comme des bêtes. Vous comptiez nous tuer, dit Heather.

— On essayait de vous retrouver ! objecta Matt. Pourquoi tu crois que nous avons fait venir ces chiens ?

— Vous avez tué Petra !

— Non. Elle a attaqué les chiens, ils ont essayé de la déchiqueter, alors on a voulu leur tirer dessus, mais malheureusement Ivan l'a touchée dans le dos.

Regarde un peu les choses en face, Heather. Qui est en tort, ici ? Vous êtes venus sur notre île. Vous avez tué Ellen. Ensuite tu as attaqué notre ferme. Tué nos chiens. On ne sait pas où est passé Jacko, et c'est toi qui as son fusil. Tu veux bien m'expliquer ça ?

— Non.

— C'est toi l'agresseur ! Nous, on était tranquilles chez nous, à vivre notre vie sans soucis, quand vous avez débarqué. Ma famille n'a rien fait à ta famille. Et tu as détruit notre propriété.

— Jacko a essayé de me violer.

— Eh ben, ce connard n'est plus là, non ?! Alors qu'est-ce que tu choisis ? Tu veux t'en sortir vivante ? »

Les accusations de Matt paraissaient presque plausibles. Tom avait tué Ellen. Et elle, elle avait essayé de le cacher.

Mais cela n'avait aucun… – non.

« Hans, dit-elle. Ce que vous avez fait à Hans…

— Ouais, je sais, dit Matt d'un ton moins agressif. Ça c'est moche. C'est ce fou furieux de Jacko. Ivan et Jacko ont essayé de le faire parler, tu vois. Je sais que c'est dingue. Faut que tu comprennes, Heather. Chez nous, tu vois, il y a différentes factions. C'est compliqué. J'essaie de piloter tout ça au mieux pour nous et pour ta famille… Tom voudrait parler avec les enfants. Tu peux les prévenir ? »

Heather pleurait encore. Elle renifla et essuya ses larmes. Owen et Olivia étaient assis dans le vieux bus. Ils la regardaient avec curiosité.

« Venez par ici, vous deux ! » cria-t-elle.

Ils accoururent. Elle se força à retrouver son calme. À parler d'une voix posée.

« C'est votre papa. Il est vivant », dit-elle en tendant le talkie-walkie à Olivia.

Tom commença à parler.

Heather s'éloigna pour les laisser tranquilles. En famille. Le père avec ses enfants. Elle n'avait pas sa place dans cet échange.

Elle s'assit à l'ombre de l'eucalyptus le plus éloigné d'Owen et Olivia, sur une racine si bien noircie et lustrée par les incendies qu'elle pouvait presque y voir son reflet.

La pluie tombée dans la nuit avait transformé la colline.

Des fleurs pointaient entre les herbes. Rouges, bleues, jaunes – elle n'aurait su dire de quelles plantes il s'agissait. Des insectes voltigeaient au-dessus des étamines et de petits oiseaux fondaient en piqué du ciel pour se régaler.

« Heather ! Heather ! »

Olivia l'appelait. Elle se leva d'un bond.

« Me voilà !

— Matt veut te parler », dit Olivia.

Heather prit le talkie-walkie.

« Matt ?

— Il faut régler ça aujourd'hui, dit-il. Où êtes-vous, tout de suite ?

— Au nord de… Quelque part.

— Vous pouvez venir tout seuls à la ferme ?

— Oui.

— Les enfants sont assez en forme pour marcher, tu es sûre ? Sinon j'envoie une voiture les…

— Les enfants vont très bien.

— OK. Donc vous venez à la ferme. Approchez les mains en l'air. À tout à l'heure. »

Heather éprouva de nouveau un léger vertige.

« Non, dit-elle.

— Quoi, non ?

— Je ne vais pas faire ça. Vous avez tué Petra. Vous avez torturé Hans. Vous tenez Tom à votre merci. Je ne vous fais pas confiance.

— Attends, Heather. Une fois de plus, tu vas tout foutre en l'air ?

— Je veux… Je veux…

— Quoi ?

— Je veux parler avec Tom. Seule. Je veux qu'il me dise lui-même que je peux vous faire confiance.

— Nan, m'dame. Un marché, c'est un marché. Tout est arrangé. Toi et les enfants, vous venez à la ferme.

— Ce marché-là, très peu pour moi. Tom est sous pression. Je ne sais pas de quoi vous l'avez menacé. J'ai deux conditions. D'abord, je veux parler avec Tom, *seule*, sans aucun d'entre vous dans les parages, avant d'envisager d'aller à la ferme. Ensuite, c'est moi qui reste ici comme otage, pas les enfants. *Moi*, tu entends ? Les enfants doivent quitter l'île, avec Tom, et ne jamais y remettre les pieds. Et puis tu me laisseras partir quand tu reviendras avec l'argent. »

Elle écouta le talkie-walkie grésiller de longues secondes avant que Matt ne reprenne la parole.

« Nous acceptons la seconde condition, dit-il. Du moment que toi, tu restes ici comme otage, les enfants pourront rentrer à Melbourne. Mais la première condition, c'est non. Il est impossible de déplacer Tom.

— Je dois le voir, je dois lui parler, je dois l'entendre me dire que tout va bien, insista Heather. Après tout ce que nous avons vécu, j'ai besoin qu'il me persuade de vous faire confiance. »

Une autre longue pause, puis Matt déclara :

« Très bien. Voilà comment on va faire. Au nord-est de la ferme, il y a une zone où la lande a brûlé. L'herbe est complètement calcinée. Impossible de se cacher où que ce soit. Mais il y a un eucalyptus mort, tout noir…

— Je le connais, dit Heather.

— C'est là que tu verras Tom. Nous pouvons nous préparer pour l'emmener là-bas en fin d'après-midi. Dix-huit heures ?

— J'y serai », dit Heather.

43

Après avoir mis le Lee-Enfield sur son épaule, Heather donna les jumelles à Owen et la gourde à Olivia.

Elle prit la main gauche d'Olivia, la main droite d'Owen, et ils se mirent en marche, direction le sud, à travers la grande brize et le spinifex, la paillote et l'herbe à kangourou.

Les épines et les chardons la laissaient indifférente.

Elle ne sentait plus rien.

Ni les mouches. Ni la chaleur.

Ils avançaient en silence, chacun à ses pensées.

Un marché était conclu avec les O'Neill. Le meilleur marché possible. Elle voulait que les enfants quittent l'île.

Elle resterait ici.

Danny et quelques autres peut-être voudraient la violer. Matt chercherait à les en empêcher, sans doute – mais il n'était qu'un beau-frère, pas un frère.

Tom devait savoir ce qu'elle risquait. Il avait bon fond, il ne manquait pas de sens moral, mais il était aussi désespéré.

Chaque pas la rapprochait de l'horreur.

Elle se creusait la tête pour trouver une solution.

Mais il n'y en avait pas.

Un miracle s'était produit. Tom, qu'elle avait vu se faire assassiner, était en vie !

Jamais elle n'avait connu d'homme plus intelligent que Tom. Et s'il leur faisait confiance, elle devrait aussi leur faire confiance.

Ils continuèrent de marcher en silence.

Le soleil se coucherait dans une heure, environ.

Ils n'étaient plus très loin.

Comme elle se trouvait dans un creux entre deux collines, la ferme n'était pas encore visible, mais Heather apercevait la fumée blanche d'un feu de cuisson. Les O'Neill faisaient sans doute bouillir l'eau du puits pour la boire.

Cette pensée la fit sourire.

Matt pouvait toujours s'indigner, elle se félicitait du désagrément que Hans et elle leur avaient causé. Ils le méritaient. Et son plan aurait pu fonctionner. Elle les avait rendus malades, elle avait tué leurs chiens, elle avait détruit leurs réserves de carburant. Si elle avait continué sur cette lancée, avec un ou deux autres raids pour leur pourrir la vie, ils lui auraient peut-être donné le bac pour se débarrasser d'elle.

Peut-être.

Ils parvinrent au sommet d'une petite colline et s'arrêtèrent. Sur la colline voisine se dressait l'eucalyptus noir entouré de terre calcinée qui était leur lieu de rendez-vous.

« Voilà, on y est, dit-elle en souriant aux enfants. Vous allez revoir papa et pouvoir rentrer chez vous.

— Et toi, tu vas faire quoi ? demanda Olivia.

— Il est prévu un échange. Je vais rester avec eux comme une sorte de… comme otage, je suppose. Mais quand vous serez en ville avec votre père, il leur donnera l'argent et ils me laisseront partir.

— On va leur faire confiance ? dit Olivia d'un air étonné.

— Oui. Ton père pense que c'est faisable. Ils lui ont sauvé la vie. »

Owen secoua la tête et s'assit dans l'herbe.

« Viens, il faut avancer, dit Heather.

— Non. Assieds-toi, s'il te plaît, dit-il, soutenant gravement son regard.

— Mais… Qu'est-ce qui se passe, Owen ?

— Je te demande de me rejoindre par terre. Si on reste debout trop longtemps, ils vont nous voir. »

Depuis un an qu'elle le connaissait, elle ne lui avait jamais vu un air si sérieux et déterminé.

« Heu… OK. »

Heather s'assit et Olivia en fit autant.

« Je ne veux pas que tu acceptes ce marché, dit Owen.

— Je n'en ai pas envie, moi non plus, mais c'est la seule solution pour récupérer votre père.

— Je… Mais… », bafouilla Owen. Il baissa les yeux, semblant chercher ses mots.

Elle patienta.

« Je… je veux rester avec toi, dit-il. Et… je ne veux pas que papa revienne.

— Mais non ! Pourquoi tu dis ça ? »

Owen prit une profonde inspiration.

« Tu sais que j'ai ce mur, dans ma tête, que je construis avec des parpaings de Minecraft. Hein ? Je t'en ai parlé, fit-il d'une voix plus ferme.

— Oui, je sais.

— Des fois, j'utilise mon mur pour me cacher derrière, et des fois je cache derrière lui des choses que je ne veux plus voir, ou auxquelles je ne veux plus penser.

— Je comprends bien, Owen.

— Si tu construis un mur assez épais et assez haut, tu finis par oublier ce qui est derrière.

— Ce n'est pas grave, mon grand. C'est juste une stratégie d'adaptation. Ta sœur et toi, vous avez subi une telle épreuve, cette année, Dieu sait…

— Non, coupa Owen. Tu ne comprends pas ce que je dis. Même Olivia ne comprend pas. Vous ne savez pas ce qui est derrière mon mur. Et moi non plus je ne savais plus, justement. Ou en tout cas je ne voulais pas y penser. Mais depuis un petit moment j'ai les idées claires. Au moins depuis… depuis qu'on a trouvé de l'eau.

— Alors c'est bien, Owen, tu…

— S'il te plaît écoute-moi. Écoute ! » Owen jeta un coup d'œil vers sa sœur, puis demanda à Heather :

« Qu'est-ce que papa t'a raconté au sujet de ce qui est arrivé à maman ?

— Que… que c'était un accident, voilà. Ta maman était une femme très courageuse. Toutes ces années si difficiles où elle s'est battue contre la sclérose en plaques, et puis quand elle a commencé à aller encore plus mal... Continuer à s'occuper de vous, à travailler... J'ai l'impression que c'était une personne extraordinaire.

— Qu'est-ce que papa t'a raconté *exactement* au sujet de l'accident ? » insista Owen.

Un frisson glacé parcourut Heather.

« Ce qu'il a dit à tout le monde. Il l'a trouvée. Elle était tombée dans l'escalier. Elle tenait de plus en plus mal sur ses jambes...

— Il ne t'a pas dit qu'elle buvait, aussi ?

— Non. Heu... Enfin, si. Il a fini par m'expliquer ça. Mais il ne faut rien reprocher à ta maman. Je boirais, moi aussi, si on me découvrait une maladie pareille. Ce n'est pas sa faute. C'était une super maman. Elle essayait juste de tenir le coup, voilà.

— Maman ne buvait pas, affirma Owen. En tout cas pas beaucoup. Pas... de cette façon. Et elle ne s'est pas suicidée non plus.

— Je sais, mon chéri ! Ça, c'est juste des rumeurs. Les gens racontent toujours des horreurs.

— C'est lui qui a raconté des horreurs. C'est lui qui a lancé ces rumeurs. Il a fait en sorte que les gens pensent qu'elle buvait trop et qu'elle avait des idées suicidaires.

— Non, ce n'est pas... »

Owen leva une main pour l'interrompre.

« Maman n'était pas comme ça. C'est lui qui a...

— Lui qui a quoi ? dit Olivia.

— Toutes ces rumeurs comme quoi peut-être elle aurait fait ça exprès, ou bien elle était saoule, c'est juste des mensonges inventés par papa.

— Tom ne ferait pas ça», objecta Heather.

Owen lui prit la main. Il tourna de nouveau la tête vers sa sœur, un instant, puis regarda Heather droit dans les yeux pour dire :

« J'étais là.

— Là ? Là quand ?

— J'ai bloqué ça avec mon mur. Un mur immense. Le plus grand. Et… et je suppose que le Valium m'a embrouillé les idées, aussi.

— Il s'est passé quoi, Owen ? demanda Olivia.

— Tout n'est pas encore complètement clair, mais ça me revient petit à petit… J'étais censé être en cours de gym à l'école. Mais je déteste ça, alors je suis allé à l'infirmerie pour avoir un mot d'excuses et je suis rentré à la maison. Il n'y a que cinq minutes à pied de l'école.

— Tu étais là ? dit Olivia, sidérée.

— Je crois que oui. Non, j'en suis sûr ! J'étais à la maison. Maman et papa n'étaient pas là quand je suis arrivé de l'école, et ce n'était pas le jour de Maria, donc personne n'a su que j'étais rentré. J'étais dans ma chambre en train de jouer à Mario Kart quand ils sont arrivés. Et comme je ne voulais pas que papa sache que je séchais la gym à l'école, je suis resté planqué dans ma chambre. »

Olivia secouait la tête, l'air effrayé.

« C'est la vérité ! dit Owen. J'ai entendu papa et

maman se disputer très fort à propos de quelque chose. Et puis elle a monté l'escalier. Ça lui a pris un temps fou. Elle pleurait. J'ai eu envie de sortir de ma chambre pour la réconforter, mais à ce moment-là papa l'a rattrapée. C'est *lui* qui buvait. Du whiskey. C'est son verre à *lui* qui a été retrouvé au pied des marches.

— Mais… mais il s'est passé quoi, alors ? demanda Olivia d'un ton anxieux.

— Maman avait découvert que papa voyait quelqu'un. Une femme. Ils criaient tous les deux. Elle était super en colère. À un moment, elle lui a dit que cette fois elle était sérieuse. Que cette nouvelle fille, c'était la dernière goutte d'eau. Qu'ils allaient divorcer et qu'il n'aurait pas un sou. Elle allait le ruiner. Elle allait tout raconter à grand-papa, et grand-papa allait faire en sorte que… »

La voix d'Owen s'étrangla et il se mit à sangloter. Heather l'enveloppa de ses bras. Olivia lui prit les mains.

« Et puis ? relança doucement Olivia. Raconte-nous tout.

— Je… » Owen renifla. « Je crois que maman a dit que papa devrait rembourser à grand-papa l'argent qu'il lui avait donné pour ses études de médecine. Et papa s'est mis à rire. À ce moment-là, j'avais entrouvert ma porte. Elle a essayé de le taper, mais elle a perdu l'équilibre et elle est tombée dans l'escalier. J'ai tout vu.

— Oh mon Dieu ! » s'exclama Olivia en portant les mains à son visage.

Heather se racla la gorge.

« Mais… Owen, Tom a dit qu'il n'était pas à la maison…

— Si, il y était ! Si ! Si ! Et il est médecin. Il aurait pu la sauver, je pense, mais il n'a même pas essayé. Il est juste resté là, à la regarder en bas des marches. Il n'est pas descendu l'aider. Et moi non plus. Je suis resté caché. Je n'ai pas aidé maman. Je n'ai rien dit. Je suis resté dans ma chambre et j'ai construit mon mur. Papa a raconté qu'il l'avait trouvée comme ça en arrivant à la maison, alors que c'était pas vrai. Et puis l'ambulance est arrivée. Et Olivia est rentrée. Et j'ai réussi à faire croire que je venais juste de rentrer, moi aussi. Et papa a appelé grand-maman. Et elle est venue. Et ils ont emporté maman. Et je me suis caché derrière mon mur. Et tout s'est embrouillé dans ma tête. Et j'ai réussi à faire semblant, comme si tout ça n'était jamais arrivé. »

Heather pleurait.

Elle croyait Owen.

Tom n'était pas coupable de meurtre. Il n'était sans doute même pas coupable d'homicide par imprudence. Peut-être aurait-il pu faire quelque chose pour sauver Judith. Ils n'en sauraient jamais rien. Derrière la porte de sa chambre, Owen ne pouvait absolument pas avoir vu ce que faisait son père quand il avait fini par descendre l'escalier. Peut-être la pauvre Judith avait-elle été tuée sur le coup. Peut-être la seule faute de Tom, en réalité, était-elle d'avoir menti sur ce qui s'était passé.

Mais son mensonge était déjà suffisant. Son inaction était suffisante.

Immédiatement après la chute de Judith, il devait avoir été stupéfait. Choqué. Mais bientôt une émotion d'un autre genre l'avait peut-être envahi. Le décès de Judith était susceptible de résoudre tant de ses problèmes…

Sous le Tom en qui Heather voulait croire, il y avait un autre Tom. Le Tom qui préférait qu'elle ne parle pas trop dans les dîners, car elle risquait de lui faire honte devant ses amis. Le Tom qui se montrait parfois grossier envers les employés des restaurants et des boutiques. Le Tom capable d'accès de fureur blême tellement étranges – incompréhensibles. Le Tom qui tenait à ce qu'elle fasse prendre ses médicaments à Owen au saut du lit, pour que l'enfant ne l'enquiquine pas pendant qu'il s'habillait et se préparait à partir au travail.

Carolyn l'avait prévenue que tous les chirurgiens étaient des connards. Mais cela ne disait pas tout, n'est-ce pas ? Le récit d'Owen la choquait mais, au fond, ne la surprenait pas.

« Je crois que depuis un an je le déteste. Et je le détesterai toujours », dit Owen d'une voix sourde.

Elle le serra de nouveau dans ses bras en regardant en direction de l'eucalyptus noir. Elle comprenait à présent une chose qui la tracassait depuis sa conversation avec Tom.

Ce marché qu'il disait avoir conclu avec les O'Neill n'avait aucun sens. Pas après tout ce qui s'était passé. Le Tom qu'elle pensait connaître, en qui elle voulait croire, s'en serait rendu compte. Le Tom de l'histoire d'Owen, par contre, pouvait se raccrocher à n'importe quel espoir pour s'en sortir… à n'importe quel prix.

Même dans le premier marché qu'il avait conclu avec les O'Neill, elle s'en souvenait, il avait voulu emmener Olivia avec lui et la laisser sur place, elle, avec Owen. Olivia était sa préférée. Si l'affaire avait dû mal se terminer, il aurait au moins gardé sa fille. Était-ce réellement ce qu'il avait eu en tête ? Quel père pouvait raisonner de cette façon ?

Lui, Tom, pouvait.

Elle savait cela désormais.

Ils pleuraient tous les trois.

Heather étreignit Owen très fort. Olivia l'enlaça à son tour.

Ils restèrent assis dans l'herbe un long moment, à se réconforter et à pleurer.

Ils poursuivirent la conversation sans plus parler.

Heather comprenait ce qu'elle devait faire.

Enfin, elle essuya leurs larmes et les prit par la main. Elle leur demanda s'ils étaient sûrs d'eux.

Ils n'étaient encore que des enfants, mais ils savaient ce qu'ils voulaient.

Ils n'avaient pas confiance en Tom. Ils avaient confiance en elle.

« Retournez à la grotte, dit Heather. Ce rendez-vous ne m'inspire rien de bon. »

Elle les serra une dernière fois dans ses bras, les regarda un moment s'éloigner, puis rampa dans les herbes hautes jusqu'à la zone où le feu de brousse s'était épuisé – un mélange de végétation intacte et d'îlots brûlés. Devant, un peu plus loin, il y avait la vaste étendue de lande entièrement calcinée au milieu de laquelle se dressait ce gommier des neiges couleur de charbon. Un arbre qui avait évolué au contact du feu, sur des millions d'années, et qui paraissait mort mais dont le cœur lent et patient battait toujours.

Avec les jumelles, elle découvrit Tom assis dans un fauteuil en osier à l'ombre d'une grosse branche de l'arbre. La tubulure d'une perfusion intraveineuse fichée dans son bras droit remontait jusqu'à une poche de solution physiologique suspendue à un statif de fortune – un portemanteau sur pied.

Il tenait un talkie-walkie à la main.

Mais quelque chose clochait…

Tom était pâle. Il avait l'air mort. Scrutant son visage à travers les jumelles, elle vit qu'il clignait néanmoins des yeux.

Il était vivant. Et c'était vraiment lui. Jusqu'ici, pas d'entourloupe à la *Week-end chez Bernie* de la part des O'Neill.

Mais tout de même. Elle avait un mauvais pressentiment.

Heather scruta le paysage. Dans un large périmètre autour de l'arbre, la végétation était entièrement brûlée. Il ne restait que des cendres et de la terre rouge. Elle ne voyait nul endroit où les O'Neill auraient pu être cachés, mais elle se remit à avancer avec précaution, à quatre pattes, en reniflant l'air comme une lionne.

Au bout d'une vingtaine de mètres, elle alluma le talkie-walkie.

« Tom, tu es seul ? » murmura-t-elle.

Bruit de fond pour seule réponse.

Elle rampa encore un peu et appuya derechef sur le bouton d'appel :

« Tom ? »

Elle essaya sur tous les canaux en observant Tom avec les jumelles. Il respirait. Sa poitrine remuait. Et ses yeux paraissaient alertes.

Il n'y avait plus qu'une centaine de mètres d'herbe brûlée entre eux.

Les O'Neill avaient tenu parole. Ils n'étaient nulle part en vue.

Il ne lui restait qu'une seule balle.

Elle chargea la cartouche de .303 dans le fusil et reprit le talkie-walkie en main.

« Tom ? »

Ssssssssssssssssssssssssssssssssssssss.

« Tom ? »

Sssssssssssssssssssssssssssssssssssssss.

Pourquoi ne répondait-il pas ? Elle passait de canal en canal pour n'entendre que ces longs grésillements plaintifs du bruit radioélectrique qui était le fond sonore de l'univers depuis treize milliards d'années.

Sssssssssssssssssss – et puis tout à coup, surgissant du néant, la voix remarquablement claire et puissante de Matt :

« Heather ?! T'es où ? On vous attend, les enfants et toi. Et le feu vert de Tom. Allez, m'dame, ne déconne pas… »

Elle baissa le volume de l'appareil et rampa jusqu'aux

toutes dernières touffes de spinifex épargnées par le feu.

Tom n'avait pas bougé de son fauteuil à l'ombre de l'arbre mort. La lumière du soleil couchant soulignait les contours de sa silhouette. Il portait une tenue d'hôpital et un chapeau de paille. La tubulure de l'intraveineuse s'agitait entre son bras et le portemanteau.

Il faisait quelque chose.

Il tripotait les boutons de son talkie-walkie.

Heather se prépara à se lever pour le rejoindre.

Elle scruta une dernière fois les alentours de l'arbre avec les jumelles.

Quelque chose d'étrange ?

Nan, tout était…

Une seconde.

Ça, là-bas, qu'est-ce que c'était ?

Une lueur sur le sol.

Le reflet du soleil sur le métal d'une arme ? sur le canon d'un fusil ? Avaient-ils eu le temps – Matt, Ivan et quelques autres – de se creuser des terriers dans la terre calcinée ?

Mais pourquoi Tom ne l'avait-il pas prévenue ?

Tom aurait su qu'ils préparaient un piège, et il aurait…

Parce que son talkie-walkie n'était pas chargé !

Heather recula précipitamment pour retourner à l'abri des herbes hautes.

Elle reprit son souffle. *Oh, Tom. J'aurais voulu te parler. J'avais besoin de te dire que le marché ne tenait plus. De te dire que les enfants avaient fait leur choix.*

Et qu'ils me choisissaient, moi. Ils me font confiance pour penser d'abord à eux, pour les protéger, pour assurer leur sécurité. Ils t'aiment, bien sûr, mais ils ne te font plus confiance. À cause de Judith. À cause de ce qui s'est passé dans l'escalier. Et de ce qui nous est arrivé ici, sur cette île.

Mais j'aurais voulu parler avec toi. Pour entendre ta version des choses. J'aurais voulu écouter ta voix, la voix de Tom, me persuader qu'Owen se trompait : « Mais enfin, Heather, qu'est-ce que tu racontes ? Owen est complètement à côté de la plaque. J'ai trouvé Judith comme je l'ai dit. Le cerveau d'un gamin ne fonctionne pas comme celui d'un adulte. Et tu connais Owen. Il n'a pas les yeux en face des trous. Il ne sait pas ce qui s'est passé ce jour-là. » Dis-moi que je me trompe, Tom. Dis-moi que moi aussi j'ai été aveugle.

Tu m'as fait du cinéma et je me suis laissé séduire. La première fois que tu es venu pour un massage à l'institut, c'était le 14 février. La Saint-Valentin. Ça m'est revenu tout récemment. Le jour où Judith est morte, nous avions déjà fait trois massages. Tu m'as rencontrée quand elle était encore en vie. Et, après notre troisième séance, nous sommes allés prendre un verre. Tu te souviens ? Je t'ai dit que je ne pouvais absolument pas fréquenter les clients en dehors du travail, mais tu as insisté. Tu étais tellement drôle, tu avais l'air tellement sympa. « Juste un verre, là, à côté », tu m'as dit. Ensuite tu n'es plus revenu jusqu'à la fin mai.

L'accident fatal de Judith s'est produit le 3 mars. Était-ce moi, la femme à propos de laquelle vous vous disputiez ? Ou y en avait-il encore une autre ? J'espère que ce n'était pas moi, mais je pense que c'est bien possible. Judith n'était pas une idiote. Elle avait deviné. Elle avait compris que tu recommençais. Si nous ne nous étions pas rencontrés, toi et moi, peut-être serait-elle encore en vie.

Je te connais, Tom. Tu réfuterais tout cela. Tu assènerais que les gens ne se souviennent pas de la même façon des mêmes choses. Tu citerais encore ce film que je n'ai toujours pas vu, Rashomon. *Peut-être me dirais-tu aussi que je suis trop jeune pour savoir comment fonctionne le monde.*

Ou peut-être pas. Peut-être serais-tu sincère, honnête de bout en bout... Et je t'expliquerais que je dois te laisser ici et tu comprendrais. Je te dirais que je sais que Matt a menti, qu'il n'y a pas de marché qui tienne pour les O'Neill, et que la seule solution pour sauver les enfants, c'est de te laisser ici.

Des larmes, encore.

Elles coulaient sur ses joues, tombaient sur la crosse du Lee-Enfield.

Heather pensait aussi à son père. Elle s'en sortirait. Elle se débrouillerait seule. Et cela irait. Car c'était le prix qu'elle devait payer. Pour sauver les enfants, elle devait abandonner Tom.

À l'ouest le ciel était cramoisi.

La nuit approchait.

Depuis qu'elle l'observait, Tom semblait de plus

en plus agité dans son fauteuil. Il s'était rendu compte qu'on lui avait donné un talkie-walkie inutilisable.

Voilà, il pigeait enfin.

Il avait voulu croire que les O'Neill prévoyaient sincèrement de les laisser partir. Mais, depuis qu'ils l'avaient amené ici, tout ce qu'il avait vu lui avait fait comprendre qu'ils tendaient en réalité un piège à sa famille.

Dans les jumelles, Heather le vit gesticuler pour essayer de se mettre debout.

« Ils sont là ! Va-t'en ! Fuyez, les enfants et toi ! » cria-t-il autant que ses poumons abîmés le lui permettaient, avant de s'effondrer dans le fauteuil.

Deux hommes jaillirent du sol noir, fusil en main. Deux autres restèrent dans leurs cachettes, mais remuèrent juste assez pour permettre à Heather de les localiser.

Ils étaient quatre, répartis dans autant de terriers creusés autour de l'arbre. Ils l'avaient attendue planqués là.

Rusé.

Une idée de Matt, sans doute.

Heather ne prit pas la fuite.

« Merci, Tom », murmura-t-elle.

Elle resta allongée, le bras autour du fusil, sans bouger d'un pouce.

Les O'Neill attendaient pour lui tomber dessus ?

Elle pouvait attendre aussi.

La patience était une arme qu'elle maîtrisait.

Elle coupa le talkie-walkie et baissa la tête.

Finalement, un troisième homme sortit de sa tanière – l'imposant Ivan – et lança :

« Moi je dis : ça suffit ! »

Comme elle l'avait deviné, ils étaient quatre : Matt, Kate, Danny, Ivan.

Kate, la dernière à se relever, se plia en deux pour vomir. Matt était lui aussi saisi de haut-le-cœur.

« La salope ! » cria Kate.

Ils avaient tous l'air malades. L'eau les avait bien empoisonnés, et Heather était contente qu'ils aient dû rester allongés dans leurs trous si longtemps les tripes en vrille.

Ivan s'approcha de Tom. Il venait de ramasser quelque chose par terre.

Leur plan B. Un jerrycan d'essence.

« Dernière chance, Heather ! cria-t-il en regardant autour de lui. Je sais pas ce que tu mijotes, mais ça marchera pas ! Demain, on aura d'autres chiens. On vous trouvera.

— Les flics ne viennent pas ! renchérit Kate. Personne ne sait que vous êtes ici ! On vous aura, bande d'enfoirés ! »

Ivan dévissa le bouchon du jerrycan.

« Ça, c'est de l'essence ! Tu veux vraiment que je le fasse ? Tu préfères pas laisser tomber ? Dernière chance ! »

Heather ferma un instant les yeux. Ils allaient le brûler vif dans le fauteuil.

« Comme tu veux, alors ! Regarde ! » cria Ivan en commençant à vider le jerrycan sur Tom.

Elle n'avait qu'une seule balle. Elle ne pouvait pas les tuer tous les quatre.

Elle savait ce qu'elle devait faire.

C'était épouvantable, mais elle n'avait pas le choix.

En serait-elle capable ?

Elle retira son tee-shirt et en enveloppa le canon du Lee-Enfield en le nouant par-dessus son extrémité. Puis elle épaula calmement l'arme pour viser.

Le tee-shirt n'étoufferait pas la détonation, mais il dissimulerait l'éclair à la bouche du fusil.

« Cette fois c'est la bonne, Danny ! » s'exclama Ivan.

Danny alluma une cigarette, en tira une bouffée et la jeta vers Tom. Une énorme boule de feu engloutit le fauteuil en osier, mais, avant que Tom ait pu seulement ouvrir la bouche pour crier, Heather le toucha en plein cœur.

Les collines renvoyèrent l'écho de la détonation.

« Où ça ?! beugla Ivan dès que le silence revint.

— Quelqu'un l'a vue ? » demanda Matt.

Personne n'avait rien vu.

Matt jeta une couverture sur le cadavre pour étouffer le feu. Une minute après arriva le Toyota Hilux avec sa boîte de vitesses grinçante et son pare-brise étoilé par la balle que Heather y avait logée. Ils balancèrent Tom sur le plateau.

« Tu t'imagines quoi, Heather ?! hurla Ivan. On va ramener des chiens ! Y a pas de flics pour te sauver ! Personne te cherche ! Tu quitteras jamais cette île. Jamais !

— Pas vivante, en tout cas ! » ajouta Kate.

Tous les quatre grimpèrent dans le Toyota qui s'éloigna en direction de la ferme.

Par précaution, Heather resta allongée sans bouger jusqu'à ce que la nuit soit complètement tombée.

« Vous avez failli m'avoir », murmura-t-elle en enfilant le tee-shirt légèrement roussi par le canon du fusil. Elle repartit accroupie à travers les herbes hautes. Maintenant, c'était le tout pour le tout contre ces gens. Elle quitterait cette île ou elle se tuerait à essayer. Au bout d'un kilomètre de marche en ligne droite, elle vira vers le sud pour aller ramasser d'autres œufs de puffins. La marée était très basse. Ses baskets s'enfonçaient doucement dans le sable humide.

Était-ce déjà une nouvelle lune, là-haut ? Un fin croissant, d'un blanc lumineux, dans le ciel austral – à l'envers, mais pas moins fier.

Elle trouva des œufs et se remit aussitôt en route.

Quand elle parvint en vue de la lande calcinée, elle regarda une dernière fois la colline à l'eucalyptus solitaire.

« Adieu, Tom », dit-elle.

44

La nuit était là.

Un compte à rebours sombre et profond, en cadence avec le mouvement des étoiles.

Olivia s'assit sous les eucalyptus et regarda leurs feuillages. Ces milliers de petites feuilles poussiéreuses, sèches, un peu moches, mais chacune une machine miraculeuse qui avait passé la journée à transformer la lumière en nourriture.

Dans le ciel, une formation d'oiseaux en V.

Sur la mer, le reflet scintillant des étoiles.

Olivia pensait à Heather. Se faisait du souci pour elle. Elle s'était trompée à son sujet.

Des larmes envahirent ses yeux. Elle les laissa venir. Elle pleura pour elle-même et pour sa mère. Pour son père aussi.

Parce qu'il était quand même son père, malgré tout.

Mais c'était Heather qui les sauverait, Owen et elle – pas lui. Elle savait cela maintenant. Et elle devait veiller sur son petit frère.

Owen était en train de cuire le serpent sur le feu dans la grotte. Il n'y aurait pas beaucoup de viande, l'avait-il prévenue. Cet animal était plein de petits os et assez dégueu. Mais tant pis.

Olivia sécha ses larmes et se leva pour guetter le retour de Heather sur la lande obscure.

Soit Heather reviendrait, soit ce serait son père, avec Matt et les autres… Bien sûr, son père lui manquait. Elle aimait son père. Mais elle voulait que ce soit Heather. Sa mère aussi aurait voulu que ce soit Heather.

Elle retourna dans la grotte. À l'entrée, un peu partout sur les parois, en y regardant bien, on voyait des dessins. Des hommes et des femmes stylisés qui dansaient la lance à la main. À la lumière du feu d'Owen, leur danse s'animait.

Un groupe de plusieurs personnes, armées de lances aussi, semblait attaquer ou fuir un monstre à six jambes.

Heather apparut dans le boyau.

Olivia se jeta vers elle et l'enlaça dès qu'elle se redressa.

Puis elle l'interrogea du regard.

Heather hocha la tête. Olivia frissonna.

Heather la serra dans ses bras et lui raconta tout.

Olivia pleura, Heather aussi, et elles s'étreignirent un long moment.

« Regarde ce que j'ai découvert, dit Olivia en reniflant et en désignant les dessins sur les parois. Certaines de ces peintures ont des milliers d'années, j'imagine, mais il y en a qui doivent plutôt dater des cent ou cent cinquante dernières années. Ça, par exemple, c'est un homme à cheval, non ?

— Je crois.

— Ici, je pense qu'ils ont raconté la ligne noire. Le massacre dont ils ont été victimes. »

La voix d'Owen leur parvint de la seconde partie de la grotte.

« Heather, c'est toi ? Vous faites quoi là-bas, toutes les deux ? Venez, la viande est cuite ! »

Elles descendirent près du bassin.

Le serpent avait un goût de poulet, ou peut-être de gibier à plume. Il était bon. Il passa bien avec les œufs.

Owen et Olivia parlèrent de séries télé, de films et de musique pour se changer les idées.

Heather ne dit rien de plus au sujet de Tom. Owen avait déjà compris.

Ils bavardèrent, ils mangèrent, ils burent. Owen leur parla longuement des vidéos de la chaîne Primitive Technology sur YouTube. Heather raconta à quel point la marée lui avait paru basse lorsqu'elle était descendue piller les nids des puffins, et Owen répondit que c'était sans doute à cause de la nouvelle lune. Puis il se remit à parler avec Olivia de sa feuille d'exercices d'astronomie. Désormais tout était beaucoup plus clair dans sa tête. Il cita les différentes planètes du Système solaire, puis les phases de la Lune, sans erreur. Ils faisaient tout leur possible pour ne pas évoquer Tom.

Plus tard, Heather leur chanta en entier l'album *Sgt. Pepper's Lonely Hearts Club Band* des Beatles.

Ils étaient tous les trois bien fatigués et s'installèrent pour dormir auprès du feu.

Heather prit le Lee-Enfield, fit basculer son petit levier de sûreté et s'allongea la main sur la crosse.

« C'était bizarre, hier, de se regarder dans le miroir, dit Olivia. J'avais oublié à quoi je ressemblais.

— Tu sais, dit Heather, quand on y regarde de *vraiment* près, tous les miroirs ressemblent à des globes oculaires. »

Olivia réfléchit à cela et sourit.

« Maintenant je vais essayer de dormir, d'accord ? » dit Heather.

Olivia acquiesça, s'allongea sur le dos et se mit à penser à la lune.

Elle ferma les yeux. Commença à s'endormir.

Zodiac, lune, maman...

Elle se redressa en sursaut.

« Owen ! Ta feuille d'astronomie ! La nouvelle lune et la pleine lune. C'est pas à ces moments-là qu'il y a les marées basses les plus basses ? demanda-t-elle.

— Ouais, je crois que c'est ça. La grande marée, deux fois par mois... » Owen écarquilla les yeux et sourit. Il comprenait à quoi pensait Olivia. Il secoua Heather par l'épaule.

« Qu'est-ce qui vous arrive ? Ça va pas ? demanda-t-elle.

— On sait comment partir d'ici », dit Owen.

45

Jadis, au pays, dans l'ombre du mont Slemish.

Oui, rappelle-toi l'Irlande du Nord. Quelque part dans les collines. Ce monstre.

Tu dois t'enfuir. Fuir la pauvreté et la pluie. Prends ce billet et monte sur le gros bateau. Fabrique-toi une nouvelle vie dans un autre pays, de l'autre côté du monde. *Bonne chance, petite*, ils disent. *Bonne chance, petite*, et voilà.

Ce pays nouveau. Ce pays vide. Ce pays de toutes les chances.

Mais le monstre l'avait suivie.

Je n'ai pas besoin de ça à l'âge que j'ai. Il te trouve. Il sort de l'ombre de la montagne noire et il se rapproche.

Je sais tout sur cette fille. Je sais ce qu'elle est. Morrigan le corbeau[1] *la connaît aussi.*

Ces feignants, ces bons à rien – ha ! Moi, je ne suis

---

1. Déesse de la guerre et de la mort dans la mythologie irlandaise, capable de changer d'apparence et notamment de se présenter sous la forme d'un corbeau.

pas tombée malade. De l'eau? Jamais je bois d'eau! Ces crétins. Ces branquignols. Moi et mes mauvaises jambes. Je ferais ça mieux qu'eux. Elle va détruire tout ce que j'ai bâti si je ne règle pas le problème moi-même.

« Matty ! Matty, monte un peu ! J'ai un plan. Matthew, où es-tu ? Viens me voir ! »

Matt. Le seul à ne pas être taré. À être de sang neuf.

« Quoi donc, la Mère ? cria-t-il d'en bas.

— Monte ! Ton plan n'a pas marché, mais j'ai une autre idée pour attraper cette salope. »

Matt apparut dans l'embrasure de la porte.

« C'est quoi ton idée ?

— Va à la commode. Donne-moi cette bouteille. Il me faut un coup à boire. Ah, mes genoux. Saloperies de genoux. C'est qui cette fille, Matthew ? Comment elle a pu mettre un bazar pareil ?

— Je sais pas, la Mère. Tom a dit qu'elle travaillait comme masseuse quand il l'a rencontrée.

— Elle a pas été à l'université comme tant de ces petites nanas ?

— Apparemment pas, la Mère.

— Alors quoi ? Qu'est-ce qu'elle a ? Tu la regardes, on dirait qu'un coup de vent suffirait à la balayer.

— Oui. J'ai pensé la même chose.

— Elle a de la chance ou elle en a dans le crâne ?

— Je ne sais pas. »

La Mère avala une gorgée de gnôle. Ça faisait du bien. C'était un bon produit. Largement plus de vingt ans d'âge, mais aucune âpreté. Et les algues sous l'alambic lui rappelaient le Bushmills.

« Assieds-toi à côté de moi sur le lit, Matthew. Voilà. Un coup à boire ?

— Pas pour moi, la Mère.

— Y a des jours, je me demande si nous sommes faits de merde ou si nous sommes faits de lumière. T'en penses quoi, toi ?

— Hmm, je ne sais pas.

— Tu ne sais pas. Tu ne sais pas grand-chose, hein, mon gars ? Mais moi, je sais. J'en sais plus que tu crois. Je sais que toi, Terry et Kate, vous avez parlé d'installer une espèce d'hôtel à touristes sur notre île.

— Un écolodge, la Mère. C'est vrai. C'était l'idée de Terry. De nos jours, ce genre d'endroit cartonne. Je suis sûr que ça marcherait. On pourrait faire rentrer beaucoup d'argent. Prendre un nouveau départ. Assurer notre avenir. Tu sais que le fonds est presque épuisé. Il faut réfléchir à des solutions.

— Je sais bien ! Mais tu sais pourquoi je ne trouve pas que c'est une bonne idée ? Tu sais pourquoi je n'aime pas voir des inconnus débarquer sur l'île ?

— Pourquoi, la Mère ? »

Elle tapota la jambe de Matt et poussa un petit gloussement.

« Parce que je savais qu'elle allait venir. Jusque dans mes os, je le savais ! Elle… ou bien quelqu'un comme elle. Pourtant tout se passe bien, ici, pour nous. Sois gentil, donne-nous de l'air, tu veux ? »

Matt se leva et ouvrit la fenêtre. La Mère soupira profondément. Le bush dégageait une odeur âcre, lasse, aussi fatiguée qu'elle. Le chant de la nuit s'élevait jusqu'à elle. Le bush était indifférent. Il se fichait de ce qui pouvait arriver à sa famille.

« Il faut aller de l'avant, Matthew. De l'avant. Il faut se jeter en avant dans le passé, à l'époque où il n'y avait que des proies. Ça peut être comme autrefois. Pendant un petit moment en tout cas. Tu me suis ?

— Pas vraiment, la Mère.

— Je te parle de nous, rien que nous et notre vie très simple. Pas d'écolodge. Pas de visiteurs. Nan ! Je savais qu'elle allait venir, nom de Dieu, et mettre le bazar. Elle ou quelqu'un comme elle. Tu sais qui est cette fille, Matthew ? C'est le monstre. Le bunyip. Il faut l'anéantir, sinon elle nous aura tous. Il faut l'attraper !

— Mais comment ? demanda Matt.

— Quand je suis arrivée ici, sur cette île, toute jeunette, je me suis perdue. Tu sais comment Terry m'a trouvée ?

— Non.

— Viens te rasseoir. Je vais t'expliquer ça. »

46

Matt se mit en route sur le dos de Pikey bien avant l'aube. Il était content de s'éloigner un peu de la ferme. Ils n'avaient plus d'eau. Plus d'électricité. Et personne n'avait la moindre idée de ce qu'il fallait faire. À part la Mère – et lui maintenant.

Heather était là, quelque part.

Il allait la trouver. Sans chien ni personne.

Il emportait sa fidèle carabine .22 à petit gibier qu'il possédait depuis bien des années. Peut-être pas l'arme la plus mortelle de l'île, mais elle avait un faible recul, une très grande vélocité, et, avec elle, Matt n'avait jamais raté sa cible. Pas une seule fois.

Il trouverait Heather. Impératif.

La Mère avait raison. Elle était cette chose de l'extérieur qui menaçait leur mode de vie.

Il chevaucha Pikey en direction du sud-est, à travers l'herbe à kangourou, pour passer d'abord à la prison.

Ses tripes grondaient encore et il dut faire une pause pour vomir au bord de la route.

Rory n'avait pas vu Heather. Le générateur étant

détruit, la pompe ne fonctionnait plus, donc la prison était elle aussi privée d'eau et de courant.

« Si tu l'aperçois, tire sans hésiter », dit Matt avant de poursuivre sa route.

Il parvint bientôt sur la côte est de l'île, où la marée était basse. Le lever de soleil, ici, teintait le plus souvent le ciel d'un vermillon improbable et magnifique. Mais aujourd'hui Matt n'avait pas le temps d'attendre l'astre solaire.

Il alluma le talkie-walkie :

« Heather ? »

Rien que du bruit de fond dans le haut-parleur.

Il descendit jusqu'à l'extrême-sud de l'île, où les puffins nichaient.

« Heather ? » essaya-t-il, à plusieurs reprises, en longeant la plage à pied.

Seuls des grésillements lui répondaient.

Il alla vers l'ouest, jusqu'à l'embarcadère, mais Kate qui y montait la garde n'avait vu personne.

« Heather ? »

Toujours les mêmes grésillements.

Il dirigea Pikey vers le nord-ouest et la plage à la mangrove.

« Heather ? »

Rien.

Il partit vers le nord, à travers la lande, pour gagner la partie vallonnée de l'île.

« Heather ? »

Grésillements, puis soudain une voix :

« Matt ? »

Ah… Voilà donc où elle se cachait.

« Heather, pourquoi tu nous as fait ça ? dit-il d'un ton accusateur. Nous n'avons plus d'électricité, plus de carburant, plus d'eau.

— Manifestement, vous allez devoir faire venir le bac pour vous réapprovisionner.

— Sans doute. Mais je te déconseille de l'approcher.

— Tu as presque réussi à me faire marcher, Matt. Tu es rusé, mais moins que tu ne le crois.

— C'est dommage, tu sais. On aurait pu trouver un arrangement. Je sais que beaucoup d'entre nous, ici, le souhaitaient.

— Vous êtes incapables de respecter un marché.

— Peut-être, peut-être pas. Tu n'as pas eu le temps de voir notre bon côté. Nous étions pourtant tournés vers l'avenir. Mes frères et moi, nous avions l'intention d'ouvrir un centre d'écotourisme, d'ici quelques années…

— Oh, quel dommage.

— Et quel dommage pour Tom.

— Et pour Hans et Petra.

— Et pour Hans et Petra.

— Et maintenant, alors, il se passe quoi ? demanda Heather.

— Bonne question.

— Il n'est pas impossible que nous restions, tu vois. Nous aimons bien cette île, finalement, les enfants et moi. Nous avons de l'eau. Nous avons de quoi nous nourrir. Vous serez tous morts dans une semaine, mais pour nous tout va bien.

— Arrête de déconner.

— Mais je ne déconne pas, dit calmement Heather. Olivia croyait cueillir des pâquerettes, ce matin, et tu sais ce qu'elle a trouvé en réalité ?

— Quoi donc ?

— En fait de pâquerettes, il s'agissait de fleurs d'igname. Nous avons trouvé des ignames, Matt. Sauvages. Il y en a partout à travers l'île. Tu savais ça, au moins ?

— Non.

— Cette île a tellement à offrir. Il faut juste savoir où chercher. Des centaines d'aborigènes vivaient ici autrefois.

— J'en doute.

— Doute autant que tu veux. Nous, en tout cas, nous serons peinards dans la brousse pendant que vous rôtirez jusqu'à crever dans vos cercueils en bois.

— Tout ça c'est ta faute, dit-il d'un ton amer.

— Oh, Matt, l'heure n'est plus aux reproches. Nous pouvons rester ou partir. Nous pouvons nous envoler par-dessus la mer, si nous le souhaitons. Les corbeaux nous porteront.

— La déshydratation te fait halluciner, j'ai l'impression.

— Rester ou partir ? Nous allons rester, je crois. Car nous avons une mission. Pour ça aussi, les corbeaux nous aideront.

— Qu'est-ce que tu racontes, Heather ? Quelle mission ?

— Nos vies à tous sont gouvernées par de grandes

obligations, sais-tu. On m'a donné du fer météorique. Avec certaines instructions. Ces deux derniers jours, ce n'est qu'un début. Tuer vos chiens. Détruire vos réserves de carburant. Empoisonner le puits. Faire sauter le générateur. Je reviendrai tous les soirs. Vous ne me trouverez jamais. Je suis une envoyée, Matthew. J'ai été envoyée sur cette île pour fonder une nouvelle lignée qui supplantera la vôtre. Qui vous effacera jusqu'à ce qu'il ne reste plus la moindre trace de vous. Tu comprends ?

— Tu n'oserais pas.

— Mettez tous vos enfants à l'abri sur le continent, tant qu'il est encore temps, parce que je vais purifier cette île de la présence des O'Neill.

— Tu as perdu la tête ou quoi ? Tu as bu de l'eau de mer ?

— Pour nous, tout va bien. Nous avons de l'eau douce. Une immense réserve. Désormais cette île nous appartient. Nous pouvons vivre où bon nous semble, tandis que vous, vous êtes piégés. Piégés sur une île qui est une poudrière, et dans le viseur d'une femme à qui son père, un ancien sniper, a tout appris de son métier.

— Arrête tes conneries, tu veux ?!

— Oh, ça le perturbait, bien sûr. Mais, comme il disait, après tout c'était la seule chose qu'il faisait vraiment bien. Je sais démonter, épauler et tirer avec n'importe quelle arme. Je peux dégommer un rat d'égout sur la plage au crépuscule. Je peux couper la queue d'un lapin à mille mètres. Vous êtes tous morts, Matt. Mais vous ne le savez pas encore. »

Le signal de Heather était maintenant extrêmement clair sur le talkie-walkie. Elle devait se trouver dans un rayon de trois ou quatre cents mètres autour de lui. À l'ouest, en haut de la grande colline, il y avait ce bosquet d'eucalyptus qu'il connaissait bien. Il ne s'était jamais demandé où ces gros arbres vénérables trouvaient à boire.

Une immense réserve, avait-elle dit.

« Où veux-tu en venir ? demanda-t-il.

— C'est simple, Matt. Toi, la Mère et les autres, vous n'avez plus beaucoup de temps. La police sera ici très bientôt. Elle nous cherchera, elle nous trouvera, et vous serez tous jetés en prison pour meurtre. Jusqu'au dernier. D'ici là, je ferai de votre vie un enfer.

— Tu proposes quelque chose ?

— Laissez-nous le bac. Tout le monde reste à la ferme jusqu'à ce que nous ayons quitté l'île.

— Et tu offres quoi en échange ?

— Je dirai aux flics que Jacko a tué Tom, Petra et Hans. Et que je l'ai tué en légitime défense.

— Et Danny ?

— Il ne sera jamais question de Danny. »

Pikey allait au petit galop. Matt tira sur la bride pour la faire trotter. Les eucalyptus n'étaient plus très loin. Le soleil se levait pour une nouvelle journée torride. Il tira la carabine de son étui en cuir.

« Tout doux, ma belle », murmura-t-il à Pikey. Il mit pied à terre et attacha la jument à un arbre.

Son ventre le faisait de nouveau souffrir. Il fut pris

par quelques haut-le-cœur, mais réussit à se ressaisir. Il appuya sur le bouton d'appel du talkie-walkie :

« Il faut que j'en parle avec la Mère, dit-il.

— Fais ça, dit Heather.

— OK. »

Il s'engagea prudemment entre les arbres et sourit. L'adolescente, Olivia, se trouvait devant un trou dans les rochers – l'entrée d'une grotte, sans doute, qu'il n'avait jamais remarquée. Comme l'avait dit Heather, elle creusait la terre à la recherche d'ignames.

47

Heather patienta en regardant le talkie-walkie. Elle voulait espérer que Matt tiendrait parole – qu'il consultait la Mère et essayait de la convaincre. Peut-être pourraient-ils se sortir de cette histoire sans nouvelle effusion de sang. Sans mettre leurs vies en danger, non plus, en essayant le plan d'Olivia et Owen.

Matt était le plus intelligent et probablement le plus raisonnable des membres de cette famille.

« Matt ? » dit-elle dans l'appareil au bout de quelques minutes. Elle montait la garde, le Lee-Enfield à la main, adossée à un eucalyptus, et n'avait rien remarqué d'anormal. Mais le silence devenait inquiétant.

Pourquoi…

La voix de Matt retentit soudain – pas dans le talkie-walkie, mais tout près de l'endroit où elle se tenait :

« Montre-toi, Heather ! Où que tu sois, montre-toi ! »

Elle se fit toute petite derrière le tronc de l'arbre.

Oh mon Dieu. Il était ici ?

« Sors de là, Heather ! Je tiens la gamine. J'ai ma carabine sur sa tête. Montre-toi ! »

Comment avait-il trouvé… ?

« Quelle barbe, tu ne crois pas, le petit jeu du compte à rebours ? Mais c'est comme tu veux. Je commence ! Trois… deux… un… »

Heather contourna l'eucalyptus.

« Je suis là », dit-elle.

Matt tenait Olivia par la nuque de la main gauche. Dans la droite, il avait une carabine qu'il pointait sur sa tempe.

« Lâche ton arme, dit-il, ou j'envoie la petite dans un monde meilleur.

— Matt, pas ça ! On va passer un marché.

— Vous les Ricains et vos sales marchés. Lâche ton arme ou elle meurt ! »

Heather laissa tomber le Lee-Enfield à ses pieds.

« Sage décision, dit Matt. Maintenant lève les mains. Très haut. »

Elle obtempéra.

« Eh ben voilà, dit-il avec un grand sourire. Pour bien faire les choses, il suffit de les faire soi-même.

— Comment tu nous as trouvés ?

— Ton père, l'ancien militaire, ne t'a jamais parlé de silence radio ? De triangulation ? »

Heather se décomposa. La triangulation. Mais oui.

« Depuis quelques jours, je m'efforce de me souvenir de tout ce qu'il m'a appris.

— Oh, m'dame, tu devrais voir ta tête. T'as l'air

vraiment dégoûtée. Maintenant, rapproche-toi. *Lentement.* »

Elle marcha dans sa direction.

« Ça ira comme ça, dit-il quand elle fut à cinq pas de lui.

— Je m'arrête ici ?

— Ouais. Et les mains bien en l'air, s'il te plaît ! Essaie pas de jouer les héros, je te préviens. »

Heather releva les bras.

« Où est le garçon ? demanda Matt. Ne me mens pas.

— Il dort encore. Dans la grotte, là. Nous avons trouvé une grotte.

— Pauvre petit, le réveil va être dur. Les mains plus haut, s'il te plaît. Et plus écartées. » L'expression de Matt se durcissait.

« Tu ne vas pas m'emmener à la ferme, si je comprends bien ? demanda-t-elle.

— Tu sais quoi ? Tu nous as causé tellement de problèmes, je crois que c'est la meilleure solution pour tout le monde. La Mère dit que tu es le bunyip.

— Ça fait plusieurs fois que j'entends ce mot. C'est quoi le bunyip ?

— Un monstre de la mythologie aborigène. Autrefois, il y a des centaines d'années, il était représenté comme une espèce d'émeu. Mais petit à petit, quand les Européens et leurs totems ont envahi les pistes de rêve, le diable, le bunyip, a commencé à prendre l'apparence d'hommes blancs à cheval.

— Oui. Je comprends. Le monstre, c'est nous.

— Voilà. Le monstre, c'est nous. Tu as appris quelque chose, Heather. Il n'y a plus rien que cette île puisse te donner. Ferme les yeux. »

Matt lâcha Olivia et prit Heather en joue, la crosse calée contre l'épaule, l'œil sur la mire.

Puis il tira.

48

Elle ne put que tomber.

Il était si facile de tomber.

Tous les jours des gens tombaient. La planète ne voulait pas qu'ils se baladent debout. Elle les voulait plus proches. Elle voulait qu'ils se fondent en elle.

Sous le gommier, elle tomba.

Dans sa chute, elle vit le ciel et le corbeau ; elle entendit le claquement de la carabine.

Un énorme marteau lui percuta l'épaule. Pile dans la zone où la blessure du plomb de chevrotine commençait à guérir.

Elle bascula en arrière et sa nuque heurta une racine.

La douleur lui coupa le souffle.

Matt ne l'avait pas tuée du premier coup, mais cela n'avait pas d'importance.

Il l'avait fait tomber.

Elle était à terre et elle n'avait plus d'arme et il se dirigeait sur elle avec sa carabine.

Olivia essaya d'agripper la jambe de Matt, mais il lui balança un violent coup de pied dans le ventre et elle se plia en deux en hurlant de douleur.

Heather regarda son épaule. La balle semblait l'avoir traversée de part en part. Ce n'était que du calibre .22, mais, ô Seigneur, quel mal de chien cela faisait !

Mais bon, si elle ressentait quelque chose, cela signifiait qu'elle était toujours en vie.

« Eh bien, dit Matt. Tu nous auras mené la vie dure, quand même. Quel charivari, à cause de toi.

— J'ai juste essayé… Tu vas faire quoi maintenant ?

— T'achever, je pense, et puis ramener les petits à la ferme.

— Non. Oh non, dit-elle. Je te connais un peu, Matt. Tu n'es pas si mauvais. Tu penses vraiment que ça, c'est la bonne chose à faire ?

— Défendre ma famille contre des intrus qui nous causent des ennuis pas possibles ? Ouais, m'dame, c'est même la meilleure chose à faire. »

Mais il aurait dû tirer au lieu de bavarder. Quand on tue un être vivant, qu'il s'agisse d'un lapin, d'un cerf ou d'un homme, il ne faut pas se disperser. Heather avait appris cela par son père. Il avait tué onze hommes en Irak. De chacun d'eux, il avait conservé des souvenirs multisensoriels, profondément ancrés en lui. Il n'avait jamais parlé à Heather d'aucun de ces événements particuliers, mais elle l'avait parfois entendu parler dans son sommeil ou au téléphone…

Pour tuer, il faut faire abstraction du monde. Se concentrer. Matt tourna la tête d'un côté pour voir où en était Olivia, puis de l'autre en entendant Owen sortir de la grotte.

Cela lui coûta deux secondes.

Laissant la gravité l'emporter, Heather avait glissé de la grosse racine lustrée de l'eucalyptus jusqu'à l'herbe. Elle se mit debout et commença à boitiller en direction de l'épave du bus.

Matt la suivit sans manifester d'inquiétude. Lui non plus n'était pas en grande forme, mais il restait indiscutablement plus rapide qu'elle sur ses jambes.

« Où tu crois aller, Heather ? T'espères prendre le volant de ce bus et te barrer, tranquille ? »

Il rit de sa plaisanterie.

Elle clopina jusqu'à l'arrière du véhicule et s'effondra dans la poussière.

Elle était allée aussi loin qu'elle pouvait.

Matt souriait, très content de lui.

Les enfants leur avaient emboîté le pas. Il pivota pour pointer la carabine sur eux. « N'approchez pas plus, vous deux ! »

Ils se figèrent, terrifiés.

Heather réussit à croiser le regard d'Olivia. *Ça va aller. Non. Sérieusement. Je ne te mens pas.*

Elle se déporta sur sa gauche.

Pour le coup de grâce, Matt voudrait être sûr de lui.

Il se rapprocherait.

Il viendrait droit sur elle.

L'air matinal était épais, doux, sucré.

Il y avait des papillons. Une aigrette. Un vieux corbeau.

Le temps avait ralenti.

Elle sourit à Matt. Pouffa de rire.

« Qu'est-ce qu'il y a de drôle ? » demanda-t-il en avançant.

Les mâchoires d'acier claquèrent sur sa cheville. Il poussa un hurlement et lâcha la carabine.

L'engin aurait pu le mettre hors d'état de nuire. Mais il était très vieux et son ressort rouillé. Les dents ne s'étaient pas refermées assez violemment pour lui casser la jambe ou lui sectionner une artère.

Matt grogna quelques instants, puis se pencha et poussa un énorme rugissement en écartant les mâchoires du piège à deux mains.

« Merde ! » cria-t-il lorsqu'il réussit à dégager son pied.

Le sang giclait au-dessus de sa cheville.

Heather ne perdit pas de temps à l'observer. Elle rampait déjà vers la carabine.

« Oh non ! » s'écria Matt. Et il se jeta sur elle.

Le bluff, les supplications, les appels à la raison – tout cela, c'était terminé. La musique avait changé. Maintenant, ils jouaient au plus vieux jeu du monde.

Tuer ou être tué.

Elle lui balança son poing dans le rein. Il grogna et répliqua par un violent coup de tête qui lui cassa le nez. La souffrance qu'elle éprouva fut presque aussi intense que celle de la balle de .22.

Du sang envahit sa bouche.

Matt s'assit à califourchon sur elle, mit ses grandes paluches épaisses autour de son cou – et serra. La masseuse en Heather analysa malgré elle, de façon totalement incongrue, qu'il serrait en mettant de la force dans ses poignets et que c'était une bonne chose, car de cette façon il pouvait la tuer sans surmener son dos. Les enfants se rapprochaient lentement. Courageusement. Elle les voyait. Ils allaient essayer d'attaquer Matt à mains nues. Cependant ils étaient encore trop loin. Ils arriveraient trop tard. *Fuyez, mais fuyez !* voulait-elle crier. Mais ils n'étaient plus du genre à prendre la fuite.

« J'aurais dû faire ça dès le premier jour », dit Matt avec hargne en écrasant sa gorge.

Le champ de vision de Heather se rétrécissait.

Elle ne pouvait plus respirer.

Ne pouvait plus penser.

Pourquoi avait-elle accordé tant d'importance à la nécessité de boire, quand la seule chose qui comptait était évidemment de *respirer* ?

Dernière image qu'elle verrait jamais : Matt furibard.

Et même lui s'estompait.

Se dissolvait dans un brouillard blanc.

Un brouillard gris.

Les ténèbres.

Mais il restait une lueur d'espoir.

Elle devait se souvenir qu'elle était la messagère.

La messagère au fer météorique.

Oui.

Oh oui…

L'entends-tu, Matt ?

Ce message est pour toi !

Matt hurla lorsqu'elle lui planta le canif dans la cuisse.

Alors qu'il portait les mains à sa jambe, elle le fit basculer sur le côté et rampa en haletant vers l'endroit où était tombée la carabine.

Qui n'était plus là.

Où diable était-elle passée ?

Owen pointait l'arme sur la tête de Matt qui se ressaisissait déjà et se mettait à quatre pattes.

« Ça suffit, dit calmement Owen.

— Tu penses savoir te servir d'une arme ? demanda Matt.

— Oui. Heather nous a appris.

— Nous savons exactement ce qu'il faut faire », ajouta Olivia qui le tenait en joue avec le Lee-Enfield.

Matt n'avait aucun moyen de savoir que ce fusil n'avait plus de cartouches et qu'Owen n'avait probablement pas chargé de balle dans la chambre de la carabine.

Il leva les mains en l'air.

« Du calme, les mômes, dit-il. Je ne risque pas de me tirer. Comment je ferais ? Elle m'a poignardé, et regardez ma cheville.

— S'il ose ne serait-ce que lâcher un pet dans ma direction, dit Heather en se levant, tirez comme je vous ai appris à le faire. D'abord, je récupère ma lame. »

Heather arracha sans ménagement le canif de la partie charnue de la cuisse de Matt, le replia et le glissa dans sa poche. La cheville de Matt était dans un sale état et la blessure de sa jambe était étonnamment profonde, mais il survivrait.

Elle examina son épaule. La douleur était féroce,

cependant elle avait été touchée par une balle de petit calibre et ne saignait pas trop méchamment – elle survirait aussi.

« Tu vas faire quoi ? me tuer ? demanda Matt.

— Eh ben… Étant donné que tu as trouvé notre cachette, il vaudrait mieux te tuer, en effet. Mais ce serait un meurtre. Et ce n'est pas notre style. Nous allons nous procurer un véhicule et quitter Dutch Island. Puis nous appellerons les flics.

— Et après, on vous mettra un avis vraiment *très* négatif sur TripAdvisor », dit Owen.

49

Ils lui attachèrent les mains derrière le dos avec sa ceinture, le forcèrent à se glisser dans le boyau de la grotte, puis se mirent en route avec le Lee-Enfield et la carabine.

Accroupis, ils s'approchèrent de la ferme et s'arrêtèrent dans les herbes hautes à environ cinq cents mètres des bâtiments.

Normalement, ils avaient prévu de mettre le plan d'Olivia et Owen à exécution à la nuit tombée. Mais ils pouvaient aussi tenter le coup pendant la marée basse de la matinée. Ce serait juste beaucoup plus dangereux.

Pour commencer ils avaient besoin d'une diversion.

Le vent régulier qui soufflait en ce moment de l'ouest allait les aider.

Ils arrachèrent dix grosses touffes d'herbe à kangourou et les disposèrent en ligne, espacées d'un mètre, sur la lande. Heather les enflamma ensuite l'une après l'autre avec le briquet de Jacko. De nouvelles pousses après la pluie, un combustible sec, un bon vent – les conditions étaient parfaites.

Le feu de brousse prit très vite et commença à se déplacer vers l'est comme ils l'escomptaient.

Le feu n'avait rien d'effrayant. Et si l'on se tenait au vent par rapport à lui, on pouvait tranquillement le regarder faire son œuvre.

Pendant deux mille générations, les peuples autochtones avaient utilisé le feu pour gérer cette terre. Le feu ne devenait un ennemi, à vrai dire, que lorsqu'on ne pouvait pas se déplacer.

Lorsque, par exemple, on avait une maison à défendre.

« Venez, les enfants », dit Heather. Ils partirent vers le sud, par-dessus une petite colline, pour prendre leur objectif à revers.

Le jour n'était levé que depuis une heure, et le soleil était encore bas dans le ciel, mais la lumière était déjà bien suffisante pour leur permettre d'observer le feu en train de dévorer la végétation en direction de la propriété des O'Neill.

Des cris se firent entendre. Plusieurs hommes, femmes et enfants se précipitèrent vers l'ouest du complexe. Lequel devait posséder un générateur d'urgence quelque part, car une lance à incendie fut déroulée et de l'eau commença à être pompée dans le puits.

Heather n'était pas déçue outre mesure. Plutôt que d'abandonner le navire, ils seraient bien occupés pendant un petit moment.

« Allons-y », dit-elle. Ils marchèrent d'abord accroupis, puis, à deux cents mètres de la ferme, se mirent à plat ventre.

Ils avaient acquis du savoir-faire. Ils rampaient maintenant comme des as.

À une quinzaine de mètres, ils firent une pause.

Vous êtes sûrs que ça va marcher, les enfants ? fut tentée de demander Heather. Mais avaient-ils le choix ?

Ils rampèrent sans bruit jusqu'au dos de la plus grande grange du complexe et se mirent debout. Tout le monde était occupé à lutter contre l'incendie. Et il n'y avait plus de chien pour donner l'alarme.

« On fait quoi si les portières sont verrouillées ? demanda Owen.

— On avisera », dit Heather. Aucune autre voiture ne conviendrait. Ils avaient absolument besoin de cette horrible Porsche Cayenne avec son gros, affreux et fantastique snorkel.

La voiture était stationnée sur le côté de la grande cour. Ils coururent tous les trois jusqu'à elle. La portière conducteur s'ouvrit quand Heather en actionna la poignée. Elle poussa un ouf de soulagement en prenant place derrière le volant. Cette Porsche possédait une clé sans contact et un bouton de démarrage au tableau de bord. Du moment que la clé était quelque part dans l'habitacle et diffusait ses ondes, il suffisait d'appuyer sur la pédale de frein et de pousser sur le bouton de démarrage pour pouvoir rouler.

C'est ce qu'elle fit dès que les enfants l'eurent rejointe, Olivia sur le siège passager et Owen à l'arrière.

La voiture ne répondit pas. Heather réessaya. Il

ne se passa rien. Elle examina le tableau de bord, la console entre les sièges – la clé n'était nulle part en vue.

« La clé doit être dans la maison, dit-elle. Ne bougez pas d'ici, cachez-vous et n'ouvrez pas les portières. Je reviens dans une minute. » Elle montra à Olivia la carabine de Matt posée entre elles. « Je crois qu'il reste deux balles là-dedans. Si quelqu'un approche, tire sans hésiter.

— D'accord, dit Olivia. Je ferai ça. »

Heather prit le Lee-Enfield vide, sortit de la voiture, ferma doucement la portière et courut jusqu'à la maison principale. Personne dans la grande pièce du rez-de-chaussée. Où pouvaient-ils avoir mis cette clé ? Elle chercha des crochets muraux ou une soucoupe près de la porte d'entrée. Rien. Si elle ne trouvait pas cette clé, ils étaient perdus. La vieille astuce du court-circuit pour lancer le moteur était exclue avec les voitures modernes bourrées d'électronique.

Elle revit tout à coup la Mère descendant l'escalier le premier soir.

Là-haut. Sa chambre.

Elle grimpa les marches trois par trois.

« Merde », grogna-t-elle.

Le palier donnait sur un très long couloir flanqué d'une demi-douzaine de portes.

La première qu'elle ouvrit lui révéla la chambre d'un homme. Un jean traînait sur le plancher.

Derrière la seconde porte, elle trouva une salle de bains.

Elle n'avait plus le temps. Elle s'interdit de paniquer.

« Qu'est-ce que tu cherches ? » demanda une voix fluette dans son dos.

C'était une fillette qui levait vers elle de grands yeux marron.

« Ma clé de voiture et mon téléphone, répondit Heather.

— C'est toi qui as mis le feu à la prairie ? demanda la petite.

— Oui. Je suis désolée. Je n'aurais sans doute pas dû. C'était pour que tout le monde aille combattre le feu et que nous puissions nous échapper.

— C'est pas grave, tu sais. Ça arrive tous les ans à l'été. On a l'habitude. Moi, mon nom c'est Neeve », conclut la fillette en tendant la main.

Heather lui serra la main.

« Moi c'est Heather, dit-elle solennellement.

— Ton téléphone et ta clé, tu les trouveras dans la chambre de la Mère. Là-bas, la dernière porte.

— Merci, Neeve », dit Heather.

Elle se précipita au bout du couloir et poussa le battant pour découvrir une pièce poussiéreuse, mal aérée, étouffante de chaleur, encombrée par un énorme lit à baldaquin, une commode et d'autres meubles anciens en bois. Les murs étaient couverts de photographies noir et blanc délavées montrant des hommes aux barbes et moustaches soignées et des femmes aux robes recherchées. Il y avait aussi, sous verre, un vieux billet de bateau Liverpool-Sydney, et la photo d'une fille excessivement jeune, jolie, qui posait à côté d'une malle de voyage en essayant de se donner des airs de grande personne.

« Nom de Dieu ! Qu'est-ce tu fous ici, toi ?! » s'écria une voix rauque.

Heather se retourna. C'était la Mère, flanquée d'un petit garçon blond sur lequel elle prenait appui pour se déplacer.

« Il est temps que nous partions d'ici, dit Heather.

— Je ne te donne pas la permission de partir !

— Vous n'êtes pas en position de m'autoriser ou de m'interdire quoi que ce soit.

— C'est mon île !

— Non. Cette île n'est pas à vous et ne l'a jamais été. Où est la clé de la Porsche ? demanda Heather en levant le fusil vers le visage de la Mère.

— Tu ne tireras pas.

— Demandez à Jacko si je ne tirerai pas. Je vous tuerai d'abord, et ensuite votre petit-fils.

— Espèce d'animal !

— Où est la clé ?! cria Heather en pointant le fusil vide sur la tête du petit garçon.

— La table de nuit », dit la Mère.

Heather se dirigea vers la tête du lit. La clé se trouvait dans un petit bol, à côté de leurs téléphones. Elle fourra tous les appareils dans ses poches.

« C'est quoi ces cris, la Mère ? » demanda Danny, l'air mal réveillé, en entrant dans la chambre.

Heather braqua le Lee-Enfield sur lui.

« Les mains derrière la tête et à genoux ! Tout de suite !

— Oh merde, c'est pas juste », gémit Danny. Mais il s'agenouilla docilement au centre de la chambre en mettant les mains sur la nuque.

Heather le contourna pour se placer derrière son dos.

« Je suis désolée pour Ellen. Sincèrement », dit-elle, et elle le frappa à la tête avec la lourde crosse du fusil.

Danny s'effondra sur les lattes patinées du plancher.

« Dès qu'ils te verront approcher, ils éloigneront le bac. T'es foutue, dit la Mère dans un gloussement.

— Je serais foutue si cette île en était vraiment une », répliqua Heather.

Une lueur de haine froide s'alluma dans les yeux de la Mère. Elle lisait l'avenir. Elle pressentait ce que cette jeune femme risquait de faire à tout ce qu'elle avait construit ici s'il lui était permis de vivre.

En même temps, elle se reconnaissait en elle. Cette Heather était un peu son double. La Mère était arrivée ici très jeune, il y avait très longtemps. Elle avait causé du remue-ménage sur l'île, elle s'était mariée, elle avait détruit et bâti des choses.

Elle essaya de la frapper avec sa canne.

« Je t'aurai, salope ! dit-elle d'un ton furieux.

— Eh ben, dépêchez-vous. »

Heather s'élança dans le couloir. Elle salua de la main la petite Neeve et dévala l'escalier.

« C'est moi », dit-elle en ouvrant la portière conducteur de la Porsche. Olivia, accroupie devant le siège passager, sourit et lâcha la carabine. Heather écrasa la pédale de frein en pressant le bouton de démarrage. La Porsche se mit à ronronner.

Elle sortit de la cour sur le côté de la maison principale, regarda où se trouvait le soleil et vira vers l'est.

Dans le rétroviseur, elle aperçut Matt qui arrivait au galop dans la cour.

« Matt ! dit Olivia qui le voyait aussi.

— À cheval ! ajouta Owen.

— Oui ! Zut ! » grogna Heather, et elle poussa sur l'accélérateur. « Surveille nos arrières, Owen, ils ne vont pas tarder à se lancer après nous.

— J'ai l'impression qu'ils le font déjà !

— Quoi ? Pas possible ! »

Mais Owen avait raison. Dans le rétroviseur, elle vit qu'une petite troupe se précipitait vers le Toyota Hilux.

Elle serra les mains sur le volant, regardant droit devant elle.

Soleil rouge se levant sur l'horizon.

Facteur de flare. Éblouissement.

Dans sa tête, tout à coup, « Gouge Away » des Pixies – une chanson qui parlait d'yeux crevés et de chaînes à briser pour se libérer. Un peu tiré par les cheveux, vu la situation, mais bon.

Elle fonça tout droit, la Porsche cahotant sur les reliefs de la lande. Cette lande qui n'appartenait pas aux O'Neill. N'avait jamais été à eux.

Elle espérait que les enfants avaient raison. Elle espérait que la brochure de la prison disait juste. Deux jours par mois, lors des marées basses de la pleine lune et de la nouvelle lune, Dutch Island devenait une presqu'île.

« 'tention devant ! » cria Owen. Heather fit une

embardée pour contourner l'épave d'une Volkswagen Coccinelle au magnifique manteau de rouille rouge, posée sur l'herbe comme un ankylosaure.

S'ils se crashent, ils changent de véhicule. Si je me crashe, nous sommes morts, pensa Heather.

Une balle pulvérisa la lunette arrière et Olivia poussa un petit cri d'effroi.

« Ça va, vous deux ? demanda Heather.

— Ça va pour moi, dit Owen.

— Je tire sur eux, tu crois ? demanda Olivia en montrant la carabine de Matt.

— Baisse la tête, chérie ! Tous les deux, restez planqués ! »

Heather contourna une souche d'arbre et fila droit vers une sorte de cours d'eau à sec – peut-être un ancien canal de drainage, ou un lit de rivière élargi au fil des années par les averses.

Le nez de la voiture plongea en avant dans le canal et trois choses se produisirent simultanément : un rocher grinça méchamment contre l'essieu avant, la voiture partit de côté en dérapant et un film de boue et d'eau brunâtre éclaboussa le pare-brise.

« Gare au choc ! » cria Owen.

La voiture heurta la berge opposée du canal et s'immobilisa en calant.

Heather actionna les essuie-glaces et le lave-glace. Aucun liquide ne jaillit et l'un des essuie-glaces semblait cassé. Celui qui était devant elle dégagea un cône étroit de pare-brise, mais côté passager la visibilité resta nulle.

S'ils étaient coincés contre la berge du canal, c'était la fin.

Elle regarda dans le rétroviseur extérieur.

Les O'Neill étaient à leurs trousses.

Elle passa l'embrayage en manuel et sur la première vitesse, puis appuya sur le bouton de démarrage en disant :

« Accrochez-vous, les enfants ! »

La voiture frissonna.

Elle poussa fort sur l'accélérateur.

« Allez, on y va ! »

Le moteur gronda et la Porsche sembla comprendre ce qu'elle voulait. Ses quatre roues motrices dérapèrent dans la boue de la tranchée, puis réussirent à trouver des appuis et à la propulser en avant. Quand Heather eut pris assez de vitesse, elle traversa le canal en diagonale et la voiture commença à grimper la berge en s'inclinant de trente degrés sur le côté.

Heather se demandait s'ils allaient faire la culbute et se retrouver sur le toit, lorsqu'une balle percuta l'arrière de la voiture avec un claquement métallique, ricocha de façon terrifiante et fit exploser la vitre de sa portière. Des éclats de verre lui frappèrent la joue droite.

« Allez, ma belle, tu peux y arriver, espèce d'affreux tas de ferraille ! » cria-t-elle – et, ainsi encouragée, la Porsche réussit à franchir la berge pour repartir à l'assaut de la lande.

Heather remit le levier de vitesse en automatique tout en jetant un coup d'œil dans le rétroviseur. Elle vit le Toyota plonger dans le canal, retint sa respiration quelques secondes…

« Merde », grogna-t-elle quand le pick-up reparut derrière elle.

Mais la mer n'était plus qu'à quelques centaines de mètres et elle ne voyait aucun obstacle pour la ralentir.

Le sol était bourbeux, mais ce n'était pas un problème pour la Porsche. Poussant sur l'accélérateur, Heather passa les vitesses. Troisième. Quatrième…

Une balle tinta dans l'habitacle et percuta le pare-brise qui se constella instantanément de craquelures.

Heather ne voyait plus rien. Elle essaya de frapper le pare-brise avec le plat de la main. Sans résultat.

« Merde ! » cria-t-elle.

Olivia cogna deux fois sur le pare-brise avec la crosse de la carabine. Le verre feuilleté s'effondra devant elles sur le tableau de bord.

Le talkie-walkie grésilla.

« Laisse tomber, Heather ! dit Matt. Tu vas juste réussir à te tuer et à tuer les enfants ! Personne ne veut en arriver là ! »

Olivia regarda Heather.

« Tu veux répondre ?

— Te soucie pas. Reste baissée sur le siège.

— Je peux lui répondre de là où je suis, proposa Olivia.

— Il n'y a rien à dire.

— Heather, s'il te plaît ! Arrête-toi avant qu'il y ait d'autres victimes. On peut discuter. La Mère pense comme moi que cette histoire a trop duré. Nous pouvons revenir à notre accord initial. »

Dans le rétroviseur, Heather vit que le pick-up, plus haut que la Porsche sur ses essieux, progressait plus facilement sur ce terrain irrégulier.

Mais la mer se rapprochait. Heather fonçait à travers la lande.

Une nouvelle balle passa en sifflant à côté de la voiture. Heather tressaillit. Olivia voulut se redresser, mais elle lui appuya sur la tête.

Elle attrapa le talkie-walkie.

« Si tu veux négocier, Matt, je suggère que tu arrêtes de nous tirer dessus. »

Il répondit après un court silence :

« Nous arrêterons de tirer si tu arrêtes la voiture.

— Arrêtez de tirer d'abord et on verra.

— Où tu vas, là, Heather ? C'est complètement idiot. Ça ne te mènera nulle part !

— Combien d'essence tu as, Matthew ? Et cette transmission, elle tient le coup ?

— Tout va bien. »

Peut-être avaient-ils assez d'essence pour le Hilux, mais pas pour que le reste de la famille participe à la poursuite.

Elle regarda de nouveau dans le rétroviseur. Le Toyota était vraiment tout près – peut-être vingt ou vingt-cinq mètres.

Elle roulait déjà à quatre-vingts kilomètres à l'heure. Une vitesse insensée sur ce terrain. Elle poussa encore sur l'accélérateur.

Depuis une minute ou deux, Owen ne semblait plus donner signe de vie.

« Hé, Owen ! dit-elle. Ça va, derrière ?

— Ouais. »

La Porsche heurta quelque chose : elle trembla de toute sa carcasse, se leva sur deux roues pendant une seconde et retomba avec un gros bruit sourd.

Rétroviseur. Kate au volant. Matt à côté, fusil à la main. Ivan sur la banquette arrière, penché en avant entre eux.

Les cendres du feu de brousse qu'elle avait allumé tombaient à présent du ciel comme de la neige.

Matt se redressa pour sortir le buste par la vitre de sa portière.

« Baissez-vous ! » cria Heather en donnant un coup de volant à gauche.

De la grenaille crépita sur la carrosserie de la Porsche.

Olivia fut projetée en avant contre le tableau de bord.

« Les enfants !

— Ça va, dit Owen qui s'était couché au pied de la banquette arrière.

— Olivia ? Olivia ? Olivia ? »

Olivia ne répondait pas.

« Owen, viens par ici et prends le volant !

— Quoi ?

— Prends le volant ! »

Owen s'avança entre les sièges et tendit le bras pour saisir le volant tandis que Heather se courbait vers Olivia.

« Je fais quoi ? demanda Owen.

— Droit vers la plage. Tiens juste le volant, le régulateur de vitesse fait le reste. »

Olivia était sonnée. Elle n'avait pas été touchée par la grenaille, mais elle s'était cogné la tête.

« Oh, gémit-elle en portant une main à son front.

— Ça va, ma grande ?

— Hmm… Oui. »

Le talkie-walkie grésilla encore une fois.

« Heather, t'es dingue ! Qu'est-ce que tu comptes faire ? » demanda Matt.

T'aimerais bien le savoir, hein ? Elle se tourna vers la lunette arrière explosée, pointa la .22 vers la tête de Kate derrière le volant du Toyota et pressa la détente – mais à cet instant la Porsche passa sur une bosse du terrain et elle manqua son coup. Elle chargea une autre cartouche et visa la calandre. Une cible plus large. Elle tira et eut la certitude de toucher quelque chose dans le moteur du Hilux.

Par contre, elle n'avait plus de munitions.

« Restez baissés, vous deux ! dit-elle. Owen, tu peux lâcher. »

Avant que Heather n'ait pu reprendre sa place, la lande se termina et ils se retrouvèrent sur la plage.

La Porsche partit de travers en dérapage incontrôlé et le Toyota fonça droit sur eux.

Kate les emboutit de côté. La Porsche bascula une nouvelle fois sur deux roues. S'ils faisaient la culbute sur le toit, ils n'auraient droit à aucune pitié. Une certaine logique l'exigerait. La Mère l'exigerait. Kate écraserait la pédale de frein. Matt et Ivan bondiraient du Hilux, les sortiraient de la voiture et les exécuteraient tous les trois sur-le-champ.

Heather ne risquait pas d'accepter cela.

Elle agrippa le volant à deux mains et força la Porsche à se stabiliser. Les deux roues en l'air retombèrent lourdement sur la plage.

Son pied trouva l'accélérateur et la voiture bondit en avant.

Kate se relança à sa poursuite. Le pare-brise du Toyota, remarqua Heather, était parcouru de craquelures.

« Faudrait leur faire péter cette vitre à la figure, marmonna-t-elle.

— Avec ça, peut-être ? » dit Olivia. Elle saisit le volume des *Nouvelles et pièces de théâtre d'Anton Tchekhov* qui était à ses pieds.

« Tente le coup ! » approuva Heather.

Olivia baissa sa vitre. De la main gauche, sa main de lanceuse au softball, elle visa et balança vers le Toyota le lourd livre relié que Tom avait trimballé depuis Seattle.

Comme un faucon fondant sur une proie pour tuer, l'ouvrage dessina une courbe à travers l'air électrisé et pulvérisa le pare-brise en le touchant à l'angle proche de la tête de Kate.

« Oui ! » cria Olivia avec satisfaction.

Le Toyota fit plusieurs embardées inquiétantes tandis que Kate et Matt donnaient des coups de poing sur le verre.

Heather se rapprocha du bord de l'eau et réduisit un

peu l'allure pour chercher des yeux l'espèce de chaussée naturelle mentionnée sur la brochure de la prison – la chaussée qui ne se révélait qu'aux plus basses des marées basses, à la nouvelle et à la pleine lune.

Où était-elle ? S'ils ne…

Au loin, une ligne sombre, sous l'eau, qui filait de Dutch Island vers le continent.

Elle écrasa l'accélérateur, vira vers la mer et mit le snorkel en marche.

Les roues s'engagèrent sur la voie dont Owen et Olivia étaient les seuls à connaître l'existence.

« Nous sommes dans le détroit ! » dit Owen.

La chaussée se trouvait une trentaine de centimètres sous le niveau de la mer. Heather ne savait pas trop à quoi s'attendre et prit peur quand de l'eau commença à s'infiltrer dans la Porsche à leurs pieds.

Elle serra les doigts sur le volant. Bientôt l'eau clapota autour de leurs pieds.

Le Toyota les suivait toujours.

Olivia et Owen grimpèrent sur leurs sièges en voyant que l'eau continuait de monter.

La voiture prenait des allures de bateau, mais ne ralentissait pas. Heather regarda dans le rétroviseur. Kate ne lâchait pas prise.

Ils étaient déjà au milieu du détroit.

Le snorkel de la Porsche fonctionnait bien.

Le courant sembla les soulever et les emporter.

« Merde ! »

Cela ne dura qu'une seconde. Ils poursuivirent leur route.

Les roues dérapèrent, puis retrouvèrent leur adhérence.

Le Toyota était toujours lancé après eux.

Ils étaient à présent aux deux tiers de leur traversée.

« Un requin ! » dit Olivia, les yeux écarquillés.

Heather ouvrit le canif et le mit entre ses dents. Elle plaignait le petit con de requin qui se risquerait à lui chercher noise tout de suite.

Allez. Allez.

La mer les souleva de nouveau…

Allez. Nous volons ! Sous l'aile du corbeau. Sous le croissant de lune. Nous nageons. Avec les poissons et les…

Non ! Cette fois nous roulons pour de vrai.

Les roues accrochaient. Elles avaient trouvé du sable.

« Vous sentez ça, les enfants ? »

Heather écrasa l'accélérateur et la voiture fila à travers l'écume des petites vagues du bord de mer.

Et tout à coup ils furent sur la plage.

Elle regarda dans le rétroviseur. Le Toyota était vingt mètres derrière, presque tiré d'affaire lui aussi, mais il dérapa de la chaussée sous-marine, fut heurté par une vague et se retourna.

Heather alluma son iPhone. Elle ignorait qu'à Seattle, Carolyn avait bel et bien appelé Jenny, la représentante de la conférence, et que la police du Victoria les cherchait déjà dans la région où le GPS de la Porsche avait été localisé pour la dernière fois.

S'il y avait du réseau mobile par ici, ils pourraient être secourus en un rien de temps.

L'écran s'anima.

La batterie était à trois pour cent.

Elle grimpa sur les dunes, parvint à une petite route déserte qui longeait la côte et constata qu'elle avait une pleine barrette de signal. La notification d'un message de Carolyn mentionnant *StarTrek : Voyager* apparut à l'écran.

« Tu captes ? demanda Olivia.

— Oui ! » dit-elle, et elle composa le 000.

50

C'était un rêve, forcément. Impossible que tout cela ait pu réellement se produire.

Tom avait rêvé de les emmener à l'autre bout du monde.

Et elle avait rêvé de ramener tout le monde à la maison.

Dehors la nuit était noire. Les enfants dormaient.

Elle posa son mug de chocolat chaud sur la table basse à côté d'une boîte de Dunkin' Donuts, d'un *Seattle Times*, d'un canif en fer météorique et d'une longue lettre de Carolyn qui lui proposait les paroles d'une nouvelle chanson.

Elle se leva et jeta un coup d'œil entre les rideaux. Aujourd'hui, pas de camionnette de la télévision dans la rue. Hier, c'était KIRO 7 et avant cela ils avaient eu CBS.

La télévision était allumée, comme une bougie contre l'obscurité, sur une de ces chaînes de téléachat dont les présentateurs étaient enjoués même à 3 heures du matin. Surtout à 3 heures du matin.

Elle avait des choses à faire. Des formulaires à

signer. La police du Victoria et les autorités australiennes n'auraient pu être plus conciliantes. À sa sortie de l'hôpital, elles l'avaient laissée libre de ses mouvements. Elles l'avaient crue quand elle avait promis de revenir pour un éventuel procès.

Heather ne savait vraiment pas si elle retournerait là-bas. Elle n'aimait pas l'idée d'imposer cela aux enfants. À présent, bien en sécurité dans leur maison américaine, loin de l'Australie, ils dormaient. Et les thérapeutes et le docteur Havercamp disaient qu'ils tenaient le coup, tout bien considéré. Ils ne prenaient plus de médicaments ni l'un ni l'autre – ça, c'était déjà quelque chose.

Heather se réinstalla sur le canapé, la télécommande à la main pour zapper.

Cinq cents chaînes, mais au cœur de la nuit rien n'était aussi chouette et joyeux que le téléachat.

Elle songeait à décrocher le téléphone pour acheter un attrape-poussière équipé d'une longue perche de plastique, lorsqu'elle perçut un léger bruit sur le palier à l'étage.

« T'es en bas ? demanda Owen.

— Oui, je suis là, chéri.

— J'ai entendu quelque chose.

— C'est moi. Je regarde la télé. Ne bouge pas, je monte. »

Elle jeta un œil chez Olivia, qui dormait profondément, puis raccompagna Owen à sa chambre, l'aida à s'installer sous la couette et l'embrassa sur le front.

« On peut aller voir mamie et papi à Goose Island ce week-end ? demanda-t-il.

— Ah oui ! Mais mamie voudra peut-être te peindre. Je sais que tu n'aimes pas ça.

— Pas grave, dit Owen avec un petit sourire.

— D'accord, chéri. Essaie de te rendormir.

— OK. J'ai réfléchi à un truc… Olivia a raison, en fait.

— À quel sujet ?

— Quand elle dit que tu chantes plutôt bien.

— Elle a dit ça ?

— Oui. Tu devrais chanter quelque part. Dans un bar, genre, ou ailleurs. On viendrait te voir.

— Je le ferai peut-être. Bonne nuit, Owen.

— Bonne nuit…

— Tu n'es pas obligé de dire ça.

— Mais je vais le dire.

— Ce n'est pas la peine, insista Heather.

— Mais je *veux* !

— Écoute mon grand, je n'ai pas besoin de ça.

— Bonne nuit, *ma... man* ! » dit-il, pouffant de rire et murmurant les deux syllabes comme s'il prononçait une incantation.

Elle redescendit sans bruit au rez-de-chaussée en pensant aux O'Neill. Elle avait lu pas plus tard que la veille que les autorités judiciaires prévoyaient de les expulser de Dutch Island le temps que l'État du Victoria enquête sur leurs titres de propriété. L'Australie envisageait, disait-on, de rendre cette terre à ses propriétaires d'origine, la tribu bunurong.

Peut-être une bonne chose qui ressortirait de toute cette histoire ?

Peut-être.

Elle ouvrit la porte de la maison puis la moustiquaire, s'assit sur le perron et alluma une cigarette.

West Seattle était tranquille, le Sound, paisible.

La lune était haute dans le ciel, et tellement brillante que Heather apercevait les cimes enneigées du parc national Olympic.

Un corbeau perchait sur un poteau télégraphique devant le Starbucks.

Heather savait qu'il ne s'agissait pas du même corbeau. Seuls les puffins faisaient le grand voyage de l'Australie jusqu'ici. Pas les corbeaux.

N'empêche, il la regardait comme si elle lui rappelait quelqu'un. Et dire bonjour ne coûtait rien.

« Salut », dit-elle.

Elle termina sa cigarette et, au lieu de rentrer dans la maison, se vit verrouiller la porte, glisser la clé dans sa poche et traverser la rue déserte pour gagner Alki Beach.

Personne en vue ici non plus.

La plage était immaculée. La saison estivale n'étant plus très loin, la municipalité la ratissait tous les soirs.

Elle se débarrassa de ses vieilles Converse sans lacets et positionna ses pieds sur une des courbes dessinées par les râteaux, les orteils dans le sable frais.

Elle leva une jambe et laissa la Terre pivoter lentement sous son pied.

Elle inspira et expira lentement, profondément,

plusieurs fois, pour évacuer la tension qu'elle ressentait dans les épaules. Son épaule gauche en particulier restait douloureuse.

Elle pensa au mot « eau », dans la langue makah, que lui avait appris sa grand-mère : *wa'ak*.

Sa grand-mère n'était plus de ce monde et le dernier locuteur du makah était mort depuis des années.

Elle pensa à cet autre mot magique devant lequel elle restait extrêmement sceptique.

« Maman », dit-elle avec un sourire. Elle était trop jeune. Elle n'avait jamais été tata ou baby-sitter. Mais voilà : il arrivait parfois que l'on se voie confier une mission et que l'on sache bien s'en acquitter.

Elle remonta ses jambes de survêtement jusqu'à ses genoux et entra dans l'eau opaque.

Qui était froide.

Très froide.

La plage avait quelque chose d'étrange.

Elle était seule, dans le noir, mais elle n'avait rien à craindre. Elle était capable de prendre soin d'elle-même et de sa famille. Et elle avait sa place ici. Elle était chez elle.

Une brise légère passa sur la nuit tranquille.

Heather serra les bras sur sa poitrine et se rendit compte qu'elle pleurait.

Les larmes dégoulinaient sur ses joues et troublaient le reflet du croissant de lune à la surface du Puget Sound.

Elle tourna la tête vers l'est et le reste du continent.

Le soleil n'était pas près de se lever.

Mais il lui suffisait d'attendre.
De s'armer de patience.
Si elle attendait assez longtemps, l'aube finirait par venir.

REMERCIEMENTS

Je dois préciser d'entrée de jeu que, si Dutch Island existe réellement (sous un autre nom), ses habitants ne ressemblent en rien aux occupants de l'île de *Traqués*. La géographie est à peu près la même, mais les O'Neill et consorts sont bien tous des personnages de fiction. J'ai vécu à Melbourne de 2008 à 2019, et je peux vous assurer que le Victoria est le plus accueillant des États australiens.

Ce livre n'aurait pu s'écrire sans l'aide de mon agent et bon copain Shane Salerno. Un jour que nous parlions, comme bien souvent, de cinéma au téléphone, je lui ai raconté un épisode digne de *Délivrance* que j'avais personnellement vécu dans l'arrière-pays australien : je roulais en voiture à travers une petite île presque coupée du monde, et habitée par une seule grande famille, lorsqu'une femme à vélo portant des appareils auditifs avait tout à coup surgi d'un chemin latéral sur la chaussée, m'obligeant à faire une brusque embardée pour l'éviter. J'avais alors dit en riant jaune à ma femme, Leah, que si par malheur j'avais renversé cette femme, nous n'aurions pas quitté l'île vivants. Lorsque j'ai eu terminé de livrer cette anecdote à Shane, il s'est exclamé : « Mais non ! Tu l'as renversée ! C'est ton prochain roman. » Et puis il a accompagné les différentes versions du projet tout au long du confinement dû au Covid – une période durant laquelle écrire était la dernière chose dont j'avais envie. Bienheureux, vraiment, qui a la chance d'être soutenu par Shane Salerno.

Chez Little, Brown, je veux remercier Michael Pietsch et Bruce Nichols, qui sont deux hommes délicieux et de grands défenseurs de leurs auteurs. La maison Little, Brown a toujours accordé beaucoup d'importance aux écrivains et à leur art, et toute son équipe est pour moi une vraie source d'encouragement. Craig Young, en particulier, s'est comporté dès le premier jour en ami et en protecteur : véritable force de la nature, il a su mener le navire dans la tempête quand je n'étais sûrement pas le seul auteur de sa troupe à avoir du mal à affronter la pandémie. Je veux aussi remercier mon éditrice, Helen O'Hare, pour ses suggestions remarquables, son humour et toutes ses remarques si pertinentes. Et je dois louer ma merveilleuse correctrice, Tracy Roe, pour nos nombreux dialogues et démêlés dans les marges du manuscrit de *Traqués*.

Je tiens à remercier tous les membres de ma famille irlandaise d'être de telles groupies de mon écriture, en particulier ma mère, Jean McKinty, mes sœurs et mes frères – Diane, Lorna, Rod et Gareth –, ma tante Catherine et tous mes neveux et nièces.

J'ai la chance de m'être fait bien des copains dans l'univers du polar et dans la communauté des écrivains, et je veux rendre hommage à Don Winslow, Steve Hamilton, Steve Cavanagh, Diana Gabaldon, Stu Neville, Daniel Woodrell, Brian McGilloway, Liz Nugent, Gerard Brennan, Ian Rankin, Val McDermid, Abir Mukherjee, Jason Steger, et beaucoup d'autres que le manque d'espace m'empêche de citer, mais qui savent que je les aime.

Un immense merci à Jeff Glor et à toute l'équipe de CBS

News pour m'avoir présenté sous un bon jour à la télévision (un montage adroit et quelques effets spéciaux ont dû permettre ce résultat). Merci aussi à tous mes amis et à ma famille en Amérique, en particulier ma belle-mère, Susan Vladeck.

Je veux adresser un rapide merci à Salman Rushdie et à James Ellroy, que j'ai interviewés juste avant la crise du Covid – et à qui j'ai eu le culot de présenter le projet de *Traqués* pour avoir leur opinion. Tous deux m'ont donné des idées qui ont trouvé leur chemin dans le livre.

Ce roman s'est écrit pendant le confinement, alors que ma famille et moi étions enfermés dans un minuscule appartement new-yorkais. Nos deux chats adoptés au refuge, Miffy et Jet, ont droit à une mention spéciale parce qu'ils sont toujours restés avec moi, à 3 heures du matin, pendant que tout le monde dormait. Je veux remercier mes adorables filles, Arwynn et Sophie, de me faire sourire, de me faire des câlins en or et de me garder la tête sur les épaules. Enfin, je veux remercier ma magnifique femme, Leah, parce qu'elle est aussi l'ancre de ma santé mentale, parce qu'elle m'aime et m'encourage depuis toutes ces années, et parce qu'elle rigole toujours à mes blagues (hilarantes, il est vrai).

Du même auteur
aux éditions Mazarine :

La Chaîne, 2020 ; Le Livre de Poche, 2021

ADRIAN McKINTY
est au Livre de Poche

PAPIER CERTIFIÉ

Le Livre de Poche s'engage pour l'environnement en réduisant l'empreinte carbone de ses livres. Celle de cet exemplaire est de :

550 g éq. CO_2

Rendez-vous sur www.livredepoche-durable.fr

Composition réalisée par Soft Office

Achevé d'imprimer en mai 2023 en Espagne par
Liberduplex - 08971 Sant Llorenç d'Hortons
Dépôt légal 1re publication : juin 2023
LIBRAIRIE GÉNÉRALE FRANÇAISE
21, rue du Montparnasse – 75298 Paris Cedex 06